KB133628

쉽게 읽는 석보상절 3

釋譜詳節 第三

지은이 **나찬연**은 1960년에 부산에서 태어났다. 부산대학교 국어국문학과를 나오고(1986), 같은 학교 대학원에서 문학석사(1993)와 문학박사(1997)학위를 받았다. 지금은 경성대학교 국어국문학과에서 교수로 재직하고 있으면서 국어학, 국어 교육, 한국어 교육 분야의 강의를 맡고 있다.

* 홈페이지: '학교 문법 교실 (http://scammar.com)'에서는 이 책의 내용과 관련된 자료를 온라인으로 제공합니다. 본 홈페이지에 개설된 자료실과 문답방에 올려져 있는 다양한 정보를 자유롭게 이용할 수 있고, 이 책의 내용에 대하여 저자의 답변을 받을 수 있습니다.
* 전화번호 : 051-663-4212
* 전자메일 : ncy@ks.ac.kr

주요 논저

우리말 이음에서의 삭제와 생략 연구(1993), 우리말 의미중복 표현의 통어·의미 연구(1997), 우리말 잉여 표현 연구(2004), 옛글 읽기(2011), 벼리 한국어 회화 초급 1, 2(2011), 벼리 한국어 읽기 초급 1, 2(2011), 제2판 언어·국어·문화(2013), 제2판 훈민정음의 이해(2013), 근대 국어 문법의 이해–강독편(2013), 국어 어문 규범의 이해(2013), 표준 발음법의 이해(2013), 제5판 중세 국어 문법의 이해–이론편(2014), 제5판 중세 국어 문법의 이해–주해편(2014), 제5판 중세 국어 문법의 이해–강독편(2014), 제5판 중세 국어 문법의 이해–서답형 문제편(2014), 중세 국어 문법의 이해–입문편(2015), 학교문법의 이해1(2015), 학교문법의 이해2(2015), 제5판 현대 국어 문법의 이해(2017), 쉽게 읽는 월인석보 서. 1. 2.(2017), 쉽게 읽는 석보상절 3. 6. 9.(2018)

인

쉽게 읽는 석보상절 3(釋譜詳節 第三)

1판 1쇄 인쇄_2018년 1월 15일
1판 1쇄 발행_2018년 1월 25일

지은이_나찬연
펴낸이_양정섭

펴낸곳_도서출판 경진
등록_제2010-000004호
블로그_http://kyungjinmunhwa.tistory.com
이메일_mykorea01@naver.com

공급처_(주)글로벌콘텐츠출판그룹
대표_홍정표
편집디자인_김미미 기획·마케팅_노경민
주소_서울특별시 강동구 풍성로 87-6, 201호
전화_02) 488-3280 팩스_02) 488-3281
홈페이지_http://www.gcbook.co.kr

값 18,000원
ISBN 978-89-5996-564-9 94810
978-89-5996-563-2 94810(세트)

쉽게 읽는

석보상절 3

釋譜詳節 第三

나찬연

▍머리말

『석보상절』은 조선의 제7대 왕인 세조(世祖)가 왕자(수양대군, 首陽大君)인 시절에 어머니인 소헌왕후(昭憲王后)를 추모하기 위하여 1447년 경에 편찬하였다.

『석보상절』에는 석가모니의 행적과 석가모니와 관련된 인물에 관한 여러 일화가 소개되어 있다. 따라서 이 책은 불교를 배우는 이들뿐만 아니라, 국어 학자들이 15세기 국어를 연구하는 데에도 매우 귀중한 자료가 된다. 특히 이 책은 한문 원문을 국어 문법 규칙에 맞게 번역하였기 때문에 문장이 매우 자연스럽다. 따라서 『석보상절』은 훈민정음으로 지은 초기의 문헌임에도 불구하고, 당대에 간행된 그 어떤 문헌보다도 자연스러운 우리말 문장으로 지은 문헌이라고 할 수 있다.

이처럼 『석보상절』이 중세 국어와 국어사 연구에 매우 중요한 역할을 하기 때문에, 일찍부터 이 책은 중세 국어 연구의 대상이 되었고 현대어로 옮기는 작업도 이루어졌다. 그 대표적인 성과가 '세종대왕기념사업회'에서 편찬한 『역주 석보상절』의 모둠책이다. 『역주 석보상절』의 간행 작업에는 허웅 선생님을 비롯한 그 분야의 대학자들이 참여하였기 때문에, 『역주 석보상절』은 그 차제로서 대단한 업적이다. 그러나 이 『역주 석보상절』는 1992년부터 순차적으로 간행되었는데, 간행된 책마다 역주한 이가 달라서 내용의 번역이나 형태소의 분석, 그리고 편집 방법이 통일되지 못한 아쉬움이 있다. 지은이는 이러한 점을 감안하여 15세기의 중세 국어를 익히는 학습자들이 『석보상절』을 쉽게 이해할 수 있도록, 현대어로 옮기는 방식과 형태소 분석 및 편집 형식을 새롭게 바꾸었다. 이러한 편찬 의도를 반영하여 이 책의 제호도 『쉽게 읽는 석보상절』로 정했다.

이 책은 중세 국어 학습자들이 『석보상절』를 쉽게 이해할 수 있는 책을 편찬하겠다는 원래의 취지를 살리기 위하여, 다음과 같은 방법으로 책의 내용과 형식을 구성하였다.

첫째, 현재 남아 있는 『석보상절』의 권 수에 따라서 이들 문헌을 현대어로 옮겼다. 이에 따라서 『석보상절』의 3, 6, 9, 11, 13, 19 등의 순서로 현대어 번역 작업이 이루진다. 둘째, 이 책에서는 『석보상절』의 원문의 영인을 페이지별로 수록하고, 그 영인 바로 아래에 현대어 번역문을 첨부했다. 셋째, 그리고 중세 국어의 문법을 익히는 이들에게 편의를 제공하기 위하여, 원문의 텍스트에 나타나는 어휘를 현대어로 풀이하고 각 어휘에 실현된 문법 형태소를 형태소 단위로 분석하였다. 넷째, 원문 텍스트에 나타나는 불교 용어를 쉽게 풀이함으로써, 불교의 교리를 모르는 일반 국어학자도 『석보상절』의 내용을 이해할 수 있도록 하였다. 다섯째, 책의 말미에 [부록]의 형식으로 [원문과 번역문의 벼리]를 실었다. 여기서는 『석보상절』의 텍스트에서 주문장의 사이에 삽입되어 있는 협주문(夾註文)을 생략하여 본문 내용의 맥락이 끊기지 않게 하였다. 여섯째, 이 책에 쓰인 문법 용어와 약어(略語)의 정의와 예시를 책 머리의 '일러두기'와 [부록]에 수록하여서, 이 책을 통하여 중세 국어를 익히려는 독자에게 도움을 주었다.

이 책에 쓰인 문법 용어는 가급적 『고등학교 문법』(2010)에서 사용되는 문법 용어를 그대로 사용하였다. 다만 일부 문법 용어는 허웅 선생님의 『우리 옛말본』(1975), 고영근 선생님의 『표준중세국어문법론』(2010), 지은이의 『중세 국어 문법의 이해－이론편』에서 사용한 용어를 빌려 썼다. 중세 국어의 어휘 풀이는 대부분 '한글학회'에서 지은 『우리말 큰사전 4－옛말과 이두 편』의 내용을 참조했으며, 일부는 남광우 님의 『교학고어사전』을 참조했다. 각 어휘에 대한 형태소 분석은 지은이가 2010년에 『우리말연구』의 제27집에 발표한 「옛말 문법 교육을 위한 약어와 약호의 체계」의 논문과 『중세 국어 문법의 이해－주해편, 강독편』에서 사용한 방법을 따랐다.

그리고 불교와 관련된 어휘는 국립국어원의 인터넷판 『표준국어대사전』, 인터넷판의 『두산백과사전』, 인터넷판의 『한국민족문화대백과』, 인터넷판의 『원불교사전』, 한국불교대사전편찬위원회의 『한국불교대사전』, 홍사성 님의 『불교상식백과』, 곽철환 님의 『시공불교사전』, 운허·용하 님의 『불교사전』 등을 참조하여 풀이하였다.

이 책을 간행하는 데에는 여러 사람의 도움이 있었다. 지은이는 2014년 겨울에 대학교 선배이자 독실한 불교 신자인 정안거사(正安居士, 현 동아고등학교의 박진규 교장)을 사석에서 만났다. 그 자리에서 정안거사로부터 국어학자뿐만 아니라 일반 사람들도 부처님의 생애를 쉽게 알 수 있는 책이 필요하다는 당부의 말을 들었는데, 이 일이 계기가 되어서 『쉽게 읽는 석보상절』의 모둠책이 세상에 나오게 되었다. 그리고 고려대학교 교육대학원의 국어교육전공에 재학 중인 나벼리 군은 『석보상절』의 원문의 모습을 디지털 영상으로 제작하고 편집하는 작업을 해 주었다. 이 책을 출판해 주신 (주)글로벌콘텐츠출판그룹의 홍정표 대표님, 그리고 거친 원고를 수정하여 보기 좋은 책으로 편집해 주신 도서출판 경진의 양정섭 이사님과 노경민 과장님께 감사의 뜻을 전한다.

2018년 1월
나찬연

▎차례

1. 이 책에서 형태소 분석에 사용하는 문법적 단위에 대한 약어는 다음과 같다.

범주	약칭	본디 명칭
품사	의명	의존 명사
	인대	인칭 대명사
	지대	지시 대명사
	형사	형용사
	보용	보조 용언
	관사	관형사
	감사	감탄사
불규칙 용언	ㄷ불	ㄷ 불규칙 용언
	ㅂ불	ㅂ 불규칙 용언
	ㅅ불	ㅅ 불규칙 용언
어근	불어	불완전(불규칙) 어근
파생 접사	접두	접두사
	명접	명사 파생 접미사
	동접	동사 파생 접미사
	조접	조사 파생 접미사
	형접	형용사 파생 접미사
	부접	부사 파생 접미사
	사접	사동사 파생 접미사
	피접	피동사 파생 접미사
	강접	강조 접미사
	복접	복수 접미사
	높접	높임 접미사
조사	주조	주격 조사
	서조	서술격 조사
	목조	목적격 조사

범주	약칭	본디 명칭
조사	보조	보격 조사
	관조	관형격 조사
	부조	부사격 조사
	호조	호격 조사
	접조	접속 조사
어말 어미	평종	평서형 종결 어미
	의종	의문형 종결 어미
	명종	명령형 종결 어미
	청종	청유형 종결 어미
	감종	감탄형 종결 어미
	연어	연결 어미
	명전	명사형 전성 어미
	관전	관형사형 전성 어미
선어말 어미	주높	상대 높임의 선어말 어미
	객높	주체 높임의 선어말 어미
	상높	객체 높임의 선어말 어미
	과시	과거 시제의 선어말 어미
	현시	현재 시제의 선어말 어미
	미시	미래 시제의 선어말 어미
	회상	회상 표현의 선어말 어미
	확인	확인 표현의 선어말 어미
	원칙	원칙 표현의 선어말 어미
	감동	감동 표현의 선어말 어미
	화자	화자 표현의 선어말 어미
	대상	대상 표현의 선어말 어미

* 이 책에서 쓰인 '문법 용어'와 '약어(略語)'에 대한 자세한 내용은 [부록]에 첨부된 '문법 용어의 풀이'를 참고하기 바란다.

2. 이 책의 형태소 분석에서 사용되는 약호는 다음과 같다.

부호	기능	용례
#	어절의 경계 표시.	철수가 # 국밥을 # 먹었다.
+	한 어절 내에서의 형태소 경계 표시.	철수 + -가 # 먹- + -었- + -다
( )	언어 단위의 문법 명칭과 기능 설명.	먹(먹다) - + -었(과시)- + -다(평종)
[ ]	파생어의 내부 짜임새 표시.	먹이[먹(먹다)- + -이(사접)-]- + -다(평종)
	합성어의 내부 짜임새 표시.	국밥[국(국) + 밥(밥)] + -을(목조)
-a	a의 앞에 다른 말이 실현되어야 함.	-다, -냐 ; -은, -을 ; -음, -기 ; -게, -으면
a-	a의 뒤에 다른 말이 실현되어야 함.	먹(먹다)-, 자(자다)-, 예쁘(예쁘다)-
-a-	a의 앞뒤에 다른 말이 실현되어야 함.	-으시-, -었-, -겠-, -더-, -느-
a(← A)	기본 형태 A가 변이 형태 a로 변함.	지(← 짓다, ㅅ불)- + -었(과시)- + -다(평종)
a(↚ A)	A 형태를 a 형태로 잘못 적음(오기)	국빱(↚ 국밥) + -을(목)
Ø	무형의 형태소나 무형의 변이 형태	예쁘- + -Ø(현시)- + -다(평종)

3. 다음은 중세 국어의 문장을 약어와 약호를 사용하여 어절 단위로 분석한 예이다.

불휘 기픈 남ᄀᆞᆫ ᄇᆞᄅᆞ매 아니 뮐ᄊᆡ 곶 됴코 여름 하ᄂᆞ니 [용가 2장]

① 불휘: 불휘(뿌리, 根) + -Ø(← -이: 주조)
② 기픈: 깊(깊다, 深)- + -Ø(현시)- + -은(관전)
③ 남ᄀᆞᆫ: 낡(← 나모: 나무, 木) + -ᄋᆞᆫ(-은: 보조사)
④ ᄇᆞᄅᆞ매: ᄇᆞᄅᆞᆷ(바람, 風) + -애(-에: 부조, 이유)
⑤ 아니: 아니(부사, 不)
⑥ 뮐ᄊᆡ: 뮈(움직이다, 動)- + -ㄹᄊᆡ(-으므로: 연어)
⑦ 곶: 곶(꽃, 花)
⑧ 됴코: 둏(좋아지다, 좋다, 好)- + -고(연어, 나열)
⑨ 여름: 여름[열매, 實: 열(열다, 結)- + -음(명접)]
⑩ 하ᄂᆞ니: 하(많아지다, 많다, 多)- + -ᄂᆞ(현시)- + -니(평종, 반말)

4. 단, 아래의 경우에는 예외적으로 다음과 같은 방법으로 어절의 짜임새를 분석한다.

가. 명사, 동사, 형용사는 특별한 경우가 아니면 품사의 명칭을 표시하지 않는다. 단, 의존 명사와 보조 용언은 예외적으로 각각 '의명'과 '보용'으로 표시한다.

① 부톄: 부텨(부처, 佛) + -ㅣ(←-이: 주조)
② 괴오쇼셔: 괴오(사랑하다, 愛)- + -쇼셔(-소서: 명종)
③ 올ᄒᆞ시이다: 옳(옳다, 是)- + -ᄋᆞ시(주높)- + -이(상높)- + -다(평종)

나. 한자말로 된 복합어는 더 이상 분석하지 않는다.

① 中國에: 中國(중국) + -에(부조, 비교)
② 無上涅槃ᄋᆞᆯ: 無上涅槃(무상열반) + -ᄋᆞᆯ(목조)

다. 특정한 어미가 다른 어미의 내부에 끼어들어서 실현될 때에는 다음과 같이 표기한다. 이때 단일 형태소의 내부가 분리되는 현상은 '…'로 표시한다.

① 어리니잇가: 어리(어리석다, 愚: 형사)- + -잇(←-이-: 상높)- + -니…가(의종)
② 자거시늘: 자(자다, 宿: 동사)- + -시(주높)- + -거…늘(-거늘: 연어)

라. 형태가 유표적으로 존재하지 않으면서도 문법적이 있는 '무형의 형태소'는 다음과 같이 'Ø'로 표시한다.

① 가ᄆᆞ라 비 아니 오ᄂᆞᆫ 싸히 잇거든
 ·ᄀᆞᄆᆞ라: [가물다(동사): ᄀᆞᄆᆞᆯ(가뭄, 旱: 명사) + -Ø(동접)-]- + -아(연어)
② 바ᄅᆞ 自性을 ᄉᆞᄆᆞᆺ 아ᄅᆞ샤
 ·바ᄅᆞ: [바로(부사): 바ᄅᆞ(바ᄅᆞ다, 正: 형사)- + -Ø(부접)]
③ 불휘 기픈 남ᄀᆞᆫ
 ·불휘(뿌리, 根) + -Ø(←-이: 주조)
④ 내 ᄒᆞ마 命終호라
 ·命終ᄒᆞ(명종하다: 동사)- + -Ø(과시)- + -오(화자)- + -라(←-다: 평종)

마. 무형의 형태소로 실현되는 시제 표현의 선어말 어미는 다음과 같이 표기한다.

① 동사나 형용사의 종결형과 관형사형에서 나타나는 '과거 시제 표현'의 무형의 선어말 어미는 '-Ø(과시)-'로, '현재 시제 표현'의 무형의 선어말 어미는 '-Ø(현시)-'로 표시한다.

㉠ 아ᄃᆞᆯᄃᆞᆯ히 아비 죽다 듣고
·죽다: 죽(죽다, 死: 동사)-+-Ø(과시)-+-다(평종)

㉡ 엇던 行業을 지ᅀᅥ 惡德애 ᄢᅥ러딘다
·ᄢᅥ러딘다: ᄢᅥ러디(떨어지다, 落: 동사)-+-Ø(과시)-+-ㄴ다(의종)

㉢ 獄ᄋᆞᆫ 罪 지ᅀᅳᆫ 사ᄅᆞᆷ 가도ᄂᆞᆫ ᄊᆞ히니
·지ᅀᅳᆫ: 짓(짓다, 犯: 동사)-+-Ø(과시)-+-ㄴ(관전)

㉣ 닐굽 ᄒᆡ 너무 오라다
·오라(오래다, 久: 형사)-+-Ø(현시)-+-다(평종)

㉤ 여슷 大臣이 힝뎌기 왼 ᄃᆞᆯ 제 아라
·외(그르다, 非: 형사)-+-Ø(현시)-+-ㄴ(관전)

② 동사나 형용사의 연결형에 나타나는 과거 시제나 현재 시제 표현의 무형의 선어말 어미는 표시하지 않는다.

㉠ 몸앳 필 뫼화 그르세 다마 男女를 내ᅀᆞᄫᆞ니
·뫼화: 뫼호(모으다, 集: 동사)-+-아(연어)

㉡ 고히 길오 놉고 고ᄃᆞ며
·길오: 길(길다, 長: 형사)-+-오(←-고: 연어)
·놉고: 높(높다, 高: 형사)-+-고(연어, 나열)
·고ᄃᆞ며: 곧(곧다, 直: 형사)-+-ᄋᆞ며(-으며: 연어)

③ 합성어나 파생어의 내부에서 실현되는 과거 시제나 현재 시제 표현의 무형의 선어말 어미는 표시하지 않는다.

㉠ 왼녁: [왼쪽, 左: 외(왼쪽이다, 右)-+-ᄋᆞᆫ(관전▷관접)+녁(녘, 쪽: 의명)]
㉡ 늘그니: [늙은이: 늙(늙다, 老)-+-은(관전)+이(이, 者: 의명)]

#『석보상절』의 해제

세종대왕은 1443년(세종 25년) 음력 12월에 음소 문자(音素文字)인 훈민정음(訓民正音)의 글자를 창제하였다. 훈민정음 글자는 기존의 한자나 한자를 빌어서 우리말을 표기하는 글자인 향찰, 이두, 구결 등과는 전혀 다른 표음 문자인 음소 글자였다. 실로 글자의 역사상 유래를 찾아볼 수 없는 매우 독창적인 글자이면서도, 글자의 수가 28자에 불과하여 아주 배우기 쉬운 글자였다.

훈민정음을 창제한 이후에 세종은 이 글자를 널리 보급하기 위하여 훈민정음의 제자 원리를 이론화하고 성리학적인 근거를 부여하는 데에 힘을 썼다. 곧, 최만리 등의 상소 사건을 통하여 사대부들이 훈민정음에 대하여 취하였던 부정적인 인식과 태도를 파악하였으므로, 이를 극복하는 적극적인 방법으로 훈민정음 글자에 대한 '종합 해설서'를 발간하기로 하였는데, 이것이 곧 『훈민정음 해례본』이다.

이처럼 새로운 글자를 창제하고 반포하는 데에 그치는 것이 아니라, 실제로 백성들이 널리 사용할 수 있도록 하기 위하여 여러 가지 뒷받침 사업을 진행하였다. 이를 위하여 세종은 새로운 문자인 훈민정음을 이용하여 국어의 입말을 실제로 문장의 단위로 적어서 그 실용성을 시험하는 작업을 수행하였다. 그 첫 번째 노력으로 『용비어천가(龍飛御天歌)』의 노랫말을 훈민정음으로 지어서 간행하였는데, 이로써 훈민정음 글자로써 국어의 입말을 실제로 적을 수 있는 가능성을 보였다. 그리고 세종의 왕비인 소헌왕후(昭憲王后) 심씨(沈氏)가 1446년(세종 28)에 사망하자, 세종은 심씨의 명복을 빌기 위하여 수양대군(훗날의 세조)에게 명하여 석가모니불의 연보인 『석보상절(釋譜詳節)』을 엮게 하였다. 이에 수양대군은 김수온 등과 더불어 '석가보(釋迦譜), 석가씨보(釋迦氏譜), 법화경(法華經), 지장경(地藏經), 아미타경(阿彌陀經), 약사경(藥師經)' 등에서 뽑아 모은 글을 훈민정음으로 옮겨서 만들었다. 여기서 『석보상절』이라는 책의 제호는 석가모니의 일생의 일을 가려내어서, 그 일을 자세히 기록한 것이라는 뜻이다.

이 책이 언제 간행되었는지는 확실하지 않다. 하지만 수양대군이 지은 '석보상절 서(序)'가 세종 29년(1447)에 지어진 것으로 되어 있고, 또 권 9의 표지 안에 '正統拾肆年貳月初肆日(정통십사년 이월초사일)'이란 글귀가 적혀 있어서, 이 책이 세종 29년(1447)에서 세종 31년(1449) 사이에 만들어졌다는 것을 확인할 수 있다. 이러한 사실을 정리하면 1447년(세종 29)에 책의 내용이 완성되었고, 1449년(세종 31)에 책으로 간행된 것으로 볼 수 있다.

『석보상절』은 다른 불경 언해서(諺解書)와는 달리 문장이 매우 유려하여 15세기 당시의 국어와 국문학을 대표하는 작품으로 꼽히고 있다. 곧, 중국의 한문으로 기록된 내용을 바탕으로 쉽고 아름다운 국어의 문장으로 개작한 것이어서, 15세기 중엽의 국어 연구에 대단히 중요한 역할을 할 뿐만 아니라 국어로 된 산문 문학의 첫 작품이자 최초의 번역 불경이라는 가치가 있다.

현재 전하는 『석보상절』은 국립중앙도서관에 소장된 권 6, 9, 13, 19의 초간본 4책(보물 523호), 동국대학교 도서관에 소장된 권 23, 24의 초간본 2책, 호암미술관에 소장된 복각 중간본 권 11의 1책, 1979년 천병식(千炳植) 교수가 발견한 복각 중간본 권 3의 1책 등이 있다.

『석보상절 제삼』의 해제

『석보상절 제삼』은 1979년에 천병식(千炳植) 교수가 발견한 복각 중간본이다. 『석보상절 제삼』의 내용은 『월인천강지곡』의 其30에서 其66에 기술된 내용에 해당한다. 그리고 『석보상절 제삼』의 내용은 중국 양나라 때의 학승인 승우(僧祐)가 지은 『석가보』(釋迦譜)와 당나라 때의 학승인 도선(道宣)이 편찬한 『석가씨보』(釋迦氏譜)에 실린 내용과 대체로 유사하다.

『석보상절 제삼』은 석가모니 태자가 태어난 후에 궁궐에서 살 때의 생활과 출가하는 동기와 과정, 그리고 해탈하기 위하여 고행을 시작하는 과정을 기술하였다. 『석보상절 제삼』의 내용을 요약하면 다음과 같다.

정반왕(淨飯王)이 관상을 보는 사람에게 싯다르타 태자의 관상을 보였는데, 아사타(阿私陁) 선인으로부터 태자가 장차 출가하여 부처가 되리라는 예언을 들었다. 태자가 태어나신 7일째에 마야부인(摩耶夫人)이 죽자 정반왕은 대애도(大愛道)로 하여금 태자를 키우게 하였으며, 태자의 출가를 막으려고 궁궐 안에서 여러 가지 일로써 태자를 즐겁게 하였다. 정반왕은 싯다르타를 나라의 태자로 세우고 밀다라(蜜多羅)를 시키어 태자에게 공부를 시켰으나, 태자는 스스로 학문과 진리를 깨쳤다. 태자는 조달(調達)과 난타(難陀)와 더불어서 각종 재주를 겨루어서 그들을 이기고, 집장석(執杖釋)의 딸인 구이(瞿夷)를 비자(妃子)로 삼았다. 태자는 어느 날 성 밖에 나아가서 늙은 사람과 병든 사람과 죽은 사람을 보게 되었는데, 이를 계기로 태자는 출가하여 수행할 것을 결심하였다. 태자가 정반왕에게 출가하고자 하는 뜻을 알리고, 구이에게 신력으로 임신을 시켰다. 정반왕은 갖가지 방법을 써서 태자의 출가를 막으려 하였으나, 태자는 이월 초이렛날에 차닉(車匿)이와 더불어서 건특(揵特)이를 타고 성 밖으로 빠져나갔다. 태자는 차닉이와 건특이를 성으로 돌려보내고, 자신의 머리를 깎고 곤룡포를 가사(袈裟)로 갈아입고 발가선림(跋伽仙林)에 도착하였다. 태자는 발가선림의 바라문(婆羅門)과 미루산(彌樓山)의 아람(阿藍)과 가란(迦蘭), 그리고 울두람불(鬱頭藍弗) 등의 선인을 만나 도를 배웠으나, 그들의 도가 높지 못함을 알고 그들과 헤어졌다. 한편 태자가 출가한 뒤에 6년 뒤에 대궐에서 야수타라(耶輸陀羅)가 아들인 나후라(羅睺羅)을 낳았다. 태자가 가도산(伽闍山)의 고행림(苦行林)에서 교진여(憍陳如) 등 다섯 사람과 함께 고행하였다. 태자가 보리수(菩提樹) 아래에서 고행하실 적에 하늘과 땅에서 여러 가지의 신기하는 일이 많이 일어났다.

[1 앞]

釋譜詳節(석보상절) 第三(제삼)

淨飯王(정반왕)이 相(상)을 보는 사람 五百(오백)을 大寶殿(대보전)에 모아 太子(태자)를 보이시더니, 모두 사뢰되 "出家(출가)하시면 成佛(성불)하시고【成佛(성불)은 부처의 道理(도리)를 이루시는 것이다.】 집에 계시면 輪王(윤왕)이 되시겠습니다." 또 사뢰되 "香山(향산)의 阿私陁(아사타) 仙人(선인)이 있습니다.

釋석譜봉詳썅節졇 第뗑三삼

淨쪙飯뻔王왕[1]이 相샹 봃[2] 사ᄅᆞᆷ 五옹百ᄇᆡᆨ을 大땡寶볼殿뗜에 뫼호아[3] 太탱子ᄌᆞᆼ[4]ᄅᆞᆯ 뵈더시니[5] 모다[6] ᄉᆞᆲ보ᄃᆡ[7] 出츓家강ᄒᆞ시면 成쎵佛뿛ᄒᆞ시고 【成쎵佛뿛은 부텨 ᄃᆞ외샤 道똥理링ᄅᆞᆯ 일우실[8] 씨라[9]】 지븨[10] 겨시면 輪륜王왕[11]이 ᄃᆞ외시리로소이다[12] ᄯᅩ[13] ᄉᆞᆲ보ᄃᆡ 香향山산[14]ㅅ 阿항私ᄉᆞᆼ陁땅[15] 仙션人신이 잇ᄂᆞ니이다[16]

---

1) 淨飯王: 정반왕. 기원전 6세기 무렵 인도 가비라국(迦毗羅國)의 임금이던 사자협왕(師子頰王)의 첫째 아들이다. 석가모니의 아버지이다.

2) 봃: 보(보다, 睹)- + -ㅭ(관전)

3) 뫼호아: 뫼호(모으다, 召)- + -아(연어)

4) 太子: '싯다르타' 태자이다. 후에 석가모니 부처가 된다.

5) 뵈더시니: 뵈[보이다, 示: 보(보다, 見: 타동)- + -ㅣ(←-이-: 사접)-]- + -더(회상)- + -시(주높)- + -니(연어, 설명의 계속)

6) 모다: [모두, 咸(부사): 몯(모이다, 集: 자동)- + -아(연어▷부접)]

7) ᄉᆞᆲ보ᄃᆡ: ᄉᆞᆲ(←ᄉᆞᆲ다, ㅂ불: 사뢰다, 아뢰다, 言)- + -오ᄃᆡ(-되: 연어, 설명 계속)

8) 일우실: 일우[이루다, 成: 일(이루어지다, 成: 자동)- + -우(사접)-]- + -시(주높)- + -ㄹ(관전)

9) 씨라: ㅆ(←ᄉᆞ: 것, 의명) + -이(서조)- + -Ø(현시)- + -라(←-다: 평종)

10) 지븨: 집(집, 家) + -의(-에: 부조, 위치)

11) 轉輪王: 윤왕. 전륜왕. 인도 신화 속의 임금이다. 정법(正法)으로 온 세계를 통솔한다고 한다. 여래의 32상(相)을 갖추고 칠보(七寶)를 가지고 있으며 하늘로부터 금, 은, 동, 철의 네 윤보(輪寶)를 얻어 이를 굴리면서 사방을 위엄으로 굴복시킨다.

12) ᄃᆞ외시리로소이다: ᄃᆞ외(되다, 爲)- + -시(주높)- + -리(미시)- + -롯(←-돗-: 감동)- + -오이(←-ᄋᆞ이-: 상높, 아주 높임)- + -다(평종)

13) ᄯᅩ: 또, 又(부사, 접속)

14) 香山: 향산. 무열지(無熱地)의 북쪽에 있는 염부제주(閻浮提洲)의 중심인 설산(雪山)이다.

15) 阿私陁: 아사타. 중인도(中印度)의 가비라국(迦毗羅國)에 있던 선인(仙人)의 이름이다. 싯다르타(悉達多) 태자가 탄생하였을 때에 관상(觀相)을 본 사람이다.

16) 영인본에 있는 세 글자의 형태를 알 수가 없다. 『석보상절』의 저본이 된 『석가씨보』의 내용에 따라서 이 부분을 내용을 '잇ᄂᆞ니이다'로 추정한다. 곧, 『석가씨보』에는 "香山大仙阿私陁者(=香山(향산)에 阿私陁(아사타)라는 仙人(선인)이 있습니다.)로 되어 있다.(『석가보 외, 한글대장경』 송성수 1999 참조.

[1 뒤]

이다 그 仙션人ᅀᅵᆫ이 즉자히 虛헝[illegible]
애ᄂᆞ라오나ᄂᆞᆯ 王왕이 太탱子ᄌᆞᆼ ᄃᆞ려
나샤 ᄭᅮᆯ어ᅀᆞᄫᆞ려 커시ᄂᆞᆯ 阿항私ᄉᆞᆼ陁땅
ㅣ 두립사리 말이ᅀᆞᆸ고 ᄉᆞᆯᄫᅩᄃᆡ 三삼
界갱中듕에 尊존ᄒᆞ신 부니시니이다
ᄒᆞ고 合합掌쟝ᄒᆞ야 절ᄒᆞᅀᆞᆸ고 울어늘
王왕이 두리샤 엇데 우는다 ᄒᆞ신대 ᄉᆞᆯ
ᄫᅩᄃᆡ 太탱子ᄌᆞᆼㅣ 三삼十씹二ᅀᅵᆼ相샹

그 仙人(선인)이 즉시 虛空(허공)에서 날아오거늘, 王(왕)이 太子(태자)를 데리고 나오시어 (태자의 무릎을) 꿇리려 하시거늘, 阿私陁(아사타)가 두려워하여 말리고 사뢰되 "(태자께서는) 三界(삼계) 中(중)에 尊(존)하신 분이십니다." 하고 合掌(합장)하여 절하고 울거늘, 王(왕)이 두려워하시어 "어찌 우는가?" 하시니, (아사타 선인이) 사뢰되 "太子(태자)가 三十二相(삼십이상)과 그 仙션人신이 즉자히[17] 虛헝空콩애 ᄂᆞ라오나ᄂᆞᆯ[18] 王왕이 太탱子ᄌᆼ ᄃᆞ려[19] 나샤[20] ᄭᅮᆶ어ᅀᆞᄫᆞ려[21] 커시ᄂᆞᆯ[22] 阿ᅙᅡᆼ私ᄉᆞᆼ陁땅ㅣ 두립사리[23] 말이ᅀᆞᆸ고[24] ᄉᆞᆯᄫᆞᄃᆡ 三삼界갱[25] 中듕에 尊존ᄒᆞ신 부니시니이다[26] ᄒᆞ고 合ᅘᅡᆸ掌쟝ᄒᆞ야 절ᄒᆞᅀᆞᆸ고 울어늘[27] 王왕이 두리샤[28] 엇뎨[29] 우는다[30] ᄒᆞ신대[31] ᄉᆞᆯᄫᆞᄃᆡ 太탱子ᄌᆼㅣ 三삼十씹二싱相샹[32]

---

17) 즉자히: 즉시로, 곧, 卽(부사)

18) ᄂᆞ라오나ᄂᆞᆯ: ᄂᆞ라오[날아오다, 到: ᄂᆞᆯ(날다, 飛)- + -아(연어) + 오(오다, 來)-]- + -나ᄂᆞᆯ(← -거ᄂᆞᆯ: -거늘, 연어, 상황)

19) ᄃᆞ려: ᄃᆞ리(데리다, 將)- + -어(연어)

20) 나샤: 나(나다, 出)- + -샤(← -시-: 주높)- + -Ø(← -아: 연어)

21) ᄭᅮᆶ어ᅀᆞᄫᆞ려: ᄭᅮᆶ어[↚ ᄭᅮᆶ이다(꿇리다, 屈): ᄭᅮᆶ(ᄭᅮᆶ다: 꿇다, 屈, 자동)- + -이(사접)-]- + -ᅀᆞᇦ(← -ᅀᆞᆸ-: 객높)- + -오려(-으려: 연어, 의도) ※ 'ᄭᅮᆶ어ᅀᆞᄫᆞ려'는 'ᄭᅮᆶ이ᅀᆞᄫᆞ려'를 오각한 형태로 보인다. 그런데 15세기 문헌에서 'ᄭᅮᆶ이다'의 형태를 발견할 수 없는 것이 문제이다. 그러나 현대어에서 '꿇다'에 대응되는 사동사인 '꿇리다'가 있는 것으로 보아서, 'ᄭᅮᆶ어ᅀᆞᄫᆞ려'를 'ᄭᅮᆶ이ᅀᆞᄫᆞ려'를 오각한 형태로 처리했다.

22) 커시ᄂᆞᆯ: ㅎ(← ᄒᆞ다: 하다, 보용, 의도)- + -시(주높)- + -거…ᄂᆞᆯ(-거늘: 연어, 상황)

23) 두립사리: [두렵게, 두려워하여(부사): 두리(두려워하다, 畏)- + -ㅂ(형접)- + -사리(부접)] ※ '-사리'는 '쉽사리'와 '어렵사리' 등에도 나타나는 부사 파생 접미사이다. 이때 '-사리'는 [살 + 이]로 더 분석할 가능성이 있으나, 이때의 '살'의 문법적인 성격이 분명하지 않다. 따라서 '-사리'를 더 분석하지 않고 부사 파생 접미사로 처리한다.(허웅 1975:253 참조.)

24) 말이ᅀᆞᆸ고: 말이[말리다, 止: 말(말다, 勿: 동사)- + -이(사접)-]- + -ᅀᆞᆸ(객높)- + -고(연어, 나열, 계기)

25) 三界: 삼계. 중생이 생사 왕래하는 세 가지 세계이다. 삼계에는 '욕계(慾界), 색계(色界), 무색계(無色界)'가 있다.

26) 부니시니이다: 분(분: 의명) + -이(서조)- + -시(주높)- + -Ø(현시)- + -니(원칙)- + -이(상높, 아주 높임)- + -다(평종)

27) 울어늘: 울(울다, 泣)- + -어늘(← -거늘: 연어, 상황)

28) 두리샤: 두리(두려워하다, 畏)- + -샤(← -시-: 주높)- + -Ø(← -아: 연어)

29) 엇뎨: 어찌, 何(부사)

30) 우는다: 우(← 울다: 泣)- + -느(↚ -ᄂᆞ-: 현시)- + -ㄴ다(-는가: 의종, 2인칭) ※ '우는다'는 '우ᄂᆞᆫ다'를 오각한 형태이다.

31) ᄒᆞ신대: ᄒᆞ(하다, 曰)- + -시(주높)- + -ㄴ대(-는데, -니: 연어, 반응)

32) 三十二相: 삼십이상. 부처의 몸에 갖춘 서른두 가지의 독특한 모양이다.

[2 앞]

八(밣)十(씹)種(종)好(ᄒᆞᇢ)ㅣ ᄀᆞᄌᆞ·시·니ᅌᅵ다
이 出(츓)家(강)ᄒᆞ·샤 부:톄 ᄃᆞ외·시·리로소
이·다·나ᄂᆞᆫ 늘거·ᄒᆞ마 無(뭉)想(샹)天(텬)으
로·가·리·니 【·그 ᄢᅴ 阿(항)私(ᄉᆞᆼ)陁(땅)ㅣ 나·히 一(ᅙᅵᇙ)百(ᄇᆡᆨ) ᄉᆞ믈·히러·라나】
法(법)化(황)ᄅᆞᆯ 몯 미처 보ᅀᆞᄫᆞᆯᄊᆡ 우노
이·다 【法(법)化(황)ᄂᆞᆫ 부톄 큰 法(법)으로 衆(즁)生(ᄉᆡᇰ)ᄋᆞᆯ 濟(졩)渡(똥)ᄒᆞ·샤 사오나ᄫᆞᆫ 사ᄅᆞ·미 어딜에 ᄃᆞ욀ᄊᆡ라】
◯ 太(탱)子(ᄌᆞᆼ) 나신 [illegible]
ᄶᆡ·히 四(ᄉᆞᆼ)月(ᅌᅯᇙ)ㅅ 보롬날 摩(망)耶 [illegible]

八十種好(팔십종호)가 갖추어져 있으시니, 마땅히 出家(출가)하시어 부처가 되시겠습니다. 나는 늙어 곧 無想天(무상천)으로 가겠으니【그때에 阿私陀(아사타)가 나이가 一百(일백) 스물이더니라.】法化(법화)에 이르기까지 못 보겠으므로 웁니다."【法化(법화)는 부처가 큰 法(법)으로 衆生(중생)을 濟渡(제도)하시어 사나운 사람이 어질게 되는 것이다.】 ○ 太子(태자)가 나신 이레째 四月(사월)의 보름날에 摩耶夫人(마야부인)이

八밣十씹種죵好홓[33]ㅣ ᄀᆞᄌᆞ시니[34] 당다이[35] 出츓家강ᄒᆞ샤 부톄[36] ᄃᆞ외시리로소이다[37] 나ᄂᆞᆫ 늘거 ᄒᆞ마[38] 無뭉想샹天텬[39]으로 가리니【그 저긔[40] 阿항私ᄉᆞᆼ陁땅이 나히[41] 一ᅙᅵᇙ百ᄇᆡᆨ 스믈히러니라[42]】法법化황[43]ᄅᆞᆯ 몯 미처[44] 보ᅀᆞᄫᆞᆯ릴씨[45] 우노이다[46]【法법化황ᄂᆞᆫ 부톄 큰 法법으로 衆즁生ᄉᆡᆼᄋᆞᆯ 濟졩渡똥ᄒᆞ샤 사오나ᄫᆞᆫ[47] 사ᄅᆞ미 어딜에[48] ᄃᆞ욀 씨라】○ 太탱子ᄌᆞᆼ 나신 닐웨짜히[49] 四ᄉᆞᆼ月ᅌᅯᇙㅅ 보롬날[50] 摩망耶양夫붕人ᅀᅵᆫ[51]이

---

33) 八十種好: 팔십종호. 부처의 몸에 갖추어져 있는 미묘하고 잘생긴 여든 가지 상(相)이다.

34) ᄀᆞᄌᆞ시니: ᄀᆞᆽ(갖추어져 있다, 具)-＋-ᄋᆞ시(주높)-＋-니(연어, 이유)

35) 당다이: 마땅히, 반드시, 必(부사)

36) 부톄: 부텨(부처, 佛)＋-ㅣ(←-이: 보조)

37) ᄃᆞ외시리로소이다: ᄃᆞ외(되다, 成)-＋-시(주높)-＋-리(미시)-＋-롯(←-돗-: 감동)-＋-오이(←-ᄋᆞ이-: 상높, 아주 높임)-＋-다(평종)

38) ᄒᆞ마: 곧, 不久(부사)

39) 無想天: 무상천. 색계(色界)의 사선천(四禪天)의 넷째 하늘이다. 이 하늘에 태어나면 모든 생각이 없다고 한다.

40) 저긔: 적(적, 때, 時: 의명)＋-의(-에: 부조, 위치, 시간)

41) 나히: 나ㅎ(나이, 歲)＋-이(주조)

42) 스믈히러니라: 스믈ㅎ(스물, 二十: 수사, 양수)＋-이(서조)-＋-러(←-더-: 회상)-＋-니(원칙)-＋-라(←-다: 평종)

43) 法化: 법화. 부처가 큰 법으로 중생을 제도하시어 사나운 사람이 어질게 되는 것이다.

44) 미처: 및(미치다, 이르다, 及: 자동)-＋-어(연어) ※ '미처'는 원래는 '이르러'의 뜻을 나타나지만, 여기서는 '-에 이르기까지'로 의역하여 옮긴다.

45) 보ᅀᆞᄫᆞᆯ릴씨: 보(보다, 睹)-＋-ᅀᆞᇦ(←-ᅀᆞᆸ-: 객높)-＋-ᄋᆞ리(미시)-＋-ㄹ씨(-므로: 연어, 이유)

46) 우노이다: 우(←울다: 울다, 泣)-＋-ㄴ(←-ᄂᆞ-: 현시)-＋-오(화자)-＋-이(상높, 아주 높임)-＋-다(평종)

47) 사오나ᄫᆞᆫ: 사오낳(←사오납다, ㅂ불: 사납다, 惡)-＋-Ø(현시)-＋-ᄋᆞᆫ(관전)

48) 어딜에: 어딜(어질다, 仁)-＋-에(←-게: 연어, 피동)

49) 닐웨짜히: [이레째, 第七日: 닐웨(이레, 七日: 명사)＋-짜히(-째: 접미, 서수)]

50) 보롬날: [보름날, 望日: 보롬(보름, 望)＋날(날, 日)]

51) 摩耶夫人: 마야부인. 석가족(族) 호족(豪族)의 딸로서 가비라바소도(伽毘羅衛)의 성주(城主)인 정반왕(淨飯王)의 왕비가 되어 석가모니를 낳았다. 마야부인은 싯다르타 태자를 출산한 뒤에 7일 만에 타계했다고 전해진다.

[2 뒤]

돌아가시어 忉利天(도리천)으로 가시니, 五萬(오만) 梵天(범천)은 寶甁(보병)을 잡고【寶甁(보병)은 보배로 만든 甁(병)이다.】二萬(이만) 魔妻(마처)는 寶縷(보루)를 잡아 侍衛(시위)하였니라.【魔妻(마처)는 귀신의 아내요, 寶縷(보루)는 보배의 실이다.】 ○ 王(왕)이 婆羅門(바라문)을 많이 請(청)하시고 太子(태자)를 안아 (밖으로) 나가시어 이름을 붙이시더니, 모두 사뢰되, "나실 적에 吉慶(길경)된

업스샤[52] 忉돌利링天텬[53]으로 가시니 五옹萬먼 梵뻠天텬[54]은 寶볼甁뼝[55] 잡고【寶볼甁뼝은 보ᄇᆡ옛[56] 甁뼝이라】二싱萬먼 魔망妻쳉ᄂᆞᆫ 寶볼縷룽[57] 자바 侍씽衛윙ᄒᆞᅀᆞᄫᆞ니라[58]【魔망妻쳉ᄂᆞᆫ 귓거싀[59] 가시오[60] 寶볼縷룽ᄂᆞᆫ 보ᄇᆡ옛 시리라[61]】○ 王왕이 婆뼝羅랑門몬[62]ᄋᆞᆯ 만히 請청ᄒᆞ시고 太탱子ᄌᆞᆼ 아나[63] 나샤 일훔[64] 지터시니[65] 모다[66] ᄉᆞᆯᄫᅩᄃᆡ 나시ᇙ 저긔 吉기ᇙ慶켱ᄃᆞ왼[67]

---

52) 업스샤: 없(없어지다, 죽다, 命終: 동사)- + -으샤(← -으시-: 주높)- + -Ø(← -아: 연어) ※ '업스샤'는 '돌아가시어'로 의역하여 옮긴다.

53) 忉利天: 도리천. 육욕천의 둘째 하늘이다. 섬부주 위에 8만 유순(由旬) 되는 수미산 꼭대기에 있는 곳으로, 가운데에 제석천이 사는 선견성(善見城)이 있으며, 그 사방에 권속되는 하늘 사람들이 살고 있는 8개씩의 성이 있다.

54) 梵天: 범천. 십이천(十二天)의 하나이다. ※ '십이천(十二天)'은 인간 세상을 지키는 열두 하늘이나 그곳을 지킨다는 신(神)이다. 동방에 제석천(帝釋天), 남방에 염마천(閻魔天), 서방에 수천(水天), 북방에 비사문천(毘沙門天), 동남방에 화천(火天), 서남방에 나찰천(羅刹天), 서북방에 풍천(風天), 동북방에 대자재천(大自在天), 위에 범천(梵天), 아래에 지천(地天)과 일천(日天), 월천(月天)이 있다.

55) 寶甁: 보병. 꽃병이나 물병을 아름답게 이르는 말이다.

56) 보ᄇᆡ옛: 보ᄇᆡ(보배, 寶) + -예(← -에: 부조, 위치) + -ㅅ(-의 : 관조) ※ '보ᄇᆡ옛'은 '보배로 만든'으로 의역하여 옮긴다.

57) 寶縷: 보루. 보배의 실이다.

58) 侍衛ᄒᆞᅀᆞᄫᆞ니라: 侍衛ᄒᆞ[시위하다 : 侍衛(시위: 명사) + -ᄒᆞ(동접)-]- + -ᅀᆞᇦ(← -ᅀᆞᆸ-: 객높)- + -Ø(과시)- + -ᄋᆞ니(원칙)- + -라(← -다 : 평종) ※ '侍衛(시위)'는 임금이나 어떤 모임의 우두머리를 모시어 호위하는 것이다.

59) 귓거싀: 귓것[귀신, 鬼 : 귀(귀, 귀신, 鬼) + 것(것: 의명)] + -의(관조)

60) 가시오: 갓(아내, 妻) + -이(서조)- + -오(← -고: 연어, 나열)

61) 시리라: 실(실, 絲) + -이(서조)- + -Ø(현시)- + -라(← -다: 평종)

62) 바라문(婆羅門): 산스크리트어 brāhmaṇa의 음사이다. 고대 인도의 사성(四姓) 가운데 가장 높은 계급으로, 제사와 교육을 담당하는 바라문교의 사제(司祭) 그룹이다.

63) 아나: 안(안다, 抱)- + -아(연어)

64) 일훔: 이름. 名.

65) 지터시니: 짛(붙이다, 附)- + -더(회상)- + -시(주높)- + -니(연어, 설명의 계속)

66) 모다: [모두, 皆(부사): 몯(모이다, 集: 자동)- + -아(연어 ▷ 부접)]

67) 吉慶ᄃᆞ왼: 吉慶ᄃᆞ외[경사스럽다: 吉慶(길경: 명사) + -ᄃᆞ외(-되-: 형접)-]- + -Ø(현시)- + -ㄴ(관전) ※ '吉慶(길경)'은 아주 경사스러운 일이다.

祥瑞(상서)가 많으시므로 이름을 薩婆悉達(살파실달)이라 하십시다." 【薩婆悉達(살파실달)은 '가장 좋다'고 하는 말이다.】 虛空(허공)에서 天神(천신)이 북을 치고 香(향)을 피우며 꽃을 흩뿌리고 이르되 【天神(천신)은 하늘의 神靈(신령)이다.】 "좋으십니다." 하더라. 한 臣下(신하)가 王(왕)께 사뢰되, "太子(태자)가 어려 있으시니 누가 기르겠느냐? 오직 大愛道(대애도)야말로 기르겠습니다."

祥쌍瑞쒱[68] 하시란ᄃᆡ[69] 일후믈[70] 薩삻婆빵悉싫達땋이라 ᄒᆞᅀᆞᆸ사이다[71] 【薩삻婆빵悉싫達땋ᄋᆞᆫ ᄀᆞ장 됴타[72] ᄒᆞᄂᆞᆫ 마리라】虛헝空콩애셔 天텬神씬이 붑[73] 티고 香향 퓌우며[74] 곳[75] 비코[76] 닐오ᄃᆡ【天텬神씬ᄋᆞᆫ 하ᄂᆞᆳ 神씬靈령이라】 됴ᄒᆞ시이다[77] ᄒᆞ더라 ᄒᆞᆫ 臣씬下행ㅣ 王왕ᄭᅴ ᄉᆞᆯᄫᅩᄃᆡ 太탱子즈ㅣ 져머[78] 겨시니[79] 뉘[80] 기ᄅᆞᅀᆞᄫᆞ려뇨[81] 오직 大땡愛ᄋᆡᆼ道똫ㅣᅀᅡ[82] 기ᄅᆞᅀᆞᄫᆞ리이다[83]

---

68) 祥瑞: 祥瑞(상서) + -Ø(← -이: 주조) ※ '祥瑞(상서)'는 복되고 길한 일이 일어날 조짐이다.

69) 하시란ᄃᆡ: 하(많다, 多)- + -시(주높)- + -란ᄃᆡ(-니, -을진대 : 연어, 사실의 근거) ※ '-란ᄃᆡ'는 앞 절의 일을 인정하면서, 그것을 뒤 절 일의 조건이나 이유, 근거로 삼음을 나타내는 연결어미이다.

70) 일후믈: 일훔(이름, 名) + -을(목조)

71) ᄒᆞᅀᆞᆸ사이다: ᄒᆞ(하다, 曰)- + -ᅀᆞᆸ(객높)- + -사이다(청종, 아주 높임)

72) 됴타: 둏(좋다, 好)- + -Ø(현시)- + -다(평종)

73) 붑: 북, 鼓.

74) 퓌우며: 퓌우[피우다, 發: 프(← 프다: 피다, 發, 자동)- + -ㅣ(← -이-: 사접)- + -우(사접)-]- + -며(연어, 나열) ※ '픠우며'가 '퓌우며'로 바뀐 것은 원순 모음화가 적용된 초기의 예로 볼 수 있다.

75) 곳: 곳(← 곶 : 꽃, 花)

76) 비코: 빟(흩뿌리다, 散)- + -고(연어, 계기)

77) 됴ᄒᆞ시이다: 둏(좋다, 好)- + -ᄋᆞ시(주높)- + -Ø(현시)- + -이(상높, 아주 높임)- + -다(평종)

78) 져머: 졈(젊다, 어리다, 幼)- + -어(연어)

79) 겨시니: 겨시(계시다: 보용, 완료 지속, 높임)- + -니(연어, 설명의 계속)

80) 뉘: 누(누구, 誰 : 인대, 미지칭) + -ㅣ(← -이 : 주조)

81) 기ᄅᆞᅀᆞᄫᆞ려뇨: 기ᄅᆞ[기르다, 養 : 길(길다, 長 : 형사)- + -ᄋᆞ(사접)-]- + -ᅀᆞᇦ(← -ᅀᆞᆸ- : 객높)- + -ᄋᆞ리(미시)- + -어(확인)- + -뇨(-느냐: 의종, 설명)

82) 大愛道ㅣᅀᅡ: 大愛道(대애도) + -ㅣ(← -이 : 주조) + -ᅀᅡ(-야: 보조사, 한정 강조) ※ '大愛道(대애도)'는 싯다르타 태자의 이모(姨母)이다. 어머니 마하마야(摩訶摩耶)가 죽은 뒤에 싯다르타 태자를 양육하였고, 뒤에 맨 처음으로 비구니(比丘尼)가 되었다.

83) 기ᄅᆞᅀᆞᄫᆞ리이다: 기ᄅᆞ[기르다, 養 : 길(길다, 長 : 형사)- + -ᄋᆞ(사접)-]- + -ᅀᆞᇦ(← -ᅀᆞᆸ- : 객높)- + -ᄋᆞ리(미시)- + -이(상높, 아주 높임)- + -다(평종)

[3 뒤]

이다【大땡愛ᅙᆡᆼ道또ᇢ는 ᄀᆞ장 道理ᄅᆞᆯ ᄉᆞ랑ᄒᆞᆯ씨니 西솅天텬 마리 摩망訶항波방闍쌍波방提뗑니 難난陀땅ㅅ 어마니미시니라】 王왕이 大땡愛ᅙᆡᆼ道또ᇢ의 가샤 져머겨 기르라 ᄒᆞ야시ᄂᆞᆯ 大땡愛ᅙᆡᆼ道또ᇢㅣ 그리호리이다 ᄒᆞ시니라 王왕이 大땡愛ᅙᆡᆼ道또ᇢᄃᆞ려 니ᄅᆞ샤 太탱子ᄌᆞᆼ 뫼셔 天텬神씬 祭젱ᄒᆞᄂᆞᆫ ᄃᆡ 절ᄒᆡ ᄉᆞ보리라 ᄒᆞ야 가더시니 羣꾼臣씬과 婇칭女녕와 諸

【大愛道(대애도)는 매우 道理(도리)를 사랑하는 것이니, 西天(서천)의 말에 摩訶波闍波提(마하파도파제)니 難陀(난타)의 어머님이시니라.】 王(왕)이 大愛道(대애도)에게 가시어 "(태자를) 젖을 먹여 기르라." 하시거늘, 大愛道(대애도)가 "그리하겠습니다." 하셨니라. 王(왕)이 大愛道(대애도)에게 이르시어 "太子(태자)를 모셔 天神(천신)에게 祭(제)하는 데에 (가서) 절을 하게 하리라." 하여 가시더니, 群神(군신)과 婇女(채녀)와 諸天(제천)이

【大땡愛ᅙᆡᆼ道똫ᄂᆞᆫ ᄀᆞ장[84] 道똫理링를 ᄉᆞ랑ᄒᆞᆯ 씨니 西솅天텬[85] 마래 摩망訶항波방闍썅波방提뗑니 難난陁땅[86]ㅅ 어마니미시니라[87]】 王왕이 大땡愛ᅙᆡᆼ道똫ᄋᆡ 그에[88] 가샤 졋[89] 머겨 기ᄅᆞ라[90] ᄒᆞ야시ᄂᆞᆯ[91] 大땡愛ᅙᆡᆼ道똫ㅣ 그리호리이다[92] ᄒᆞ시니라[93] 王왕이 大땡愛ᅙᆡᆼ道똫ᄃᆞ려[94] 니ᄅᆞ샤[95] 太탱子ᄌᆞᆼ 뫼셔[96] 天텬神씬 祭졩ᄒᆞᄂᆞᆫ ᄃᆡ[97] 절ᄒᆡᅀᆞᄫᆞ리라[98] ᄒᆞ야 가더시니[99] 群꾼臣씬과 婇칭女녕[100]와 諸졍天텬괘[1]

---

84) ᄀᆞ장: 매우, 가장, 深, 最(부사)

85) 西天: 서천. 서천(西天)은 고대 인도(印度)이다.

86) 難陁: 난타. 석가모니의 배다른 동생이다. 부처에 귀의하여 아라한과(阿羅漢果)의 자리를 얻었다.

87) 어마니미시니라: 어마님[어머님, 母親: 어마(← 어미: 어머니, 母) + -님(높접)] + -이(서조)- + -시(주높)- + -Ø(현시)- + -라(← -다: 평종)

88) 大愛道ᄋᆡ 그에: 大愛道(대애도) + -ᄋᆡ(-의: 관조) # 그에(거기에: 의명) ※ '-ᄋᆡ 그에'는 '-에게'로 의역하여 옮긴다.

89) 졋: 졋(← 졎: 젖, 乳)

90) 기ᄅᆞ라: 기ᄅᆞ[기르다, 長: 길(길다, 長: 형사)- + -ᄋᆞ(사접)-]- + -라(명종)

91) ᄒᆞ야시ᄂᆞᆯ: ᄒᆞ(하다, 令)- + -시(주높)- + -야ᄂᆞᆯ(-거늘: 연어, 상황)

92) 그리호리이다: 그리ㅎ[← 그리ᄒᆞ다(그리하다) : 그리(그리, 彼: 부사) + -ᄒᆞ(동접)-]- + -오(화자)- + -리(미시)- + -이(상높, 아주 높임)- + -다(평종)

93) ᄒᆞ시니라: ᄒᆞ(하다, 曰)- + -시(주높)- + -Ø(과시)- + -니(원칙)- + -라(← -다 : 평종)

94) 大愛道ᄃᆞ려: 大愛道(대애도) + -ᄃᆞ려(-더러, -에게: 부조, 위치, 상대)

95) 니ᄅᆞ샤: 니ᄅᆞ(이르다, 曰)- + -샤(← -시-: 주높)- + -Ø(← -아: 연어)

96) 뫼셔: 뫼시(모시다, 侍)- + -어(연어)

97) ᄃᆡ: 데, 處(의명)

98) 절ᄒᆡᅀᆞᄫᆞ리라: 절ᄒᆡ[절하게 하다: 절(절, 拜: 명사) + -ᄒᆞ(동접)- + -ㅣ(← -이-: 사접)-]- + -ᅀᆞᇦ(← -ᅀᆞᇦ-: 객높)- + -오(화자)- + -리(미시)- + -라(← -다: 평종)

99) 가더시니: 가(가다, 去)- + -더(회상)- + -시(주높)- + -니(연어, 설명의 계속)

100) 婇女: 채녀. 아름답게 잘 꾸민 여자이다.

1) 諸天괘: 諸天(제천) + -과(접조) + -ㅣ(← -이: 주조) ※ '諸天(제천)'은 모든 하늘의 천신(天神)들이다. 욕계의 육욕천, 색계의 십팔천, 무색계의 사천(四天) 따위의 신을 통틀어 이르는데, 마음을 수양하는 경계를 따라 나뉜다.

[4 앞]

天텬괘풍류ᄒᆞ야 졷ᄌᆞ바 가니라 하ᄂᆞᆯ 祭졩ᄒᆞᄂᆞᆫ ᄃᆡ 가시니 ᄆᆡᆼᄀᆞ론 像썅이 다 니러 太탱子ᄌᆞᆼ의 절ᄒᆞ며 ᄉᆞᆲ보ᄃᆡ 太탱子ᄌᆞᆼᄂᆞᆫ 天텬人신 中듕에 ᄆᆞᆺ 尊존ᄒᆞ시니 天텬人신 中듕은 하ᄂᆞᆳ 사ᄅᆞᄆᆡ 中듕이라 엇뎨 우리그ᅌᅦ 와 절ᄒᆞ려 커시ᄂᆞᆫ 王왕이 놀라샤 讚嘆찬탄ᄒᆞ야 니ᄅᆞ샤ᄃᆡ 내 아ᄃᆞ리 天텬神씬 中듕에 ᄆᆞᆺ 尊존ᄒᆞ니 일후믈 天텬

풍류하여 (왕과 태자를) 좇아서 갔느라. 하늘에 祭(제)하는 데에 가시니, 만든 像(상)이 다 일어나 太子(태자)께 절하며 사뢰되, "太子(태자)는 天人(천인) 中(중)에 가장 尊(존)하시니【天人(천인) 中(중)은 하늘 사람의 中(중)이다.】어찌 우리에게 와 절하려 하시느냐?" 王(왕)이 놀라시어 讚嘆(찬탄)하여 이르시되, "내 아들이 天神(천신) 中(중)에 가장 尊(존)하니 이름을 天中(천중)

풍류ᄒᆞ야[2] 존ᄌᆞᄫᅡ[3] 가니라[4] 하ᄂᆞᆯ 祭졩ᄒᆞᄂᆞᆫ ᄃᆡ[5] 가시니 ᄆᆡᆼᄀᆞ론[6] 像쌍[7]이 다 니러[8] 太탱子ᄌᆞᆼᄭᅴ 절ᄒᆞ며 ᄉᆞᆯᄫᅩᄃᆡ 太탱子ᄌᆞᆼᄂᆞᆫ 天텬人ᅀᅵᆫ[9] 中듕에 ᄆᆞᆺ[10] 尊존ᄒᆞ시니【天텬人ᅀᅵᆫ 中듕은 하ᄂᆞᆯ 사ᄅᆞᆷ 中듕이라】엇뎨 우리 그에[11] 와 절호려[12] 커시뇨[13] 王왕이 놀라샤 讚잔嘆탄ᄒᆞ야 니ᄅᆞ샤ᄃᆡ[14] 내 아ᄃᆞ리 天텬神씬 中듕에 ᄆᆞᆺ 尊존ᄒᆞ니 일후믈 天텬中듕

---

2) 풍류ᄒᆞ야: 풍류ᄒᆞ[풍류하다: 풍류(풍류, 風流: 명사) + -ᄒᆞ(동접)-]- + -야(← -아: 연어)
3) 존ᄌᆞᄫᅡ: 존(← 좇다: 쫓다, 從)- + -ᄌᆞᇦ(← -ᄌᆞᆸ-: 객높)- + -아(연어)
4) 가니라: 가(가다, 去)- + -Ø(과시)- + -니(원칙)- + -라(← -다 : 평종)
5) ᄃᆡ: ᄃᆡ(데, 곳, 處 : 의명) + -Ø(← -ᄋᆡ: -에, 부조, 위치)
6) ᄆᆡᆼᄀᆞ론: ᄆᆡᆼᄀᆞᆯ(만들다, 製)- + -Ø(과시)- + -오(대상)- + -ㄴ(관전)
7) 像: 상. 눈에 보이거나 마음에 그려지는 사물의 형체로서, 조각이나 그림을 나타내는 말이다.
8) 니러: 닐(일어나다, 起)- + -어(연어)
9) 天人: '하늘(天神)'과 '사람(人)'을 아울러서 이르는 말이다.
10) ᄆᆞᆺ: 가장, 제일, 最(부사)
11) 우리 그에: 우리(우리, 吾等 : 인대, 1인칭, 복수) # 그에(거기에: 의명, 위치) ※ '우리 그에'는 '우리에게'로 의역하여서 옮긴다.
12) 절호려: 절ᄒ[← 절ᄒᆞ다(절하다, 拜): 절(절, 拜: 명사) + -ᄒᆞ(동접)-]- + -오려(연어, 의도)
13) 커시뇨: ᄒ(← ᄒᆞ다: 하다, 보용, 의도)- + -거(확인)- + -시(주높)- + -뇨(-느냐: 의종, 설명)
14) 니ᄅᆞ샤ᄃᆡ: 니ᄅᆞ(이르다, 曰)- + -ᄋᆞ샤(← -으시-: 주높)- + -ᄃᆡ(← -오ᄃᆡ: -되, 연어, 설명의 계속)

[4 뒤]

中듕天텬이·라 ᄒᆞ·라 天텬中듕天텬은 하ᄂᆞᆯ햇 하ᄂᆞᆯ히니 부텻 둘찻 일·후·미시·니·라 하ᄂᆞᆯ 祭졩ᄒᆞᄂᆞᆫ ᄃᆡ 가실 저기 부텻 나·히 ·세히러시니 昭쑝王왕ㅅ 스·믈여듧찻 ·ᄒᆡ 丙·병辰씬·이라 ◯ 王왕·이 阿항私ᄉᆞᆼ陁땅仙션人ᅀᅵᆫ·의 ·말 :드르·시고 太탱子ᄌᆞᆼㅣ 出츓家강·ᄒᆞ·싫·가 :저ᄒᆞ·샤 五옹百ᄇᆡᆨ 靑쳥衣ᅙᅴᆼ를 ᄀᆞᆯ·ᄒᆡ·야 ·젓·어·미 조·차 ᄃᆞᆫ·니·며 種종種종·ᄋᆞ·로 :뫼ᅀᆞ·ᄫᅡ ·놀·라 ᄒᆞ시·고 ·ᄯᅩ 三삼時씽殿뗜을 지·ᅀᅥ 七칧

天(천)이라 하라."【天中(천중) 天(천)은 하늘에서 하늘이니, 부처의 둘째의 이름이시니라. 하늘에 祭(제)하는 데에 가실 적이 부처의 나이 셋이더시니, 昭王(소왕)의 스물여덟째의 해인 丙辰(병신)이다.】 ◯ 王(왕)이 阿私陁(아사타) 仙人(선인)의 말을 들으시고 太子(태자)가 出家(출가)하실까 두려워하시어, "五百(오백) 靑衣(청의)를 가려서, 젖어머니를 쫓아다니며 種種(종종)으로 (태자를) 모셔 놀아라." 하시고, 또 三時殿(삼시전)을 지어 七寶(칠보)로

天텬이라 ᄒᆞ라【天텬中듕 天텬은 하ᄂᆞᆯ햇[15] 하ᄂᆞᆯ히니 부텻 둘찻[16] 일후미시니라[17] 하ᄂᆞᆯ 祭졩ᄒᆞᄂᆞᆫ ᄃᆡ 가싫 저기 부텻 나히[18] 세히러시니[19] 昭쑣王왕ㄱ[20] 스믈여듧찻 ᄒᆡ 丙병辰씬이라】 ○ 王왕이 阿항私숭陁땅 仙션人신의 말 드르시고 太탱子ᄌᆞᆼㅣ 出츓家강ᄒᆞ싫가[21] 저ᄒᆞ샤[22] 五옹百빅 靑청衣힁[23]를 ᄀᆞᆯᄒᆡ야[24] 졋어미[25] 조차ᄃᆞ니며[26] 種죵種죵ᄋᆞ로[27] 뫼ᅀᆞᄫᅡ[28] 놀라[29] ᄒᆞ시고 ᄯᅩ 三삼時씽殿뗜[30]을 지ᅀᅥ[31] 七칧寶볼[32]로

---

15) 하ᄂᆞᆯ햇: 하ᄂᆞᆶ(하늘, 天)+-애(-에: 부조, 위치)+-ㅅ(-의: 관조)

16) 둘찻: [둘째, 第二: 둘(둘, 二: 수사, 양수)+-차(-째: 접미, 서수)]+-ㅅ(-의: 관조)

17) 일후미시니라: 일훔(이름, 名)+-이(서조)-+-시(주높)-+-∅(현시)-+-니(원칙)-+-라(←-다: 평종)

18) 나히: 나ㅎ(나이, 齡)+-이(주조)

19) 세히러시니: 세ㅎ(셋, 三: 수사, 양수)+-이(서조)-+-러(←-더-: 회상)-+-시(주높)-+-니(연어, 설명의 계속)

20) 昭王ㄱ: 昭王(소왕)+-ㄱ(-의: 관조) ※ '昭王(소왕)'은 중국 주나라 서주 시대의 제4대 왕이다. 성은 희(姬), 이름은 하(瑕), 시호는 소왕(昭王)이다.

21) 出家ᄒᆞ싫가: 出家ᄒᆞ[출가하다: 出家(출가: 명사)+-ᄒᆞ(동접)-]-+-시(주높)-+-ㅭ가(-ㄹ까: 의종, 판정)

22) 저ᄒᆞ샤: 젛(두려워하다, 懼)-+-ᄋᆞ샤(←-ᄋᆞ시-: 주높)-+-∅(←-아: 연어)

23) 靑衣: 청의. 천한 사람을 이르는 말이다. 예전에 천한 사람이 푸른 옷을 입었던 데서 유래한다.

24) ᄀᆞᆯᄒᆡ야: ᄀᆞᆯᄒᆡ(가리다, 택하다, 擇)-+-야(←-아: 연어)

25) 졋어미: 졋어미[젖어머니, 乳母: 졋(←젖: 젖, 乳)+어미(어머니, 母)]

26) 조차ᄃᆞ니며: 조차ᄃᆞ니[좇아다니다: 좇(좇다, 從)+-아(연어)+ᄃᆞ니(다니다, 行)-]-+-며(연어, 계기) ※ 'ᄃᆞ니다'는 [ᄃᆞᆮ(달리다, 走)-+니(가다, 行)-]로 분석되는 합성 동사이다.

27) 種種ᄋᆞ로: 種種(종종: 명사)+-ᄋᆞ로(부조, 방편) ※ '種種(종종)'은 모양이나 성질이 다른 여러 가지이다.

28) 뫼ᅀᆞᄫᅡ: 뫼ᅀᆞᇦ(←뫼숩다, ㅂ불: 모시다, 侍)-+-아(연어)

29) 놀라: 놀(놀다, 遊)-+-라(명종)

30) 三時殿: 삼시전. 석가모니의 태자 시절에, 부왕이 석가모니를 위하여 철에 따라서 각각 적합하게 만들어 놓은 세 궁전이다. 인도에서는 일 년을 세 철로 나눈다.

31) 지ᅀᅥ: 지ᇫ(←짓다, ㅅ불: 짓다, 만들다, 製)-+-어(연어)

32) 七寶: 칠보. 전륜성왕이 가지고 있는 일곱 가지 보배이다. '윤보(輪寶), 상보(象寶), 마보(馬寶), 여의주보(如意珠寶), 여보(女寶), 장보(將寶), 주장신보(主藏臣寶)'를 이른다.

[5 앞]

莊嚴(장엄)하고【三時殿(삼시전)은 세 時節(시절)에 사시는 집이니, 봄과 가을에 사시는 집과 여름에 사시는 집과 겨울에 사시는 집이다.】풍류를 잘 하는 妓女(기녀) 五百(오백)을 가려서 서로 번갈아 모시게 하시니【妓(기)는 잘 하는 것이니, 妓女(기녀)는 풍류며 여러 가지의 재주를 잘하는 여자이다.】꽃이며 못(淵)이며 各色(각색) 새들이 이루 못 헤아리겠더라. 그때에 太子(태자)의 나이가 漸漸(점점) 자라시거늘, 王(왕)이 寶冠(보관)을 만들어

莊장嚴엄ᄒᆞ고[33]【三삼時씽殿뗜은 세 時씽節졇에 사ᄅᆞ시ᇙ[34] 지비니 봄 ᄀᆞᅀᆞᆯᄒᆡ[35] 사ᄅᆞ시ᇙ 칩과[36] 녀르메[37] 사ᄅᆞ시ᇙ 집과 겨ᅀᅳ레[38] 사ᄅᆞ시ᇙ 지비라】풍류 잘 ᄒᆞᇙ 伎끵女녕 五옹百ᄇᆡᆨ을 ᄀᆞᆯᄒᆡ야 서르 ᄀᆞ라[39] 뫼ᅀᆞᄫᆡᆺ게[40] ᄒᆞ시니【伎끵ᄂᆞᆫ 잘ᄒᆞᆯ 씨니 伎끵女녕는 풍ᄅᆔ며[41] 여러 가짓 ᄌᆡ조[42] 잘ᄒᆞᄂᆞᆫ 겨지비라[43]】고지며[44] 모시며[45] 各각色식[46] 새ᄃᆞᆯ히[47] 몯 니르[48] 혜리러라[49] 그 ᄢᅴ[50] 太탱子ᄌᆞᆼㅅ 나히[51] 漸쪔漸쪔 ᄌᆞ라거시ᄂᆞᆯ[52] 王왕이 寶봉冠관[53]ᄋᆞᆯ ᄆᆡᄀᆞ라[54]

---

33) 莊嚴ᄒᆞ고: 莊嚴ᄒᆞ[장엄하다: 莊嚴(장엄: 명사) + -ᄒᆞ(동접)-]- + -고(연어, 나열, 계기) ※ '莊嚴(장엄)'은 좋고 아름다운 것으로 국토를 꾸미고, 훌륭한 공덕을 쌓아 몸을 장식하고, 향이나 꽃 따위를 부처에게 올려 장식하는 일이다.

34) 사ᄅᆞ시ᇙ: 살(살다, 居)- + -ᄋᆞ시(주높)- + -ᇙ(관전)

35) ᄀᆞᅀᆞᆯᄒᆡ: ᄀᆞᅀᆞᆶ(가을, 秋) + -ᄋᆡ(-에: 부조, 위치)

36) 칩과: 칩(↚ 집: 집, 家) + -과(접조) ※ '칩'은 '집'을 오각한 형태이다.

37) 녀르메: 녀름(여름, 夏) + -에(부조, 위치)

38) 겨ᅀᅳ레: 겨ᅀᅳᆯ(겨울, 冬) + -에(부조, 위치)

39) ᄀᆞ라: ᄀᆞᆯ(갈다, 번갈다, 替)- + -아(연어)

40) 뫼ᅀᆞᄫᆡᆺ게: 뫼ᅀᆞᇦ(← 뫼ᅀᆞᆸ다, ㅂ불: 모시다, 侍)- + -아(연어) + 잇(← 이시다: 있다, 보용, 완료 지속)- + -게(연어, 사동)

41) 풍ᄅᆔ며: 풍류(풍류, 風流) + -ㅣ며(← -이며: 접조)

42) ᄌᆡ조: 재주, 才.

43) 겨지비라: 겨집(여자, 女)- + -이(서조)- + -Ø(현시)- + -라(← -다: 평종)

44) 고지며: 곶(꽃, 花) + -이며(접조)

45) 모시며: 못(못, 淵) + -이며(접조)

46) 各色: 각색. 각종(各種)

47) 새ᄃᆞᆯ히: 새ᄃᆞᆶ[새들: 새(새, 鳥) + -ᄃᆞᆶ(-들: 복접)] + -이(주조)

48) 니르: 이루, 능히, 勝(부사)

49) 혜리러라: 혜(헤아리다, 計)- + -리(미시)- + -러(← -더-: 회상)- + -라(← -다: 평종)

50) ᄢᅴ: ᄢᅵ(← ᄣᅢ: 때, 時) + -의(부조, 위치, 시간)

51) 나히: 낳(나이, 年) + -이(주조)

52) ᄌᆞ라거시ᄂᆞᆯ: ᄌᆞ라(자라다, 長)- + -시(주높)- + -거…ᄂᆞᆯ(-거늘: 상황, 연어)

53) 寶冠: 보관. 보석으로 꾸민 관이다.

54) ᄆᆡᄀᆞ라: ᄆᆡᄀᆞᆯ(↚ ᄆᆡᇰᄀᆞᆯ다: 만들다, 作)- + -아(연어) ※ 'ᄆᆡᄀᆞ라'는 'ᄆᆡᇰᄀᆞ라'의 오각한 형태이다.

[5 뒤]

바치시며【冠(관)은 쓰는 것이니 寶冠(보관)은 보배로 꾸민 冠(관)이다.】瓔珞(영락)이며 노리개에 속한 것을 다 갖추어서 바치시니, 나라가 온전히 便安(편안)하고 즐거움이 못내 이르겠더라. ◯ 王(왕)이 太子(태자)를 세우려 하시어 臣下(신하)를 모아서 議論(의논)하시어 二月(이월)의 여드렛날에 四海(사해) 바닷물을 길으려 하시거늘【四海(사해)는 四方(사방)에 있는 바다이다.】仙人(선인)들이 받ᄌᆞᄫᆞ시며[55] 【冠관ᄋᆞᆫ 쓰ᄂᆞᆫ[56] 거시니 寶봉冠관ᄋᆞᆫ 보ᄇᆡ로 ᄭᅮ뮨[57] 冠관이라】 瓔영珞락[58]이며 노리갯[59] 거슬 다 ᄀᆞ초[60] 받ᄌᆞᄫᆞ시니 나라히[61] 오ᄋᆞ로[62] 便뼌安한코[63] 즐거부미[64] 몯내[65] 니ᄅᆞ리러라[66] ○ 王왕이 太탱子ᄌᆞᆼ 셰요려[67] ᄒᆞ샤 臣씬下향 모도아[68] 議읭論론ᄒᆞ샤 二ᅀᅵᆼ月웛ㅅ 여ᄃᆞᆲ낤나래[69] 四ᄉᆞᆼ海ᄒᆡᆼ[70] 바ᄅᆳ믈[71] 길유려[72] ᄒᆞ거시ᄂᆞᆯ[73]【四ᄉᆞᆼ海ᄒᆡᆼᄂᆞᆫ 四ᄉᆞᆼ方방앳 바ᄅᆞ리라[74]】 仙션人신ᄃᆞᆯ히[75]

---

55) 받ᄌᆞᄫᆞ시며: 받(바치다, 獻)- + -ᄌᆞᇦ(← -ᄌᆞᆸ-: 객높)- + -ᄋᆞ시(주높)- + -며(연어, 나열)

56) 쓰ᄂᆞᆫ: 쓰(쓰다, 帽)- + -ᄂᆞ(현시)- + -ㄴ(관전)

57) ᄭᅮ뮨: ᄭᅮ미(꾸미다, 飾)- + -Ø(과시)- + -우(대상)- + -ㄴ(관전)

58) 瓔珞: 영락. 구슬을 꿰어 만든 장신구로서 목이나 팔 따위에 두른다.

59) 노리갯: 노리개[놀이개, 玩 : 놀(놀다, 遊: 자동)- + -이(명접) + -개(명접)] + -ㅅ(-의: 관조)

60) ᄀᆞ초: [갖추어서(부사): ᄀᆞᆽ(갖추어져 있다, 具: 형사)- + -호(사접)- + -Ø(부접)]

61) 나라히: 나라ㅎ(나라, 國) + -이(주조)

62) 오ᄋᆞ로: [온전히, 全(부사): 오ᄋᆞᆯ(온전하다, 全: 형사)- + -오(부접)]

63) 便安코: 便安ㅎ[← 便安ᄒᆞ다: 便安(편안: 명사) + -ᄒᆞ(형접)-]- + -고(연어, 나열)

64) 즐거부미: 즐겁[← 즐겁다, ㅂ불(즐겁다, 樂): 즑(즐거워하다, 歡: 자동)- + -업(형접)-]- + -움(명전) + -이(주조)

65) 몯내: [못내, 끝까지는 못하여(부사, 부정): 몯(못, 不能: 부사, 부정) + -내(-내: 접미)]

66) 니ᄅᆞ리러라: 니ᄅᆞ(이르다, 말하다, 言)- + -리(미시)- + -러(← -더-: 회상)- + -라(← -다: 평종)

67) 셰요려: 셰[세우다: 셔(서다, 立: 자동)- + -ㅣ(← -이-: 사접)-]- + -요려(← -오려: 연어, 의도)

68) 모도아: 모도[모으다, 集): 몯(모이다, 集: 자동)- + -오(사접)-]- + -아(연어)

69) 여ᄃᆞᆲ낤나래: 여ᄃᆞᆲ낤날[여드렛날, 八日: 여ᄃᆞᆲ(← 여ᄃᆞᇑ: 여덟, 八, 수사, 양수) + -애(명접)] + -ㅅ(-의: 관조, 사잇) + 날(날, 日)] + -애(← -에 : 부조, 위치)

70) 四海: 사해. 사방에 있는 바다이다.

71) 바ᄅᆳ믈: [바닷물, 海水: 바ᄅᆞᆯ(바다, 海) + -ㅅ(관조, 사잇) + 믈(물, 水)]

72) 길유려: 길이[(물을) 긷게 하다: 길(← 긷다, ㄷ불: 긷다, 汲, 타동)- + -이(사접)-]- + -우려(연어, 의도)

73) ᄒᆞ거시ᄂᆞᆯ: ᄒᆞ(하다: 보용, 의도)- + -시(주높)- + -거…ᄂᆞᆯ(-거늘: 연어, 상황)

74) 바ᄅᆞ리라: 바ᄅᆞᆯ(바다, 海) + -이(서조)- + -Ø(현시)- + -라(← -다: 평종)

75) 仙人ᄃᆞᆯ히: 仙人ᄃᆞᆯㅎ[선인들, 신선들: 仙人(선인, 신선) + -ᄃᆞᆯㅎ(-들: 복접)] + -이(주조)

[6 앞]

돌히 이어다가 王왕ᄭᅴ 받ᄌᆞᄫᆞᆫ대 王왕
이 太탱子ᄌᆞᆼㅅ 머리예 브ᅀᅳ시고 보ᄇᆡ
옛 印힌 받ᄌᆞᄫᆞ시고 붑 텨 出츓令령ᄒᆞ
샤 悉실達ᄠᅡᇙ 太탱子ᄌᆞᆼ 세와라 ᄒᆞ시
나 虛헝空콩애셔 八밣部뽕ㅣ 모다 됴
ᄒᆞ시이다 ᄒᆞ더라 그ᄢᅴ 七칧寶볼ㅣ 虛헝
空콩으로셔 다 오니 七칧寶볼ᄂᆞᆫ 金금
輪륜寶볼와 如ᅀᅧᆼ意ᅙᅴᆼ珠즁寶볼와 玉옥女녕寶볼와
主즁藏짱臣씬寶볼와 主즁兵병臣씬寶볼와

(머리로) 이어다가 王(왕)께 바치니 王(왕)이 太子(태자)의 머리에 부으시고, 보배로 만든 印(인)을 바치시고 북을 쳐서 出令(출령)하시어 "悉達(실달)을 太子(태자)로 세워라." 하시니, 虛空(허공)에서 八部(팔부)가 모두 "좋으십니다." 하더라. 그때에 七寶(칠보)가 虛空(허공)으로부터 다 오니 【七寶(칠보)는 金輪寶(금륜보)와 如意珠寶(여의주보)와 玉女寶(옥녀보)와 主藏臣寶(주장신보)와 主兵臣寶(주병신보)와

이여다가[76] 王왕ᄭᅴ 받ᄌᆞᄫᆞᆫ대[77] 王왕이 太탱子ᄌᆞᆼㅅ 머리예 브ᅀᅳ시고[78] 보ᄇᆡ옛[79] 印ᅙᅵᆫ[80] 받ᄌᆞᄫᆞ시고[81] 붑[82] 텨[83] 出츓令령ᄒᆞ샤[84] 悉싫達ᄄᆞᇙ을 太탱子ᄌᆞᆼ 셰와라[85] ᄒᆞ시니 虛헝空콩애셔 八밣部뽕[86]ㅣ 모다[87] 됴ᄒᆞ시이다[88] ᄒᆞ더라 그 ᄢᅴ 七칧寶봉ㅣ 虛헝空콩ᄋᆞ로셔 다 오니【七칧寶봉ᄂᆞᆫ 金금輪륜寶봉[89]와 如ᅀᅧᆼ意ᅙᅴᆼ珠즁寶봉[90]와 玉옥女녕寶봉[91]와 主즁藏짱臣씬寶봉[92]와 主즁兵병臣씬寶봉[93]와

76) 이여다가: 이(머리에 이다, 戴)- + -어(연어) + -다가(보조사, 동작의 유지, 강조)

77) 받ᄌᆞᄫᆞᆫ대: 받(바치다, 獻)- + -ᄌᆞᇦ(←-ᄌᆞᆸ-: 객높)- + -ᄋᆞᆫ대(-니: 연어, 반응)

78) 브ᅀᅳ시고: 브ᇫ(←븟다: 붓다, 瀉)- + -으시(주높)- + -고(연어, 계기)

79) 보ᄇᆡ옛: 보ᄇᆡ(보배, 寶) + -예(←-에: 부조, 위치) + -ㅅ(-의: 관조)

80) 印: 인. 도장.

81) 받ᄌᆞᄫᆞ시고: 받(바치다, 獻)- + -ᄌᆞᇦ(←-ᄌᆞᆸ-: 객높)- + -ᄋᆞ시(주높)- + -고(연어, 계기)

82) 붑: 붑(←붚: 북, 鼓)

83) 텨: 티(치다, 打)- + -어(연어)

84) 出令ᄒᆞ샤: 出令ᄒᆞ[출령하다, 명령을 내다: 出令(출령: 명사)- + -ᄒᆞ(동접)-]- + -샤(←-시-: 주높)- + -Ø(←-아: 연어)

85) 셰와라: 셰오[세우다(立): 셔(서다, 立)- + -ㅣ(←-이-: 사접)- + -오(사접)-]- + -아(확인)- + -라(명종)

86) 八部: 팔부. 사천왕(四天王)에 딸린 여덟 귀신이다. 건달바(乾闥婆), 비사사(毘舍闍), 구반다(鳩槃茶), 아귀, 제용중, 부단나(富單那), 야차(夜叉), 나찰(羅刹)이다.

87) 모다: [모두, 悉(부사): 몯(모이다, 集: 자동)- + -아(연어▷부접)]

88) 됴ᄒᆞ시이다: 둏(좋다, 好)- + -ᄋᆞ시(주높)- + -Ø(현시)- + -이(상높, 아주 높임)- + -다(평종)

89) 金輪寶: 금륜보. 바퀴살이 1천 개에 이르는 바퀴 모양의 무기로서, 그것을 굴리는 방향에 따라서 모두가 굴복하게 되는 강력한 힘이 있다.

90) 如意珠寶: 여의주보. 전륜왕이 즉위하시던 날 하늘에서 날아 왔다고 하는 보배이다. 이 여의주보를 달 없는 밤에 허공에 달면 그 나라 전체가 낮과 같이 밝게 된다고 한다.

91) 玉女寶: 옥녀보. 전륜왕이 즉위하시던 날 하늘에서 날아 왔다고 하는 옥(玉)과 같은 계집이다.

92) 主藏臣寶: 주장신보. 전륜왕이 즉위하시던 날 하늘에서 날아 왔다고 하는 창고(倉庫)를 주관하는 신하이다.

93) 主兵臣寶: 주병신보. 전륜왕이 즉위하던 날 하늘에서 날아 왔다고 하는 병마(兵馬)를 주관하는 신하이다.

[6 뒤]

…ᄡᅵᆫ寶ᄫᆞᆼ와 馬망寶ᄫᆞᆼ와 象썅寶ᄫᆞᆼ왜라】 그 金금輪륜寶ᄫᆞᆼㅣ 네 天텬下ᅘᅡᆼ애 ᄂᆞ라가니 그 나라ᄃᆞᆯ히 다 降ᅘᅡᇰ服뽁ᄒᆞ야 오니라 그ᄢᅴ 王왕이 수羊양 모도아 宮궁內ᄂᆞᆼ애 두샤【宮궁內ᄂᆞᆼ는 宮궁 안히라】 太탱子ᄌᆞᆼᄅᆞᆯ 즐기시게 ᄒᆞ더시니 太탱子ᄌᆞᆼㅣ 羊양술위 ᄐᆞ시고 東동山산애도 가시며 아자바ᇝ긔도 가시며 노니더시니 王왕이 百ᄇᆡᆨ官관 뫼호

馬寶(마보)와 象寶(상보)이다.】 그 金輪寶(금륜보)가 네 天下(천하)에 날아 가니, 그 나라들이 다 降服(항복)하여 왔니라. 그때에 王(왕)이 숫양을 모아 宮內(궁내)에 두시어【宮內(궁내)는 宮(궁) 안이다.】太子(태자)를 즐기시게 하시더니, 太子(태자)가 羊(양) 수레를 타시고 東山(동산)에도 가시며 아주버님께도 가시어 노니시더니, 王(왕)이 百官(백관)을 모으시고

馬망寶봉[94]와 象썅寶봉왜라[95]】 그 金금輪륜寶봉ㅣ 네 天텬下ᅘᅡᇰ애 ᄂᆞ라가니 그 나라ᄃᆞᆯ히 다 降ᅘᅡᇰ服뽁ᄒᆞ야 오니라[96] 그 ᄢᅴ 王왕이 수羊양[97] 모도아[98] 宮궁內뇡예 두샤【宮궁內뇡ᄂᆞᆫ 宮궁 안히라[99]】太탱子ᄌᆞᆼ를 즐기시게[100] ᄒᆞ더시니 太탱子ᄌᆞᆼㅣ 羊양 술위[1] ᄐᆞ시고[2] 東동山산애도 가시며 아자바닚긔도[3] 가샤 노니더시니[4] 王왕이 百ᄇᆡᆨ官관[5] 뫼호시고[6]

---

94) 馬寶: 마보. 전륜왕(轉輪王)이 즉위하시던 날 하늘에서 날아왔다고 하는 말(馬)로서 전륜왕의 칠보(七寶) 중 하나이다. 이 말은 빛이 발가파랗고 갈기에 구슬이 꿰었는데, 솔로 빗기면 낡은 구슬은 떨어지고 새 구슬이 생겨났다고 한다. 울음 소리가 크며, 임금이 타고 나가면 천하를 하루 안에 다 돌아오는데, 말이 밟은 땅은 모래가 금이 되었다고 한다.

95) 象寶왜라: 象寶(상보) + -와(접조) + -ㅣ(← -이-: 서조)- + -Ø(현시)- + -라(← -다: 평종) ※ 象寶(상보)는 전륜왕(轉輪王) 칠보(七寶) 중의 하나로 전륜왕이 즉위하시던 날 하늘에서 날아왔다고 하는 코끼리를 말한다. 이 코끼리는 빛이 희고, 꼬리에 구슬이 꿰이고, 여섯 어금니를 가졌는데, 어금니가 칠보 빛이었다고 한다. 또한 이 코끼리는 힘이 보통 코끼리보다 더 세고, 임금이 타시면 천하를 하루 안에 다 돌아온다고 하며, 물을 건너셔도 물이 움직이지 아니할 뿐만 아니라 물에 젖지도 않는다고 한다.

96) 오니라: 오(오다, 來)- + -Ø(과시)- + -니(원칙)- + -라(← -다: 평종)

97) 수羊 : [숫양: 수(← 수ㅎ: 수, 雄, 명사) + 羊(양)]

98) 모도아: 모도[모으다, 集: 몯(모이다, 集: 자동)- + -오(사접)-]- + -아(연어)

99) 안히라: 안ㅎ(안, 內) + -이(서조)- + -Ø(현시)- + -라(← -다: 평종)

100) 즐기시게: 즐기[즐기다, 樂: 즑(즐거워하다, 歡: 자동)- + -이(사접)-]- + -시(주높)- + -게(연어, 사동)

1) 술위: 수레, 車.

2) ᄐᆞ시고: ᄐᆞ(타다, 乘)- + -시(주높)- + -고(연어, 계기)

3) 아자바닚긔도: 아자바님[아주버님: 아자바(← 아자비: 아재비, 叔) + -님(높접)] + -ᄭᅴ(-께: 부조, 상대, 높임) + -도(보조사, 첨가)

4) 노니더시니: 노니[노닐다, 遊行: 노(← 놀다: 놀다, 遊)- + 니(가다, 다니다, 行)-]- + -더(회상)- + -시(주높)- + -니(연어, 설명의 계속)

5) 百官: 백관. 모든 벼슬아치이다.

6) 뫼호시고: 뫼호(모으다, 集)- + -시(주높)- + -고(연어, 계기)

[7 앞]

【百官(백관)은 일백(一百)의 벼슬이니, 많은 臣下(신하)를 일렀니라. 이때에 부처의 나이가 일곱이더시니 昭王(소왕)의 설혼둘째 해인 庚申(경신)이다.】 이르시되 "天下(천하)의 內(내)에 누구야말로 智慧(지혜)가 있으며 재주가 갖추어져 있어서, 太子(태자)의 스승이 되겠느냐?" 모두 이르되, "毗奢波蜜多羅(비사파밀다라)야말로 가장 어집니다." 王(왕)이 毗奢波蜜多羅(비사파밀다라)를 불러 이르시되, "尊者(존자)가 나를 위하여 太子(태자)의

【百빅官관은 온[7] 그위니[8] 한[9] 臣씬下향를 니르니라[10] 이 쁴 부텻 나히[11] 닐구비러시니[12] 昭쑣王왕ㄱ[13] 셜흔둘찻[14] 히[15] 庚깅申신[16]이라】니르샤딕 天텬下향ㅅ 內뇡예 뉘아[17] 智딩慧쀙 이시며 직죄[18] ᄀᆞ자[19] 太탱子즁ㅅ 스스이[20] ᄃᆞ외려뇨[21] 모다[22] 술보딕 毗삥奢샹波방蜜밇多당羅랑ㅣ아[23] 뭇 어디니이다[24] 王왕이 毗삥奢샹波방蜜밇多당羅랑를 블러[25] 니르샤딕 尊존者쟝[26]ㅣ 날 위ᄒᆞ야 太탱子즁ㅅ

---

7) 온: 백, 百(관사, 수량, 양수)
8) 그위니: 그위(벼슬, 관청, 官)+-ㅣ(←-이-: 서조)-+-니(연어, 설명의 계속)
9) 한: 하(많다, 多)-+-Ø(현시)-+-ㄴ(관전)
10) 니르니라: 니르(이르다, 말하다, 曰)-+-Ø(과시)-+-니(원칙)-+-라(←-다: 평종)
11) 나히: 나ㅎ(나이, 年)+-이(주조)
12) 닐구비러시니: 닐굽(일곱, 七: 수사, 양수)+-이(서조)-+-러(←-더-: 회상)-+-시(주높)-+-니(연어, 설명의 계속)
13) 昭王ㄱ: 昭王(소왕)+-ㄱ(-의: 관조)
14) 셜흔둘찻: 셜흔둘차[설흔둘째, 第三十二(수사, 서수): 셜흔(서른: 수사, 양수)+둘(둘: 수사, 양수)+-차(-째: 접미, 서수)]+-ㅅ(-의: 관조)
15) 히: 해, 年(의명)
16) 庚申: 경신. 육십갑자의 쉰일곱째이다.
17) 뉘아: 누(누구, 誰: 인대, 미지칭)+-ㅣ(←-이: 주조)+-아(-야말로: 보조사, 한정 강조)
18) 직죄: 직조(재주, 才)+-ㅣ(←-이: 주조)
19) ᄀᆞ자: ᄀᆞᆽ(갖추어져 있다, 具: 형사)-+-아(연어)
20) 스스이: 스승(스승, 師)+-이(주조)
21) ᄃᆞ외려뇨: ᄃᆞ외(되다, 爲)-+-리(미시)-+-어(확인)-+-뇨(의종, 설명)
22) 모다: [모두, 皆(부사): 몯(모이다, 集: 자동)-+-아(연어▹부접)]
23) 毗奢波蜜多羅ㅣ아: 蜜多羅(밀다라)+-ㅣ(←-이: 주조)+-아(-야말로: 보조사, 한정 강조) ※ '毗奢波蜜多羅(밀다라)'는 대바라문(大婆羅門)의 한 사람이다. 싯다르타(悉達) 태자가 출가(出家)하기 전에 태자에게 문무(文武)를 가르친 스승이다.
24) 어디니이다: 어디(←어딜다: 어질다, 仁)-+-Ø(현시)-+-니(확인)-+-이(상높, 아주 높임)-+-다(평종)
25) 블러: 블ㄹ(←브르다: 부르다, 召)-+-어(연어)
26) 尊者: 존자. 학문과 덕행이 뛰어난 부처의 제자를 높여 이르는 말이다.

[7 뒤]

스승이 되오."【尊者(존자)는 '尊(존)하신 이'라고 한 말이니, 어진 사람을 높이 여기어 尊者(존자)라고 하느니라.】密多羅(밀다라)가 사뢰되 "그리하겠습니다." 太子(태자)가 童男(동남) 童女(동녀)를 데리시고【童男(동남)은 아이의 남자이고 童女(동녀)는 아이인 여자이다.】五百(오백) 釋童(석동)이 앞뒤에 圍遶(위요)하여【釋童(석동)은 釋姓(석성)의 아이다.】學堂(학당)에 오르실 적에【學堂(학당)은 글을 배우시는 집이다.】密多羅(밀다라)가 스스이 ᄃᆞ외오라[27]【尊존者쟝ᄂᆞᆫ 尊존ᄒᆞ시니라[28] 혼[29] 마리니 어딘 사ᄅᆞᄆᆞᆯ 고마ᄒᆞ야[30] 尊존者쟝ㅣ라 ᄒᆞᄂᆞ니라】 蜜밇多당羅랑ㅣ ᄉᆞᆯᄫᅩᄃᆡ 그리호리이다[31] 太탱子ᄌᆼㅣ 童똥男남 童똥女녕 ᄃᆞ리시고[32]【童똥男남ᄋᆞᆫ 아ᄒᆡ[33] 남지니오[34] 童똥女녕는 아ᄒᆡ 겨지비라[35]】 五옹百ᄇᆡᆨ 釋셕童똥이 앒뒤헤[36] 圍윙遶ᅀᅸᇢᄒᆞᅀᆞ바[37]【釋셕童똥ᄋᆞᆫ 釋셕姓셩엣[38] 아ᄒᆡ라[39]】 學ᅘᅡᆨ堂땅[40]애 오ᄅᆞ싫 저긔[41]【學ᅘᅡᆨ堂땅ᄋᆞᆫ 글 ᄇᆡ호싫[42] 지비라】 蜜밇多당羅랑ㅣ

---

27) ᄃᆞ외오라: ᄃᆞ외(되다, 爲)- + -오라(← -고라: -오, 명종, 반말) ※ '-고라'는 높임과 낮춤이 중화된 반말의 명령형 종결 어미이다.

28) 尊ᄒᆞ시니라: 尊ᄒᆞ[존하다, 존귀하다: 尊(존: 불어) + -ᄒᆞ(형접)-]- + -시(주높)- + -Ø(현시)- + -ㄴ(관전) # 이(이, 者: 의명) + -Ø(← -이-: 서조)- + -Ø(현시)- + -라(← -다: 평종)

29) 혼: ᄒᆞ(← ᄒᆞ다: 하다, 말하다, 曰)- + -Ø(과시)- + -오(대상)- + -ㄴ(관전)

30) 고마ᄒᆞ야: 고마ᄒᆞ[삼가 높이 여기다, 尊: 고마(삼가 높이 여김: 명사)- + -ᄒᆞ(동접)-]- + -야(← -아: 연어)

31) 그리호리이다: 그리ᄒᆞ[← 그리ᄒᆞ다(그리하다): 그리(그리, 彼: 부사) + -ᄒᆞ(동접)-]- + -오(화자)- + -리(미시)- + -이(상높, 아주 높임)- + -다(평종)

32) ᄃᆞ리시고: ᄃᆞ리(데리다, 伴)- + -시(주높)- + -고(연어, 계기)

33) 아ᄒᆡ: 아이, 童.

34) 남지니오: 남진(남자, 男) + -이(서조)- + -오(← -고: 연어, 나열)

35) 겨지비라: 겨집(여자, 女) + -이(서조)- + -Ø(현시)- + -라(← -다: 평종)

36) 앒뒤헤: 앒뒤ㅎ[앞뒤: 앒(← 앞: 앞, 前) + 뒤ㅎ(뒤, 後)] + -에(부조, 위치)

37) 圍遶ᄒᆞᅀᆞ바: 圍遶ᄒᆞ[위요하다: 圍遶(위요: 명사) + -ᄒᆞ(동접)-]- + -ᅀᆞᇦ(← -ᅀᆞᇦ-: 객높)- + -아(연어) ※ '圍遶(위요)'는 부처의 둘레를 돌아다니는 것이다.

38) 釋姓엣: 釋姓(석성) + -에(부조, 위치) + -ㅅ(-의: 관조) ※ '釋姓(석성)'은 석가(釋迦) 종족의 성씨(姓氏)를 가진 사람을 이른다.

39) 아ᄒᆡ라: 아ᄒᆡ(아이, 童) + -Ø(← -이-: 서조)- + -Ø(현시)- + -라(← -다: 평종)

40) 學堂: 학당. 글을 배우는 집이다.

41) 저긔: 적(적, 때, 時: 의명) + -의(-에: 부조, 위치)

42) ᄇᆡ호싫: ᄇᆡ호(배우다, 學)- + -시(주높)- + -ㅭ(관전)

[8 앞]

ㅣ브라ᅀᆞᇦ고ᄀᆞ마니몯안자ᄒᆞ가라업
시니러나太텡子ᄌᆞᆼᄭᅴ절ᄒᆞᅀᆞᇦ고두루
돌보며붓그려ᄒᆞ더라太텡子ᄌᆞᆼㅣ글
비호기始싱作작ᄒᆞ샤明밍珠즁書셩
案한애牛웅頭뚷栴젼檀딴香향七칧
寶봉書셩板반노ᄒᆞ시고明명珠즁는
ᄆᆞᆯᄀᆞᆫ구스리니明명珠즁書셩案한ᄋᆞᆫ明명珠즁로
ᄭᅮ뮨書셩案한이라書셩板반ᄋᆞᆫ글ᄡᅳ
시ᄂᆞᆫ너리니七칧寶봉書셩板반ᄋᆞᆫ香
향書셩板반애七칧寶봉로ᄭᅮ밀씨리

바라보고 가만히 못 앉아 (?ᄒᆞ가라) 없이 일어나 太子(태자)께 절하고, 두루 돌아보며 부끄러워하더라. 太子(태자)가 글을 배우기 시작하시어, 明珠(명주) 書案(서안)에 牛頭(우두) (모양의) 栴檀香(전단향)으로 만든 七寶(칠보) 書判(서판)을 놓으시고【明珠(명주)는 맑은 구슬이니, 明珠(명주) 書案(서안)은 明珠(명주)로 꾸민 書案(서안)이다. 書板(서판)은 글 쓰시는 널이니, 七寶(칠보) 書板(서판)은 香(향)내 나는 書板(서판)에 七寶(칠보)로 꾸민 것이다.】

ᄇᆞ라ᅀᆞᆸ고[43] ᄀᆞ마니[44] 몯 안자 ᄒᆞ가라[45] 업시[46] 니러나[47] 太탱子ᄌᆞᇰ씌 절ᄒᆞᅀᆞᆸ고[48] 두루[49] 돌보며[50] 붓그려[51] ᄒᆞ더라 太탱子ᄌᆞᇰㅣ 글 ᄇᆡ호기 始싱作작ᄒᆞ샤 明명珠즁[52] 書셩案한[53]애 牛ᅌᅮᇹ頭뚷[54] 栴젼檀딴香향[55] 七칧寶봉 書셩板반[56] 노ᄒᆞ시고[57]【明명珠즁는 ᄆᆞᆯᄀᆞᆫ 구스리니 明명珠즁 書셩案한ᄋᆞᆫ 明명珠즁로 ᄭᅮ뮨[58] 書셩案한이라 書셩板반ᄋᆞᆫ 글 ᄡᅳ시ᄂᆞᆫ 너리니[59] 七칧寶봉 書셩板반ᄋᆞᆫ 香향 書셩板반애 七칧寶봉로 ᄭᅮ밀 씨라[60]】

---

43) ᄇᆞ라ᅀᆞᆸ고: ᄇᆞ라(바라보다, 眺)-+-ᅀᆞᆸ(객높)-+-고(연어, 계기)

44) ᄀᆞ마니: [가만히, 內(부사): ᄀᆞ만(가만: 불어)+-이(부접)]

45) ᄒᆞ가라: 'ᄒᆞ다(爲)'의 활용 형태인 것으로 추측되나, 형태와 의미를 알 수가 없다.

46) 업시: [없이, 無(부사): 없(없다, 無)-+-이(부접)]

47) 니러나: 니러나[일어나다, 起: 닐(일어나다, 起)-+-어(연어)+나(나다, 出)-]-+-아(연어)

48) 절ᄒᆞᅀᆞᆸ고: 절ᄒᆞ[절하다, 拜: 절(절, 拜: 명사)+-ᄒᆞ(동접)-]-+-ᅀᆞᆸ(객높)-+-고(연어, 계기)

49) 두루: [두루, 周(부사): 둘(둘다, 圍: 동사)-+-우(부접)]

50) 돌보며: 돌보[←돌보다(돌아보다, 顧): 돌(돌다, 回)-+보(보다, 見)-]-+-며(연어, 나열) ※ '돌보다'는 '돌다'와 '보다'가 결합된 합성 동사로서 '돌보다'를 오각한 형태이다.

51) 붓그려: 붓그리(부끄러워하다, 恥)-+-어(연어)

52) 明珠: 명주. 빛이 고운 아름다운 구슬이다.

53) 書案: 서안. 예전에, 책을 얹던 책상이다.

54) 牛頭: 우두. 소의 머리이다.

55) 栴檀香: 전단향. 인도에서 나는 향나무의 하나이다. 목재는 불상을 만드는 재료로 쓰고 뿌리는 가루로 만들어 단향(檀香)으로 쓴다.

56) 書板: 글씨를 쓸 때에, 종이 밑에 받치는 널조각이다.

57) 노ᄒᆞ시고: 놓(놓다, 置)-+-ᄋᆞ시(주높)-+-고(연어, 나열)

58) ᄭᅮ뮨: ᄭᅮ미(꾸미다, 飾)-+-Ø(과시)-+-우(대상)-+-ㄴ(관전)

59) 너리니: 널(널, 널빤지, 板)+-이(서조)-+-니(연어, 설명의 계속)

60) 씨라: ㅆ(←ᄉᆞ: 것, 의명)+-이(서조)-+-Ø(현시)-+-라(←-다: 평종)

[8 뒤]

金(금)을 붙잡으시어 글을 쓰시며 물으시되 "무슨 글을 가르치려 하시는가?" 蜜多羅(밀다라)가 對答(대답)하되 "凡書(범서)와 佉留書(구류서)로 가르치겠습니다." 太子(태자)가 말하시되 "글이 예순네 가지이니 【 예순네 가지의 글은 梵書(범서)와 佉留書(구류서)와 佛迦羅書(불가나서)와 安佉書(안구서)와 曼佉書(만구서)와 安求書(안구서)와 大秦書(大秦書)와 護衆書(호중서)와 取書(취서)와 半書(반서)와 久與書(구여서)와 疾堅書(질견서)와

金금 붇자ᄫᆞ샤[61] 글 쓰시며 무르샤ᄃᆡ[62] 므슴[63] 그를[64] ᄀᆞᄅᆞ쵸려[65] ᄒᆞ시ᄂᆞᆫ고[66] 蜜밇多당羅랑ㅣ 對됭答답ᄒᆞᅀᆞ보ᄃᆡ[67] 梵뻠書셩[68] 佉컹留륳書셩로 ᄀᆞᄅᆞ치ᅀᆞ보리이다[69] 太탱子ᄌᆞᆼㅣ ᄒᆞ샤ᄃᆡ[70] 그리 여쉰네[71] 가지니【여쉰네 가짓 그른 梵뻠書셩와 佉컹留륳書셩와 佛뿛迦강羅랑書셩와 安한佉컹書셩와 曼만佉컹書셩와 安한求꿓書셩와 大땡秦찐書셩와 護ᅘᅩᆼ衆즁書셩와 取츙書셩와 半반書셩와 久궇與영書셩와 疾찛堅견書셩와

61) 붇자ᄫᆞ샤: 붇잡[붙잡다, 執: 붇(←븥다: 붙다, 附)-+ 잡(잡다, 執)-]-+-ᄋᆞ샤(←-ᄋᆞ시-: 주높)-+-Ø(←-아: 연어)

62) 무르샤ᄃᆡ: 물(←묻다, ㄷ불: 묻다, 聞)-+-으샤(←-으시-: 주높)-+-ᄃᆡ(←-오ᄃᆡ: -되, 연어, 설명의 계속)

63) 므슴: 무슨, 何(관사, 지시, 미지칭)

64) 그를: 글(글, 書)+-을(목조)

65) ᄀᆞᄅᆞ쵸려: ᄀᆞᄅᆞ치(가르치다, 敎)-+-오려(-려: 연어, 의도)

66) ᄒᆞ시ᄂᆞᆫ고: ᄒᆞ(하다: 보용, 의도)-+-시(주높)-+-ᄂᆞ(현시)-+-ㄴ고(-ㄴ가: 의종, 설명)

67) 對答ᄒᆞᅀᆞ보ᄃᆡ: 對答ᄒᆞ[대답하다: 對答(대답: 명사)+-ᄒᆞ(동접)-]-+-ᅀᆞᇦ(←-ᅀᆞᆸ-: 객높)-+-오ᄃᆡ(-되: 연어, 설명의 계속)

68) 梵書: 범서. 브라흐미 문자로 기록된 글이다. 브라흐미 문자는 고대 인도에서 쓴 문자의 하나로서, 현재 인도에서 사용하는 여러 자체(字體)의 시조이며 표음 문자로서 범어를 적는 데 썼다.

69) ᄀᆞᄅᆞ치ᅀᆞ보리이다: ᄀᆞᄅᆞ치(가르치다, 敎)-+-ᅀᆞᇦ(←-ᅀᆞᆸ-: 객높)-+-오(화자)-+-리(미시)-+-이(상높, 아주 높임)-+-다(평종)

70) ᄒᆞ샤ᄃᆡ: ᄒᆞ(말하다, 曰)-+-샤(←-시-: 주높)-+-ᄃᆡ(←-오ᄃᆡ: -되, 연어, 설명의 계속)

71) 여쉰네: 여쉰네[예순네, 六十四(관사, 양수): 예쉰(예순, 六十: 관사, 수량)+네(네, 四: 관사, 양수)

[9 앞]

陁比羅書(타비라서)와 夷狄塞書(이적새서)와 陁與書(타여서)와 康居書(강거서)와 最上書(최상서)와 陁羅書(타라서)와 佉沙書(구사서)와 秦書(진서)와 匈奴書(흉노서)와 中間字書(중간자서)와 維耆多書(유기다서)와 富沙富書(부사부서)와 天書(천서)와 龍書(용서) 鬼書(귀서)와 揵畓和書(건답화서)와 眞陁羅書(진타라서)와 摩休勒書(마휴늑서)와 阿須倫書(아수륜서)와 迦留羅書(가류라서)와 鹿輪書(녹륜서)와 言善書(언선서)와 天腹書(천복서)와 風書(풍서)와 降伏書(항복서)와 北方天下書(배방천하서)와 狗那尼天下書(구나니천하서)와 東方天下書(동방천하서)와 擧書(거서)와 下書(하서)와 要書(요서)와 堅固書(견고서)와

阤땅比삥羅랑書셩와 夷잉狄떡塞슥書셩와 阤땅與영書셩와 康캉居겅書셩와 最죙上썅書셩와 阤땅羅랑書셩와 佉컹沙상書셩와 秦찐書셩와 匈흉奴농書셩와 中듕間간字쭝書셩와 維윙者깅多당書셩와 富붕沙상富붕書셩와 天텬書셩와 龍룡書셩 鬼귕書셩와 揵껀畓땁和황書셩와 眞진阤땅羅랑書셩와 摩망休흉勒륵書셩와 阿앙須슝倫륜書셩와 迦강留륳羅랑書셩와 鹿록輪륜書셩와 言언善씬書셩와 天텬腹복書셩와 風봉書셩와 降향伏뽁書셩와 北븍方방 天텬下향書셩와 狗궁那낭尼닝 天텬下향書셩와 東동方방 天텬下향書셩와 擧겅書셩와 下향書셩와 要흉書셩와 堅견固공書셩와

陁阿書(타아서)와 得晝書(득주서)와 厭擧書(염거서)와 無與書(무여서)와 轉數書(전삭서)와 轉眼書(전안서)와 閉句書(폐구서)와 上書(상서)와 次近書(차근서)와 乃至書(내지서)와 度親書(도친서)와 中御書(중어서)와 悉滅音書(실멸음서)와 電世界書(전세계서)와 馳又書(치우서)와 善寂地書(선적지서)와 觀空書(관공서)와 一切(일체) 藥書(약서)와 善受書(선수서)와 攝取書(섭취서)와 背響書(배향서)이다.】 어찌 다만 두 가지냐?" 하시고 다 헤아려 이르시니, 密多羅(밀다라)가 降服(항복)하여 偈(게)를 지어 讚嘆(찬탄)하고

陁땅阿항書셩와 得득晝듛書셩와 厭ᅙᅧᆷ擧겅書셩와 無뭉與ᅇᅧᆼ書셩와 轉둰數숭書셩와 轉둰眼안書셩와 閉볭句궁書셩와 上썅書셩와 次ᄎᆞᆼ近끈書셩와 乃냉至징書셩와 度똥親친書셩와 中듕御엉書셩와 悉싫滅멿音흠書셩와 電뗜世솅界갱書셩와 馳띵又웋書셩와 善쎤寂쩍地띵書셩와 觀관空콩書셩와 一힗切쳉 藥약書셩와 善쎤受쓯書셩와 攝셥取츙書셩와 背빙響향書셩왜라[72] 】 엇뎌[73] 다믄[74] 두 가지오[75] ᄒᆞ시고 다혜여[76] 니ᄅᆞ신대[77] 蜜밇多당羅랑ㅣ 降ᅘᅡᆼ服뽁ᄒᆞᅀᆞ바[78] 偈꼥[79] 지ᅀᅥ[80] 讚잔嘆탄ᄒᆞᅀᆞᆸ고[81]

---

72) 背響書(배향서) + -와(접조) + -ㅣ(← -이-: 서조)- + -Ø(현시)- + -라(← -다: 평종)

73) 엇뎌: 어찌, 何(부사)

74) 다믄: 다만, 但(부사)

75) 가지오: ① 가지(가지, 種: 의명) + -Ø(← -이-: 서조)- + -Ø(현시)- + -오(← -고: 의종, 설명) ② 가지(가지, 種: 의명) + -오(← -고: 보조사, 의문)

76) 혜여: 혜(헤아리다, 계산하다, 計)- + -여(← -어: 연어)

77) 니ᄅᆞ신대: 니ᄅᆞ(이르다, 말하다, 曰)- + -시(주높)- + -ㄴ대(-는데, -니: 연어, 반응)

78) 降服ᄒᆞᅀᆞ바: 降服ᄒᆞ[항복하다: 降服(항복: 명사) + -ᄒᆞ(동접)-]- + -ᅀᆞᆸ(← -ᄉᆞᆸ-: 객높)- + -아(연어)

79) 偈: 게. 가타(伽陀). 부처의 공덕이나 가르침을 찬탄하는 노래 글귀이다.

80) 지ᅀᅥ: 짓(← 짓다, ㅅ불: 짓다, 만들다, 製)- + -어(연어)

81) 讚嘆ᄒᆞᅀᆞᆸ고: 讚嘆ᄒᆞ[찬탄하다 : 讚嘆(찬탄: 명사) + -ᄒᆞ(동접)-]- + -ᅀᆞᆸ(객높)- + -고(연어, 계기)

[10 앞]

王왕ᄭᅴ ᄉᆞᆯᄫᅩᄃᆡ 太탱子ᄌᆞᆼ는 하ᄂᆞᆳ 스스이어시니 내 어드리 ᄀᆞᄅᆞ치ᅀᆞᄫᆞ리잇고 太탱子ᄌᆞᆼㅣ 아ᄒᆡ돌ᄒᆞ 더브러 겨샤 글왌 根근源원을 子ᄌᆞᆼ細솅히 니ᄅᆞ시고 無뭉上쌍正졍眞진道ᄄᆞᇢ理링ᄅᆞᆯ 勸퀀ᄒᆞ시더라 上쌍ᄋᆞᆫ 우히니 無뭉上쌍正졍眞진道ᄄᆞᇢ理링는 우 업슨 正졍ᄒᆞᆫ 진딧 道ᄄᆞᇢ理링라 그ᄢᅴ 冊칙앳 두 字ᄍᆞᆼㅣ ᄒᆞ야디여 아모도 모ᄅᆞ더니 蜜밇多당羅

王(왕)께 사뢰되, "太子(태자)는 하늘의 스승이시니 내가 어찌 가르치겠습니까?" 太子(태자)가 아이들과 더불어 계시어, 글월의 根源(근원)을 子細(자세)히 이르시고, 無上正眞道理(무상정진도리)를 勸(권)하시더라. 【上(상)은 위이니 無上正眞道理(무상정진도리)는 위가 없는 正(정)한 진짜의 道理(도리)이다.】 그때에 冊(책)에 있는 두 字(자)가 해어져서 아무도 모르더니, 蜜多羅(밀다라)도

王왕ᄭᅴ ᄉᆞᆯᄫᆞᄃᆡ 太탱子ᄌᆞᆼᄂᆞᆫ 하ᄂᆞᆳ 스승이어시니[82] 내 어드리[83] ᄀᆞᄅᆞ치ᅀᆞᄫᆞ리잇고[84] 太탱子ᄌᆞᆼㅣ 아ᄒᆡᄃᆞᆯ[85] 더브러[86] 겨샤[87] 글왌[88] 根ᄀᆞᆫ源원을 子ᄌᆞᆼ細솅히[89] 니ᄅᆞ시고 無뭉上썅正졍眞진道또ᇢ理링[90]ᄅᆞᆯ 勸권ᄒᆞ시더라[91]【上썅ᄋᆞᆫ 우히니[92] 無뭉上썅正졍眞진道또ᇢ理링ᄂᆞᆫ 우[93] 업슨 正졍ᄒᆞᆫ 진딧[94] 道또ᇢ理링라[95]】그 ᄢᅴ 冊ᄎᆡᆨ앳[96] 두 字ᄍᆞᆼㅣ ᄒᆞ야디여[97] 아모도[98] 모ᄅᆞ더니 蜜밇多당羅랑도

---

82) 스승이어시니: 스승(스승, 師)+-이(서조)-+-어(←-거-: 확인)-+-시(주높)-+-니(연어, 이유)

83) 어드리: 어찌, 何(부사)

84) ᄀᆞᄅᆞ치ᅀᆞᄫᆞ리잇고: ᄀᆞᄅᆞ치(가르치다, 敎)-+-ᅀᆞᆸ(←-ᄉᆞᆸ-: 객높)-+-ᄋᆞ리(미시)-+-잇(←-이-: 상높, 아주 높임)-+-고(의종, 설명)

85) 아ᄒᆡᄃᆞᆯ: [아이들: 아ᄒᆡ(아이, 童)+-ᄃᆞᆯ(←-ᄃᆞᆶ: 복접)]

86) 더브러: 더블(더불다, 同伴)-+-어(연어)

87) 겨샤: 겨샤(←겨시다: 있으시다, 보용, 완료 지속)-+-∅(←-아: 연어)

88) 글왌: 글왈[글월, 文: 글(글, 書)+-왈(-월: 접미)]+-ㅅ(-의: 관전)

89) 子細히: [자세히(부사): 子細(자세: 불어)+-ㅎ(←-ᄒᆞ-: 형접)-+-이(부접)]

90) 無上正眞道理: 무상정진도리. 더 이상 위가 없는 불타(佛陀) 정각(正覺)의 지혜(智慧)이다.

91) 勸ᄒᆞ시더라: 勸ᄒᆞ[권하다: 勸(권: 불어)+-ᄒᆞ(동접)-]-+-시(주높)-+-더(회상)-+-니(원칙)-+-라(←-다: 평종)

92) 우히니: 우ㅎ(위, 上)+-이(서조)-+-니(연어, 설명의 계속)

93) 우: 우(←우ㅎ: 위, 上)

94) 진딧: 진짜의, 眞(관사)

95) 道理라: 道理(도리)+-∅(←-이-: 서조)-+-∅(현시)-+-라(←-다: 평종)

96) 冊앳: 冊(책)+-애(-에: 부조, 위치)+-ㅅ(-의: 관조) ※ '冊앳'은 '책에 있는'으로 의역하여 옮긴다.

97) ᄒᆞ야디여: ᄒᆞ야디(해어지다, 닳아서 떨어지다, 缺)-+-여(←-어: 연어)

98) 아모도: 아모(아무, 某: 인대, 부정칭)+-도(보조사, 강조)

[10 뒤]

모르거늘 太子(태자)야말로 (해어진 두 字를) 가르치시더라. ◯ 力士(역사)들과 釋種(석종) 長者(장자)들이 王(왕)께 사뢰되, 【釋種(석종) 長者(장자)는 釋氏(석씨)의 어른이다.】 太子(태자)가 부처가 되시면 聖王(성왕)의 子孫(자손)이 끊어지시겠습니다. 王(왕)이 이르시되, "어떤 이의 딸이야말로 太子(태자)의 妃子(비자)가 되겠느냐?" 太子(태자)가 金(금)으로 여자의 모습을 모ᄅᆞ거늘 太탱子ᄌᆞᆼㅣᅀᅡ[99] ᄀᆞᄅᆞ치시더라[100] ○ 力륵士ᄊᆞᆼᄃᆞᆯ콰[1] 釋셕種죵[2] 長댱者쟝ᄃᆞᆯ히[3] 王왕ᄭᅴ ᄉᆞᆯᄫᅩᄃᆡ【釋셕種죵 長댱者쟝ᄂᆞᆫ 釋셕氏ᄊᆡᆼㅅ 얼우니라[4]】 太탱子ᄌᆞᆼㅣ 부텨 ᄃᆞ외시면[5] 聖셩王왕ㄱ[6] 子ᄌᆞᆼ孫손이 그츠시리이다[7] 王왕이 니ᄅᆞ샤ᄃᆡ 엇더늬[8] ᄯᆞ리ᅀᅡ[9] 太탱子ᄌᆞᆼㅅ 妃핑子ᄌᆞᆼㅣ[10] ᄃᆞ외려뇨[11] 太탱子ᄌᆞᆼㅣ 金금으로 겨지븨[12] 양ᄌᆞᄅᆞᆯ[13]

---

99) 太子ㅣᅀᅡ: 太子(태자) + -ㅣ(←-이: 주조) + -ᅀᅡ(-야말로: 보조사, 한정 강조)

100) ᄀᆞᄅᆞ치시더라: ᄀᆞᄅᆞ치(가르치다, 敎)- + -시(주높)- + -더(회상)- + -라(←-다: 평종)

1) 力士ᄃᆞᆯ콰: 力士ᄃᆞᆯㅎ[역사들: 力士(역사) + -ᄃᆞᆯㅎ(-들: 복접)] + -과(접조) ※ '力士(역사)'는 뛰어나게 힘이 센 사람이다.

2) 釋種: 석종. 석가씨(釋迦氏)의 일문(一門)이다.

3) 長者ᄃᆞᆯ히: 長者ᄃᆞᆯㅎ[장자들: 長者(장자) + -ᄃᆞᆯㅎ(-들: 복접)] + -이(주조) ※ '長者(장자)'는 덕망이 뛰어나고 경험이 많아 세상일에 익숙한 어른이다.

4) 얼우니라: 얼운[어른, 長: 얼(얼다, 배필로 삼다, 婚)- + -우(사접)- + -ㄴ(관전▷관접)] + -이(서조)- + -Ø(현시)- + -라(←-다: 평종)

5) ᄃᆞ외시면: ᄃᆞ외(되다, 爲)- + -시(주높)- + -면(연어, 조건, 가정)

6) 聖王ㄱ: 聖王(성왕) + -ㄱ(-의: 관조) ※ '聖王(성왕)'은 어질고 덕이 뛰어난 임금이다.

7) 그츠시리이다: 긏(끊어지다, 斷)- + -으시(주높)- + -리(미시)- + -이(상높, 아주 높임)- + -다(평종)

8) 엇더늬: 엇던(어떤, 何: 관사, 지시, 미지칭) # Ø(←이: 이, 者, 의명) + -의(관조) ※ '엇더늬'는 '엇던 이의'에서 의존 명사인 '이'가 탈락한 형태이다. 곧, 중세 국어에서 /ㅣ/로 끝나는 유정 명사의 뒤에 관형격 조사 '-의/-ᄋᆡ'가 결합하면, 유정 명사의 끝소리인 /ㅣ/가 탈락한다.

9) ᄯᆞ리ᅀᅡ: ᄯᆞᆯ(딸, 女) + -이(주조) + -ᅀᅡ(-야말로 : 보조사, 한정 강조)

10) 妃子ㅣ: 妃子(비자) + -ㅣ(←-이: 보조) ※ '妃子(비자)'는 '아내', '왕비', '태자의 아내' 등을 가리키는 말이다. 여기서는 '태자의 아내'를 가리킨다.

11) ᄃᆞ외려뇨: ᄃᆞ외(되다, 爲)- + -리(미시)- + -어(확인)- + -뇨(-느냐: 의종, 설명)

12) 겨지븨: 겨집(여자, 女) + -의(관조)

13) 양ᄌᆞᄅᆞᆯ: 양ᄌᆞ(모습, 모양, 像) + -ᄅᆞᆯ(목조)

[11 앞]

ᄀᆞᄅᆞ시고 겨지븨 德득을 쓰샤 이 ᄀᆞᄐᆞ
야ᅀᅡ 妃핑子ᄌᆞᆼ ᄅᆞᆯ 사ᄆᆞ리라 ᄒᆞ시니 王
왕이 左장右ᅌᅮᇢ 梵뻠志징 ᄅᆞᆯ 브리샤 左장
右ᅌᅮᇢ梵뻠志징ᄂᆞᆫ 두 녀긔 ᄌᆞᆾ ᄌᆞ방ᄒᆞᄂᆞ니ᄂᆞᆫ 梵뻠志징라 두루 가어
드라 ᄒᆞ시니 ᄒᆞᆫ 玉옥女녕 ᄀᆞᄐᆞ시니ᄅᆞᆯ
보ᅀᆞᆸ고 와 ᄉᆞᆯᄫᅩᄃᆡ 執집杖땽釋셕의 ᄯᆞ
니미 겨시더이다 王왕이 ᄒᆞ샤ᄃᆡ ᄒᆞ다
가 제 ᄠᅳ데 몯 마자도 저를 ᄀᆞᆯᄒᆡ에 ᄒᆞ리

만드시고 여자의 德(덕)을 쓰시어, “이와 같아야 妃子(비자)를 삼으리라.” 하시니, 王(왕)이 左右(좌우)의 梵志(범지)를 부리시어【左右(좌우)의 梵志(범지)는 두 쪽에서 좇아서 움직이는 梵志(범지)이다.】“두루 가서 (비자를) 얻어라.” 하시니, (좌우의 범지가) 한 玉女(옥녀) 같으신 이를 보고 와서 사뢰되, “執杖釋(집장석)의 따님이 계시더이다.” 王(왕)이 (말)하시되, “만일 자기(= 태자)의 뜻에 못 맞아도 저(= 집장석이 따님)를 택(擇)하게 하리라.”

ᄆᆡᇰᄀᆞᄅᆞ시고[14] 겨지븨 德득을 쓰샤[15] 이[16] ᄀᆞᆮᄒᆞ야ᅀᅡ[17] 妃핑子ᄌᆞᆼ를 사모리라[18] ᄒᆞ시니 王왕이 左장右울 梵뻠志징[19]를 브리샤[20]【左장右울 梵뻠志징ᄂᆞᆫ 두 녀긔[21] 좃ᄌᆞ바[22] ᄒᆞ니ᄂᆞᆫ[23] 梵뻠志징라】 두루[24] 가 어드라[25] ᄒᆞ시니 ᄒᆞᆫ 玉옥女녕[26] ᄀᆞᄐᆞ시니ᄅᆞᆯ[27] 보ᅀᆞᆸ고 와 ᄉᆞᆯ보ᄃᆡ[28] 執집杖땽釋셕[29]의 ᄯᆞ니미[30] 겨시더이다[31] 王왕이 ᄒᆞ샤ᄃᆡ ᄒᆞ다가[32] 제[33] 쁘데[34] 몯 마자도[35] 저를 ᄀᆞᆯᄒᆡ에[36] 호리라[37]

---

14) ᄆᆡᇰᄀᆞᄅᆞ시고: ᄆᆡᇰᄀᆞᆯ(만들다, 製)- + -ᄋᆞ시(주높)- + -고(연어, 계기)

15) 쓰샤: 쓰(쓰다, 書)- + -샤(← -시-: 주높)- + -Ø(← -아: 연어)

16) 이: 이(이, 此: 지대, 정칭) + -Ø(← -이: -와, 부조, 비교)

17) ᄀᆞᆮᄒᆞ야ᅀᅡ: ᄀᆞᆮᄒᆞ(같다, 如)- + -야ᅀᅡ(← -아ᅀᅡ: 연어, 필연적 조건)

18) 사모리라: 삼(삼다, 爲)- + -오(화자)- + -리(미시)- + -라(← -다: 평종)

19) 梵志: 범지. 바라문 생활의 네 시기 가운데에 첫째이다. 스승에게 가서 수학(修學)하는 기간으로 보통 여덟 살부터 열여섯 살까지, 또는 열한 살부터 스물두 살까지이다.

20) 브리샤: 브리(부리다, 시키다, 使)- + -샤(← -시-: 주높)- + -Ø(← -아: 연어)

21) 녀긔: 녁(녘, 쪽, 偏: 의명) + -의(-에: 부조, 위치)

22) 좃ᄌᆞ바: 좃(← 좇다: 쫓다, 從)- + -ᄌᆞᇦ(← -ᄌᆞᆸ-: 객높)- + -아(연어)

23) ᄒᆞ니ᄂᆞᆫ: ᄒᆞ니(움직이다, 動)- + -ᄂᆞ(현시)- + -ㄴ(관전)

24) 두루: [두루, 遍(부사): 둘(둘다, 圍: 동사)- + -우(부접)]

25) 어드라: 얻(얻다, 得)- + -으라(명종)

26) 옥녀(玉女): 선녀(仙女)이다.

27) ᄀᆞᄐᆞ시니ᄅᆞᆯ: ᄀᆞᇀ(← ᄀᆞᆮᄒᆞ다: 같다, 如)- + -ᄋᆞ시(주높)- + -Ø(현시)- + -ㄴ(관전) # 이(이, 者: 의명) + -ᄅᆞᆯ(목조)

28) ᄉᆞᆯ보ᄃᆡ: ᄉᆞᆲ(← ᄉᆞᆲ다, ㅂ불: 사뢰다, 奏)- + -오ᄃᆡ(-되: 연어, 설명의 계속)

29) 執杖釋: 집장석. 싯다르타 태자의 장인(丈人)이다.

30) ᄯᆞ니미: ᄯᆞ님[따님, 女: ᄯᆞ(← ᄯᆞᆯ: 딸, 女)- + -님(높접)] + -이(주조)

31) 겨시더이다: 겨시(계시다, 在)- + -시(주높)- + -더(회상)- + -이(상높, 아주 높임)- + -다(평종)

32) ᄒᆞ다가: 만약, 儻(부사)

33) 제: 저(자기, 己: 인대, 재귀칭) + -ㅣ(-의: 관조) ※ '저'는 태자를 가리킨다.

34) 쁘데: 쁟(뜻, 意) + -에(부조, 위치)

35) 마자도: 맞(맞다, 當)- + -아(연어) + -도(보조사, 양보)

36) ᄀᆞᆯᄒᆡ에: ᄀᆞᆯᄒᆡ(가리다, 선택하다, 擇)- + -에(← -게: 연어, 사동)

37) 호리라: ㅎ(← ᄒᆞ다 : 하다, 보용, 의도)- + -오(화자)- + -리(미시)- + -라(← -다: 평종)

[11 뒤]

리ᄒᆞ시고 나랏 고ᄫᆞᆫ 겨지블 다 太탱子
ᄌᆞᆼㅅ 講강堂땅애 모도시니 講강ᄋᆞᆫ 글 닐거 ᄠᅳᆮ ᄎᆞ
ᄌᆞᆯ ᄊᆡ니 講강堂땅ᄋᆞᆫ 글 講강ᄒᆞ시ᄂᆞᆫ 지비라 그저긔 그 ᄯᆞᆯ 俱
궁夷잉도 講강堂땅애 오샤 太탱子ᄌᆞᆼ
ᄅᆞᆯ ᄇᆞ라보ᅀᆞᆸ거시ᄂᆞᆯ 太탱子ᄌᆞᆼㅣ 우ᅀᅳ
시고 보ᄇᆡ옛 水쉉精정을 아ᅀᅡ 주신대
俱궁夷잉 ᄉᆞᆯᄫᅩ샤ᄃᆡ 나ᄂᆞᆫ 보ᄇᆡᄅᆞᆯ 아니
과ᄒᆞ야 功공德득으로 莊장嚴엄ᄒᆞ노

하시고 나라의 고운 여자를 다 太子(태자)의 講堂(강당)에 모으시니 【講(강)은 글을 읽어 뜻을 찾는 것이니, 講堂(강당)은 글을 講(강)하시는 집이다.】 그때에 그 딸 瞿夷(구이)도 講堂(강당)에 오시어 太子(태자)를 바라보시거늘, 太子(태자)가 웃으시고 보배에 속하는 水精(수정)을 가져다 주시니, 瞿夷(구이)가 사뢰시되 "나는 보배를 아니 좋아하여 功德(공덕)으로 莊嚴(장엄)합니다."

ᄒᆞ시고 나랏 고ᄫᆞᆫ[38] 겨지블 다 太탱子ᄌᆼㅅ 講강堂땅[39]애 모도시니[40] 【講강ᄋᆞᆫ 글 닐거[41] ᄠᅳᆮ[42] ᄎᆞᄌᆞᆯ 씨니 講강堂땅ᄋᆞᆫ 글 講강ᄒᆞ시ᄂᆞᆫ 지비라】그 저긔[43] 그 ᄯᅡᆯ 俱궁夷잉[44]도 講강堂땅애 오샤 太탱子ᄌᆼᄅᆞᆯ ᄲᅡᆯ아보ᅀᆞᆸ거시ᄂᆞᆯ[45] 太탱子ᄌᆼㅣ 우ᅀᅳ시고[46] 보ᄇᆡ옛[47] 水슁精졍[48]을 아ᅀᅡ[49] 주신대[50] 俱궁夷잉 ᄉᆞᆯ보샤ᄃᆡ[51] 나ᄂᆞᆫ 보ᄇᆡᄅᆞᆯ 아니 과ᄒᆞ야[52] 功공德득[53]으로 莊장嚴엄ᄒᆞ노이다[54]

---

38) 고ᄫᆞᆫ: 곻(← 곱다, ㅂ불: 곱다, 麗, 好)- + -Ø(현시)- + -ᄋᆞᆫ(관전)

39) 講堂: 강당. 경(經)과 논(論)을 연구하고 학습하는 곳이다. 재래식 불교 학교를 이른다.

40) 모도시니: 모도[모으다, 會: 몯(모이다, 集: 자동)- + -오(사접)-]- + -시(주높)- + -니(연어, 설명의 계속)

41) 닐거: 닑(읽다, 讀)- + -어(연어)

42) ᄠᅳᆮ: 뜻, 意.

43) 저긔: 적(적, 때, 時: 의명) + -의(-에: 부조, 위치)

44) 俱夷: 구이. 耶輸(산스크리트어인 yaśodharā의 음사)라고도 한다. 콜리야족 출신으로, 싯다르타 태자의 아내이자 나후라(羅睺羅)의 어머니이다.

45) ᄲᅡᆯ아보ᅀᆞᆸ거시ᄂᆞᆯ: ᄲᅡᆯ아보[바라보다, 諦視: ᄲᅡᆯ(← ᄲᅡᆯᄋᆞ다: 바르게 하다, 諦)- + -아(연어) + 보(보다, 視)-]- + -ᅀᆞᆸ(객높)- + -시(주높)- + -거…ᄂᆞᆯ(-거늘: 연어, 상황)

46) 우ᅀᅳ시고: 웃(← 웃다, ㅅ불: 웃다, 笑)- + -으시(주높)- + -고(연어, 계기)

47) 보ᄇᆡ옛: 보ᄇᆡ(보배, 寶) + -예(← -에: 부조, 위치) + -ㅅ(-의: 관조) ※ '보ᄇᆡ옛'은 '보배에 속하는'으로 의역하여 옮긴다.

48) 水精: '수정(水晶)'을 달리 이르는 말이다. 무색투명한 석영의 하나로서, 육방주상(六方柱狀)의 결정체이며, 주성분은 이산화규소이다.

49) 아ᅀᅡ: 앗(← 앗다, ㅅ불: 가지다, 빼앗다, 持)- + -아(연어)

50) 주신대: 주(주다, 遺)- + -시(주높)- + -ㄴ대(-는데, -니 : 연어, 반응)

51) ᄉᆞᆯ보샤ᄃᆡ: ᄉᆞᆲ(← ᄉᆞᆲ다, ㅂ불: 사뢰다, 아뢰다, 報曰)- + -오샤(← -ᄋᆞ샤-: 주높)- + -ᄃᆡ(← -오ᄃᆡ: -되, 연어, 설명의 계속) ※ 'ᄉᆞᆯ보샤ᄃᆡ'는 'ᄉᆞᆯᄫᆞ샤ᄃᆡ'를 오각한 형태이다.

52) 과ᄒᆞ야: 과ᄒᆞ(좋아하다, 부러워하다, 貪)- + -야(← -아: 연어)

53) 功德: 공덕. 좋은 일을 행한 덕으로 훌륭한 결과를 가져오게 하는 능력. 종교적으로 순수한 것을 진실공덕(眞實功德)이라 이르고, 세속적인 것을 부실공덕(不實功德)이라 한다.

54) 莊嚴ᄒᆞ노이다: 莊嚴ᄒᆞ[장엄하다: 莊嚴(장엄: 명사) + -ᄒᆞ(동접)-]- + -ㄴ(← -ᄂᆞ-: 현시)- + -오(화자)- + -이(상높, 아주 높임)- + -다(평종) ※ '莊嚴(장엄)'은 좋고 아름다운 것으로 국토를 꾸미고, 훌륭한 공덕을 쌓아 몸을 장식하고, 향이나 꽃 따위를 부처에게 올려 장식하는 것이다.

[12 앞]

이다 王왕이 梵뻠志징ᄅᆞᆯ 이 각시 지비
브리신대 執집杖땽釋셕이 닐오ᄃᆡ 우
리 家강門몬앤 지조ᄀᆞᆯᄒᆡ야ᅀᅡ 사회 맛
ᄂᆞ니이다 王왕이 太탱子ᄌᆞᆼ ᄭᅴ 묻ᄌᆞᄫᆞ
샤ᄃᆡ 지조ᄅᆞᆯ 어루 ᄒᆞᇙ다 對됭答답ᄒᆞ샤
ᄃᆡ 어루 ᄒᆞ리이다 王왕이 붑 텨 지조 겻
ᄀᆞᇙ 사ᄅᆞᄆᆞᆯ 다 모도라 ᄒᆞ시고 出츓令령
ᄒᆞ샤ᄃᆡ 지조 이긔니ᅀᅡ 執집杖땽釋셕

王(왕)이 梵志(범지)를 이 여자의 집에 시키어 보내시니, 執杖釋(집장석)이 이르되 "우리 家門(가문)엔 재주를 가려야 사위를 맞이합니다." 王(왕)이 太子(태자)께 묻으시되, "재주를 능히 하겠는가?" (태자가) 대답하시되 "능히 하겠습니다." 王(왕)이 북을 쳐서 재주를 겨룰 사람을 다 모이라고 하시고, 出令(출령)하시되, "재주를 이긴 사람이야말로 執杖釋(집장석)의

[12 앞]

王왕이 梵뻠志징를 이 각싯[55] 지븨 브리신대[56] 執집杖땽釋셕이 닐오ᄃᆡ 우리 家강門몬앤[57] ᄌᆡ조[58] ᄀᆞᆯᄒᆡ야ᅀᅡ[59] 사회[60] 맛ᄂᆞ니이다[61] 王왕이 太탱子ᄌᆞᇰᄭᅴ 묻ᄌᆞ보샤ᄃᆡ[62] ᄌᆡ조ᄅᆞᆯ 어루[63] ᄒᆞᇙ다[64] 對됭答답ᄒᆞ샤ᄃᆡ 어루 호리이다[65] 王왕이 붑[66] 텨[67] ᄌᆡ조 겻긇[68] 사ᄅᆞᄆᆞᆯ 다 모ᄃᆞ라[69] ᄒᆞ시고 出츓令령ᄒᆞ샤ᄃᆡ ᄌᆡ조 이긔니ᅀᅡ[70] 執집杖땽釋셕의

55) 각싯: 각시(여자, 女) + -ㅅ(-의: 관조)

56) 브리신대: 브리(부리다, 시키다, 遣往)- + -시(주높)- + -ㄴ대(-는데, -니: 연어, 반응) ※ '브리신대'는 '시켜서 보내시니'로 의역하여 옮긴다.

57) 家門앤: 家門(가문) + -애(-에: 부조, 위치) + -ㄴ(← -ᄂᆞᆫ : -는, 보조사, 주제)

58) ᄌᆡ조: 재주, 才.

59) ᄀᆞᆯᄒᆡ야ᅀᅡ: ᄀᆞᆯᄒᆡ(가리다, 택하다, 擇)- + -야ᅀᅡ(← -아ᅀᅡ: -어야, 필연적 선택)

60) 사회: 사위, 壻.

61) 맛ᄂᆞ니이다: 맛(← 맞다: 맞다, 맞이하다, 迎)- + -ᄂᆞ(현시)- + -니(원칙)- + -이(상높, 아주 높임)- + -다(평종)

62) 묻ᄌᆞ보샤ᄃᆡ: 묻(묻다, 問)- + -ᄌᆞᇦ(← -ᄌᆞᆸ-: 객높)- + -오샤(← -ᄋᆞ샤-: 주높)- + -ᄃᆡ(← -오ᄃᆡ: -되, 연어, 설명의 계속) ※ '묻ᄌᆞ보샤ᄃᆡ'는 '묻ᄌᆞᄫᆞ샤ᄃᆡ'를 오각한 형태이다.

63) 어루: 가(可)히, 능히, 넉넉히(부사)

64) ᄒᆞᇙ다: ᄒᆞ(하다, 가리다, 爲)- + -ᇙ다(-을까: 의종, 2인칭, 미시) ※ 'ᄒᆞᇙ다'의 'ᄒᆞ다'는 'ᄀᆞᆯᄒᆡ다'를 대용하는 말이므로, '가리겠는가'로 의역하여 옮긴다.

65) 호리이다: ㅎ(← ᄒᆞ다 : 하다, 爲)- + -오(화자)- + -리(미시)- + -이(상높, 아주 높임)- + -다(평종)

66) 붑: 북, 鼓.

67) 텨: 티(치다, 擊)- + -어(연어)

68) 겻긇: 겻그(← 겻구다: 경쟁하다, 겨루다, 競)- + -ᇙ(관전) ※ '겻긇'은 '겻굻'를 오각한 형태이다.

69) 모ᄃᆞ라: 몯(모이다, 集會)- + -ᄋᆞ라(명종)

70) 이긔니ᅀᅡ: 이긔(이기다, 勝)- + -Ø(과시)- + -ㄴ(관전) # 이(이, 사람, 者: 의명) + -ᅀᅡ(-야: 보조사, 한정 강조)

[12 뒤]

사위가 되리라." 調達(조달)이 이르되, "太子(태자)가 聰明(총명)하여 글은 잘하거니와 힘이야말로 어찌 우리를 이기랴?" 하고 코끼리(象)가 門(문)에 서 있거늘 그 코끼리의 머리를 잡아 땅에 굴리고, 難陀(난타)는 코끼리를 길가에 치차거늘, 太子(태자)는 코끼리를 들어 城(성)을 넘어가게 치시고, (코끼리가 떨어지는 곳에) 따라 날아가 받아서 아프지 않게 떨어지게 하셨니라.

사회 ᄃᆞ외리라[71] 調똫達땋[72]이 닐오ᄃᆡ 太탱子증ㅣ 聰총明명ᄒᆞ야 그른[73] 잘ᄒᆞ거니와[74] 히미ᅀᅡ[75] 어듸썬[76] 우리를 이긔료[77] ᄒᆞ고 象썅이 門몬이 셋거늘[78] 그 象썅ᄋᆡ 머리를 자바 ᄯᅡ해[79] 그우리왇고[80] 難난陁땅[81]ᄂᆞᆫ 象썅ᄋᆞᆯ 긼ᄀᆞ새[82] 티차ᄂᆞᆯ[83] 太탱子증ᄂᆞᆫ 象썅ᄋᆞᆯ 드러 城썽 나ᄆᆞ티시고[84] 미처[85] ᄂᆞ라가[86] 바다[87] 알ᄑᆡ[88] 아니 디게[89] ᄒᆞ시니라[90]

---

71) ᄃᆞ외리라: ᄃᆞ외(되다, 爲)- + -리(미시)- + -라(← -다: 평종)

72) 調達: 조달. 석가모니의 사촌동생(?~?)이다. 출가하여 석가모니의 제자가 되었다가 뒤에 이반(離反)하여 불교 교단에 대항하였다고 한다.

73) 그른: 글(글, 書) + -은(보조사, 주제)

74) 잘ᄒᆞ거니와: 잘ᄒᆞ[잘하다, 善: 잘(잘, 善: 부사) + -ᄒᆞ(동접)-]- + -거니와(-거니와, -지만: 연어) ※ '-거니와'는 앞 사실을 인정하면서도 또 다른 일이 있음을 나타내는 연결 어미이다.

75) 히미ᅀᅡ: 힘(힘, 力)- + -이(주조) + -ᅀᅡ(-야: 보조사, 한정 강조)

76) 어듸썬: [어찌, 詎(부사): 어듸(어찌, 詎: 부사) + -썬(접미, 강조)]

77) 이긔료: 이긔(이기다, 勝)- + -료(-랴: 의종, 설명, 미시)

78) 셋거늘: 셔(서다, 立, 當)- + -어(연어) + 잇(← 이시다: 있다, 보용, 완료 지속)- + -거늘(연어, 상황)

79) ᄯᅡ해: ᄯᅡㅎ(땅, 地) + -애(-에: 부조, 위치)

80) 그우리왇고: 그우리[굴리다, 捈: 그울(구르다, 躄: 자동)- + -이(사접)- + -왇(강접)-]- + -고(연어, 계기)

81) 難陁: 난타. 석가모니의 배다른 동생이다. 출가하였으나 처가 그리워서 승복을 벗으려 하자, 부처의 방편(方便)으로 부처에 귀의하여 아라한과(阿羅漢果)의 자리를 얻었다. 처의 이름을 따서 손타라난타(孫陀羅難陀)라고도 부른다.

82) 긼ᄀᆞ새: 긼ᄀᆞᇫ[길가, 路側: 길(길, 路) + -ㅅ(관조, 사잇) + ᄀᆞᇫ(← ᄀᆞᆺ: 가, 側)] + -애(-에: 부조, 위치)

83) 티차ᄂᆞᆯ: 티ᄎᆞ[← 티ᄎᆞ다: 치차다, 위쪽으로 강하게 차다, 蹴, 足挑: 티(치-: 접두)- + ᄎᆞ(차다, 蹴)-]- + -아ᄂᆞᆯ(-거늘: 연어, 상황)

84) 나ᄆᆞ티시고: 나ᄆᆞ티[넘겨 치다, 擲: 남(넘다, 지나다, 越)- + -ᄋᆞ(사접)- + 티(치다, 打)-]- + -시(주높)- + -고(연어, 나열) ※ '나ᄆᆞ티다'는 '나ᄆᆞ-(넘기다, 使越)'와 '티-(치다, 打)'가 결합하여서 형성된 합성 동사이다. 그리고 '나ᄆᆞ다(넘기다)'는 '남-(넘다, 越)'에 사동 접미사인 '-ᄋᆞ-'가 붙어서 형성된 사동사이다.

85) 미처: 및(미치다, 이르다, 及)- + -어(연어) ※ '미처'는 코끼리가 가는 곳에 이르는 것이다.

86) ᄂᆞ라가: ᄂᆞ라가[날아가다, 飛行: ᄂᆞᆯ(날다, 飛)- + -아(연어) + 가(가다, 行)-]- + -Ø(← -아: 연어)

87) 바다: 받(받다, 受)- + -아(연어)

88) 알ᄑᆡ: [아프게, 痛(부사): 알ᄑᆞ(← 알ᄑᆞ다: 아프다, 痛, 형사)- + -이(부접)]

89) 디게: 디(떨어지다, 落)- + -게(연어, 사동)

90) ᄒᆞ시니라: ᄒᆞ(하다: 보용, 사동)- + -시(주높)- + -Ø(과시)- + -니(원칙)- + -라(← -다: 평종)

調達이와 難陁왜 서르 실홈
ᄒᆞ니 둘희 히미 ᄀᆞᆮ거늘 太子ㅣ 둘
흘 자바 ᄒᆞᆫᄢᅴ 그우리와ᄃᆞ시며 大臣
炎光이라 호리【大臣ᄋᆞᆫ 큰 臣下ㅣ라】
八萬 가짓 ᄌᆡ조ᄅᆞᆯ ᄒᆞ되 太子ㅅ긔
계우ᅀᆞᄫᆞ니라 王이 釋種ᄃᆞ리
시고 ᄯᅩ 활쏘기ᄅᆞᆯ 받더시니 그 東山
애 金붑 銀붑 돌붑 쇠붑 ᄢᅵ 各

調達(조달)이와 難陀(난타)가 서로 씨름하니 둘의 힘이 같거늘 太子(태자)가 둘을 잡아 함께 굴리시며, 大臣(대신)인 炎光(염광)이라 하는 이가【大臣(대신)은 큰 臣下(신하)이다.】八萬(팔만) 가지의 재주를 하되 太子(태자)께 이기지 못하였니라. 王(왕)이 釋種(석종)을 데리시고 또 활쏘기를 시험하시더니, 그 東山(동산)에 金(금)북, 銀(은)북, 돌북, 쇠북이 各各(각각)

調또ᇢ達ᄄᆞᇙ이와[91] 難난陁땅왜[92] 서르[93] 실홈ᄒᆞ니[94] 둘희[95] 히미 ᄀᆞᆮ거늘[96] 太탱子ᄌᆼ ㅣ 둘흘 자바 ᄒᆞᆫᄢᅴ[97] 그우리와ᄃᆞ시며[98] 大땡臣씬 炎염光광이라 호리[99]【大땡臣씬ᄋᆞᆫ 큰 臣씬下ᅘᅡᆼㅣ라】八밣萬먼 가짓 ᄌᆡ조 호ᄃᆡ[100] 太탱子ᄌᆼᄉᆡ 계우ᄉᆞᄫᆞ니라[1] 王왕이 釋셕種죵 ᄃᆞ리시고[2] ᄯᅩ[3] 활쏘기ᄅᆞᆯ[4] 받더시니[5] 그 東동山산애 金금붑 銀ᅌᅳᆫ붑 돌붑[6] 쇠부피[7] 各각各각

---

91) 調達이와: 調達이[수달이: 須達(수달: 인명) + -이(접미, 어조 고름)] + -와(접조)

92) 難陁왜: 難陁(난타: 인명) + -와(접조) + -ㅣ(← -이: 주조)

93) 서르: 서로, 相(부사)

94) 실홈ᄒᆞ니: 실홈ᄒᆞ[씨름하다: 실홈(씨름, 手搏: 명사) + -ᄒᆞ(동접)-]- + -니(연어, 설명의 계속)

95) 둘희: 둘ㅎ(둘, 二: 수사, 양수) + -의(관조)

96) ᄀᆞᆮ거늘: ᄀᆞᆮ(← ᄀᆞᆮᄒᆞ다: 같다, 等)- + -거늘(연어, 상황)

97) ᄒᆞᆫᄢᅴ: [함께, 同(부사): ᄒᆞᆫ(한, 一: 관사, 양수) + ᄢᅳ(← ᄣᅳ: 때, 時) + -의(-에: 부조, 위치)]

98) 그우리와ᄃᆞ시며: 그우리왇[굴리다, 躄: 그울(구르다, 轉: 자동)- + -이(사접)- + -왇(강접)-]- + -ᄋᆞ시(주높)- + -며(연어, 나열)

99) 호리: ㅎ(← ᄒᆞ다: 하다, 曰)- + -오(대상)- + -ㄹ(관전) # 이(이, 사람, 者: 의명) + -Ø(← -이: 주조)

100) 호ᄃᆡ: ㅎ(← ᄒᆞ다: 하다, 爲)- + -오ᄃᆡ(-되: 연어, 설명의 계속)

1) 계우ᄉᆞᄫᆞ니라: 계우(이기지 못하다, 不勝)- + -ᅀᆞᇦ(← -ᅀᆞᇦ-: 객높)- + -Ø(과시)- + -ᄋᆞ니(원칙)- + -라(← -다: 평종)

2) ᄃᆞ리시고: ᄃᆞ리(데리다, 伴)- + -시(주높)- + -고(연어, 계기)

3) ᄯᅩ: 또, 又(부사)

4) 활쏘기ᄅᆞᆯ: 활쏘기[활쏘기: 활(활, 弓) + 쏘(쏘다, 射)- + -기(명접)] + -ᄅᆞᆯ(목조)

5) 받더시니: 받(시험하다, 試)- + -더(회상)- + -시(주높)- + -니(연어, 설명의 계속) ※ 중세 국어나 근대 국어에서 'ᄆᆞᆷ받다'라는 어휘가 '속내를 시험하다(試)'의 뜻으로 쓰이는 점을 감안하여서 이 문장에 쓰인 '받다'를 '시험하다(試)'로 해석하였다. 그리고 『석가보, 釋迦譜』에는 이 부분을 '王及釋種更欲試射(왕과 석종이 다시 활쏘기를 시험하고자 하니)'로 기술하고 있으므로, '받다'가 '시험하다(試)'의 뜻을 나타내는 것을 알 수 있다. 이화숙(2004:298, 「석보상절 권3에 대한 一考察」, 『국어사 연구 제4호』, 국어사학회.) 참조.

6) 돌붑: 돌붑[← 돌붚(돌북, 石鼓): 돌(← 돌ㅎ: 돌, 石) + 붚(북, 鼓)]

7) 쇠부피: 쇠붚[쇠북, 鐵鼓: 쇠(쇠, 鐵) + 붚(북, 鼓)] + -이(주조)

[13 뒤]

各각 닐굽곰 잇거늘 調뚬達땷이와 難난陁땅왜 몬져 쏘니 各각各각 세콤 ᄢᅦ여디거늘 太탱子ᄌᆞᆼㅣ 활ᄋᆞᆯ ᅘᅧ시니 화리 것거디거늘 무르샤ᄃᆡ 내그에 마ᄌᆞᆫ 화리 잇ᄂᆞ니여 王왕이 니ᄅᆞ샤ᄃᆡ 우리 祖종上썅애셔 쏘더신 화리 ᄀᆞ초아 이쇼ᄃᆡ 祖종ᄂᆞᆫ 한아비니 祖종上썅ᄋᆞᆫ 한아비롯 우흘 無뭉數숭히 니ᄅᆞᆫ 마리라 이긔여 쏘리 업스니 가져오라 ᄒᆞ

일곱씩 있거늘, 曹達(조달)이와 難陀(난타)가 먼저 쏘니 各各(각각) 셋씩 꿰어지거늘, 太子(태자)가 활을 당기시니 활이 꺾어지거늘 물으시되, "나에게 맞는 활이 있느냐?" 王(왕)이 이르시되, "우리 祖上(조상)이 쏘시던 활이 갖추어 있되【祖(조)는 할아버지이니 祖上(조상)은 할아버지로부터 위를 無數(무수)히 위쪽으로 이른 말이다.】(그 활을) 감당하여 (화살을) 쏠 이가 없으니 가져오라." 하시거늘,

닐굽곰[8] 잇거늘 調뚀ᇢ達따ᇙ이와 難난陁땅왜 몬져[9] 쏘니 各각各각 세콤[10] ᄢᅦ여디거늘[11] 太탱子ᄌᆞᆼㅣ 화ᄅᆞᆯ[12] ᅘᅧ시니[13] 화리 것거디거늘[14] 무르샤ᄃᆡ 내 그에[15] 마ᄌᆞᆫ[16] 화리 잇ᄂᆞ니여[17] 王왕이 니ᄅᆞ샤ᄃᆡ 우리 祖종上썅애셔 쏘더신[18] 화리 ᄀᆞ초아[19] 이쇼ᄃᆡ[20]【祖종ᄂᆞᆫ 한아비니[21] 祖종上썅ᄋᆞᆫ 한아비롯[22] 우흘[23] 無뭉數숭히 티닐온[24] 마리라】이긔여[25] 쏘리[26] 업스니 가져오라 ᄒᆞ야시ᄂᆞᆯ[27]

---

8) 닐굽곰: 닐굽(일곱, 七: 수사, 양수) + -곰(-씩: 보조사, 각자)
9) 몬져: 먼저, 先(부사)
10) 세콤: 세ㅎ(셋, 三: 수사, 양수) + -곰(-씩: 보조사, 각자)
11) ᄢᅦ여디거늘: ᄢᅦ여디[꿰어지다, 徹: ᄢᅦ(꿰다, 撤: 타동)- + -여(← -어: 연어) + 디(지다: 보용, 피동)-]- + -거늘(연어, 상황)
12) 화ᄅᆞᆯ: 활(활, 弓) + -ᄋᆞᆯ(목조)
13) ᅘᅧ시니: ᅘᅧ(당기다, 끌다, 引)- + -시(주높)- + -니(연어, 설명)
14) 것거디거늘: 것거디[꺾어지다: 겄(꺾다, 折)- + -어(연어) + 디(지다: 보용, 피동)-]- + -거늘(연어, 상황)
15) 내 그에: 나(나, 我: 인대, 1인칭) + -ㅣ(← -ᄋᆡ: 관조) # 그에(거기에: 의명) ※ '내 그에'는 '나의 거기에'로 직역할 수 있는데, 여기서는 '나에게'로 의역하여 옮긴다.
16) 마ᄌᆞᆫ: 맞(맞다, 當, 任)- + -Ø(과시)- + -ᄋᆞᆫ(관전)
17) 잇ᄂᆞ니여: 잇(← 이시다: 있다, 有)- + -ᄂᆞ(현시)- + -니여(-느냐: 의종, 판정)
18) 쏘더신: 쏘(쏘다, 射)- + -더(회상)- + -시(주높)- + -ㄴ(관전)
19) ᄀᆞ초아: ᄀᆞ초[갖추다, 具: ᄀᆞᆽ(갖추어져 있다, 具: 형사)- + -호(사접)-]- + -아(연어)
20) 이쇼ᄃᆡ: 이시(있다, 보용, 완료 지속)- + -오ᄃᆡ(-되: 연어, 설명의 계속)
21) 한아비니: 한아비[할아버지, 祖: 하(크다, 大: 형사)- + -ㄴ(관전) + 아비(아버지, 父)] + -이(서조)- + -니(연어, 설명의 계속)
22) 한아비롯: 한아비[할아버지, 祖: 하(크다, 大: 형사)- + -ㄴ(관전) + 아비(아버지, 父)] + -로(부조, 방향) + -ㅅ(-의: 관조)
23) 우흘: 우ㅎ(위, 上) + -을(목조)
24) 티닐온: 티닐[← 티니ᄅᆞ다(위쪽으로 이르다, 上曰): 티(치-: 접두, 上)- + 니ᄅᆞ(이르다, 曰)-]- + -Ø(과시)- + -오(대상)- + -ㄴ(관전)
25) 이긔여: 이긔(이기다, 감당하다, 勝)- + -여(← -어: 연어)
26) 쏘리 : 쏘(쏘다, 射)- + -ㄹ(관전) # 이(이, 사람, 者: 의명) + -Ø(← -이: 주조)
27) ᄒᆞ야시ᄂᆞᆯ: ᄒᆞ(하다, 曰)- + -시(주높)- + -야 … ᄂᆞᆯ(← -아ᄂᆞᆯ: -거늘, 상황)

[14 앞]

야시놀 釋種 돌히 이긔여 지ᅌᅱ리 업더니 太子ㅣ 소ᄂᆞ로 눌러 지ᅌᅢ샤 시울 ᄧᅳᆫ 소리 잣 안히 다 들이더라 살 머겨 쏘시니 그 사리 스믈여듧 부플 다 ᄢᅦ여 ᄯᅡ해 ᄉᆞᄆᆞ차 가아 鐵圍山애 바ᄀᆞ니 三千世界 드러치니라 天帝釋이 그 사ᄅᆞᆯ ᄲᅢ혀 忉利天에 가아 塔 일어 供

釋種(석종)들이 (활을) 이기어 (시위를) 당길 이가 없더니, 太子(태자)가 손으로 눌러 당기시어 활시위를 타실 소리가 성 안이 다 들리더라. 화살을 먹여 쏘시니, 그 화살이 스물여덟의 북을 다 꿰어 땅에 관통하여 가서 鐵圍山(철위산)에 박히니, 三千世界(삼천세계)가 진동하였니라. 天帝釋(천제석)이 그 화살을 빼내어 忉利天(도리천)에 가서 塔(탑)을 세워서 供養(공양)하더라.

釋셕種죵ᄃᆞᆯ히 이긔여 지ᄒᆞ리[28] 업더니 太탱子ᄌᆞᆼㅣ 소ᄂᆞ로[29] 눌러 지ᄒᆞ샤 시울[30] ᄠᅳ시ᇙ[31] 소리 잣[32] 안히[33] 다 들이더라[34] 살 머겨[35] 쏘시니 그 사리 스믈여듧 부플 다 ᄢᅦ여[36] ᄯᅡ해 ᄉᆞᄆᆞ차[37] 가아 鐵텷圍윙山산[38]애 바ᄀᆞ니[39] 三삼千쳔世솅界갱[40] 드러치니라[41] 天텬帝뎽釋셕[42]이 그 사ᄅᆞᆯ ᄲᅡᅘᅧ[43] 忉돌利링天텬[44]에 가아 塔탑 일어[45] 供공養양ᄒᆞᄉᆞᆸ더라[46]

28) 지ᄒᆞ리: 짛(시위를 당기다, 張)- + -ᄋᆞᆯ(관전) # 이(이, 사람, 者: 의명) + -Ø(← -이: 주조) ※ '짛다'는 활대에 시위를 걸어서 팽팽하게 당기는 것이다.

29) 소ᄂᆞ로: 손(손, 手) + -ᄋᆞ로(부조, 방편)

30) 시울: 활시위. 활대에 걸어서 켕기는 줄이다.

31) ᄠᅳ시ᇙ: ᄠᅳ(타다, 튕기다)- + -시(주높)- + -ᇙ(관전)

32) 잣: 성(城)

33) 안히: 안ㅎ(안, 內) + -이(주조)

34) 들이더라: 들이[들리다: 들(← 듣다, ㄷ불: 듣다, 聽, 타동)- + -이(피접)-]- + -더(회상)- + -라(← -다: 평종)

35) 머겨: 머기[먹이다, 置: 먹(먹다, 食)- + -이(사접)-]- + -어(연어) ※ '머기다'는 기계나 틀 따위에 물건, 원료 따위를 넣는 것이다. 여기서는 화살의 시위에 활을 얹어서 장착하는 것이다.

36) ᄢᅦ여: ᄢᅦ(꿰다, 徹)- + -여(← -어: 연어)

37) ᄉᆞᄆᆞ차: ᄉᆞᄆᆞᆾ(꿰뚫다, 通)- + -아(연어)

38) 鐵圍山: 철위산. 지변산을 둘러싸고 있는 아홉 산 가운데 가장 밖에 있는 산이다.

39) 바ᄀᆞ니: 박(박히다, 印: 자동)- + -ᄋᆞ니(연어, 설명의 계속)

40) 三千世界: 삼천세계. 불교 사상에서 거대한 우주 공간을 나타내는 술어로 삼천대천(三千大千)이라고도 한다. 대천세계는 소천(小千)·중천(中千)·대천(大千)의 3종의 천(千)이 겹쳐진 것이기 때문에 삼천대천세계라고 한다. 이만큼의 공간이 한 부처의 교화 대상이 되는 범위이다.

41) 드러치니라: 드러치(진동하다, 振動)- + -Ø(과시)- + -니(원칙)- + -라(← -다: 평종)

42) 天帝釋: 천제석(= 제석천). 십이천의 하나이다. 수미산 꼭대기에 있는 도리천(忉利天)의 임금이다.

43) ᄲᅡᅘᅧ: ᄲᅡᅘᅧ[빼내다, 拔: ᄲ(← ᄲᆡ다: 빼다, 拔)- + -아(연어) + ᅘᅧ(끌다, 引)-]- + -어(연어)

44) 忉利天: 도리천. 육욕천의 둘째 하늘이다. 섬부주 위에 8만 유순(由旬) 되는 수미산 꼭대기에 있는 곳으로, 가운데에 제석천이 사는 선견성(善見城)이 있으며, 그 사방에 권속되는 하늘 사람들이 살고 있는 8개씩의 성이 있다.

45) 일어: 일[← 이ᄅᆞ다(세우다, 建): 일(일어나다, 起)- + -ᄋᆞ(사접)-]- + -어(연어)

46) 供養ᄒᆞᄉᆞᆸ더라: 供養ᄒᆞ[공양하다: 供養(공양: 명사) + -ᄒᆞ(동접)-]- + -ᄉᆞᆸ(객높)- + -더(회상)- + -라(← -다: 평종)

[14 뒤]

【 이 塔(탑)은 天上(천상)의 네 塔(탑) 중의 하나이다. 】 화살이 든 구멍에서 샘이 나서 우물이 되니, (그 우물을) 마시면 술과 같더니 먹으면 病(병)이 다 좋아지더라. 그제야 執杖釋(집장석)의 딸이 太子(태자)의 妃子(비자)가 되셨니라. 【 재주를 겨루실 제에 부처의 나이가 열이시더니, 昭王(소왕)의 서른다섯째의 해 癸亥(계해)이고, 妃子(비자)를 들이신 것은 부처의 나이가 열일곱이시더니 昭王(소왕)의 마흔둘째의 해 庚午(경오)이다. 】 太子(태자)가 妃子(비자)를 들이셔도

【이 塔탑ᄋᆞᆫ 天텬上썅 네 塔탑앳[47] ᄒᆞ나히라[48]】살 든 굼긔셔[49] ᄉᆡ미[50] 나아 우므리[51] ᄃᆞ외니 마시ᄃᆞᆫ[52] 수을[53] ᄀᆞᆮ더니 머그면 病뼝이 다 됴터라[54] 그제ᅀᅡ[55] 執집杖땽釋셕의 ᄯᆞ리 太탱子ᄌᆞᆼㅅ 妃핑子ᄌᆞ ㅣ ᄃᆞ외시니라【ᄌᆡ조 겻구ᇙ[56] 제[57] 부텻 나히[58] 열히러시니[59] 昭쑝王왕ㄱ 셜흔다ᄉᆞᆺ찻[60] ᄒᆡ 癸귕亥ᅘᆡᆼ오[61] 妃핑子ᄌᆞᆼ 드리샤ᄆᆞᆫ[62] 부텻 나히 열닐구비러시니[63] 昭쑝王왕 마ᅀᆞᆫ둘찻[64] ᄒᆡ 庚깅午ᅌᅩᆼ ㅣ라】太탱子ᄌᆞᆼ ㅣ 妃핑子ᄌᆞᆼᄅᆞᆯ 드리샤도[65]

---

47) 塔앳: 塔(탑) + -애(-에: 부조, 위치) + -ㅅ(-의: 관조) ※ '네 가지 탑 중의'로 의역한다.

48) ᄒᆞ나히라: ᄒᆞ낳(하나, 一: 수사, 양수) + -이(서조)- + -Ø(현시)- + -라(← -다: 평종)

49) 굼긔셔: 굼ㄱ(← 구무: 구멍, 孔) + -의(부조, 위치) + -셔(-서: 보조사, 위치 강조)

50) ᄉᆡ미: ᄉᆡᆷ(샘, 泉) + -이(주조)

51) 우므리: 우믈[우물, 井: 움(움, 穴) + 믈(물, 水)] + -이(주조)

52) 마시ᄃᆞᆫ: 마시(마시다, 飮)- + -ᄃᆞᆫ(-면: 연어, 조건)

53) 수을: 술, 酒.

54) 됴터라: 둏(좋아지다, 好: 동사)- + -더(회상)- + -라(← -다: 평종)

55) 그제ᅀᅡ: 그제[그제, 그때, 於時: 그(그, 彼: 관사, 지시, 정칭) + 제(제, 때, 時: 의명)] + -ᅀᅡ(보조사, 한정 강조) ※ '제'는 '적(때, 時) + -의(부조, 시간)'으로 분석되는 의존 명사이다.

56) 겻구ᇙ: 겻구(겨루다, 경쟁하다, 競)- + -시(주높)- + -ᇙ(관전)

57) 제: [제, 때(의명): 적(때, 時) + -의(-에: 부조, 시간)]

58) 나히: 낳(나이, 年) + -이(주조)

59) 열히러시니: 열ᇂ(열, 十: 수사, 양수) + -이(서조)- + -러(← -더-: 회상)- + -시(주높)- + -니(연어, 설명의 계속)

60) 셜흔다ᄉᆞᆺ찻: 셜흔다ᄉᆞᆺ차[서른다섯째, 第三十五(수사, 서수): 셜흔(서른, 三十: 수사, 양수) + 다ᄉᆞᆺ(← 다ᄉᆞᆺ: 다섯, 五: 수사, 양수) + -차(-째: 접미, 서수)] + -ㅅ(-의: 관조)

61) 癸亥오: 癸亥(계해) + -오(← -고: 연어, 나열) ※ '癸亥(계해)'는 육십갑자의 예순째이다.

62) 드리샤ᄆᆞᆫ: 드리[들이다: 들(들다, 入: 자동)- + -이(사접)-]- + -샤(← -시-: 주높)- + -ㅁ(← -옴: 명전) + -ᄋᆞᆫ(보조사, 주제)

63) 열닐구비러시니: 열닐굽[열일곱(수사, 양수): 열(열, 十: 수사, 양수) + 닐굽(일곱, 七: 수사, 양수)] + -이(서조)- + -러(← -더-: 회상)- + -시(주높)- + -니(연어, 설명의 계속)

64) 마ᅀᆞᆫ둘찻: 마ᅀᆞᆫ둘차[마흔둘째, 第四二(수사, 서수): 마ᅀᆞᆫ(마흔, 四十: 수사, 양수) + 둘(둘, 二: 수사, 양수) + -차(-째: 접미, 서수)] + -ㅅ(-의: 관조)

65) 드리샤도: 드리[들이다: 들(들다, 入)- + -이(사접)-]- + -샤(← -시-: 주높)- + -Ø(← -아: 연어) + -도(보조사, 양보)

[15 앞]

친하게 아니 하시더니, 俱夷(구이)의 뜻에는 가까이 가고자 하시므로, 太子(태자)가 말하시되, “좋은 꽃을 우리 사이에 놓고 보면 좋지 않겠느냐?” 俱夷(구이)가 꽃을 가져다가 놓고 또 (태자께) 나아오려 하시거늘, 太子(태자)가 말하시되, “꽃에 있는 이슬이 (침상과 자리에) 젖으리라.” 後(후)에 또 白氎(백첩)을 사이에 놓아 두고 보시더니 【白氎(백첩)은 흰 木綿(목면)이니 西天(서천)의 말에

ᄌᆞ올아ᄫᅵ[66] 아니 ᄒᆞ더시니 俱궁夷잉 ᄠᅳ뎬[67] 갓가ᄫᅵ[68] 가ᅀᆞᆸ고져[69] ᄒᆞ실ᄊᆡ 太탱子ᄌᆼ ㅣ ᄒᆞ샤ᄃᆡ 됴ᄒᆞᆫ 고ᄌᆞᆯ 우리 ᄉᆞᅀᅵ예[70] 노코[71] 보ᄃᆡ[72] 아니 됴ᄒᆞ니여[73] 俱궁夷잉 고ᄌᆞᆯ 가져다가[74] 노코 ᄯᅩ 나ᅀᅡ오려[75] 커시ᄂᆞᆯ[76] 太탱子ᄌᆼ ㅣ ᄒᆞ샤ᄃᆡ 고ᄌᆡᆺ[77] 이스리[78] 저즈리라[79] 後ᅘᅮᇢ에 ᄯᅩ 白뻭氎떱[80]을 ᄉᆞᅀᅵ예 노하 두고 보더시니【白뻭氎떱은 ᄒᆡᆫ[81] 木목綿면[82]이니 西셍天텬[83] 마래

---

66) ᄌᆞ올아ᄫᅵ: [친밀하게, 親(부사): ᄌᆞ올앟(← ᄌᆞ올압다, ㅂ불: 친밀하다, 親, 형사)- + -이(부접)]

67) ᄠᅳ뎬: ᄠᅳᆮ(뜻, 意, 情) + -에(부조, 위치) + -ㄴ(← -는: 보조사, 주제)

68) 갓가ᄫᅵ: [가까이, 近(부사): 갓갛(← 갓갑다, ㅂ불: 가깝다, 近, 형사)- + -이(부접)]

69) 가ᅀᆞᆸ고져: 가(가다, 附)- + -ᅀᆞᆸ(객높)- + -고져(-고자: 연어, 의도)

70) ᄉᆞᅀᅵ예: ᄉᆞᅀᅵ(사이, 中間) + -예(← -에: 부조, 위치)

71) 노코: 놓(놓다, 置)- + -고(연어, 계기)

72) 보ᄃᆡ: 보(보다, 視)- + -ᄃᆡ(← -오ᄃᆡ: -되, 연어, 설명의 계속) ※ 전후의 문맥상으로는 '본ᄃᆞᆫ'을 오기한 형태로 보인다. 여기서 '본ᄃᆞᆫ'은 '보(보다, 視)- + -ㄴᄃᆞᆫ(연어, 조건)'으로 분석된다.

73) 됴ᄒᆞ니여: 둏(좋다, 好)- + -ᄋᆞ니여(-으냐: 의종, 판정, 설의)

74) 가져다가: 가지(가지다, 持, 具)- + -어(연어) + -다가(보조사, 동작의 유지)

75) 나ᅀᅡ오려: 나ᅀᅡ오[나아오다, 來: 낫(← 나다, ㅅ불: 나다, 出)- + -아(연어) + 오(오다, 來)-]- + -려(← -오려: 연어, 의도)

76) 커시ᄂᆞᆯ: ᄒᆞ(← ᄒᆞ다: 하다, 보용, 의도)- + -시(주높)- + -거…ᄂᆞᆯ(연어, 상황)

77) 고ᄌᆡᆺ: 곶(꽃, 花) + -ᄋᆡ(-에: 부조, 위치) + -ㅅ(-의: 관조) ※ '고ᄌᆡᆺ'은 '꽃에 있는'으로 의역하여 옮긴다.

78) 이스리: 이슬(이슬, 露) + -이(주조)

79) 저즈리라: 젖(젖다, 濕)- + -으리(미시)- + -라(← -다: 평종) ※『석가보』에는 '곶ᄌᆡᆺ 이스리 저즈리라'의 부분을 '꽃의 즙(汁)이 침상과 자리를 더럽히겠구료.'로 표현하고 있다.(『석가보 외, 한글대장경』 송성수 옮김 1999:96 참조.)

80) 白氎: 백첩. 색깔이 흰 무명실로 짠 피륙(천)이다.

81) ᄒᆡᆫ: ᄒᆡ(희다, 白)- + -Ø(현시)- + -ㄴ(관전)

82) 木綿: 목면. 목화이다.

83) 西天: 서천. 부처가 나신 나라, 곧 인도(印度)이다.

迦강波방羅랑ㅣ라 俱궁夷잉 ᄯᅩ 갓가ᄫᅵ 오려 커
시늘 太탱子ᄌᆞᆼㅣ ᄒᆞ샤ᄃᆡ 白ᄈᆡᆨ氎뗩이
ᄣᅵ 무드리라 ᄒᆞ실ᄊᆡ 갓가ᄫᅵ 몯 오더시
다 ○ 太탱子ᄌᆞᆼㅣ 나아 노니샤 閻염浮
뿡樹쓩 아래 가샤 받 갏 사ᄅᆞᆷ 보더시니
나못가지 구버와 ᄒᆡᆺ光광 ᄀᆞ리더라
淨쪙居겅天텬 澡좋缾뼝이 주근 벌에
ᄃᆞ외야 디옛거늘 淨쪙은 조ᄒᆞᆯ 씨오 居겅는 살 씨니 貪탐欲

迦波羅(가파라)이다.】 俱夷(구이)가 또 가까이 오려 하시거늘, 太子(태자)가 (말씀)하시되 "白氎(백첩)에 때가 묻으리라." 하시므로 가까이 못 오시더라. ○ 太子(태자)가 나아 노니시어, 閻浮樹(염부수) 아래 가시어 밭을 가는 사람을 보시더니, 나뭇가지가 굽어 와서 햇빛을 가리더라. 淨居天(정거천)인 澡缾(조병)이 죽은 벌레가 되어 떨어져 있거늘【淨(정)은 맑은 것이고 居(거)는 사는 것이니, 貪欲(탐욕)

迦강波방羅랑ㅣ라】俱궁夷잉 ᄯᅩ 갓가ᄫᅵ 오러[84] 커시ᄂᆞᆯ[85] 太탱子ᄌᆞᆼㅣ ᄒᆞ샤ᄃᆡ 白ᄈᆡᆨ氎뗩이 ᄣᅵ[86] 무드리라[87] ᄒᆞ실ᄊᆡ 갓가ᄫᅵ 몯 오더시다[88] ○ 太탱子ᄌᆞᆼㅣ 나아[89] 노니샤[90] 閻염浮뿔樹숭[91] 아래 가샤 받[92] 가ᇙ[93] 사ᄅᆞᆷ 보더시니 나못가지[94] 구버[95] 와 힛光광ᄋᆞᆯ[96] ᄀᆞ리더라[97] 淨쪙居겅天텬[98] 澡좋缾뼝[99]이 주근 벌에[100] ᄃᆞ외야[1] 디옛거늘[2]【淨쪙은 조ᄒᆞᆯ[3] 씨오[4] 居겅는 살 씨니 貪탐欲욕ᄋᆞᆯ

---

84) 오러: 오(오다, 來)- + -러(← -오려: 연어, 의도) ※ '오러'는 '오려'를 오각한 형태이다.
85) 커시ᄂᆞᆯ: ᄒ(← ᄒᆞ다: 하다, 曰)- + -시(주높)- + -거 … ᄂᆞᆯ(연어, 상황)
86) ᄣᅵ: ᄣᅵ(때, 垢) + -∅(← -이: 주조)
87) 무드리라: 묻(묻다, 汚)- + -으리(미시)- + -라(← -다: 평종)
88) 오더시다: 오(오다, 來)- + -더(회상)- + -시(주높)- + -다(평종)
89) 나아: 나(나다, 出)- + -아(연어)
90) 노니샤: 노니[노닐다, 遊: 놀(놀다, 遊)- + 니(지내다, 行)-]- + -샤(← -시-: 주높)- + -∅(← -아: 연어)
91) 閻浮樹: 염부수. 염부나무. 염부제의 북쪽에 있다고 하는 큰 나무이다.
92) 받: 받(← 밭: 밭, 田)
93) 가ᇙ: 가(← 갈다: 갈다, 耕)- + -ᇙ(관전)
94) 나못가지: 나못가지[나뭇가지: 나모(나무, 木) + -ㅅ(관조, 사잇) + 가지(가지, 枝)] + -∅(← -이: 주조)
95) 구버: 굽(굽다, 曲)- + -어(연어)
96) 힛光ᄋᆞᆯ: 힛光[햇빛: ᄒᆡ(해, 日) + -ㅅ(관조, 사잇) + 光(광, 빛)] + -ᄋᆞᆯ(목조)
97) ᄀᆞ리더라: ᄀᆞ리(가리다, 蔽, 蔭)- + -더(회상)- + -라(← -다: 평종)
98) 淨居天: 정거천. 색계(色界)의 제사 선천(禪天)이다. 여기에는 무번·무열·선현·선견·색구경의 다섯 하늘이 있으며, 불환과(不還果)를 얻은 성인이 난다고 한다.
99) 澡缾: 조병. 정거천(淨居天)의 딴 이름이다.
100) 벌에: 벌에(벌레, 蟲) + -∅(← -이: 보조)
1) ᄃᆞ외야: ᄃᆞ외(되다, 爲)- + -야(← -아: 연어)
2) 디옛거늘: 디(떨어지다, 落)- + -여(← -어: 연어) + 잇(← 이시다: 보용, 완료 지속)- + -거늘(연어, 상황)
3) 조ᄒᆞᆯ: 좋(맑다, 깨끗하다, 淨)- + -ᄋᆞᆯ(관전)
4) 씨오: ㅆ(← ᄉᆞ: 것, 의명) + -이(서조)- + -오(← -고: 연어)

욕ᄋᆞᆯ 여희여 조ᄒᆞᆫ 몸 사ᄂᆞᆫ 하ᄂᆞᆯ히니 無
뭉煩뻔天텬과 無뭉熱ᅀᅧᇙ天텬과 善쎤
見견天텬과 善쎤現현天텬과 色ᄉᆡᆨ究
궁竟경天텬이라 澡좋甁뼝ᄋᆞᆫ 일후미
라
가마괴 와 딕먹더니 太탱子ᄌᆞᆼㅣ 보
시고 慈ᄍᆞᆼ悲빙心심ᄋᆞᆯ 내야시늘 王왕
이 미조차 가샤 달애야 뫼셔 오샤 出츌
家강ᄒᆞ실가 저ᄒᆞ샤 풍류ᄒᆞᇙ 겨집 더ᄒᆞ
야 ᄆᆞᅀᆞᄆᆞᆯ 자치시긔 ᄒᆞ시더라 太탱子
ᄌᆞᆼㅣ 門몬 밧ᄀᆞᆯ 보아지라 ᄒᆞ야시ᄂᆞᆯ 王

떨쳐 깨끗한 몸이 사는 하늘이니, 無煩天(무번천)과 無熱天(무열천)과 善見天(선견천)과 善現天(선현천)과 色究竟天(색구경천)이다. 澡缾(조병)은 이름이다.】 까마귀가 와서 쪼아 먹더니, 太子(태자)가 보시고 慈悲心(자비심)을 내시거늘, 王(왕)이 뒤미처 좇아 가시어 달래어 모셔 오시어, (태자가) 出家(출가)하실까 두려워하여 풍류하는 여자를 더하여 마음을 가라앉히시게 하시더라. 太子(태자)가 城門(성문)의 밖을 보고 싶다고 하시거늘, 王(왕)이

여희여[5] 조ᄒᆞᆫ 몸 사ᄂᆞᆫ 하ᄂᆞᆯ히니[6] 無뭉煩뻔天텬[7]과 無뭉熱ᅀᅧᇙ天텬[8]과 善쎤見견天텬[9]과 善쎤現ᅘᅧᆫ天텬[10]과 色ᄉᆡᆨ究궇竟경天텬[11]이라 澡좋缾뼝은 일후미라[12] 】 가마괴[13] 와 딕먹더니[14] 太탱子ᄌᆞᆼ ㅣ 보시고 慈ᄍᆞᆼ悲빙心심을 내야시ᄂᆞᆯ[15] 王왕이 미조차[16] 가샤 달애야[17] 뫼셔[18] 오샤 出ᄎᆑᇙ家강ᄒᆞ싫가[19] 저ᄒᆞ샤[20] 풍류ᄒᆞᇙ 겨집 더ᄒᆞ야 ᄆᆞᅀᆞᄆᆞᆯ 자치시긔[21] ᄒᆞ시더라 太탱子ᄌᆞᆼ ㅣ 門몬 밧글[22] 보아 지라[23] ᄒᆞ야시ᄂᆞᆯ 王왕이

---

5) 여희여: 여희(이별하다, 떨치다, 別)- + -여(← -어: 연어)
6) 하ᄂᆞᆯ히니: 하ᄂᆞᆯㅎ(하늘, 天) + -이(서조)- + -니(연어, 설명의 계속)
7) 無煩天: 무번천. 색계(色界) 사선천(四禪天)의 다섯째 하늘이다. 욕계(慾界)의 괴로움과 색계의 즐거움을 모두 떠나 있어 번뇌가 없는 곳이다.
8) 無熱天: 무열천. 색계(色界) 사선천(四禪天)의 여섯째 하늘이다. 맑고 서늘하고 속박이나 장애가 없이 자유로워 열뇌가 없다는 곳이다.
9) 善見天: 선견천. 색계(色界)에 있는 사선천(四禪天)의 일곱째 하늘이다. 선정(禪定)을 닦는 데 장애가 없어서 시방(十方)을 훤히 볼 수 있는 곳이다.
10) 善現天: 선현천. 색계 사선천의 여덟째 하늘이다. 천중(天衆)의 선하고 묘한 인과응보(因果應報)가 나타나므로 이렇게 이른다.
11) 色究竟天: 색구경천. 색계 사선천(四禪天)의 맨 위에 있는 하늘이다.
12) 일후미라: 일훔(이름, 名) + -이(서조)- + -∅(현시)- + -라(← -다: 평종)
13) 가마괴: 가마괴[까마귀, 烏: 감(검다, 黑: 형사)- + -아괴(-아귀: 접미)] + -∅(← -이: 주조)
14) 딕먹더니: [찍어먹다, 쪼아 먹다, 啄呑: 딕(찍다, 琢)- + 먹(먹다, 呑)-]- + -더(회상)- + -니(연어, 설명의 계속)
15) 내야시ᄂᆞᆯ: 내[내다, 出: 나(나다, 出: 자동)- + -ㅣ(← -이-: 사접)-]- + -시(주높)- + -야…ᄂᆞᆯ(← -아…ᄂᆞᆯ: 연어, 상황)
16) 미조차: 미좇[뒤미쳐 좇다, 逮: 미(← 및다: 미치다, 이르다, 及)- + 좇(좇다, 從)-]- + -아(연어)
17) 달애야: 달애(달래다, 꾀다, 권하다, 誘)- + -야(← -아: 연어)
18) 뫼셔: 뫼시(모시다, 侍)- + -어(연어)
19) 出家ᄒᆞ싫가: 出家ᄒᆞ[출가하다: 出家(출가: 명사) + -ᄒᆞ(동접)-]- + -시(주높)- + -ㅭ가(의종, 판정)
20) 저ᄒᆞ샤: 젛(두려워하다, 懼)- + -으샤(← -으시-: 주높)- + -∅(← -아: 연어)
21) 자치시긔: 자치[잦히다, 가라앉히다, 止: 잦(잦다, 가라앉다, 潛)- + -히(사접)-]- + -시(주높)- + -긔(-게: 연어, 사동)
22) 밧글: 밝(밖, 外) + -을(목조)
23) 지라: 지(싶다: 보용, 희망)- + -∅(현시)- + -라(← -다: 평종)

[16 뒤]

왕이 臣씬下ᅘᆞᆼ ᄃᆞᆯ 긔걸ᄒᆞ샤 ᄆᆞᅀᆞᆳ고
리며 東동山산이며 조히 ᄭᅮ며 더러ᄫᅳᆫ
거슬 뵈디 말라 ᄒᆞ시니라 太탱子ᄌᆞᆼㅣ
東동門몬 밧긔 나가시니 淨쪙居겅天
텬이 늘근 사ᄅᆞ미 ᄃᆞ외야 막다히 딥고
가거늘 太탱子ᄌᆞᆼㅣ 보시고 무르신대
뫼ᅀᆞᄫᆞᆫ 臣씬下ᅘᆞᆼㅣ 對됭答답ᄒᆞᅀᆞᄫᆞ
ᄃᆡ 늘근 사ᄅᆞ미니이다 太탱子ᄌᆞᆼㅣ 무

신하들에게 분부하시어 "마을의 형상이며 東山(동산)이며 좋게 꾸며 더러운 것을 보이지 말라." 하셨니라. 太子(태자)가 東門(동문) 밖에 나가시니, 淨居天(정거천)이 늙은 사람이 되어 막대기를 집고 가거늘, 太子(태자)가 보시고 물으시니, (태자를) 모신 臣下(신하)가 對答(대답)하되, "늙은 사람입니다." 太子(태자)가

臣씬下ᅘᅡᆼᄃᆞᆯᄒᆞᆯ[24] 긔걸ᄒᆞ샤[25] ᄆᆞᅀᆞᆳ[26] 고리며[27] 東동山산이며 조히[28] ᄭᅮ며[29] 더러ᄫᅳᆫ[30] 거슬 뵈디[31] 말라 ᄒᆞ시니라[32] 太탱子ᄌᆞᆼㅣ 東동門몬 밧긔[33] 나가시니 淨쪙居겅天텬[34]이 늘근 사ᄅᆞ미 ᄃᆞ외야[35] 막다히[36] 딥고[37] 가거늘 太탱子ᄌᆞᆼㅣ 보시고 무르신대[38] 뫼ᅀᆞᄫᆞᆫ[39] 臣씬下ᅘᅡᆼㅣ 對됭答답ᄒᆞᅀᆞᄫᅩᄃᆡ[40] 늘근 사ᄅᆞ미니이다[41] 太탱子ᄌᆞᆼㅣ

---

24) 臣下ᄃᆞᆯᄒᆞᆯ: 臣下ᄃᆞᆯㅎ[신하들: 臣下(신하: 명사) + -ᄃᆞᆯㅎ(-들: 복접)] + -ᄋᆞᆯ(목조, 보조사적 용법)
※ '臣下ᄃᆞᆯᄒᆞᆯ'은 서술어인 '긔걸ᄒᆞ다'와 맺는 격 관계를 고려하면 '臣下ᄃᆞᆯ히게'로 표현되어야 하는데, 여기서는 보조사적 용법(강조)으로 쓰인 목적격 조사 '-ᄋᆞᆯ'이 실현되었다.

25) 긔걸ᄒᆞ샤: 긔걸ᄒᆞ[분부하다, 명령하다, 令: 긔걸(분부, 명령, 令: 명사) + -ᄒᆞ(동접)-]- + -샤(← -시-: 주높)- + -Ø(← -아: 연어)

26) ᄆᆞᅀᆞᆳ: ᄆᆞᅀᆞᆯ(마을, 村) + -ㅅ(-의: 관조)

27) 고리며: 골(꼴, 모양, 像) + -이며(접조)

28) 조히: [좋게, 好(부사): 좋(좋다, 好: 형사)- + -이(부접)]

29) ᄭᅮ며: ᄭᅮ미(꾸미다, 粧)- + -어(연어)

30) 더러ᄫᅳᆫ: 더러ᇦ(← 더럽다, ㅂ불: 더럽다, 汚)- + -Ø(현시)- + -은(관전)

31) 뵈디: 뵈[보이다, 示: 보(보다, 見: 타동)- + -ㅣ(← -이-: 사접)-]- + -디(-지: 연어, 부정)

32) ᄒᆞ시니라: ᄒᆞ(하다, 曰)- + -시(주높)- + -Ø(과시)- + -니(원칙)- + -라(← -다: 평종)

33) 밧긔: 밝(밖, 外) + -의(-에: 부조, 위치)

34) 淨居天: 정거천. 색계(色界)의 제사 선천(禪天)이다. 무번·무열·선현·선견·색구경의 다섯 하늘이 있으며, 불환과를 얻은 성인이 난다고 한다. 여기서는 '정거천'의 하늘을 주관하는 천신(天神)을 이른다.

35) ᄃᆞ외야: ᄃᆞ외(되다, 爲)- + -야(← -아: 연어)

36) 막다히: 막대기, 막대, 棒.

37) 딥고: 딥(← 딮다: 짚다, 依)- + -고(연어, 계기)

38) 무르신대: 물(← 묻다, ㄷ불: 묻다, 問)- + -으시(주높)- + -ㄴ대(-는데, -니: 연어, 반응)

39) 뫼ᅀᆞᄫᆞᆫ: 뫼ᅀᆞᇦ(← 뫼ᅀᆞᆸ다, ㅂ불: 모시다, 侍)- + -Ø(과시)- + -ᄋᆞᆫ(관전)

40) 對答ᄒᆞᅀᆞᄫᅩᄃᆡ: 對答ᄒᆞ[대답하다: 對答(대답: 명사) + -ᄒᆞ(동접)-]- + -ᅀᆞᇦ(← -ᅀᆞᆸ-: 객높)- + -오ᄃᆡ(-되: 연어, 설명의 계속)

41) 사ᄅᆞ미니이다: 사ᄅᆞᆷ(사람, 人) + -이(서조)- + -Ø(현시)- + -니(원칙)- + -이(상높, 아주 높임)- + -다(평종)

[17 앞]

르샤ᄃᆡ엇뎨늙다ᄒᆞᄂᆞ뇨對됭答답ᄒᆞ
ᄉᆞᄫᆞᄃᆡ네졈던사ᄅᆞᆷ도오라면늙ᄂᆞ니
人신生ᄉᆡᇰ애免면ᄒᆞ리업스니이다免면
은버슬씨라太탱子ᄌᆞᆼㅣ니ᄅᆞ샤ᄃᆡ사ᄅᆞᄆᆡ
목수미흐를믈곧ᄒᆞ야머므디몯ᄒᆞᄂᆞᆫ
다ᄒᆞ시고도라드르샤世솅間간ᄋᆞᆯ슬흔
ᄆᆞᅀᆞ미디트시니라버거南남門몬밧
긔나가시니淨쪙居겅天텬이病뼝ᄒᆞᆫ

물으시되, "어째서 늙었다 하느냐?" 對答(대답)하시되, "옛날에 젊던 사람도 오래되면 늙나니, 人生(인생)에 (늙는 것을) 免(면)할 이가 없습니다." 【免(면)은 벗어나는 것이다.】 太子(태자)가 이르시되, "사람의 목숨이 흐르는 물과 같아서 머물지 못하는구나." 하시고, 돌아 (성으로) 드시어 世間(세간)을 슬퍼하는 마음이 짙으시니라.

무르샤ᄃᆡ[42] 엇뎨[43] 늙다[44] ᄒᆞᄂᆞ뇨[45] 對됭答답ᄒᆞᅀᆞ보ᄃᆡ 녜[46] 졈던[47] 사ᄅᆞᆷ도 오라면[48] 늙ᄂᆞ니[49] 人신生싱애 免면ᄒᆞ리[50] 업스니이다[51]【免면은 버슬 씨라】太탱子ᄌᆞᆼㅣ 니ᄅᆞ샤ᄃᆡ 사ᄅᆞᄆᆡ 목수미[52] 흐를 믈[53] ᄀᆞᆮᄒᆞ야 머므디[54] 몯ᄒᆞ놋다[55] ᄒᆞ시고 도라[56] 드르샤[57] 世솅間간[58] 슬흔[59] ᄆᆞᅀᆞ미 디트시니라[60] 버거[61] 南남門몬 밧긔 나가시니 淨쪙居겅天텬이 病뼝ᄒᆞᆫ

---

42) 무르샤ᄃᆡ: 물(← 묻다, ㄷ불: 묻다, 問)- + -으샤(← -으시-: 주높)- + -ᄃᆡ(← -오ᄃᆡ: -되, 연어, 설명의 계속)

43) 엇뎨: 어찌, 어째서, 何(부사)

44) 늙다: 늙(늙다, 老)- + -Ø(과시)- + -다(평종)

45) ᄒᆞᄂᆞ뇨: ᄒᆞ(하다, 曰)- + -ᄂᆞ(현시)- + -뇨(-냐: 의종, 설명)

46) 녜: 옛날, 昔.

47) 졈던: 졈(젊다, 少)- + -더(회상)- + -ㄴ(관전)

48) 오라면: 오라(오래다, 久)- + -면(연어, 조건)

49) 늙ᄂᆞ니: 늙(늙다, 老)- + -ᄂᆞ(현시)- + -니(연어, 설명의 계속)

50) 免ᄒᆞ리: 免ᄒᆞ[면하다, 벗어나다: 免(면: 불어) + -ᄒᆞ(동접)-]- + -ㄹ(관전) + -이(이, 사람, 者: 의명) + -Ø(← -이: 주조)

51) 업스니이다: 없(없다, 無)- + -Ø(현시)- + -으니(원칙)- + -이(상높, 아주 높임)- + -다(평종)

52) 목수미: 목숨[목숨, 壽: 목(목, 喉) + 숨(숨, 息)] + -이(주조)

53) 믈: 물, 水.

54) 머므디: 머므(← 머믈다: 머물다, 留)- + -디(연어, 부정)

55) 몯ᄒᆞ놋다: 몯ᄒᆞ[못하다, 不能(보용, 부정): 몯(못, 不: 부사, 부정) + -ᄒᆞ(동접)-]- + -ㄴ(← -ᄂᆞ-: 현시)- + -옷(느낌)- + -다(평종)

56) 도라: 돌(돌다, 回)- + -아(연어)

57) 드르샤: 들(들다, 入)- + -으샤(← -으시-: 주높)- + -Ø(← -아: 연어)

58) 世間: 세간. 세상 일반.

59) 슬흔: 슳(슬퍼하다, 悲)- + -Ø(과시)- + -은(관전)

60) 디트시니라: 딭(짙다, 濃)- + -으시(주높)- + -Ø(현시)- + -니(원칙)- + -라(← -다: 평종)

61) 버거: [다음으로, 次(부사): 벅(버금가다, 다음가다, 次: 동사)- + -어(연어 ▷ 부접)]

[17 뒤]

사ᄅᆞ미ᄃᆞ외야긼ᄀᆞᅀᅢ누엣거늘太탱
子ᄌᆞᆼㅣ무르신대뫼ᅀᆞᄫᆞᆫ臣씬下ᅘᅡᆼㅣ
對됭答답ᄒᆞᅀᆞᄫᅩᄃᆡ이ᄂᆞᆫ病뼝ᄒᆞᆫ사ᄅᆞ
미니이다이벳煩뻔惱놓몯ᄎᆞ마음담
너므ᄒᆞ면病뼝이나ᄂᆞ니人신生ᄉᆡᇰ애
免면ᄒᆞ리업스니이다太탱子ᄌᆞᆼㅣ니
ᄅᆞ샤ᄃᆡ몸ᄆᆞᆺ이시면受쓜苦콩ᄅᆞᄫᆡᆫ이
리잇ᄂᆞ니나도뎌러ᄒᆞ리로다ᄒᆞ시고

사람이 되어 길가에 누어 있거늘, 太子(태자)가 물으시니 (태자를) 모신 臣下(신하)가 對答(대답)하시되 “이는 病(병)든 사람입니다. 입에 있는 煩惱(번뇌)를 못 참아서 음담(飮啖)을 너무 하면 病(병)이 나나니, 人生(인생)에 免(면)할 이가 없습니다.” 太子(태자)가 이르시되, “몸이야말로 있으면 受苦(수고)로운 일이 있나니, 나도 저러하겠구나.” 하시고

[17 뒤]

사ᄅᆞ미 ᄃᆞ외야 긼ᄀᆞ새[62] 누엣거늘[63] 太탱子ᄌᆞᆼㅣ 무르신대 뫼ᅀᆞᄫᆞᆫ 臣씬下ᅘᅡᆼㅣ 對됭答답ᄒᆞᅀᆞᄫᆞᄃᆡ 이ᄂᆞᆫ 病뼝ᄒᆞᆫ 사ᄅᆞ미니이다 이벳[64] 煩뻔惱놓[65] 몯 ᄎᆞ마[66] 음담[67] 너므[68] ᄒᆞ면 病뼝이 나ᄂᆞ니 人신生ᄉᆡᆼ애 免면ᄒᆞ리 업스니이다 太탱子ᄌᆞᆼㅣ 니ᄅᆞ샤ᄃᆡ 몸ᄆᆞᆺ[69] 이시면 受쓯苦콩ᄅᆞᄫᅬᆫ[70] 이리 잇ᄂᆞ니 나도 뎌러ᄒᆞ리로다[71] ᄒᆞ시고

---

62) 긼ᄀᆞ새: 긼ᄀᆞᇫ[←긼ᄀᆞᇫ(길가, 路邊): 길(길, 路) + -ㅅ(관조, 사잇) + ᄀᆞᇫ(←갓: 가, 邊)] + -애(-에: 부조, 위치)

63) 누엣거늘: 누(←눕다, ㅂ불: 눕다, 臥)- + -어(연어) + 잇(←이시다: 있다, 보용, 완료 지속)- + -거늘(연어, 상황)

64) 이벳: 입(입, 口) + -에(부조, 위치) + -ㅅ(-의: 관조) ※ '이벳'은 '입 속에 있는'으로 의역하여 옮긴다.

65) 煩惱: 번뇌. 마음이나 몸을 괴롭히는 노여움이나 욕망 따위의 망념(妄念)이다.

66) ᄎᆞ마: ᄎᆞᆷ(참다, 忍)- + -아(연어)

67) 음담: 음담. 食飮. 먹고 마시는 것이다.

68) 너므: [너무, 已(부사): 넘(넘다, 越: 동사)- + -으(사접)- + -Ø(부접)] ※ '너므'는 '넘다'의 사동사인 '너므다(넘기다)'의 어간에 부사를 파생하는 영파생 접미사 '-Ø'가 붙어서 형성된 파생 부사이다.

69) 몸ᄆᆞᆺ: 몸(몸, 身) + -ᄆᆞᆺ(-이야말로: 보조사, 한정 강조)

70) 受苦ᄅᆞᄫᅬᆫ: 受苦ᄅᆞᄫᅬ[수로롭다: 受苦(수고: 명사) + -ᄅᆞᄫᅬ(형접)-]- + -Ø(현시)- + -ㄴ(관전)

71) 뎌러ᄒᆞ리로다: 뎌러ᄒᆞ[저러하다: 뎌러(저러: 불어) + -ᄒᆞ(형접)-]- + -리(미시)- + -로(←-도-: 감동)- + -다(평종)

[18 앞]

도라드르샤 시름ᄒᆞ야ᄒᆞ더시다 王왕
이 臣씬下ᅘᆞᆼ ᄃᆞ려무르샤ᄃᆡ 길흘 조
케ᄒᆞ라ᄒᆞ다니 엇뎨 病뼝ᄒᆞᆫ 사ᄅᆞᄆᆞᆯ ᄯᅩ
보게ᄒᆞᆫ다 對됭答답ᄒᆞᅀᆞᄫᅩᄃᆡ ᅀᆞᆯ피미
ᄉᆞᄀᆞ장ᄒᆞ얀마ᄅᆞᆫ 아모ᄃᆡ셔 온ᄃᆞᆯ 몰로
리 믄득 알ᄑᆡ 내ᄃᆞᄅᆞ니 우리 罪쬥 아니
이다 王왕이 하ᄂᆞᇙ 이린ᄃᆞᆯ 아ᄅᆞ시고 罪
쬥 아니주시니라 ᄒᆞᆫ 婆빵羅랑門몬이

돌아 드시어 시름하시더라. 王(왕)이 臣下(신하)들에게 물으시되 “길을 깨끗하게 하라 하였더니, 어찌 病(병)든 사람을 또 보게 하였는가?” (신하들이) 對答(대답)하되 “살피는 것이야말로 철저하게 하였건마는, 아무 데에서 온지 모르는 이가 문득 앞에 내달으니, (이 일은) 우리의 罪(죄)가 아닙니다.” 王(왕)이 (이 일이) 하늘의 일인 줄 아시고 (신하들에게) 罪(죄)를 아니 주셨니라. 한 婆羅門(바라문)의

도라 드르샤 시름ᄒᆞ야[72] ᄒᆞ더시다 王왕이 臣씬下ᅘᅡᇰ돌ᄃᆞ려 무르샤ᄃᆡ 길흘[73] 조케[74] ᄒᆞ라 ᄒᆞ다니[75] 엇뎨 病뼝ᄒᆞᆫ 사ᄅᆞᄆᆞᆯ ᄯᅩ[76] 보게 ᄒᆞᆫ다[77] 對ᄃᆡᆼ答답ᄒᆞᅀᆞ보ᄃᆡ 솔표미ᅀᅡ[78] ᄀᆞ장ᄒᆞ얀마ᄅᆞᆫ[79] 아모ᄃᆡ셔[80] 온 디[81] 몰로리[82] 믄득[83] 알ᄑᆡ[84] 내ᄃᆞᄅᆞ니[85] 우리 罪쬥 아니이다[86] 王왕이 하ᄂᆞᇗ 이린[87] ᄃᆞᆯ[88] 아ᄅᆞ시고[89] 罪쬥 아니 주시니라[90] ᄒᆞᆫ 婆빵羅랑門몬이

---

72) 시름ᄒᆞ야: 시름ᄒᆞ[시름하다, 걱정하다, 憂: 시름(시름, 愁: 명사) + -ᄒᆞ(동접)-]- + -야(← -아: 연어) ※ '시름ᄒᆞ야 ᄒᆞ더시다'를 '시름하시더라'로 의역하여 옮긴다.

73) 길흘: 길ㅎ(길, 路) + -을(목조)

74) 조케: 좋(맑다, 깨끗하다, 淨)- + -게(연어, 사동)

75) ᄒᆞ다니: ᄒᆞ(하다: 보용, 사동)- + -다(← -더-: 회상)- + -Ø(← -오-: 화자)- + -니(연어, 설명의 계속)

76) ᄯᅩ: 또, 又(부사)

77) ᄒᆞᆫ다: ᄒᆞ(하다: 보용, 사동)- + -Ø(과시)- + -ㄴ다(-는가: 의종, 2인칭)

78) 솔표미ᅀᅡ: 솔피(살피다, 察)- + -옴(명전) + -이ᅀᅡ(-이야: 보조사, 한정 강조)

79) ᄀᆞ장ᄒᆞ얀마ᄅᆞᆫ: ᄀᆞ장ᄒᆞ[끝까지 다하다, 철저하게 하다, 極: ᄀᆞ장(가장, 아주, 最: 부사) + -ᄒᆞ(동접)-]- + -야(← -아- : 확인)- + -ㄴ마ᄅᆞᆫ(연어, 대조)

80) 아모ᄃᆡ셔: 아모ᄃᆡ[아무데, 某處: 아모(아무, 某: 관사, 지시, 부정칭) + ᄃᆡ(데, 處: 의명)] + -셔(-서: 보조사, 위치 강조)

81) 온 디: 오(오다, 來)- + -Ø(과시)- + -ㄴ(관전) # 디(지, 줄: 의명)

82) 몰로리: 몰ㄹ(← 모ᄅᆞ다: 모르다, 不知)- + -오(대상)- + -ㄹ(관전) # 이(이, 사람, 者: 의명) + -Ø(← -이: 주조)

83) 믄득: 문득, 瞥(부사)

84) 알ᄑᆡ: 앒(앞, 前) + -ᄋᆡ(-에: 부조, 위치)

85) 내ᄃᆞᄅᆞ니: 내ᄃᆞᆮ[← 내ᄃᆞᆮ다, ㄷ불(내닫다, 走): 나(나다, 出)- + -ㅣ(사접)- + ᄃᆞᆮ(닫다, 달리다, 走)-]- + -ᄋᆞ니(연어, 설명의 계속)

86) 아니이다: 아니(아니다, 非)- + -Ø(현시)- + -이(상높)- + -다(평종)

87) 이린: 일(일, 事) + -이(서조)- + -Ø(현시)- + -ㄴ(관전)

88) ᄃᆞᆯ: ᄃᆞ(것: 의명) + -ㄹ(목조)

89) 아ᄅᆞ시고: 알(알다, 知)- + -ᄋᆞ시(주높)- + -고(연어, 계기)

90) 주시니라: 주(주다, 授)- + -시(주높)- + -Ø(과시)- + -니(원칙)- + -라(← -다: 평종)

아ᄃᆞᆯ 優ᅙᅮᇢ陁ᄠᆞᆼ夷잉라ᄒᆞ리 聰ᄎᆞᆼ明명ᄒᆞ며 말잘ᄒᆞ더니 王왕이 블러다가 太탱子ᄌᆞᆼㅅ버들 사ᄆᆞ샤 時씽常썅 겨틔 이셔 시르믈 플에ᄒᆞ시니라 太탱子ᄌᆞᆼㅣ 또 西솅門몬 밧긔 나가시니 淨쪙居겅天텬이 주근 사ᄅᆞᆷ ᄃᆞ외야 네 사ᄅᆞ미 메오 모다 울며 조차가거늘 太탱子ᄌᆞᆼㅣ 믈르신대 優ᅙᅮᇢ陁ᄠᆞᆼ夷잉 對됭答답

아들 優陁夷(우타이)라고 하는 이가 聰明(총명)하며 말을 잘하더니, 王(왕)이 불러다가 太子(태자)의 벗을 삼으시어 時常(시상) 곁에 붙어 있어 시름을 풀게 하셨니라. 太子(태자)가 또 西門(서문) 밖에 나가시니, 淨居天(정거천)이 죽은 사람이 되어 네 사람이 메고 모두 울며 쫓아가거늘, 太子(태자)가 물으시니 優陁夷(우타이)가 對答(대답)하되

아ᄃᆞᆯ 優ᅙᅮᇢ陁땅夷잉[91]라 호리[92] 聰총明명ᄒᆞ며 말 잘ᄒᆞ더니 王왕이 블러다가[93] 太탱子ᄌᆞᆼㅅ 버들[94] 사ᄆᆞ샤 時씽常썅[95] 겨틔[96] 이셔 시르믈[97] 플에[98] ᄒᆞ시니라 太탱子ᄌᆞᆼㅣ 또 西셍門몬 밧긔[99] 나가시니 淨쪙居겅天텬이 주근 사ᄅᆞᆷ ᄃᆞ외야 네 사ᄅᆞ미 메오[100] 모다[1] 울며 조차가거늘[2] 太탱子ᄌᆞᆼㅣ 무르신대[3] 優ᅙᅮᇢ陁땅夷잉 對됭答답ᄒᆞᅀᆞᄫᆞᄃᆡ

---

91) 優陁夷: 우타이. 가비라성(迦毗羅城)의 국사(國師)의 아들로 애초부터 싯다르타(悉達) 태자(太子)의 출가(出家)를 반대한 사람이다. 뒤에 정반왕(淨飯王)의 명(命)으로 싯다르타 태자의 소식을 알려고 왔다가, 머리 깎고 출가하여 세존(世尊)의 제자(弟子)가 되었다. 우타야(優陁耶)라고도 한다.

92) 호리: ㅎ(← ᄒᆞ다: 하다, 曰)- + -오(대상)- + -ㄹ(관전) # 이(이, 사람, 者: 의명) + -Ø(← -이: 주조)

93) 블러다가: 블ㄹ(← 브르다: 부르다, 召)- + -어(연어) + -다가(보조사, 동작의 유지, 강조)

94) 버들: 벋(벗, 友) + -을(목조, 보조사적 용법) ※ '버들'의 '-을'은 부사격 조사인 '-으로' 대신에 보조사적인 용법(강조 용법)으로 쓰인 것이다.

95) 時常: 시상. 언제나, 늘(부사)

96) 겨틔: 곁(곁, 傍) + -의(-에: 부조, 위치)

97) 시르믈: 시름(시름, 걱정, 愁) + -을(목조)

98) 플에 플(풀다, 解)- + -에(← -게: 연어, 사동)

99) 밧긔: 밨(밖, 外) + -의(-에: 부조, 위치)

100) 메오: 메(메다, 負)- + -오(← -고: 연어, 계기)

1) 모다: [모두, 皆(부사): 몯(모이다, 集: 동사)- + -아(연어 ▷ 부접)]

2) 조차가거늘: 조차가[좇아가다, 從: 좇(좇다, 從)- + -아(연어) + 가(가다, 去)-]- + -거늘(연어, 상황)

3) 무르신대: 물(← 묻다, ㄷ불: 묻다, 問)- + -으시(주높)- + -ㄴ대(-ㄴ데, -니: 연어, 반응)

"죽은 사람이니 人生(인생)에 免(면)할 이가 없습니다." 太子(태자)가 이르시되 "죽은 사람을 보니 넋은 없지 아니하구나. 죽으락 살락하여 다섯 길에 다녀【다섯 길은 地獄(지옥)과 餓鬼(아귀)와 畜生(축생)과 天道(천도)와 人道(인도)이다. 天道(천도)는 하늘에 가 나는 길이요, 人道(인도)는 사람이 되어 오는 길이다.】受苦(수고)하나니, 나는 내 精神(정신)을 힘들이게 하지 아니하게 하리라." 하시고【精神(정신)은 주근 사ᄅᆞ미니 人신生ᄉᆡᇰ애 免면ᄒᆞ리[4] 업스니이다[5] 太탱子ᄌᆞᆼㅣ 니ᄅᆞ샤ᄃᆡ 주근 사ᄅᆞᄆᆞᆯ 보니 넉슨[6] 업디 아니ᄒᆞ도다[7] 주그락[8] 살막[9] ᄒᆞ야 다ᄉᆞᆺ 길헤 ᄃᆞᆮ녀[10]【다ᄉᆞᆺ 길ᄒᆞᆫ[11] 地디獄옥[12]과 餓앙鬼귕[13]와 畜휵生ᄉᆡᇰ[14]과 天텬道똫와 人신道똫왜라[15] 天텬道똫ᄂᆞᆫ 하ᄂᆞᆯ해[16] 가 나ᄂᆞᆫ 길히오[17] 人신道똫ᄂᆞᆫ 사ᄅᆞᆷ ᄃᆞ외야 오ᄂᆞᆫ 길히라】受쓯苦콩ᄒᆞᄂᆞ니 나ᄂᆞᆫ 내 精졍神씬을 ᄀᆞᆺ고디[18] 아니케[19] 호리라[20] ᄒᆞ시고【精졍神씬은

---

4) 免ᄒᆞ리: 免ᄒᆞ[면하다, 피하다: 免(면: 불어) + -ᄒᆞ(동접)-]- + -ㄹ(관전) # 이(이, 사람, 者: 의명) + -∅(← -이: 주조)

5) 업스니이다: 없(없다, 無)- + -∅(현시)- + -으니(원칙)- + -이(상높, 아주 높임)- + -다(평종)

6) 넉슨: 넋(넋, 魂) + -은(보조사, 주제)

7) 아니ᄒᆞ도다: 아니ᄒᆞ[아니하다, 不: 아니(아니, 不: 부사) + -ᄒᆞ(형접)-]- + -∅(현시)- + -도(감동)- + -다(평종)

8) 주그락: 죽(죽다, 死)- + -으락(연어, 대립적 동작의 반복)

9) 살막: 살(살다, 生) + -막(← -락: 연어, 대립적 동작의 반복) ※ '살막'은 '살락'을 오각한 형태이다.

10) ᄃᆞᆮ녀: ᄃᆞᆮ니[다니다, 行: ᄃᆞᆮ(닫다, 달리다, 走)- + 니(다니다, 行)-]- + -어(연어)

11) 길ᄒᆞᆫ: 길ㅎ(길, 道) + -ᄋᆞᆫ(보조사, 주제)

12) 地獄: 죄업을 짓고 매우 심한 괴로움의 세계에 난 중생이나 그런 중생의 세계이다. 섬부주의 땅 밑, 철위산의 바깥 변두리 어두운 곳에 있다고 한다. 팔대 지옥, 팔한 지옥 따위의 136종이 있다.

13) 餓鬼: 아귀. 팔부의 하나이다. 계율을 어기거나 탐욕을 부려 아귀도에 떨어진 귀신으로, 몸이 앙상하게 마르고 배가 엄청나게 큰데, 목구멍이 바늘구멍 같아서 음식을 먹을 수 없어 늘 굶주림으로 괴로워한다고 한다.

14) 畜生: 축생. 삼악도의 하나이다. 죄업 때문에 죽은 뒤에 짐승으로 태어나 괴로움을 받는 세계이다.

15) 人道왜라: 人道(인도) + -와(접조)- + -ㅣ(← -이-: 서조)- + -∅(현시)- + -라(← -다: 평종)

16) 하ᄂᆞᆯ해: 하ᄂᆞᆶ(하늘, 天) + -애(-에: 부조, 위치)

17) 길히오: 길ㅎ(길, 道) + -이(서조)- + -오(← -고: 연어, 나열)

18) ᄀᆞᆺ고디: ᄀᆞᆺ고[힘들이게 하다: ᄀᆞᆺ(힘쓰다, 疲)- + -오(사접)-]- + -디(-지: 연어, 부정)

19) 아니케: 아니ㅎ[← 아니ᄒᆞ다(아니하다: 보용, 부정): 아니(아니, 不: 부사, 부정) + -ᄒᆞ(동접)-]- + -게(연어, 사동)

20) 호리라: ㅎ(← ᄒᆞ다: 하다, 보용, 사동)- + -오(화자)- + -리(미시)- + -라(← -다: 평종)

[19 뒤]

마음이니 넋이라 하듯 한 말이다.】 돌아 (성 안에) 드시어 더욱 시름하시더라. 또 北門(북문) 밖에 나가시어 말(馬)을 부려서 나무 밑에서 쉬시며, 모신 사람을 물리치시고 혼자 깊은 道理(도리)를 생각하시더니, 淨居天(정거천)이 沙門(사문)이 되어【沙門(사문)은 부지런히 행적(行績)을 닦는다라고 한 말이니, 沙門(사문)이라 하느니라.】 錫杖(석장)을 잡고 바리를 받치고 앞으로 지나가거늘【杖(장)은 막대기이니 막대기의 머리에

ᄆᆞᅀᆞ미니[21] 넉시라[22] ᄒᆞᄃᆞᆺ[23] ᄒᆞᆫ 마리라】도라[24] 드르샤 더욱 시름ᄒᆞ야 ᄒᆞ더시다 ᄯᅩ 北븍門몬 밧긔 나가샤 ᄆᆞᆯ 브려[25] 즘게[26] 미틔[27] 쉬시며 뫼ᅀᆞᄫᆞᆫ[28] 사ᄅᆞᆷ 믈리시고[29] ᄒᆞ오ᅀᅡ[30] 기픈 道ᄯᅩᇢ理링 ᄉᆞ랑ᄒᆞ더시니[31] 淨쪙居겅天텬이 沙상門몬[32]이 ᄃᆞ외야【沙상門몬ᄋᆞᆫ 브즈러니[33] 힝뎍[34] 닷ᄂᆞ다[35] ᄒᆞᆫ 마리니 쥬을[36] 沙상門몬이라 ᄒᆞᄂᆞ니라】錫셕杖땽[37] 잡고 바리[38] 받고[39] 알ᄑᆞ로[40] 디나가거늘【杖땽ᄋᆞᆫ 막다히니[41] 막다힛 머리예

---

21) ᄆᆞᅀᆞ미니: ᄆᆞᅀᆞᆷ(마음, 心)+-이(서조)-+-니(연어, 설명의 계속)
22) 넉시라: 넋(넋, 魂)+-이(서조)-+-Ø(현시)-+-라(←-다: 평종)
23) ᄒᆞᄃᆞᆺ: ᄒᆞ(하다, 말하다, 曰)-+-ᄃᆞᆺ(-듯: 연어, 흡사)
24) 도라: 돌(돌다, 廻)-+-아(연어)
25) 브려: 브리(부리다, 시키다, 使)-+-어(연어)
26) 즘게: 나무, 樹.
27) 미틔: 밑(밑, 低)+-의(-에: 부조, 위치)
28) 뫼ᅀᆞᄫᆞᆫ: 뫼ᅀᆞᇦ(←뫼ᅀᆞᆸ다, ㅂ불: 모시다. 侍)-+-Ø(과시)-+-ᄋᆞᆫ(관전)
29) 믈리시고: 믈리[물리다, 물러나게 하다: 믈ㄹ(←므르다: 물러나다, 退)-+-이(사접)-]-+-시(주높)-+-고(연어, 계기)
30) ᄒᆞ오ᅀᅡ: 혼자, 홀로, 獨(부사)
31) ᄉᆞ랑ᄒᆞ더시니: ᄉᆞ랑ᄒᆞ[생각하다, 思: ᄉᆞ랑(생각, 念: 명사)+-ᄒᆞ(동접)-]-+-더(회상)-+-시(주높)-+-니(연어, 설명의 계속)
32) 沙門: 사문. 부지런히 모든 좋은 일을 닦고 나쁜 일을 일으키지 않는다는 뜻으로, 불문에 들어가서 도를 닦는 사람(중, 僧)을 이르는 말이다.
33) 브즈러니: [부지런히, 勤(부사): 브즈런(부지런, 勤: 명사)+-이(부접)]
34) 힝뎍: 행적, 行績.
35) 닷ᄂᆞ다: 닷(←닭다: 닦다, 修)-+-ᄂᆞ(현시)-+-다(평종)
36) 쥬을: 즁(중, 僧)+-을(목조)
37) 錫杖: 석장. 승려가 짚고 다니는 지팡이이다. 밑부분은 상아나 뿔로, 가운데 부분은 나무로 만들며, 윗부분은 주석으로 만든다. 탑 모양인 윗부분에는 큰 고리가 있고 그 고리에 작은 고리를 여러 개 달아 소리가 나게 되어 있다.
38) 바리: 절에서 쓰는 승려의 공양 그릇이다. 나무나 놋쇠로 대접처럼 만들어 안팎에 칠을 한다.
39) 받고: 받(받치다, 받들다, 執)-+-고(연어, 계기)
40) 알ᄑᆞ로: 앒(앞, 前)+-ᄋᆞ로(부조, 방향)
41) 막다히니: 막다히(막대, 棒)+-Ø(서조)-+-니(연어, 설명의 계속)

골회 이셔 디퍼 ᄃᆞᆫ닗 저긔 錫셕錫셕 ᄒᆞᆫ 소리 날ᄊᆡ 錫셕杖땽이라 ᄒᆞᄂᆞ니라 太탱子ᄌᆞᆼㅣ 무르샤ᄃᆡ 네 엇던 사ᄅᆞ민다 對됭答답ᄒᆞᅀᆞᄫᆞᄃᆡ 부텻 弟똉子ᄌᆞᆼ 沙상門몬이로이다 太탱子ᄌᆞᆼㅣ 무르샤ᄃᆡ 엇뎨 沙상門몬이라 ᄒᆞᄂᆞ뇨 對됭答답ᄒᆞᅀᆞᄫᆞᄃᆡ 三삼界갱 어즈럽고 三삼界갱內ᄂᆞᆡᆼ옛 숨튼 거시 사ᄅᆞᆷ ᄃᆞ외락 즘ᄉᆡᆼ ᄃᆞ외락 ᄒᆞ야 그지업시 六륙趣츙에 두루 ᄃᆞᆫ닐ᄊᆡ 어즈럽다 ᄒᆞ니라 六륙趣츙는 여슷 길ᄒᆞ로 갈ᄊᆡ니 우희 닐온

고리가 있어, 짚어서 다닐 적에 서걱서걱한 소리가 나므로 錫杖(석장)이라고 하였니라.】 太子(태자)가 물으시되 "네가 어떤 사람인가?" (淨居天이) 對答(대답)하되 "부처의 弟子(제자)인 沙門(사문)입니다." 太子(태자)가 물으시되 "어찌 沙門(사문)이라고 하느냐?" (淨居天이) 對答(대답)하되 "三界(세계)가 어지럽고【三界(삼계) 內(내)에 있는 숨탄것이 사람이 되락 짐승이 되락 하여, 그지없이 六趣(육취)에 두루 다니므로 어지럽다고 하였니라. 六趣(육취)는 여섯 길로 가는 것이니 위에 말한 다섯

[20 앞]

골회[42] 이셔 디퍼[43] ᄃᆞᆮ닗[44] 저긔 錫셕錫셕ᄒᆞᆫ[45] 소리 날ᄊᆡ[46] 錫셕杖땽이라 ᄒᆞ니라】 太탱子ᄌᆞᆼㅣ 무르샤ᄃᆡ 네 엇던[47] 사ᄅᆞ민다[48] 對됭答답ᄒᆞᅀᆞᄫᆞᄃᆡ[49] 부텻 弟똉子ᄌᆞᆼ 沙상門몬이로이다[50] 太탱子ᄌᆞᆼㅣ 무르샤ᄃᆡ 엇뎨 沙상門몬이라 ᄒᆞᄂᆞ뇨 對됭答답ᄒᆞᅀᆞᄫᆞᄃᆡ 三삼界갱[51] 어즈럽고[52]【三삼界갱 內뇡옛[53] 숨ᄐᆞᆫ 거시[54] 사ᄅᆞᆷ ᄃᆞ외락[55] 즁ᄉᆡᆼ[56] ᄃᆞ외락 ᄒᆞ야 그지업시[57] 六륙趣츙[58]예 두루[59] ᄃᆞᆮ닐ᄊᆡ 어즈럽다 ᄒᆞ니라 六륙趣츙는 여ᄉᆞᆺ 길ᄒᆞ로 갈 씨니[60] 우희[61] 닐온[62] 다ᄉᆞᆺ

42) 골회: 골회(고리, 環) + -Ø(← -이: 주조)

43) 디퍼 딮(짚다, 執)- + -어(연어)

44) ᄃᆞᆮ닗: ᄃᆞᆮ니[다니다, 行: ᄃᆞᆮ(닫다, 달리다, 走)- + 니(가다, 行)-]- + -ㅭ(관전)

45) 錫錫ᄒᆞᆫ: 錫錫ᄒᆞ[석석하다(서걱서걱하다): 錫錫(석석: 불어) + -ᄒᆞ(형접)-]- + -Ø(현시)- + -ㄴ(관전)

46) 날ᄊᆡ: 나(나다, 出)- + -ㄹᄊᆡ(-므로: 연어, 이유)

47) 엇던: 어떤, 何(관사, 지시, 미지칭)

48) 사ᄅᆞ민다: 사ᄅᆞᆷ(사람, 人) + -이(서조)- + -Ø(현시)- + -ㄴ다(-ㄴ가: 의종, 2인칭)

49) 對答ᄒᆞᅀᆞᄫᆞᄃᆡ: 對答ᄒᆞ[대답하다: 對答(대답: 명사) + -ᄒᆞ(동접)-]- + -ᅀᆞᇦ(← -ᅀᆞᆸ-: 객높)- + -오ᄃᆡ(-되: 연어, 설명의 계속)

50) 沙門이로이다: 沙門(사문) + -이(서조)- + -Ø(현시)- + -로(← -도-: 감동)- + -이(상높, 아주 높임)- + -다(평종)

51) 三界: 삼계. 중생이 생사 왕래하는 세 가지 세계, 곧, 욕계·색계·무색계이다.

52) 어즈럽고: 어즈럽[어지럽다, 擾: 어즐(어질: 불어) + -업(형접)-]- + -고(연어, 나열)

53) 內옛: 內(내, 안) + -예(← -에: 부조, 위치) + -ㅅ(-의: 관조)

54) 숨ᄐᆞᆫ거시: 숨ᄐᆞᆫ것[숨탄것, 여러 동물: 숨(숨, 息: 명사) + ᄐᆞ(타다, 받다)- + -ㄴ(관전) + 것(것, 者: 의명] + -이(주조)

55) ᄃᆞ외락: ᄃᆞ외(되다, 爲)- + -락(연어, 동작의 반복)

56) 즁ᄉᆡᆼ: 짐승, 獸.

57) 그지업시 : [그지없이, 無限(부사) : 그지(끝, 限 : 명사) + 업(없다, 無: 형사)- + -이(부접)]

58) 六趣: 육취. 삼악도(三惡道)와 삼선도(三善道)를 통틀어 이르는 말이다. 중생이 선악의 원인에 의하여 윤회하는 여섯 가지의 세계이다.

59) 두루: [두루, 週(부사): 둘(둘다, 週: 동사)- + -우(사접)]

60) 씨니: ㅆ(← ᄉᆞ: 것, 의명) + -이(서조)- + -니(연어, 설명의 계속)

61) 우희: 우ㅎ(위, 上) + -의(-에: 부조, 위치)

62) 닐온: 닐(← 니ᄅᆞ다: 이르다, 曰)- + -Ø(과시)- + -오(대상)- + -ㄴ(관전)

[20 뒤]

길에 阿修羅(아수라)를 아울러 여섯이다.】 六趣(육취)가 어찔하거늘【 부처는 三界(삼계) 밖에 벗어나시어 長常(장상) 便安(편안)하시거늘, 衆生(중생)은 벗어날 일을 아니 하여, 六趣(육취)에 다니되 受苦(수고)로운 줄을 모르므로 沙門(사문)이라고 하였니라.】 마음을 알아 根源(근원)을 꿰뚫어 보므로, 이름을 沙門(사문)이라고 합니다." 하고 虛空(허공)에 날아가거늘, 太子(태자)가 이르시되 "좋구나. 이야말로 마음에 훤히 즐겁구나." 하시고 돌아 드시어

[20 뒤]

길헤[63] 阿항修슝羅랑[64] 조차[65] 여스시라[66] 】六륙趣츙ㅣ 어즐ᄒᆞ거늘[67] 【부텨는 三삼界갱 밧긔 버서나샤[68] 長땽常썅[69] 便뼌安한ᄒᆞ거시늘[70] 衆즁生싱ᄋᆞᆫ 버서날 이를 아니ᄒᆞ야 六륙趣츙에 ᄃᆞᆮ뇨ᄃᆡ[71] 受쓯苦콩ᄅᆞᄫᆡᆫ[72] 주를 모ᄅᆞᆯᄊᆡ 어즐ᄒᆞ다 ᄒᆞ니라】 ᄆᆞᄉᆞᄆᆞᆯ[73] 아라 根근源원을 ᄉᆞᄆᆞᆺ[74] 볼ᄊᆡ 일후믈[75] 沙상門몬이라 ᄒᆞᄂᆞ니이다[76] ᄒᆞ고 虛헝空콩애 ᄂᆞ라 니거늘[77] 太탱子ᄌᆞㅣ 니ᄅᆞ샤ᄃᆡ 됴ᄒᆞᆯ쎠[78] 이ᅀᅡ[79] ᄆᆞᅀᆞ매 훤히[80] 즐겁도다[81] ᄒᆞ시고 도라 드르샤

63) 길헤: 긿(길, 路) + -에(부조, 위치)

64) 阿修羅: 아수라. 항상 싸움이 그치지 않는 세계로, 교만심과 시기심이 많은 사람이 죽어서 간다.

65) 조차: 좇(좇다, 아우르다, 겸하다, 포함하다, 兼)- + -아(연어)

66) 여스시라: 여슷(여섯, 六: 수사, 양수) + -이(서조)- + -Ø(현시)- + -라(← -다: 평종)

67) 어즐ᄒᆞ거늘: 어즐ᄒᆞ[어찔하다: 어즐(어찔: 불어) + -ᄒᆞ(동접)-]- + -거늘(연어, 상황)

68) 버서나샤: 버서나[벗어나다, 脫出: 벗(벗다, 脫)- + -어(연어) + 나(나다, 出)-]- + -샤(← -시-: 주높)- + -Ø(← -아: 연어)

69) 長常: 장상. 늘. 항상(부사)

70) 便安ᄒᆞ거시늘: 便安ᄒᆞ[편안하다: 便安(편안: 명사) + -ᄒᆞ(형접)-]- + -시(주높)- + -거…늘(-거늘: 연어, 상황)

71) ᄃᆞᆮ뇨ᄃᆡ: ᄃᆞᆮ니[다니다, 行: ᄃᆞᆮ(닫다, 달리다, 走)- + 니(가다, 行)-]- + -오ᄃᆡ(-되: 연어, 설명의 계속)

72) 受苦ᄅᆞᄫᆡᆫ: 受苦ᄅᆞᄫᆡ[수고롭다: 受苦(수고: 명사) + -ᄅᆞᄫᆡ(형접)-]- + -Ø(현시)- + -ㄴ(관전)

73) ᄆᆞᄉᆞᄆᆞᆯ: ᄆᆞᅀᆞᆷ(마음, 心) + -ᄋᆞᆯ(목조)

74) ᄉᆞᄆᆞᆺ: [꿰뚫어, 貫(부사): ᄉᆞᄆᆞᆺ(← ᄉᆞᄆᆞᆾ다: 꿰뚫다, 貫, 동사)- + -Ø(부접)]

75) 일후믈: 일훔(← 일훔: 이름, 名) + -을(목조)

76) ᄒᆞᄂᆞ니이다: ᄒᆞ(하다, 曰)- + -ᄂᆞ(현시)- + -니(원칙)- + -이(상높, 아주 높임)- + -다(평종)

77) 니거늘: 니(가다, 行)- + -거늘(연어, 상황)

78) 됴ᄒᆞᆯ쎠: 둏(좋다, 好)- + -Ø(현시)- + -ᄋᆞᆯ쎠(-구나: 감종)

79) 이ᅀᅡ: 이(이, 此: 지대, 정칭) + -ᅀᅡ(-야말로: 보조사, 한정 강조)

80) 훤히: [훤히, 明(부사): 훤(훤: 불어) + -ㅎ(← -ᄒᆞ-: 형접)- + -이(부접)]

81) 즐겁도다: 즐겁[즐겁다, 快: 즑(즐거워하다, 歡: 동사)- + -업(형접)-]- + -Ø(현시)- + -도(감동)- + -다(평종)

[21 앞]

르샤 ᄀᆞ장 깃거ᄒᆞ시더라 네 門몬 밧긔 나샤미 부텻 나히 열아호비러시니 昭쑣王왕 마ᅀᆞᆫ네찻 ᄒᆡ 壬심申신이라 ○ 太탱子ᄌᆞᆼㅣ 바ᄆᆡ 王왕宮궁에 드르시니 光광明명이 두루 비취더시니 王왕ᄭᅴ 솔ᄫᆞ샤ᄃᆡ 出츓家강ᄒᆞ고져 ᄒᆞ노이다 王왕이 손목 자바 울며 니ᄅᆞ샤ᄃᆡ 이 ᄆᆞᅀᆞᆷ 먹디 말라 나라해 니ᅀᅳ리 업스니라 太탱子ᄌᆞᆼㅣ 니ᄅᆞ샤ᄃᆡ 네 가짓 願원을 일

매우 기뻐하시더라.【네 門(문) 밖에 나가신 것이 부처의 나이가 열아홉이시더니, 昭王(소왕) 마흔넷째의 해인 壬申(임신)이다.】 ○ 太子(태자)가 밤에 王宮(왕궁)에 드시니 光明(광명)이 두루 비치시더니, 王(왕)께 사뢰시되 "出家(출가)하고자 합니다." 王(왕)이 손목을 잡아 울며 이르시되 "이런 마음을 먹지 말라. 나라에 (왕위를) 이을 이가 없으니라." 太子(태자)가 이르시되 "네 가지의 願(원)을 이루고자

ᄀᆞ장[82] 깃거ᄒᆞ시더라[83]【네 門몬 밧긔 나샤미[84] 부텻 나히[85] 열아호비러시니[86] 昭쑝王왕 마ᅀᆞᆫ네찻[87] 히 壬심申신이라[88]】 ○ 太탱子ᄌᆞᆼㅣ 바ᄆᆡ[89] 王왕宮궁에 드르시니 光광明명이 두루[90] 비취더시니[91] 王왕ᄭᅴ ᄉᆞᆯ보샤ᄃᆡ[92] 出츓家강ᄒᆞ고져[93] ᄒᆞ노이다[94] 王왕이 손목 자바 울며 니ᄅᆞ샤ᄃᆡ 이 ᄆᆞᅀᆞᆷ 먹디 말라 나라해[95] 니ᅀᅳ리[96] 업스니라[97] 太탱子ᄌᆞᆼㅣ 니ᄅᆞ샤ᄃᆡ 네 가짓 願원을 일우고져[98]

---

82) ᄀᆞ장: 매우, 甚(부사)

83) 깃거ᄒᆞ시더라: 긳어ᄒᆞ[기뻐하다, 歡: 긳(기뻐하다, 歡)- + -어(연어) + ᄒᆞ(하다: 보용)-]- + -시(주높)- + -더(회상)- + -라(← -다: 평종)

84) 나샤미: 나(나다, 나가다, 出)- + -샤(← -시-: 주높)- + -ㅁ(← -옴: 명전) + -이(주조)

85) 나히: 나ㅎ(나이, 齡) + -이(주조)

86) 열아호비러시니: 열아홉[열아홉(수사, 양수) : 열(열, 十: 수사, 양수) + 아홉(아홉, 九: 수사, 양수)] + -이(서조)- + -러(← -더-: 회상)- + -시(주높)- + -니(연어, 설명의 계속)

87) 마ᅀᆞᆫ네찻: 마ᅀᆞᆫ네차[마흔넷째(수사, 서수): 마ᅀᆞᆫ(마흔, 四十: 수사, 양수) + 넷(넷, 四: 수사, 양수) + -차(-째: 접미, 서수)] + -ㅅ(-의: 관조)

88) 壬申이라: 壬申(임신) + -이(서조)- + -Ø(현시)- + -라(← -다: 평종) ※ '壬申(임신)'은 육십갑자의 아홉째이다.

89) 바ᄆᆡ: 밤(밤, 夜) + -ᄋᆡ(-에: 부조, 위치)

90) 두루: [두루, 普(부사): 둘(← 두르다: 두르다, 廻)- + -우(부접)]

91) 비취더시니: 비취(비치다, 照)- + -더(회상)- + -시(주높)- + -니(연어, 설명의 계속)

92) ᄉᆞᆯ보샤ᄃᆡ: ᄉᆞᆲ(← ᄉᆞᆲ다, ㅂ불: 사뢰다, 아뢰다, 奏)- + -오샤(← -ᄋᆞ시-: 주높)- + -Ø(← -아: 연어) ※ 'ᄉᆞᆯ보샤ᄃᆡ'는 'ᄉᆞᆯᄫᆞ샤ᄃᆡ'을 오각한 형태이다.

93) 出家ᄒᆞ고져: 出家ᄒᆞ[출가하다: 出家(출가: 명사) + -ᄒᆞ(동접)-]- + -고져(-고자: 연어, 의도)

94) ᄒᆞ노이다: ᄒᆞ(하다: 보용, 의도)- + -ㄴ(← -ᄂᆞ-: 현시)- + -오(화자)- + -이(상높, 아주 높임)- + -다(평종)

95) 나라해: 나라ㅎ(나라, 國) + -애(-에: 부조, 위치)

96) 니ᅀᅳ리: 니ᇫ(← 닛다, ㅅ불: 잇다, 嗣)- + -을(관전) # 이(이, 사람, 者: 의명) + -Ø(← -이: 주조) ※ '니ᅀᅳ리'는 '왕위를 이을 이'로 의역하여 옮긴다.

97) 업스니라: 없(없다, 無)- + -Ø(현시)- + -으니(원칙)- + -라(← -다: 평종)

98) 일우고져: 일우[이루다, 成: 일(이루어지다, 成: 자동)- + -우(사접)-]- + -고져(-고자: 연어, 의도)

우고져ᄒᆞ노니늘굼모ᄅᆞ며病뼝업스
며주굼모ᄅᆞ며여희욤모ᄅᆞ고져ᄒᆞ노
이다王왕이더욱슬허니ᄅᆞ샤ᄃᆡ이네
가짓願원은녜록브터일우니업스니
라ᄒᆞ시고이틋나래釋셕種종ㅅ中듕
에勇용猛ᄆᆡᆼᄒᆞ니五옹百ᄇᆡᆨ올모도아
門몬구디자ᄇᆞ라ᄒᆞ시니라勇용ᄋᆞᆫ힘세며ᄂᆞᆯ날
씨오猛ᄆᆡᆼᄋᆞᆫᄆᆡ블씨라㊀太탱子ᄌᆞᆼㅣ妃핑子ᄌᆞᆼ

하나니, 늙는 것을 모르며 病(병) 없으며 죽는 것을 모르며 여의는 것을 모르고자 합니다." 王(왕)이 더욱 슬퍼하여 이르시되 "이 네 가지의 願(원)은 예로부터 이룬 이가 없으니라." 하시고, 이튿날에 釋種(석종)의 中(중)에 勇猛(용맹)한 이 五百(오백)을 모아 "門(문)을 굳게 잡아라." 하셨니라.【勇(용)은 힘세며 날랜 것이요 猛(맹)은 사나운 것이다.】太子(태자)가 妃子(비자)의

ᄒᆞ노니[99] 늘굼[100] 모ᄅᆞ며 病뼝 업스며 주굼[1] 모ᄅᆞ며 여희욤[2] 모ᄅᆞ고져[3] ᄒᆞ노이다[4] 王왕이 더욱 슬허[5] 니ᄅᆞ샤ᄃᆡ 이 네 가짓 願원은 녜록브터[6] 일우니[7] 업스니라[8] ᄒᆞ시고 이틋나래[9] 釋셕種죵[10]ㅅ 中듕에 勇용猛ᄆᆡᆼᄒᆞ니[11] 五오百ᄇᆡᆨ울 모도아[12] 門몬 구디[13] 자ᄇᆞ라[14] ᄒᆞ시니라【勇용은 힘 세며 ᄂᆞᆯ날[15] 씨오 猛ᄆᆡᆼ은 ᄆᆡᄫᆞᆯ[16] 씨라】 ○ 太탱子ᄌᆞᆼㅣ 妃핑子ᄌᆞᆼ[17]ㅅ

---

99) ᄒᆞ노니: ᄒᆞ(하다: 보용, 의도)- + -ㄴ(←-ᄂᆞ-: 현시)- + -오(화자)- + -니(연어, 설명의 계속)

100) 늘굼: 늙(늙다, 老)- + -움(명전) ※ '늘굼'은 '늙는 것'으로 의역하여서 옮긴다.

1) 주굼: 죽(죽다, 死)- + -움(명전) ※ '주굼'은 '죽는 것'으로 의역하여서 옮긴다.

2) 여희욤: 여희(여의다, 이별하다, 別)- + -욤(←-옴: 명전)

3) 모ᄅᆞ고져: 모ᄅᆞ(모르다, 不知)- + -고져(-고자: 연어, 의도)

4) ᄒᆞ노이다: ᄒᆞ(하다: 보용, 의도)- + -ㄴ(←-ᄂᆞ-: 현시)- + -오(화자)- + -이(상높, 아주 높임)- + -다(평종)

5) 슬허: 슳(슬퍼하다, 哀)- + -어(연어)

6) 녜록브터: 녜(예, 옛날, 昔) + -록(부조, 방향, 강조) + -브터(-부터: 보조사, 비롯함) ※ '-록'은 부사격 조사인 '-로'의 강조 형태이다.

7) 일우니: 일우[이루다, 成: 일(이루어지다, 成: 자동)- + -우(사접)-]- + -Ø(과시)- + -ㄴ(관전) # 이(이, 사람, 者: 의명) + -Ø(←-이: 주조)

8) 업스니라: 없(없다, 無)- + -Ø(현시)- + -으니(원칙)- + -라(←-다: 평종)

9) 이틋나래: 이틋날[이튿날, 翌日: 이트(←이틀: 이틀, 二日) + -ㅅ(관조, 사잇) + 날(날, 日)] + -애(-에: 부조, 위치)

10) 釋種: 석종. 석가모니의 종족이다.

11) 勇猛ᄒᆞ니: 勇猛ᄒᆞ[용맹하다: 勇猛(용맹: 명사) + -ᄒᆞ(형접)-]- + -Ø(현시)- + -ㄴ(관전) # 이(이, 사람, 者: 의명)

12) 모도아: 모도[모으다, 集: 몯(모이다, 集: 자동)- + -오(사접)-]- + -아(연어)

13) 구디: [굳이, 堅(부사): 굳(굳다, 堅: 형사)- + -이(부접)]

14) 자ᄇᆞ라: 잡(잡다, 執)- + -ᄋᆞ라(명종)

15) ᄂᆞᆯ날: ᄂᆞᆯ나(날래다, 勇)- + -ㄹ(관전)

16) ᄆᆡᄫᆞᆯ: ᄆᆡᆸ(←ᄆᆡᆸ다, ㅂ불: 맵다, 사납다, 猛)- + -ᄋᆞᆯ(관전)

17) 妃子: 비자. '아내', '왕비', '태자의 아내' 등을 가리키는 말이다. 여기서는 '태자의 아내'를 가리킨다.

ᄉ ᄇᆡᄅᆞᆯ ᄀᆞᄅᆞ치시며 니ᄅᆞ샤ᄃᆡ 이 後ᅘᅮᇢ
여슷 ᄒᆡ예 아ᄃᆞᆯ 나ᄒᆞ리라 俱궁夷잉 너
기샤ᄃᆡ 太탱子ᄌᆞᆼ ㅣ 나가샳가 疑읭心
심ᄒᆞ샤 長땽常썅 겨틔 ᄠᅥ디디 아니터
시다 ㊀ 太탱子ᄌᆞᆼ ㅣ 門몬 밧긔 가 보신
後ᅘᅮᇢ로 世솅間간 슬ᄒᆞᆫ ᄆᆞᅀᆞ미 나날 더
으거시ᄂᆞᆯ 王왕이 순지 풍류ᄒᆞᇙ 사ᄅᆞᄆᆞᆯ
더ᄒᆞ야 ᄃᆞᆯ애더시니 長땽常썅 바ᇝ中듕

배를 가리키시며 이르시되 "이 後(후) 여섯 해에 아들을 나으리라." 俱夷(구이)가 여기시되 "太子(태자)가 나가실까?" 疑心(의심)하시어, 長常(장상, 항상) 곁에 떨어지지 아니하시더라. ○ 太子(태자)가 門(문) 밖에 가 보신 後(후)로 世間(세간)이 싫은 마음이 나날이 더하시거늘, 王(왕)이 오히려 풍류하는 사람을 더하여 달래시더니, 長常(장상) 밤중이거든

[22 앞]

빅를[18] ᄀᆞᄅᆞ치시며[19] 니ᄅᆞ샤ᄃᆡ 이 後� 여슷 ᄒᆡ예[20] 아ᄃᆞᆯ 나ᄒᆞ리라[21] 俱궁夷잉[22] 너기샤ᄃᆡ 太탱子ᄌᆞᆼㅣ 나가싫가[23] 疑읭心심ᄒᆞ샤 長땽常썅[24] 겨틔[25] ᄠᅥ디디[26] 아니터시다[27] ○ 太탱子ᄌᆞᆼㅣ 門몬 밧긔[28] 가 보신 後ᄯᅘᆖ로 世솅間간[29] 슬흔[30] ᄆᆞᅀᆞ미 나날[31] 더으거시ᄂᆞᆯ[32] 王왕이 ᄉᆞᄌᆡ[33] 풍류ᄒᆞᇙ 사ᄅᆞᄆᆞᆯ 더ᄒᆞ야[34] 달애더시니[35] 長땽常썅 밦中듕이어든[36]

---

18) ᄇᆡ를: ᄇᆡ(배, 腹) + -를(목조)

19) ᄀᆞᄅᆞ치시며: ᄀᆞᄅᆞ치(가르키다, 指)- + -시(주높)- + -며(연어, 나열)

20) ᄒᆡ예: ᄒᆡ(해, 年) + -예(← -에: 부조, 위치, 시간)

21) 나ᄒᆞ리라: 낳(낳다, 生)- + -ᄋᆞ리(미시)- + -라(← -다: 평종)

22) 俱夷: 구이. 석가가 태자로 있었을 때 첫째 부인의 이름이다. 瞿夷.

23) 나가싫가: 나가[나가다, 出: 나(나다, 出)- + 가(가다, 去)-]- + -시(주높)- + -ㅭ가(-ㄹ까: 의종, 판정, 미시)

24) 長常: 장상, 항상, 늘(부사)

25) 겨틔: 곁(곁, 傍) + -의(-에: 부조, 위치)

26) ᄠᅥ디디: ᄠᅥ디[떨어지다, 離: ᄠᅳ(← ᄠᅳ다: 뜨다, 隔)- + -어(연어) + 디(지다: 보용, 피동)-]- + -디(-지: 연어, 부정)

27) 아니터시다: 아니ㅎ[← 아니ᄒᆞ다(아니하다: 보용, 부정): 아니(아니, 不: 부사, 부정) + -ᄒᆞ(동접)-]- + -더(회상)- + -시(주높)- + -다(평종)

28) 밧긔: 밝(밖, 外) + -의(-에: 부조, 위치)

29) 世間: 세간. 사람이 사는 세상이다.

30) 슬흔: 슳(싫다, 厭: 형사)- + -Ø(현시)- + -은(관전)

31) 나날: [나날이, 每日(부사): 나(← 날: 날, 日, 명사) + 날(날, 日, 명사)]

32) 더으거시ᄂᆞᆯ: 더으(더하다, 加)- + -시(주높)- + -거 … ᄂᆞᆯ(-거늘: 연어, 상황)

33) ᄉᆞᄌᆡ: 오히려, 猶(부사)

34) 더ᄒᆞ야: 더ᄒᆞ[더하다, 加: 더(더, 益: 부사) + -ᄒᆞ(동접)-]- + -야(← -아: 연어)

35) 달애더시니: 달애(달래다, 說)- + -더(회상)- + -시(주높)- + -니(연어, 설명의 계속)

36) 밦中이어든: 밦中[밤중: 밤(밤, 夜) + -ㅅ(관조, 사잇) + 中(중)] + -이(서조)- + -어든(← -거든: 연어, 상황)

淨居天(정거천)이 虛空(허공)에 와서 (태자를) 일찍 깨우고, 악기가 다 (태자에게) "五慾(오욕)이 즐겁지 아니하고 【五慾(오욕)은 눈에 좋은 빛을 보고자 (하며), 귀에 좋은 소리를 듣고자 (하며), 코에 좋은 냄새를 맡고자 (하며), 입에 좋은 맛을 먹고자 (하며), 몸에 좋은 옷을 입고자 하는 것이다.】 世間(세간)이 無常(무상)하니 어서 (세간에서) 나가소서." 하는 소리를 하게 하며, 풍류하는 여자들이 깊이 잠들어 의상을 풀어헤치게 하며, 침이며 더러운 것이 흐르게 하는데

淨쪙居겅天텬[37)]이 虛헝空콩애 와 일ᄭᅵ오ᅀᆞᆸ고[38)] 풍륫가시[39)] 다 五옹欲욕[40)]이 즐겁디[41)] 아니ᄒᆞ고【五옹欲욕ᄋᆞᆫ 누네 됴ᄒᆞᆫ 빗[42)] 보고져 귀예 됴ᄒᆞᆫ 소리 듣고져 고해[43)] 됴ᄒᆞᆫ 내[44)] 맏고져[45)] 이베 됴ᄒᆞᆫ 맛 먹고져 모매 됴ᄒᆞᆫ 옷 닙고져[46)] ᄒᆞᆯ 씨라】世솅間간이 無뭉常썅ᄒᆞ니 어셔 나쇼셔[47)] ᄒᆞᇙ 소리ᄅᆞᆯ ᄒᆞ게 ᄒᆞ며 풍류ᄒᆞᄂᆞᆫ 겨집ᄃᆞᆯ히[48)] 니기[49)] ᄌᆞᆷ드러[50)] 옷ᄀᆞ외[51)] 헤디오고[52)] 추미며[53)] 더러ᄫᅳᆫ[54)] 거시 흐르게 ᄒᆞ야ᄃᆞᆫ[55)]

---

37) 淨居天: 정거천. 색계(色界)의 제사 선천(禪天)이다. 무번·무열·선현·선견·색구경의 다섯 하늘이 있으며, 불환과를 얻은 성인이 난다고 한다. 여기서는 '정거천'의 하늘을 주관하는 천신(天神)을 이른다.

38) 일ᄭᅵ오ᅀᆞᆸ고: 일ᄭᅵ오[일찍 깨우다, 醒提: 일(← 이ᄅᆞ다: 이르다, 早)-+ᄭᅵ(깨다, 醒)-+-오(사접)-]-+-ᅀᆞᆸ(객높)-+-고(연어, 계기)

39) 풍륫가시: 풍륫갓[악기, 樂器: 풍류(풍류, 음악, 風流: 명사)+-ㅅ(-의: 관조)+갓(감, 것, 物: 명사]+-이(주조)

40) 五欲: 오욕. 불교에서 오관(五官)의 욕망 및 그 열락(悅樂)을 가리키는 다섯 가지의 욕망이다. 눈·귀·코·혀·몸의 다섯 가지 감각기관, 즉 오근(五根)이 각각 색(色)·성(聲)·향(香)·미(味)·촉(觸)의 다섯 가지 감각 대상, 즉 오경(五境)에 집착하여 야기되는 5종의 욕망이다. 일반적으로는 세속적인 인간의 욕망 전반을 뜻한다.

41) 즐겁디: 즐겁[즐겁다, 歡: 즑(즐거워하다, 喜: 동사)-+-업(형접)-]-+ -디(-지: 연어, 부정)

42) 빗: 빗(← 빛: 빛, 光)

43) 고해: 고ㅎ(코, 鼻)+-애(-에: 부조, 위치)

44) 내: 내, 냄새, 臭.

45) 맏고져: 맏(← 맡다: 맡다, 嗅)-+-고져(-고자: 연어, 의도)

46) 닙고져: 닙(입다, 着)-+-고져(-고자: 연어, 의도)

47) 나쇼셔: 나(나가다, 떠나다, 출가하다, 出)-+-쇼셔(-소서: 명종, 아주 높임) ※ 문맥을 감안하면, '나다'는 '출가(出家)하다'의 뜻으로 쓰였다.

48) 겨집ᄃᆞᆯ히: 겨집ᄃᆞᆯㅎ[여자들: 겨집(여자, 계집, 女)+-ᄃᆞᆯㅎ(-들: 복접)]+-이(주조)

49) 니기: [익히, 깊히, 熟(부사): 닉(익다, 熟: 동사)-+-이(부접)]

50) ᄌᆞᆷ드러: ᄌᆞᆷ들[잠들다, 眠: ᄌᆞᆷ(잠, 眠: 명사)+들(들다, 入: 동사)-]-+-어(연어)

51) 옷ᄀᆞ외: [의상, 옷차림, 衣裳: 옷(옷, 衣: 명사)+ᄀᆞ외(고의: 명사)]

52) 헤디오고: 헤디오[풀어 헤치게 하다: 헤디(풀어 헤치다: 타동)-+-오(사접)-]-+-고(연어, 나열)

53) 추미며: 춤(침, 唾)+-이며(접조)

54) 더러ᄫᅳᆫ: 더러ᇦ(← 더럽다, ㅂ불: 더럽다, 汚)-+-Ø(현시)-+-은(관전)

55) ᄒᆞ야ᄃᆞᆫ: ᄒᆞ(하다: 보용, 사동)-+-야ᄃᆞᆫ(← -거든: -는데, 연어, 조건, 반응)

太子(태자)가 보시고 더욱 시틋이 여기시더라. 太子(태자)가 자주 王(왕)께 "出家(출가)하고 싶습니다." 사뢰시거늘, 王(왕)이 이르시되 "네가 마땅히 轉輪聖王(전륜성왕)이 되어 七寶(칠보) 千子(천자)를 가져 四天下(사천하)를 다스리겠거늘, 어찌 머리를 깎는 것을 즐기는가?" 太子(태자)가 對答(대답)하시되 "正覺(정각)을 이루어

[23 앞]

太탱子ᄌᆞᆼ ㅣ 보시고 더욱 ᄉᆡ트시[56] 너겨 ᄒᆞ더시다 太탱子ᄌᆞᆼ ㅣ ᄌᆞ조[57] 王왕ᄭᅴ 出츓家강ᄒᆞ야 지이다[58] ᄉᆞᆲ거시ᄂᆞᆯ[59] 王왕이 니ᄅᆞ샤ᄃᆡ 네[60] 당다이[61] 轉뒨輪륜聖셩王왕[62]이 ᄃᆞ외야 七칧寶볼[63] 千쳔子ᄌᆞᆼ[64] 가져 四ᄉᆞᆼ天텬下ᅘᅡᆼ[65]ᄅᆞᆯ 다ᄉᆞ리리어늘[66] 엇뎨 마리[67] 갓고ᄆᆞᆯ[68] 즐기ᄂᆞ다[69] 太탱子ᄌᆞᆼ ㅣ 對됭答답ᄒᆞ샤ᄃᆡ 正졍覺각[70]ᄋᆞᆯ 일워[71]

---

56) ᄉᆡ트시: [시틋이: ᄉᆡ틋(ᄉᆡ틋: 불어) + -이(부접)] ※ 'ᄉᆡ틋'은 'ᄉᆡ틋ᄒᆞ다'의 어근이며, 'ᄉᆡ트시'는 '마음이 내키지 아니하여 시들하게'의 뜻을 나타내는 파생 부사이다.

57) ᄌᆞ조: [자주, 頻(부사): ᄌᆞᆽ(잦다, 頻: 형사)- + -오(부접)]

58) 지이다: 지(싶다: 보형, 희망)- + -Ø(현시)- + -이(상높, 아주 높임)- + -다(평종)

59) ᄉᆞᆲ거시ᄂᆞᆯ: ᄉᆞᆲ(사뢰다, 아뢰다, 白)- + -시(주높)- + -거…ᄂᆞᆯ(-거늘: 연어, 상황)

60) 네: 너(너, 汝: 인대, 2인칭) + -ㅣ(← -이: 주조)

61) 당다이: 마땅히, 반드시, 必(부사)

62) 轉輪聖王: 전륜성왕. 고대 인도의 전기상의 이상적 제왕이다. 전륜왕 또는 윤왕이라고도 한다. 이 왕이 세상에 나타났을 때에는 하늘의 차륜이 출현하고, 왕은 이 차륜를 몰면서 무력을 이용하지 않고 전세계를 평정한다고 해서, 이 이름이 붙었다. 실제로 석가모니가 탄생할 때에 출가하면 부처가 되고, 속세에 있으면 전륜성왕이 된다는 예언을 받았다고 알려져 있다.

63) 七寶: 칠보. 전륜성왕이 갖고 있는 칠보는 통치를 하는 데에 필요한 것들이다. '윤보(輪寶)·상보(象寶)·마보(馬寶)·여의주보(如意珠寶)·여보(女寶)·장보(將寶)·주장신보(主藏臣寶)'를 이른다.

64) 七寶 千子: 칠보 천자. 칠보의 하나가 어질어서, 각각 '일천의 사람(千子)'을 감당한다는 뜻이다.

65) 四天下: 사천하. 수미산을 중심으로 한 사방의 세계이다. 남쪽의 섬부주(贍部洲), 동쪽의 승신주(勝神洲), 서쪽의 우화주(牛貨洲), 북쪽의 구로주(俱盧洲)이다.

66) 다ᄉᆞ리리어늘: 다ᄉᆞ리[다스리다, 治: 다ᄉᆞᆯ(다스려지다, 治: 자동)- + -이(사접)-]- + -리(미시)- + -어늘(-거늘: 연어, 상황)

67) 마리: 머리, 頭髮.

68) 갓고ᄆᆞᆯ: ᄀᆞᆪ(깎다, 削)- + -옴(명전) + -ᄋᆞᆯ(목조)

69) 즐기ᄂᆞ다: 즐기[즐기다, 嗜: 즑(즐거워하다, 喜: 자동)- + -이(사접)-]- + -ᄂᆞ(현시)- + -ㄴ다(-ㄴ가: 의종, 2인칭)

70) 正覺: 정각. 일체의 참된 모습을 깨달은 더할 나위 없는 지혜이다.

71) 일워: 일우[이루다, 成: 일(이루어지다, 成)- + -우(사접)-]- + -어(연어)

땡千쳔世솅界갱ᄅᆞᆯ 다 ᄀᆞᅀᆞᆷ아라 四ᄉᆞᆼ生ᄉᆡᆼ올 濟졩渡똥ᄒᆞ야 四ᄉᆞᆼ生ᄉᆡᆼ은 네 가짓 나ᄂᆞᆫ 거시니 즌ᄃᆡ셔 나ᄂᆞᆫ 것과 翻펀生ᄉᆡᆼᄒᆞ야 나ᄂᆞᆫ 것과 알ᄢᆡ나ᄂᆞᆫ 것과 ᄇᆡ야 나ᄂᆞᆫ 것괘니 一ᅙᅵᇙ切쳉衆즁生ᄉᆡᆼ올 다 니ᄅᆞ니라 翻펀生ᄉᆡᆼ은 고텨 ᄃᆞ외야 날ᄊᆡ라 긴 바ᄆᆞᆯ 여희여 나긔 호려 ᄒᆞ노니 긴 바ᄆᆞᆫ 衆즁生ᄉᆡᆼ이 迷몡惑ᅘᅬᆨᄒᆞ야 時씽常썅 바ᄆᆡ 잇ᄂᆞᆫ ᄃᆞᆺᄒᆞᆯᄊᆡ 긴 바미라 ᄒᆞ니라 七칧寶봉 四ᄉᆞᆼ天텬下ᅘᅡᆼᄅᆞᆯ 즐기디 아니ᄒᆞ노이다 王왕이 풍류ᄒᆞᇙ 사ᄅᆞᆷ 더ᄒᆞ야 밤낫

大千世界(대천세계)를 다 주관(主管)하여 四生(사생)을 濟渡(제도)하여【四生(사생)은 네 가지의 (태어)나는 것이니, 진 데에서 나는 것과 翻生(번생)하여 나는 것과 알을 까서 나는 것과 배어서 나는 것이니, 一切(일체)의 衆生(중생)을 다 이렀니라. 翻生(번생)은 고쳐 되어서 나는 것이다.】긴 밤을 떨쳐서 나게 하려고 하니【긴 밤은 衆生(중생)이 미혹(迷惑)하여 時常(시상) 밤에 있는 듯하므로 긴 밤이라고 하였니라.】七寶(칠보)와 四天下(사천하)를 즐기지 아니합니다. 王(왕)이 풍류하는 사람을 더하여 밤낮

大땡千천世솅界갱[72]ᄅᆞᆯ 다 ᄀᆞᅀᆞᆷ아라[73] 四ᄉᆞᆼ生ᄉᆡᆼ[74]ᄋᆞᆯ 濟졩渡똥ᄒᆞ야【四ᄉᆞᆼ生ᄉᆡᆼᄋᆞᆫ 네 가짓 나ᄂᆞᆫ[75] 거시니 즌[76] ᄃᆡ셔[77] 나ᄂᆞᆫ 것과 翻펀生ᄉᆡᆼ[78]ᄒᆞ야 나ᄂᆞᆫ 것과 알 ᄢᅡ[79] 나ᄂᆞᆫ 것과 ᄇᆡ야[80] 나ᄂᆞᆫ 것괘니[81] 一ᅙᅵᇙ切쳉 衆즁生ᄉᆡᆼᄋᆞᆯ 다 니ᄅᆞ니라 翻펀生ᄉᆡᆼᄋᆞᆫ 고텨[82] ᄃᆞ외야 날 씨라】긴 바ᄆᆞᆯ 여희여[83] 나긔[84] 호려[85] ᄒᆞ노니[86]【긴 바ᄆᆞᆫ 衆즁生ᄉᆡᆼ이 미혹ᄒᆞ야 時씽常썅[87] 바ᄆᆡ 잇ᄂᆞᆫ ᄃᆞᆺ[88] ᄒᆞᆯᄊᆡ 긴 바미라 ᄒᆞ니라】七칧寶볼 四ᄉᆞᆼ天텬下ᅘᅡᆼᄅᆞᆯ 즐기디 아니ᄒᆞ노이다[89] 王왕이 풍류ᄒᆞᇙ 사ᄅᆞᆷ 더ᄒᆞ야 밤낫

---

72) 大千世界: 대천세계. 삼천세계(三千世界)의 셋째로, 십억(十億) 국토(國土)를 이른다. 곧 중천세계(中千世界)의 천 갑절이 되는 세계(世界)이다.

73) ᄀᆞᅀᆞᆷ아라: ᄀᆞᅀᆞᆷ알[가말다, 주관하다, 主管: ᄀᆞᅀᆞᆷ(감, 재료) + 알(알다, 知)-]- + -아(연어)

74) 四生: 사생. 생물이 태어나는 네 가지 형태로서, 태생(胎生), 난생(卵生), 습생(濕生), 번생(翻生) 등이다.

75) 나ᄂᆞᆫ: 나(나다, 생기다, 生)- + -ᄂᆞ(현시)- + -ㄴ(관전)

76) 즌: 즈(← 즐다: 질다, 泥)- + -Ø(현시)- + -ㄴ(관전)

77) ᄃᆡ셔: ᄃᆡ(데, 處) + -셔(-서: 보조사, 위치 강조) ※ '즌 ᄃᆡ셔 나ᄂᆞᆫ 것'은 습생(濕生)을 이르는 것이다. 습생은 습한 곳에서 태어나는 생물을 이르는데, 뱀이나 개구리 따위가 있다.

78) 翻生: 번생. 사생(四生)의 하나로서, 변태(變態)를 통해서 태어나는 것이다. '화생(化生)'이라고도 한다. 다른 물건에 기생하지 않고 스스로 업력에 의하여 갑자기 화성(化成)하는 생물을 이른다.

79) ᄢᅡ: ᄢᅡ(까다, 孵)- + -아(연어)

80) ᄇᆡ야: ᄇᆡ(배다, 姙)- + -야(← -아: 연어)

81) 것괘니: 것(것: 의명)+ -과(접조) + -ㅣ(← -이-: 서조)- + -니(연어, 설명의 계속)

82) 고텨: 고티(고치다, 改)- + -어(연어)

83) 여희여: 여희(떠나다, 여의다, 別)- + -여(← -어: 연어)

84) 나긔: 나(나다, 生)- + -긔(-게: 연어, 사동)

85) 호려: ㅎ(← ᄒᆞ다: 하다, 보용, 사동)- + -오려(연어, 의도)

86) ᄒᆞ노니: ᄒᆞ(하다: 보용, 의도)- + -ㄴ(← -ᄂᆞ-: 현시)- + -오(화자)- + -니(연어, 이유)

87) 時常: 시상. 언제나 늘. 항상(恒常)

88) ᄃᆞᆺ: 듯(의명, 흡사)

89) 아니ᄒᆞ노이다: 아니ᄒᆞ[아니하다(보용, 부정): 아니(아니, 不: 부사, 부정) + -ᄒᆞ(동접)-]- + ㄴ(← -ᄂᆞ-: 현시)- + -오(화자)- + -이(상높, 아주 높임)- + -다(평종)

달애더시니 相샹師ᄉᆞㅣ 王왕ᄭᅴ ᄉᆞᆯᄫᆞ
ᄃᆡ 이제 出츌家강 아니ᄒᆞ샤 닐웨디나
면 轉뒨輪륜王왕位윙 自ᄍᆞᆼ然션히 오
시리이다 王왕이 깃그샤 四ᄉᆞᆼ兵병을
돌어 안팟ᄀᆞ로 막ᄌᆞᄅᆞ더시다 婇ᄎᆡᆼ女
녕돌히 太탱子ᄌᆞᆼᄭᅴ 드ᄉᆞᄫᅡ 온가짓 呈
명才ᄍᆡᆼᄒᆞ야 웃이ᄉᆞᄫᆞ며 갓갓ᄀᆞ고ᄫᆞᆫ 양
ᄒᆞ야 뵈ᅀᆞᆸ거늘 太탱子ᄌᆞᆼㅣ ᄒᆞᆫ낫 欲욕

달래시더니, 相師(상사)가 王(왕)께 사뢰되 “이제 出家(출가)를 아니 하시어 이레가 지나면 轉輪王(전륜왕)의 位(위)가 自然(자연)히 오시겠습니다.” 王(왕)이 기쁘시어 四兵(사병)으로 (성을) 둘러서 안팎으로 잘라 막으시더라. “婇女(채녀)들이 太子(태자)께 들어서 온갖 呈才(정재)하여 웃게 하며 갖갖 고운 양하여 보이거늘, 太子(태자)가 한낱 慾心(욕심)도

달애더시니[90] 相상師ᄉᆞ[91] ㅣ 王왕ᄭᅴ ᄉᆞᆯᄫᅩᄃᆡ 이제 出츌家강 아니 ᄒᆞ샤 닐웨[92] 디나면 轉뒨輪륜王왕 位윙 自ᄍᆞᆼ然션히[93] 오시리이다[94] 王왕이 깃그샤[95] 四ᄉᆞᆼ兵병[96]을 돌어[97] 안팟ᄀᆞ로[98] 막ᄌᆞᄅᆞ더시다[99] 婇칭女녕ᄃᆞᆯ히[100] 太탱子ᄌᆞᆼᄭᅴ 드ᅀᆞᄫᅡ[1] 온가짓[2] 呈뎡才찡ᄒᆞ야[3] 웃이ᅀᆞᄫᆞ며[4] 갓갓[5] 고ᄫᆞᆫ[6] 양[7] ᄒᆞ야 뵈ᅀᆞᆸ거늘[8] 太탱子ᄌᆞᆼㅣ ᄒᆞᆫ낫[9] 欲욕心심도

---

90) 달애더시니: 달애(달래다, 說)- + -시(주높)- + -더(회상)- + -니(연어, 설명의 계속)

91) 相師: 상사. 관상쟁이, 곧 관상을 보는 사람이다.

92) 닐웨: 이레, 칠일(七日)

93) 自然히: [자연히(부사): 自然(자연: 명사) + -ㅎ(←-ᄒᆞ-: 형접)- + -이(부접_)]

94) 오시리이다: 오(오다, 來)- + -시(주높)- + -리(미시)- + -이(상높, 아주 높임)- + -다(평종)

95) 깃그샤: 긼(기뻐하다, 歡)- + -으샤(←-으시-: 주높)- + -Ø(←-아: 연어)

96) 四兵을: 四兵(사병) + -을(을, -으로: 목조, 보조사적 용법) '四兵(사병)'은 전륜왕을 따라다니는 네 종류의 병정으로서, 상병(象兵), 마병(馬兵), 차병(車兵), 보병(步兵)이다.

97) 돌어: 돌(←두르다: 두르다, 둘러싸다, 圍)- + -어(연어) ※ '돌어'는 '둘어'를 오각한 형태이다.

98) 안팟ᄀᆞ로: 안ᄑᆞᆰ[안팎, 內外: 안ㅎ(안, 內) + 밝(밖, 外)] + -ᄋᆞ로(부조, 방향)

99) 막ᄌᆞᄅᆞ더시다: 막ᄌᆞᄅᆞ[잘라 막다: 막(막다, 障)- + ᄌᆞᄅᆞ(자르다, 切)-]- + -더(회상)- + -시(주높)- + -다

100) 婇女ᄃᆞᆯ히: 婇女ᄃᆞᆯㅎ[채녀들: 婇女(채녀) + -ᄃᆞᆯㅎ(-들: 복접)] + -이(주조) ※ '婇女(채녀)'는 아름답게 잘 꾸민 여자이다.(= 妓女)

1) 드ᅀᆞᄫᅡ: 드(←들다: 들다, 入)- + -ᅀᆞᇦ(←-ᅀᆞᆸ-: 객높)- + -아(연어)

2) 온가짓: 온가지[온가지, 가지가지, 百種: 온(백, 百: 관사, 양수) + 가지(가지, 種: 의명)]

3) 呈才ᄒᆞ야: 呈才ᄒᆞ[정재하다: 呈才(정재: 명사) + -ᄒᆞ(동접)-]- + -야(←-아: 연어) ※ '呈才(정재)'는 대궐 안의 잔치 때에 벌이던 춤과 노래이다.

4) 웃이ᅀᆞᄫᆞ며: 웃이[웃게 하다: 웃(웃다, 笑)- + -이(사접)-]- + -ᅀᆞᇦ(←-ᅀᆞᆸ-: 객높)- + -ᄋᆞ며(연어, 나열) ※ '웃다'에 파생 접미사인 '-이-'가 실현된 일반적인 형태는 '웃이다'였다.

5) 갓갓: [가지가지, 種種(명사): 갓(←가지: 가지, 種) + 갓(←가지: 가지, 種)]

6) 고ᄫᆞᆫ: 곻(←곱다, ㅂ불: 곱다, 麗)- + -Ø(현시)- + -ᄋᆞᆫ(관전)

7) 양: 양, 樣(의명, 흡사)

8) 뵈ᅀᆞᆸ거늘: 뵈[뵈다, 보이다, 示: 보(보다, 見: 타동)- + -ㅣ(←-이-: 사접)-]- + -ᅀᆞᆸ(객높)- + -거늘(연어, 상황)

9) ᄒᆞᆫ낫: [한낱, 唯(부사): ᄒᆞᆫ(한, 一: 관사, 양수) + 낫(←낯: 낱, 個, 명사)]

[24 뒤]

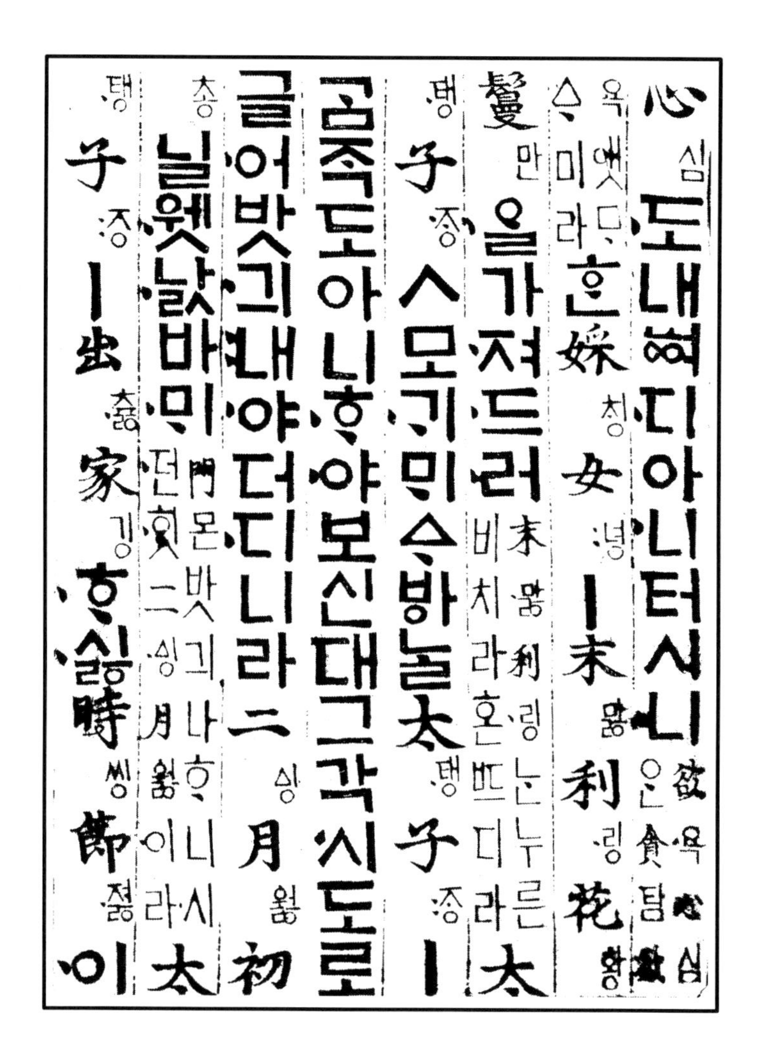
心심도 내ᅘᅧ디 아니터시니 【欲욕心심은 貪탐欲욕앳 ᄆᆞᅀᆞ미라】 ᄒᆞᆫ 婇칭女녀ㅣ 末맗利링花황鬘만을 가져드러 【末맗利링ᄂᆞᆫ 누른 비치라 ᄒᆞᆫ ᄠᅳ디라】 太탱子ᄌᆞᆼㅅ 모ᄀᆡ 미ᅀᆞᄫᆞᄂᆞᆯ 太탱子ᄌᆞᆼㅣ 곰ᄌᆞᆨ도 아니ᄒᆞ야 보신대 그 각시 도로 글어 밧긔 내야 더디니라 二ᅀᅵᆼ月웛 初총 닐웻낤 바ᄆᆡ 【門몬 밧긔 나ᄒᆞ니시뎐 ᄒᆡᆺ 二ᅀᅵᆼ月웛이라】 太탱子ᄌᆞᆼㅣ 出춣家강ᄒᆞ싫 時씽節졇이

끄집어내지 아니하시더니【慾心(욕심)은 貪慾(탐욕)의 마음이다.】한 婇女(채녀)가 末利花鬘(말리화만)을 가지고 들어서【末利(말리)는 누른 빛이라고 한 뜻이다.】太子(태자)의 목에 매거늘, 太子(태자)가 꼼짝도 아니하고 보시니 그 여자가 (말리화만을) 도로 끌러 밖에 내어 던졌니라. 二月(이월) 初(초)이렛날 밤에【(태자가) (성) 門(문) 밖에 나서 움직이시던 해(年)의 二月(이월)이다.】太子(태자)가 出家(출가)하실 時節(시절)이

내혀디[10)] 아니터시니[11)]【欲욕心심은 貪탐欲욕앳 ᄆᆞᅀᆞ미라】ᄒᆞᆫ 婇칭女녕ㅣ 末맗利링花황鬘만[12)]ᄋᆞᆯ 가져 드러【末맗利링ᄂᆞᆫ 누른 비치라[13)] ᄒᆞᆫ ᄠᅳ디라】 太탱子ᄌᆞᇰㅅ 모ᄀᆡ[14)] ᄆᆡᅀᆞ바ᄂᆞᆯ[15)] 太탱子ᄌᆞᇰㅣ 곰ᄌᆞᆨ도[16)] 아니ᄒᆞ야 보신대[17)] 그 각시[18)] 도로[19)] 글어[20)] 밧긔 내야 더디니라[21)] 二ᅀᅵᆼ月웛 初촣닐웻낤[22)] 바ᄆᆡ【門몬 밧긔 나[23)] ᄒᆞ니시던[24)] ᄒᆡᆺ 二ᅀᅵᆼ月웛이라】太탱子ᄌᆞᇰㅣ 出츓家강ᄒᆞ싫 時씽節졇이

---

10) 내혀디: ① 내혀[끄집어내다: 나(나다, 出: 자동)- + -ㅣ(← -이-: 사접)- + 혀(끌다, 引: 타동)-]- + -디(-지: 연어, 부정) ② 내혀[끄집어내다, 引出: 나(나다, 出: 자동)- + -ㅣ(← -이-: 사접)- + -혀(강접)-]- + -디(-지: 연어, 부정)

11) 아니터시니: 아니ㅎ[← 아니ᄒᆞ다(아니하다: 보용, 부정): 아니(아니, 不: 부사, 부정) + -ᄒᆞ(동접)-]- + -더(회상)- + -시(주높)- + -니(연어, 설명의 계속)

12) 末利花鬘: 누른 빛의 화만이다. ※ '末利'는 누른 빛이다. '화만(花鬘)'은 승방(僧坊)이나 불전(佛前)을 장식하는 장신구의 하나인데, 본디 인도의 풍속이다.

13) 비치라: 빛(빛, 光) + -이(서조)- + -Ø(현시)- + -라(← -다: 평종)

14) 모ᄀᆡ: 목(목, 頸) + -ᄋᆡ(-에: 부조, 위치)

15) ᄆᆡᅀᆞ바ᄂᆞᆯ: ᄆᆡ(매다, 系)- + -ᅀᆞᇦ(← -ᅀᆞᆸ-: 객높)- + -아ᄂᆞᆯ(-거늘: 연어, 상황)

16) 곰ᄌᆞᆨ도: 곰ᄌᆞᆨ(꼼짝: 부사) + -도(보조사, 강조)

17) 보신대: 보(보다, 見)- + -시(주높)- + -ㄴ대(-는데, -니: 연어, 반응)

18) 각시: 각시(여자, 女) + -Ø(← -이: 주조)

19) 도로: [도로, 反(부사): 돌(돌다, 回: 동사)- + -오(부접)]

20) 글어: 글(← 그르다: 끄르다, 풀다, 解)- + -어(연어)

21) 더디니라: 더디(던지다, 投)- + -Ø(과시)- + -니(원칙)- + -라(← -다: 평종)

22) 초닐웻낤: 초닐웻날[초이렛날, 七日: 初(초: 접두)- + 닐웨(칠일, 七日) + -ㅅ(관조, 사잇) + 날(날, 日)] + -ㅅ(-의: 관조)

23) 나: 나(나다, 出)- + -아(연어)

24) ᄒᆞ니시던: ᄒᆞ니(움직이다, 動)- + -시(주높)- + -더(회상)- + -ㄴ(관전)

[25 앞]

다ᄃᆞᄅᆞ고 ᄌᆞ개 너기샤ᄃᆡ 나라 니ᅀᅳᆯ 아ᄃᆞ
ᄅᆞᆯ ᄒᆞ마 ᄇᆡ여 아바ᇝ 願원 일우과라 ᄒᆞ
시고 사ᄅᆞᆷ 몯 보게 放방光광ᄒᆞ샤 四ᄉᆞᆼ
天텬王왕과 淨쪙居겅天텬에 니르리
비취시니 諸졍天텬이 ᄂᆞ려와 禮롕數
ᄉᆞᆼᄒᆞᅀᆞᆸ고 ᄉᆞᆯᄫᆞᄃᆡ 無뭉量량劫겁으로
셔 ᄒᆞ샨 修슝行ᅘᆡᆼ이 이제 와 닉거시이
다 太탱子ᄌᆞᆼ ㅣ 니ᄅᆞ샤ᄃᆡ 너희 마리ᅀᅡ

다다르고 당신이 여기시되 "나라를 이을 아들을 이미 배게 하여 아버님의 願(원)을 이루었노라." 하시고, 사람이 못 보게 放光(방광)하시어 四天王(사천왕)과 淨居天(정거천)에 이르도록 비추시니, 諸天(제천)이 내려와 (태자께) 禮數(예수)하고 사뢰되 "(태자께서) 無量劫(무량겁)으로부터 하신 修行(수행)이 이제 와 익었습니다." 太子(태자)가 이르시되 "너희의 말이야

다듣고[25] ᄌᆞ갸[26] 너기샤ᄃᆡ[27] 나라 니슬[28] 아ᄃᆞ를 ᄒᆞ마[29] ᄇᆡᅇᅧ[30] 아바닚[31] 願원 일우과라[32] ᄒᆞ시고 사ᄅᆞᆷ 몯 보게 放방光광ᄒᆞ샤[33] 四ᄉᆞᆼ天텬王왕[34]과 淨쪙居겅天텬에 니르리[35] 비취시니[36] 諸졍天텬[37]이 ᄂᆞ려와 禮롕數숭ᄒᆞᅀᆞᆸ고[38] ᄉᆞᆯ보ᄃᆡ 無뭉量량劫겁으로셔[39] ᄒᆞ산[40] 修슣行ᅘᆡᇰ이 이제 와 닉거시이다[41] 太탱子ᄌᆞᆼㅣ 니ᄅᆞ샤ᄃᆡ 너희 마리ᅀᅡ[42]

---

25) 다듣고: 다듣[다닫다, 다다르다, 達: 다(다, 悉: 부사) + 듣(닫다, 달리다, 走)-]- + -고(연어, 계기)

26) ᄌᆞ갸: ᄌᆞ갸(당신, 己: 인대, 재귀칭, 높임) + -ㅣ(← -이: 주조)

27) 너기샤ᄃᆡ: 너기(여기다, 思)- + -샤(← -시-: 주높)- + -ᄃᆡ(← -오ᄃᆡ: 연어, 설명의 계속)

28) 니슬: 닛(← 잇다, ㅅ불: 잇다, 繼)- + -을(관전)

29) ᄒᆞ마: 이미, 旣(부사)

30) ᄇᆡᅇᅧ: ᄇᆡ[배게 하다, 임신시키다, 姙): ᄇᆡ(배다: 타동)- + -Ø(← -이-: 사접)-]- + -ᅇᅧ(← -여 ← -어: 연어) ※ 'ᄇᆡᅇᅧ'는 'ᄇᆡ여'의 모음인 /여/를 강하고 긴장되게 발음한 형태이다.

31) 아바닚: 아바님[아버님, 父親: 아바(← 아비: 아버지, 父) + -님(접미, 높임)] + -ㅅ(-의: 관조)

32) 일우과라: 일우[이루다, 成: 일(이루어지다, 成: 자동)- + -우(사접)-]- + -Ø(과시)- + -과(← -아 -: 확인)- + -Ø(← -오- : 화자)- + -라(← -다: 평종)

33) 放光ᄒᆞ샤: 放光ᄒᆞ[방광하다: 放光(방광: 명사) + -ᄒᆞ(동접)-]- + -샤(← -시-: 주높)- + -Ø(← -아: 연어) ※ '放光(방광)'은 부처가 광명을 내는 것이다.

34) 四天王: 사천왕. 사왕천(四王天)의 주신(主神)으로 사방을 진호(鎭護)하며 국가를 수호하는 네 신이다. 동쪽의 지국천왕, 남쪽의 증장천왕, 서쪽의 광목천왕, 북쪽의 다문천왕이다. 위로는 제석천을 섬기고 아래로는 팔부중(八部衆)을 지배하여 불법에 귀의한 중생을 보호한다.

35) 니르리: [이르도록, 及(부사): 니를(이르다, 至: 동사)- + -이(부접)]

36) 비취시니: 비취(비추다, 照)- + -시(주높)- + -니(연어, 설명의 계속)

37) 諸天: 제천. 천상계의 모든 천신(天神)이다.

38) 禮數ᄒᆞᅀᆞᆸ고: 禮數ᄒᆞ[예수하다: 禮數(예수: 명사) + -ᄒᆞ(동접)-]- + -ᅀᆞᆸ(객높)- + -고(연어, 계기) ※ '禮數(예수)'는 명성이나 지위에 알맞은 예의를 차려서 인사하는 것이다.

39) 無量劫으로셔: 無量劫(무량겁) + -으로(부조, 방향) + -셔(-서: 보조사, 위치 강조) ※ '無量劫(무량겁)'은 헤아릴 수 없는 긴 시간이나 끝이 없는 시간이다. '劫(겁)'은 어떤 시간의 단위로도 계산할 수 없는 무한히 긴 시간으로서, 하늘과 땅이 한 번 개벽한 때에서부터 다음 개벽할 때까지의 동안이라는 뜻이다.

40) ᄒᆞ샨: ᄒᆞ(하다, 爲)- + -샤(← -시-: 주높)- + -Ø(과시)- + -Ø(← -오-: 대상)- + -ㄴ(관전)

41) 닉거시이다: 닉(익다, 이루다, 熟)- + -거(확인)- + -시(주높)- + -Ø(과시)- + -이(상높, 아주 높임)- + -다(평종)

42) 마리ᅀᅡ: 말(말, 言) + -이(주조) + -ᅀᅡ(-야: 보조사, 한정 강조)

올타커니와안팟긔막ᄌᆞᄅᆞᆯᄊᆡ몯나가
노라諸졍天텬의히므로사ᄅᆞᆷ돌히다
ᄌᆞ올의ᄒᆞ니변조리던각시돌히다리
드러내오손발펴ᄇᆞ리고주근것ᄀᆞ티
그우드러이셔곳구무데군케드위혀
구믄니르리몯ᄀᆞ초아셔자며고춤흘
리고오좀씨니니르리ᄡᆞ며고ᄀᆞ오고
니ᄀᆞᆯ오뷘입십고방긔니르리ᄒᆞ며풍

옳다고 하지만 (성의) 안팎에 잘라 막았으므로 (성밖으로) 못 가노라." 諸天(제천)의 힘으로 사람들이 다 졸게 하니, 변조리던(?) 각시들이 다리를 드러내고 손발을 펴서 벌리고 죽은 것같이 굴러 있어서, 콧구멍 데군케(?) 뒤집고 밑구멍까지 못 감추고서 자며, 코와 침을 흘리고 오줌과 똥까지 싸며, 코를 골고 이를 갈고 빈 입을 씹고 방귀까지 하며 올타[43] 커니와[44] 안팟긔[45] 막ᄌᆞᄅᆞᆯ씨[46] 몯 나가노라[47] 諸졍天텬의 히ᄆᆞ로 사ᄅᆞᆷᄃᆞᆯ히 다 ᄌᆞ올의[48] ᄒᆞ니 변조리던[49] 각시ᄃᆞᆯ히 다리 드러내오[50] 손발 펴 ᄇᆞ리고[51] 주근 것 ᄀᆞ티[52] 그우드러[53] 이셔 곳구무[54] 데군케[55] 드위ᅘᅧ고[56] 믿[57] 니르리 몯 ᄀᆞ초아셔[58] 자며 고[59] 춤[60] 흘리고 오좀 ᄡᅵ니[61] 니르리 ᄉᆡᆺ며[62] 고 고ᄋᆞ고[63] 니 ᄀᆞᆯ오 뷘[64] 입 십고 방긔[65] 니르리 ᄒᆞ며

---

43) 올타: 옳(옳다, 是)- + -∅(현시)- + -다(평종)

44) 커니와: ㅎ(← ᄒᆞ다: 하다, 曰)- + -거니와(-거니와, -지만: 연어, 대조)

45) 안팟긔: 안팕[안팎, 內外: 안ㅎ(안, 內) + 밝(밖, 外)] + -의(-에: 부조, 위치)

46) 막ᄌᆞᄅᆞᆯ씨: 막ᄌᆞᄅᆞ[잘라 막다, 防: 막(막다, 障)- + ᄌᆞᄅᆞ(자르다, 切)-]- + -ㄹ씨(-므로: 연어, 이유)

47) 나가노라: 나가[나가다, 出: 나(나다, 出)- + -아(연어) + 가(가다, 去)-]- + ㄴ(← -ᄂᆞ-: 현시)- + -오(화자)- + -라(← -다: 평종)

48) ᄌᆞ올의: ᄌᆞ올(졸다, 盹)- + -의(← -긔: -게, 연어, 도달)

49) 변조리던: 변조리(?)- + -더(회상)- + -ㄴ(관전) ※ '변조리다'의 뜻과 형태를 알 수 없다.

50) 드러내오: 드러내[드러내다, 露出: 들(들다, 入)- + -어(연어) + 나(나다, 出)- + -ㅣ(← -이-: 사접)-]- + -오(← -고: 연어, 나열)

51) ᄇᆞ리고: ① ᄇᆞ리(버리다: 보용, 완료)- + -고(연어, 나열) ② ᄇᆞ리(↚ 버리다: 벌리다, 開)- + -고(연어, 나열) ※ 문맥을 고려하면 'ᄇᆞ리고'는 '버리고'를 오각한 형태로 보인다.

52) ᄀᆞ티: [같이, 如(부사): ᄀᆞᇀ(같다, 如: 형사)- + -이(부접)]

53) 그우드러: 들우들(↚ 그울다: 구르다, 轉)- + -어(연어) ※ 문맥을 고려하면 '그우드러'는 '그우러'를 오각한 형태로 보인다.

54) 곳구무: 곳구무[콧구멍, 鼻孔: 고(← 고ㅎ: 코, 鼻) + -ㅅ(관조, 사잇) + 구무(구멍, 孔)]

55) 데군케: '데군케'의 형태나 의미를 확인할 수 없다.

56) 드위ᅘᅧ고: 드위ᅘᅧ[뒤집다, 反: 드위(뒤집다, 反: 타동)- + -ᅘᅧ(강접)-]- + -고(연어, 나열)

57) 믿: 믿(← 밑: 밑, 밑구멍, 下)

58) ᄀᆞ초아셔: ᄀᆞ초[감추다, 藏: ᄀᆞᆽ(갖추어져 있다, 具: 형사)- + -호(사접)-]- + -아(연어) + -셔(보조사, 강조)

59) 고: 고(← 고ㅎ: 코, 鼻)

60) 춤: 침, 唾.

61) ᄡᅵ니: ᄡᅵ니(똥, 糞) + -∅(← -이: 주조) ※ 'ᄡᅵ니'는 문맥상 '똥(糞)'으로 추정한다.

62) ᄉᆡᆺ며: ᄉᆡᆺ(싸다, 누다, 便)- + -며(연어, 나열)

63) 고ᄋᆞ고: 고ᄋᆞ(골다)- + -고(연어, 나열)

64) 뷘: 뷔(비다, 空)- + -∅(현시)- + -ㄴ(관전)

65) 방긔: 방귀, 屁.

[26 앞]

악기를 붙들어 안고 까라졌거늘, 그때에 촛불이 쬐듯이 (날이) 밝아 있더니, 太子(태자)가 보시고 여기시되 "여자의 모습이 이러한 것이구나. (여자가) 紛(분)과 燕脂(연지)와 瓔珞(영락)과 옷과 花鬘(화만)과 꽃과 팔찌로 꾸며 있으면 사나운 사람이 몰라 속아서 貪(탐)한 마음을 내나니, 智慧(지혜)로운 사람이 正(정)히 살펴보면 여자의 몸이 꿈과 같으며 풍륫갓ᄃᆞᆯ[66] 븓안고[67] ᄭᆞ라디엣거늘[68] 그제[69] 춋브리[70] ᄣᅵᄃᆞᆺ[71] ᄇᆞᆯ가[72] 잇더니 太탱子ᄌᆼㅣ 보시고 너기샤ᄃᆡ 겨지븨 양ᄌᆡ[73] 이러ᄒᆞᆫ 거시로다[74] 粉분과 燕연脂징[75]와 瓔영珞락[76]과 옷과 花황鬘만[77]과 곳과 ᄇᆞᆶ쇠로[78] ᄭᅮ몟거든[79] 사오나ᄫᆞᆫ[80] 사ᄅᆞ미 몰라[81] 소가 貪탐ᄒᆞᆫ ᄆᆞᅀᆞᄆᆞᆯ 내ᄂᆞ니 智딩慧ᅘᅰᆼᄅᆞᄫᆡᆫ[82] 사ᄅᆞ미 正졍히[83] ᄉᆞᆯ펴보면 겨지븨 모미 ᄭᅮᆷ[84] ᄀᆞᄐᆞ며[85]

---

66) 풍륫갓ᄃᆞᆯ: 풍륫갓[악기, 풍물, 風物: 풍류(풍류, 風流) + 갓(감, 것, 物)] + -ᄋᆞᆯ(목조)

67) 븓안고: 븓안{붙안다, 붙들어 안다: 븓(← 븥다 : 붙다, 附)- + 안(안다, 抱)-]- + -고(연어, 계기)

68) ᄭᆞ라디엣거늘: ᄭᆞ라디[까라지다: ᄭᆞᆯ(깔다, 鋪)- + -아(연어) + 디(지다: 보용, 피동)-]- + -어(연어) + 잇(← 이시다: 보용, 완료 지속)- + -거늘(연어, 상황)

69) 그제: [그제, 그때에(부사): 그(그, 彼: 관사, 지시, 정칭) # 적(적, 때, 時: 의명) + -의(-에: 부조, 위치)]

70) 춋브리: 춋블[촛불, 燭: 쵸(초, 燭) + -ㅅ(관조, 사잇) + 블(불, 火)] + -이(주조)

71) ᄣᅵᄃᆞᆺ: ᄣᅵ(↚ ᄧᅬ다: 쬐다, 照)- + -ᄃᆞᆺ(-듯: 연어, 흡사) ※ 'ᄣᅵ다'는 '찢어지다(裂)'의 뜻을 나타내므로, 원문의 '춋브리 ᄣᅵᄃᆞᆺ'은 '촛불이 찢어지듯'으로 해석해야 한다. 이러한 해석은 문맥상 매우 어색하므로, 'ᄣᅵᄃᆞᆺ'을 'ᄧᅬᄃᆞᆺ(= 쬐듯)'의 오각으로 처리한다.

72) ᄇᆞᆯ가: ᄇᆞᆰ(밝다, 明)- + -아(연어)

73) 양ᄌᆡ : 양ᄌᆞ(모습, 모양, 양자, 樣子) + -ㅣ(← -이: 주조)

74) 거시로다: 것(것: 의명) + -이(서조)- + -Ø(현시)- + -로(← -도-: 감동)- + -다(평종)

75) 燕脂: 연지. 여자가 화장할 때에 입술이나 뺨에 찍는 붉은 빛깔의 염료이다.

76) 瓔珞: 영락. 구슬을 꿰어 만든 장신구로서, 목이나 팔 따위에 두른다.

77) 花鬘: 화만. 불교에서 불전공양에 사용되는 일종의 꽃다발로서 범어로는 'Kusumamāla'이다. 실로써 많은 꽃을 꿰거나 묶어 목이나 몸에 장식하기도 하였다. 꽃은 여러 종류가 다 적용되나 대체로 향기가 많은 것을 사용한다.

78) ᄇᆞᆶ쇠로: ᄇᆞᆶ쇠[팔찌: ᄇᆞᆯ(← ᄇᆞᆯㅎ: 팔, 手) + -ㆆ(관조, 사잇) + 쇠(쇠, 鐵)] + -로(부조, 방편)

79) ᄭᅮ몟거든: ᄭᅮ미(꾸미다, 飾)- + -어(연어) + 잇(← 이시다 : 있다, 보용, 완료 지속)- + -거든(-면: 연어, 조건)

80) 사오나ᄫᆞᆫ: 사오납(← 사납다, ㅂ불: 사납다, 猛)- + -Ø(현시)- + -ᄋᆞᆫ(관전)

81) 몰라: 몰ㄹ(← 모ᄅᆞ다: 모르다, 不知)- + -아(연어)

82) 智慧ᄅᆞᄫᆡᆫ: 智慧ᄅᆞᄫᆡ[지혜롭다: 智慧(지혜: 명사) + -ᄅᆞᄫᆡ(형접)-]- + -Ø(현시)- + -ㄴ(관전)

83) 正히: [정히, 진정으로, 꼭(부사): 正(정: 명사) + ㅎ(← -ᄒᆞ-: 형접)- + -이(부접)]

84) ᄭᅮᆷ: [꿈, 夢: ᄭᅮ(꾸다, 夢: 동사)- + -ㅁ(명접)]

85) ᄀᆞᄐᆞ며: ᄀᆞᄐᆞ(같다, 如)- + -ᄋᆞ며(연어, 나열)

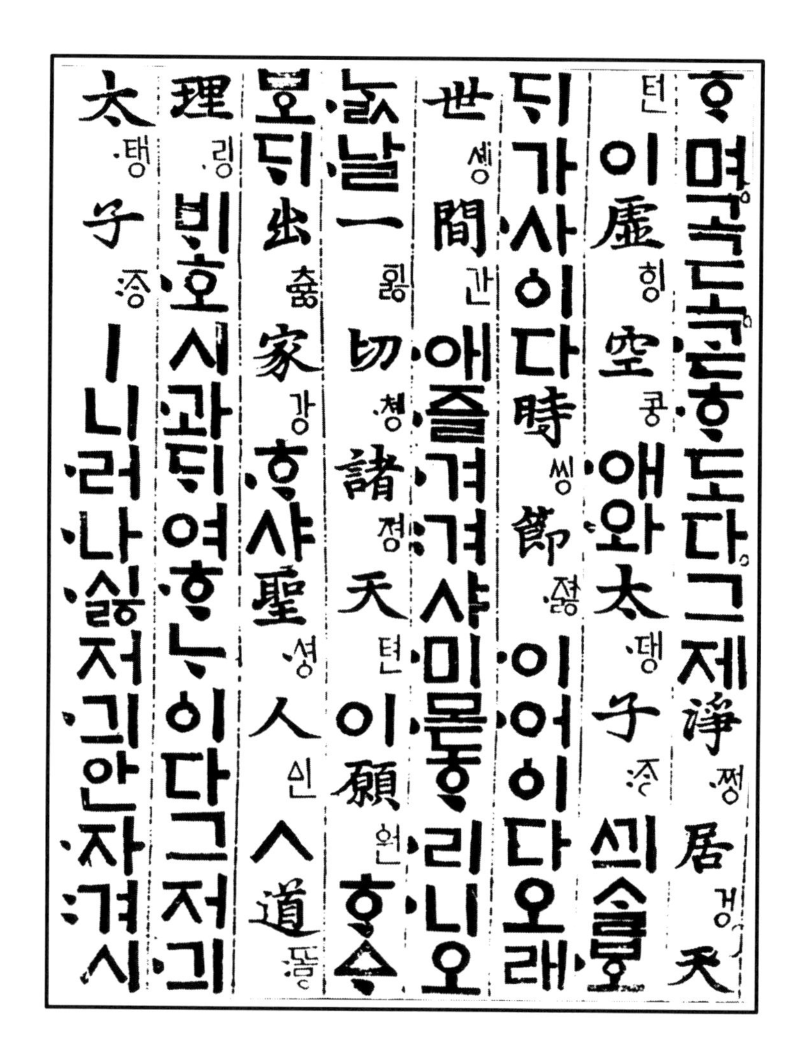
ᄒᆞ며 곡도 곧ᄒᆞ도다 그제 淨(쪙)居(겅)天(텬)이 虛(헝)空(콩)애 와 太(탱)子(ᄌᆞᆼ)ᄭᅴ ᄉᆞᆯᄫᅩᄃᆡ 가사이다 時(씽)節(졇)이어이다 오래 世(솅)間(간)애 즐겨 겨샤미 몯ᄒᆞ리니 오ᄂᆞᆳ날 一(ᅙᅵᇙ)切(쳉) 諸(졍)天(텬)이 願(원)ᄒᆞᅀᆞᄫᅩᄃᆡ 出(츓)家(강)ᄒᆞ샤 聖(셩)人(ᅀᅵᆫ)ㅅ 道(ᄯᅡᇢ)理(링) ᄇᆡ호시과뎌 ᄒᆞᄂᆞ이다 그저긔 太(탱)子(ᄌᆞᆼ)ㅣ 니러나싫 저긔 안자 겨시

꼭두각시와 같구나. 그때에 淨居天(정거천)이 虛空(허공)에 와서 太子(태자)께 사뢰되 “가십시다. (출가할) 때가 되었습니다. 오래 世間(세간)에 즐겨 계시는 것이 못 하겠으니, 오늘날 一切(일체)의 諸天(제천)이 願(원)하되, (태자께서) 出家(출가)하시어 聖人(성인)의 道理(도리)를 배우시고자 합니다.” 그때에 太子(태자)가 일어나실 때에 앉아 계시던

곡도[86] ᄀᆞᆮᄒᆞ도다[87] 그제 淨쪙居겅天텬[88]이 虛헝空콩애 와 太탱子ᄌᆞᆼᄭᅴ[89] ᄉᆞᆯᄫᅩᄃᆡ[90] 가사이다[91] 時씽節졇이어이다[92] 오래[93] 世솅間간애 즐겨 겨샤미[94] 몯 ᄒᆞ리니 오ᄂᆞᆳ날[95] 一잃切쳉 諸졍天텬이 願원ᄒᆞᅀᆞᄫᅩᄃᆡ[96] 出츓家강ᄒᆞ샤 聖셩人신ㅅ 道똫理링 ᄇᆡ호시과ᄃᆡ여[97] ᄒᆞᄂᆞ이다[98] 그 저긔[99] 太탱子ᄌᆞᆼㅣ 니러나샳[100] 저긔 안자 겨시던

86) 곡도: 환영(幻影). 꼭두각시.

87) ᄀᆞᆮᄒᆞ도다: ᄀᆞᆮᄒᆞ(같다, 如)- + -Ø(현시)- + -도(감동)- + -다(평종)

88) 淨居天: 정거천. 색계(色界)의 제사 선천(禪天)이다. 무번·무열·선현·선견·색구경의 다섯 하늘이 있으며, 불환과를 얻은 성인이 난다고 한다. 여기서는 '정거천'의 하늘을 주관하는 천신(天神)을 이른다.

89) 太子ᄭᅴ: 太子(태자) + -ᄭᅴ(-께: 부조, 상대, 높임) ※ '-ᄭᅴ'는 [-ㅅ(관조) + 긔(거기에: 의명)]와 같이 형성된 부사격 조사이다.

90) ᄉᆞᆯᄫᅩᄃᆡ: ᄉᆞᆲ(← ᄉᆞᆸ다, ㅂ불: 사뢰다, 아뢰다, 奏)- + -오ᄃᆡ(-되: 연어, 설명의 계속)

91) 가사이다: 가(가다, 去)- + -사이다(-십시다: 청종, 아주 높임)

92) 時節이어이다: 時節(시절, 때) + -이(서조) + -Ø(현시)- + -어(← -거- : 확인)- + -이(상높, 아주 높임)- + -다(평종) ※ 여기서 '時節(시절)'은 출가할 때이다.

93) 오래: 오래[오래, 久(부사): 오래(오래다, 久: 형사)- + -Ø(부접)]

94) 겨샤미: 겨샤(← 겨시다 : 계시다, 在)- + -ㅁ(← -옴: 명전) + -이(주조)

95) 오ᄂᆞᆳ날: [오늘날: 오ᄂᆞᆯ(오늘, 今日) + -ㅅ(관조, 사잇) + 날(날, 日)]

96) 願ᄒᆞᅀᆞᄫᅩᄃᆡ: 願ᄒᆞ[원하다: 願(원: 명사) + -ᄒᆞ(동접)-]- + -ᅀᆞᇦ(← -ᅀᆞᆸ-: 객높)- + -오ᄃᆡ(-되: 연어, 설명의 계속)

97) ᄇᆡ호시과ᄃᆡ여: ᄇᆡ호(배우다, 學)- + -시(주높)- + -과ᄃᆡ여(← 과뎌: -고자, 연어, 의도)

98) ᄒᆞᄂᆞ이다: ᄒᆞ(하다: 보용, 의도)- + -ᄂᆞ(현시)- + -이(상높, 아주 높임)- + -다(평종)

99) 저긔: 적(적, 때, 時: 의명) + -의(-에: 부조, 위치, 시간)

100) 니러나샳: 니러나[일어나다, 起: 닐(일다, 起)- + -어(연어) + 나(나다, 出)-]- + -시(주높)- + -ㅭ(관전)

[27 앞]

寶牀(보상)을 돌아보시고 이르시되,【寶牀(보상)은 보배로 만든 平牀(평상)이다.】"이것은 내가 마지막으로 五欲(오욕)을 타고 난 자리이다. 오늘날 後(후)로 다시 타고 나지 아니하리라." 하시고, 太子(태자)가 오른손으로 七寶帳(칠보장)을 드시고 자늑자늑하게 걸어 나시어, 東(동)녘으로 돌아 서시어 合掌(합장)하시어 一切(일체) 諸佛(제불)을 念(염)하시고, 우러러 虛空(허공)과 별을

寶봉牀쌍ᄋᆞᆯ 도라보시고 니ᄅᆞ샤ᄃᆡ【寶봉牀쌍ᄋᆞᆫ 보ᄇᆡ옛[1] 平뼝牀쌍이라[2]】 이[3] 내[4] ᄆᆞᆺ[5] 後흫에 五옹欲욕[6] 타 난[7] ᄯᅡ히라[8] 오ᄂᆞᆳ날 後흫로 다시 타 나디 아니호리라[9] ᄒᆞ시고 太탱子ᄌᆞᆼㅣ 올ᄒᆞᆫ소ᄂᆞ로[10] 七칧寶봉帳댱[11] 드르시고[12] ᄌᆞᄂᆞᆨᄌᆞᄂᆞ기[13] 거러 나샤[14] 東동녁[15] 도라셔샤[16] 合햅掌쟝ᄒᆞ샤 一잀切촁 諸졍佛뿛 念념ᄒᆞ시고 울워러[17] 虛헝空콩과 벼를[18]

---

1) 보ᄇᆡ옛: 보ᄇᆡ(보배, 寶) + -예(← -에: 부조, 위치) + -ㅅ(-의: 관조)

2) 平床: 평상. 나무로 만든 침상의 하나이다. 밖에다 내어 앉거나 드러누워 쉴 수 있도록 만든 것으로, 살평상과 널평상의 두 가지가 있다.

3) 이: 이(이것, 此: 지대, 정칭) + -Ø(← -이: 주조)

4) 내: 나(나, 我: 인대, 1인칭) + -ㅣ(-의: 관조, 의미상 주격) ※ '내'는 '나'에 관형격 조사가 결합된 형태인데, 의미상로 주격으로 쓰였다.

5) ᄆᆞᆺ 後에: ᄆᆞᆺ(가장, 제일, 最: 관사) # 後(후 : 명사) + -에(부조, 위치, 시간) ※ 'ᄆᆞᆺ 後에'는 '가장 후에'라는 뜻인데, 여기서는 '최후(最後)로'나 '마지막으로'로 의역하여 옮긴다.

6) 五欲: 오욕. '색(色)·성(聲)·향(香)·미(味)·촉(觸)'에 집착하여 일으키는 '색욕(色欲)·성욕(聲欲)·향욕(香欲)·미욕(味欲)·촉욕(觸欲)이다. 또는 욕망의 대상인 색·성·향·미·촉을 이른다.

7) 타 난: ᄐᆞ(타다, 乘)- + -아(연어) # 나(나다, 出)- + -Ø(과시)- + -ㄴ(관전)

8) ᄯᅡ히라: ᄯᅡㅎ(자리, 座) + -이(서조)- + -Ø(현시)- + -라(← -다: 평종) ※ 'ᄯᅡㅎ'은 일반적으로는 '땅(地)'의 뜻으로 쓰이나, 여기서는 '자리(座)'의 뜻으로 쓰였다.

9) 아니호리라: 아니ㅎ[← 아니ᄒᆞ다(아니하다: 보용, 부정): 아니(부사, 不: 부정) + -ᄒᆞ(동접)-]- + -오(화자)- + -리(미시)- + -라(← -다: 평종)

10) 올ᄒᆞᆫ소ᄂᆞ로: 올ᄒᆞᆫ손[오른손, 右手: 옳(오른쪽이다, 右: 형사)- + -ᄋᆞᆫ(관전) + 손(손, 手)] + -ᄋᆞ로(부조, 방편)

11) 七寶帳: 칠보장. 칠보로 꾸민 장막(帳幕)이다.

12) 드르시고: 들(들다, 擧)- + -으시(주높)- + -고(연어, 계기)

13) ᄌᆞᄂᆞᆨᄌᆞᄂᆞ기: [자늑자늑하게(부사): ᄌᆞᄂᆞᆨᄌᆞᄂᆞᆨ(불어) + -Ø(← -ᄒᆞ-: 형접)- + -이(부접)] ※ 'ᄌᆞᄂᆞᆨᄌᆞᄂᆞ기'는 동작이 조용하며 가볍고 진득하게 부드럽고 가벼운 모양을 표현하는 의태 부사이다.

14) 나샤: 나(나다, 出)- + -샤(← -시-: 주높)- + -Ø(← -아: 연어)

15) 東녁: [동녘: 東(동) + 녁(녘, 쪽, 偏)]

16) 도라셔샤: 도라셔[돌아서다: 돌(돌다, 回)- + -아(연어) + 셔(서다, 立)-]- + -샤(← -시-: 주높)- + -Ø(← -아: 연어)

17) 울워러: 울월(우러르다, 仰)- + -어(연어)

18) 벼를: 별(별, 星) + -을(목조)

[27 뒤]

를보더시니持띵國귁天텬王왕이乾껀闥닳婆빵ᄃᆞᆯ一힗切쳉眷권屬쑉ᄃᆞ리고【持띵國귁天텬王왕이乾껀闥닳婆빵ᄅᆞᆯ 그ᅀᆞᆷ아ᄂᆞ니라】풍류ᄒᆞ야東동方방ᄋᆞ로셔와東동녁겨틔合합掌쟝ᄒᆞ야셔며增증長댱天텬王왕이鳩궁槃빤茶땅ᄃᆞᆯ一힗切쳉眷권屬쑉ᄃᆞ리고【鳩궁槃빤茶땅ᄂᆞᆫ 독 야ᇰᄌᆡ라 ᄒᆞᆫ 마리니 增증長댱天텬王왕이 그ᅀᆞᆷ아ᄂᆞ니라】寶봉甁뼝에香향湯탕다

보시더니, 持國天王(지국천왕)이 乾闥婆(건달바) 등 一切(일체)의 眷屬(권속)을 데리고【持國天王(지국천왕)이 乾闥婆(건달바)를 주관하느니라.】풍류하여 東方(동방)으로부터서 와서 東(동)녘 곁에 合掌(합장)하여 서며, 增長天王(증장천왕)이 鳩槃茶(구반다) 등 一切(일체)의 眷屬(권속)을 데리고【鳩槃茶(구반다)는 독(甕)의 모습이라고 한 말이니, 增長天王(증장천왕)이 주관하느니라.】寶甁(보병)에 香湯(향탕)을 담아

보더시니 持띵國귁天텬王왕[19]이 乾깐闥탏婆빵 돌[20] 一힗切쳉 眷권屬쑉[21] 드리고[22]【持띵國귁天텬王왕이 乾깐闥탏婆빵를 ᄀᆞᅀᆞᆷ아ᄂᆞ니라[23]】풍류ᄒᆞ야 東동方방ᄋᆞ로셔[24] 와 東동녁 겨틔[25] 合합掌쟝ᄒᆞ야 셔며 增증長댱天텬王왕[26]이 鳩궁槃빤茶땅[27] 돌 一힗切쳉 眷권屬쑉 드리고【鳩궁槃빤茶땅ᄂᆞᆫ 독[28] 양ᄌᆡ라[29] ᄒᆞᆫ 마리니 增증長댱天텬王왕이 ᄀᆞᅀᆞᆷ아ᄂᆞ니라】寶볼甁뼝[30]에 香향湯탕[31] 다마[32]

19) 持國天王: 지국천왕. 사천왕(四天王)의 하나이다. 지국천(持國天)을 다스리며, 동쪽 세계를 지킨다. 붉은 몸에 천의(天衣)로 장식하고, 왼손에는 칼을 들고 오른손에는 대체로 보주(寶珠)를 들고 있다. 절의 입구 사천왕문에 입상이 있다.

20) 乾闥婆 돌: 乾闥婆(건달바) # 돌(← 돌ㅎ: 들, 등, 의명) ※ '乾闥婆(건달바)'는 팔부중(八部衆)의 하나이다. 수미산 남쪽의 금강굴에 살며 제석천(帝釋天)의 아악(雅樂)을 맡아보는 신으로, 술과 고기를 먹지 않고 향(香)만 먹으며 공중으로 날아다닌다고 한다. 여기서 '돌ㅎ'은 그 밖에도 같은 종류의 것이 더 있음을 나타내는 의존 명사이다.(= 等)

21) 眷屬: 권속. 한 집에 사는 식구이다.

22) 드리고: 드리(데리다, 伴)- + -고(연어, 계기)

23) ᄀᆞᅀᆞᆷ아ᄂᆞ니라: ᄀᆞᅀᆞᆷ아[← ᄀᆞᅀᆞᆷ알다(가말다, 주관하다, 主管): ᄀᆞᅀᆞᆷ(감, 재료, 材料: 명사) + 알(알다, 知)-]- + -ᄂᆞ(현시)- + -니(원칙)- + -라(← -다: 평종)

24) 東方ᄋᆞ로셔: 東方(동방) + -ᄋᆞ로(-으로 : 부조, 방향) + -셔(-서: 보조사, 위치 강조)

25) 겨틔: 곁(곁, 傍) + -의(-에: 부조, 위치)

26) 增長天王: 증장천왕. 사천왕의 하나이다. 증장천을 다스리며, 자기와 남의 선근(善根)을 늘어나게 한다. 몸의 색깔은 붉고 왼손은 주먹을 쥐고 허리에 대고 있으며, 오른손으로는 칼 또는 미늘창을 잡고 있다. 절의 사천왕문에 입상(立像)이 있다.

27) 鳩槃茶: 구반다. 산스크리트어 'kumbhāṇḍa'의 음사이다. '옹형귀(甕形鬼), 염미귀(厭眉鬼), 동과귀(冬瓜鬼)'라고 번역한다. 수미산 중턱의 남쪽을 지키는 증장천왕(增長天王)의 권속으로, 사람의 정기를 먹는다는 귀신이다. 말의 머리에 사람의 몸을 가진 형상을 하고 있다.

28) 독: 독. 甕. 간장, 술, 김치 따위를 담가 두는 데에 쓰는 큰 오지그릇이나 질그릇이다. 운두가 높고 중배가 조금 부르며 전이 달려 있다.

29) 양ᄌᆡ라: 양ᄌᆞ(양자, 모습, 樣子) + -ㅣ(← -이-: 서조)- + -Ø(현시)- + -라(← -다: 평종)

30) 寶甁: 보병. 꽃병이나 물병을 아름답게 이르는 말이다.

31) 香湯: 향탕. 향을 넣어 달인 물이다.

32) 다마: 담(담다, 涵)- + -아(연어)

[28 앞]

잡고【香湯(향탕)은 香(향)을 끓인 물이다.】南方(남방)으로부터서 와서 南(남)녘 곁에 合掌(합장)하여 서며, 廣目天王(광목천왕)이 龍王(용왕) 등 一切(일체)의 眷屬(권속)을 데리고【廣目天王(광목천왕)이 龍王(용왕)을 주관하느니라.】種種(종종)의 구슬을 가지고 西方(서방)으로부터서 와서 西(서)녘 곁에 合掌(합장)하여 서며, 多聞天王(다문천왕)이 夜叉(야차) 등(等) 一切(일체)의 眷屬(권속)을 데리고 잡고【香향湯탕ᄋᆞᆫ 香향 글흔[33] 므리라】南남方방ᄋᆞ로셔 와 南남녁 겨틔 合ᅘᅡᆸ掌쟝ᄒᆞ야 셔며 廣광目목天텬王왕[34]이 龍룡王왕[35] ᄃᆞᆯ 一ᅙᅵᇙ切쳉 眷권屬쑉 ᄃᆞ리고【廣광目목天텬王왕이 龍룡王왕ᄋᆞᆯ ᄀᆞᅀᆞᆷ아ᄂᆞ니라】種죵種죵[36] 구슬 가지고 西솅方방ᄋᆞ로셔 와 西솅ㅅ녁[37] 겨틔 合ᅘᅡᆸ掌쟝ᄒᆞ야 셔며 多당聞문天텬王왕[38]이 夜양叉창[39] ᄃᆞᆯ 一ᅙᅵᇙ切쳉 眷권屬쑉 ᄃᆞ리고

---

33) 글흔: 글히[끓이다: 긇(끓다, 沸: 자동)- + -이(사접)-]- + -Ø(과시)- + -우(대상)- + -ㄴ(관전)

34) 廣目天王: 광목천왕. 사천왕(四天王)의 하나이다. 광목천을 다스리며, 용신(龍神)·비사사신(毘舍闍神)을 거느리고 서쪽 세계를 지킨다. 입을 벌리고 눈을 부릅떠서 위엄으로써 나쁜 것들을 물리친다.

35) 龍王: 용왕. 바다에 살며 비와 물을 맡고 불법을 수호하는 용 가운데의 임금이다.

36) 種種: 종종. 모양이나 성질이 다른 여러 가지이다.

37) 西ㅅ녁: [서녘: 西(서) + -ㅅ(관조, 사잇) + 녁(녘, 쪽, 偏)]

38) 多聞天王: 다문천왕. 다문천을 다스려 북쪽을 수호하며 야차와 나찰을 통솔한다. 분노의 상(相)으로 갑옷을 입고서 왼손에 보탑(寶塔)을 받쳐 들고 오른손에 몽둥이를 들고 있다.

39) 夜叉: 야차. 팔부중의 하나이다. 하늘을 날아다니며 사람을 잡아먹고 상해를 입힌다는 사나운 귀신의 하나로서, 모습이 추악하고 잔인한 귀신이다.

[28 뒤]

【 多聞天王(다문천왕)이 夜叉(야차)를 주관하느니라. 】 火珠(화주)와 燈(등)과 초를 잡고【 火珠(화주)는 불 구슬이니 불같이 밝아지느니라. 】 甲(갑)옷을 입고 北方(북방)으로부터서 와서 北(북)녘 곁에 合掌(합장)하여 서며, 釋提桓因(석제환인)이 諸天(제천) 등 一切(일체)의 眷屬(권속)을 데리고【 釋帝桓因(석제환인)은 帝釋(제석)이다. 】 花鬘(화만)과 瓔珞(영락)과 幢幡(당번)과 寶蓋(보개)를 잡고【 寶蓋(보개)는 보배로 만든 蓋(개)이다. 】 忉利天(도리천)으로부터

【多당聞문天텬王왕이 夜양叉창를 ᄀᆞᅀᆞᆷ아ᄂᆞ니라】火황珠즁와 燈등쵸[40] 잡고【火황珠즁는 블[41] 구스리니[42] 블 ᄀᆞ티[43] ᄇᆞᆰᄂᆞ니라[44]】甲갑[45] 닙고[46] 北븍方방ᄋᆞ로셔 와 北븍녁 겨틔 合햅掌쟝ᄒᆞ야 셔며 釋셕提뗑桓환因인[47]이 諸졍天텬 ᄃᆞᆯ[48] 一힗切쳉 眷권屬쑉 ᄃᆞ리고【釋셕提뗑桓환因인ᄋᆞᆫ 帝뎅釋셕[49]이라】花황鬘만 瓔영珞락과 幢땅幡편[50] 寶볼蓋갱[51] 잡고【寶볼蓋갱ᄂᆞᆫ 보ᄇᆡ옛 蓋갱라】忉돔利링天텬ᄋᆞ로셔[52]

40) 燈쵸: 燈쵸[등초, 燈(등)과 초(燭): 燈(등: 명사) + 쵸(초, 燭: 명사)]
41) 블: 불, 火.
42) 구스리니: 구슬(구슬, 珠) + -이(서조)- + -니(연어, 설명의 계속)
43) ᄀᆞ티: [같이, 如(부사): ᄀᆞᇀ(← ᄀᆞᆮᄒᆞ다: 같다, 如, 형사)- + -이(부접)]
44) ᄇᆞᆰᄂᆞ니라: ᄇᆞᆰ(밝아지다, 明: 동사)- + -ᄂᆞ-(현시)- + -니(원칙)- + -라(← -다: 평종)
45) 甲: 갑. 갑옷이다.
46) 닙고: 닙(입다, 着)- + -고(연어, 계기)
47) 釋提桓因: 석제환인. 제석천이다. 십이천의 하나로서, 수미산 꼭대기에 있는 도리천의 임금이다. 사천왕과 삼십이천을 통솔하면서 불법과 불법에 귀의하는 사람을 보호하고 아수라의 군대를 정벌한다고 한다.
48) ᄃᆞᆯ: 들, 等(의명)
49) 帝釋: 제석. 십이천의 하나. 수미산 꼭대기에 있는 도리천의 임금으로, 사천왕과 삼십이천을 통솔하면서 불법과 불법에 귀의하는 사람을 보호하고 아수라의 군대를 정벌한다고 한다.
50) 幢幡: 당번. 당(幢)과 번(幡)이다. '幢(당)'은 불법회 따위의 의식이 있을 때에, 절의 문 앞에 세우는 기이다. 장대 끝에 용머리를 만들고, 깃발에 불화(佛畫)를 그려 불보살의 위엄을 나타내는 장식 도구이다. 그리고 '幡(번)'은 부처와 보살의 성덕(盛德)을 나타내는 깃발이다. 꼭대기에 종이나 비단 따위를 가늘게 오려서 단다.
51) 寶蓋: 보개. 불상이나 보살상의 머리 위를 가리는 덮개의 일종으로서, 불교의 장엄구(莊嚴具)로 쓰이며 장식적인 효과도 있다. 도솔천(兜率天)의 내원궁(內院宮)을 묘사하여 불상 상부를 장엄하는 데에 필수적으로 등장하였다. 본래는 천으로 만들었으나 후대에 내려오면서 금속이나 목재로 조각하여 만들기도 하였다.
52) 忉利天ᄋᆞ로셔: 忉利天(도리천) + -ᄋᆞ로(-으로: 부조, 위치, 방향) + -셔(-서: 위치 강조) ※ '忉利天(도리천)'은 불교에서 말하는 욕계(欲界) 6천(六天)의 제2천이다. 도리천은 세계의 중심인 수미산(須彌山)의 정상에 있으며 제석천(帝釋天, Indra)의 천궁(天宮)이 있다. 사방에 봉우리가 있으며, 그 봉우리마다에 8천이 있기 때문에 제석천과 합하여 33천이 된다.

[29 앞]

와서 虛空(허공)에 合掌(합장)하여 섰니라. 그때에 沸星(불성)이 돋아 달과 어울리거늘, 諸天(제천)들이 매우 심하게 이르되 "沸星(불성)이 이미 어울리니, 이제 때가 되었으니 빨리 출가하소서."라고 다시금 사뢰더라. 그때에 烏蘇慢(오소만)이 와 있으므로【 烏蘇慢(오소만)은 '가위누르다'라고 한 뜻이니, 이는 鳩槃荼(구반다)이니 졸음의 神靈(신령)이다. 】城(성) 안에 있는 사람이며 孔雀(공작)이며 새 등(等)에 이르도록

와 虛헝空콩애 合ᅘᅡᆸ掌쟝ᄒᆞ야 셔니라[53] 그 저긔 沸ᄫᅮᇙ星셩[54]이 도ᄃᆞᆯ와[55] 어울어늘[56] 諸졍天텬ᄃᆞᆯ히[57] ᄆᆡᄫᅵ[58] 닐오ᄃᆡ 沸ᄫᅮᇙ星셩이 ᄒᆞ마 어우니[59] 이제 時씽節졇이니[60] ᄲᆞᆯ리[61] 나쇼셔[62] 다시곰[63] ᄉᆞᆲ더라 그제[64] 烏ᅙᅩᆼ蘇송慢만[65]이 와 이실씨【烏ᅙᅩᆼ蘇송慢만ᄋᆞᆫ ᄀᆞᆸ누르다[66] ᄒᆞᆫ ᄠᅳ디니 이 鳩궇槃ᄲᅡᆫ茶ᄯᅡᆼㅣ니 ᄌᆞ오롬[67] 神씬靈령이라】城쎵 안햇[68] 사ᄅᆞ미며 孔콩雀쟉이며 새ᄃᆞᆯ 니르리[69]

---

53) 셔니라: 셔(서다, 立)- + -Ø(과시)- + -니(원칙)- + -라(← -다: 평종)

54) 沸星: 불성. 상서(祥瑞)로운 별의 이름이다. 서천의 말로 불사(弗沙)·부사(富沙)·발사(勃沙)·설도(說度)라고 하는데, 이십팔 수(二十八宿) 가운데 귀수(鬼宿)이다. 여래(如來)가 성도(成道)와 출가(出家)를 모두 이월(二月) 팔일(八日) 귀수가 어울러질 때에 하였으므로, 복덕(福德)이 있는 상서로운 별이다.

55) ᄃᆞᆯ와: ᄃᆞᆯ(달, 月) + -와(← -과: 부조, 공동)

56) 어울어늘: 어울(어울리다, 幷)- + -어늘(← -거늘: 연어, 상황)

57) 諸天ᄃᆞᆯ히: 諸天ᄃᆞᆯ[제천들: 諸天(제천) + -ᄃᆞᇂ(-들: 복접)] + -이(주조)

58) ᄆᆡᄫᅵ: [맵게, 강하게, 매우, 猛(부사): ᄆᆡᇦ(← 맵다, ㅂ불: 맵다, 烈, 형사)- + -이(부접)]

59) 어우니: 어우(← 어울다: 어울리다, 幷)- + -니(연어, 설명의 계속)

60) 時節이니: 時節(시절, 때) + -이(서조)- + -니(연어, 설명의 계속, 이유) ※ '時節이니'는 '때가 되었으니'로 의역하여 옮긴다.

61) ᄲᆞᆯ리: [빨리, 速(부사): ᄲᆞᆯㄹ(← ᄲᆞᄅᆞ다: 빠르다, 速, 형사)- + -이(부접)]

62) 나쇼셔: 나(나다, 출가하다, 出)- + -쇼셔(-소서: 명종, 아주 높임)

63) 다시곰: [다시금, 重(부사): 다시(다시, 重: 부사) + -곰(보조사, 강조)]

64) 그제: [그때에(부사): 그(그, 彼: 관사, 지시) + 제(제, 때에: 의명)] ※ '제'는 [적(적, 때: 의명) + -의(-에: 부조, 시간)]으로 형성된 의존 명사이다.

65) 烏蘇慢: 오소만. 『석가보』 권 2에 '召烏蘇慢此名厭神適來宮國內人厭寐'의 구절이 나온다. 이를 참조하면 오소만은 '厭神(염신)'인데, '厭'은 '가위누르다'라고 하는 뜻이다. 여기서 '烏蘇慢(오소만)'은 '鳩槃茶(구반다)'를 이른다. '鳩槃茶(구반다)'는 사람의 정기를 빨아먹는다는 귀신으로, 사람의 몸에 머리는 말의 모양을 하고 있는 남방 증장천왕의 부하이다.

66) ᄀᆞᆸ누르다: 위의 각주 65)를 참조할 때에 'ᄀᆞᆸ누르다'는 '厭(가위누르다)'과 관련이 있는 듯하다.

67) ᄌᆞ오롬: [졸음, 寐: ᄌᆞ올(졸다, 眊: 동사)- + -옴(명접)]

68) 안햇: 안ㅎ(안, 內) + -애(-에: 부조, 위치) + -ㅅ(-의: 관조)

69) 니르리: [이르도록(부사): 니를(이르다, 至: 동사)- + -이(부접)]

[29 뒤]

트리 ᄀᆞ장 ᄀᆞᆺ가 자더라 太子ㅣ
車匿이 브르샤 車匿은 죠ᇰ의 일후미니 太子와 ᄒᆞᆫ날 나니라
揵陟이 기르마 지허 오라
ᄒᆞ시니 그저긔 ᄆᆞᆯ도 울오 車匿이
도 울어늘 太子ㅣ 다 우디 말라 ᄒᆞ
시고 放光ᄒᆞ샤 十方ᄋᆞᆯ 다 비
취시고 獅子ㅅ 목소리로 니ᄅᆞ샤ᄃᆡ
아랫 부텨 出家ᄒᆞ샴도 이리 ᄒᆞ시

아주 힘겨워하여 자더라. 太子(태자)가 車匿(차닉)이를 부르시어【車匿(차닉)은 종의 이름이니 太子(태자)와 한날 났니라.】"揵特(건특)이에게 길마를 얹어 오라." 하시니, 그때에 말도 울고 車匿(차닉)이도 울거늘 太子(태자)가 "(둘) 다 울지 마라." 하시고, 放光(방광)하시어 十方(십방)을 다 비추시고 獅子(사자)의 목소리로 이르시되 "예전의 부처가 出家(출가)하신 것도 이리 하셨니라."

ᄀᆞ장[70] ᄀᆞᆺ가[71] 자더라 太ᄐᆡᆼ子ᄌᆞᆼㅣ 車챵匿닉이[72] 브르샤[73]【車챵匿닉ᄋᆞᆫ 죠ᇰ의[74] 일후미니[75] 太ᄐᆡᆼ子ᄌᆞᆼ와 ᄒᆞᆫ날[76] 나니라[77]】揵껀陟딕이[78] 기르마[79] 지허[80] 오라 ᄒᆞ시니 그 저긔 ᄆᆞᆯ도 울오[81] 車챵匿닉이도 울어늘[82] 太ᄐᆡᆼ子ᄌᆞᆼㅣ 다 우디 말라 ᄒᆞ시고 放방光광ᄒᆞ샤[83] 十씹方방[84]ᄋᆞᆯ 다 비취시고[85] 獅ᄉᆞᆼ子ᄌᆞᆼ 목소리로 니ᄅᆞ샤ᄃᆡ 아랫[86] 부텨 出ᄎᆔᇙ家강ᄒᆞ샴도[87] 이리[88] ᄒᆞ시니라[89]

---

70) ᄀᆞ장: 아주, 매우, 極(부사)

71) ᄀᆞᆺ가: ᄀᆞᆺ(힘겨워하다, 피로하다, 疲)- + -아(연어)

72) 車匿이: [차닉이(인명): 車匿(차닉: 인명) + -이(접미, 어조 고룸)] ※ '車匿(차닉)'은 싯다르타 태자(悉達 太子)가 출가할 때에 탄 말(= 揵陟)을 부린 하인의 이름이다.

73) 브르샤: 브르(부르다, 召)- + -샤(← -시-: 주높)- + -Ø(← -아: 연어)

74) 죠ᇰ의: 죠ᇰ(종, 僕) + -의(관조)

75) 일후미니: 일훔(이름, 名) + -이(서조)- + -니(연어, 설명의 계속)

76) ᄒᆞᆫ날: [한날, 同日(명사): ᄒᆞᆫ(한, 一: 관사, 양수) + 날(날, 日)]

77) 나니라: 나(나다, 出)- + -Ø(과시)- + -니(원칙)- + -라(← -다: 평종)

78) 揵陟이: [건특(동물 명): 揵陟(차닉: 동물 명) + -이(접미, 어조 고룸)] ※ '揵陟(건특)'은 싯다르타 태자(悉達太子)가 타던 말이다. 빛이 희고 갈기에 구슬이 달려 있다는 말이다.

79) 기르마: 길마(鞍裝). 짐을 싣거나 수레를 끌기 위하여 소나 말 따위의 등에 얹는 안장이다.

80) 지허: 짛(차리다, 장치하다, 얹다, 置)- + -어(연어)

81) 울오: 울(울다, 鳴)- + -오(← -고: 연어, 계기)

82) 울어늘: 울(울다, 泣)- + -어늘(← -거늘: 연어, 상황)

83) 放光ᄒᆞ샤: 放光ᄒᆞ[방광하다, 빛을 내다: 放光(방광: 명사) + -ᄒᆞ(동접)-]- + -샤(← -시-: 주높)- + -Ø(← -아: 연어) ※ '放光(방광)'은 부처가 광명을 내는 것이다.

84) 十方: 십방. 사방(四方), 사우(四隅), 상하(上下)를 통틀어 이르는 말이다. ※ '사우(四隅)'는 방 따위의 네 모퉁이의 방위이다. 곧 동남, 동북, 서남, 서북을 이른다.

85) 비취시고: 비취(비추다, 照)- + -시(주높)- + -고(연어, 계기)

86) 아랫: 아래(예전, 昔) + -ㅅ(-의: 관조)

87) 出家ᄒᆞ샴도: 出家ᄒᆞ[출가하다: 出家(출가: 명사) + -ᄒᆞ(동접)-]- + -샤(← -시-: 주높)- + -ㅁ(← -옴: 명전) + -도(보조사, 첨가)

88) 이리: [이리, 然(부사, 지시): 이(이, 此: 지대, 정칭) + -리(부접, 방향)]

89) ᄒᆞ시니라: ᄒᆞ(하다, 爲)- + -시(주높)- + -Ø(과시)- + -니(원칙)- + -라(← -다: 평종)

[30 앞]

太子(태자)가 말을 타고 나가시니, 諸天(제천)이 말의 발을 받치고 車匿(차닉)이를 아울러 잡으며 蓋(개)를 받치고, 梵王(범왕)은 왼쪽 곁에 서고 帝釋(제석)은 오른쪽 곁에 서고, 四天王(사천왕)이 侍衛(시위)하여 虛空(허공)으로 城(성)을 넘어 나가셨니라. 太子(태자)가 이르시되 "菩提(보리)를 못 이루면 아니 돌아오리라." 諸天(제천)이 이르되

[30 앞]

太탱子ᄌᆼ ㅣ ᄆᆞᆯ 타[90] 나시니 諸졍天텬이 ᄆᆞᆯ 발 받고[91] 車챵匿닉이 조쳐[92] 자ᄫᆞ며 蓋갱[93] 받고 梵뻠王왕[94]ᄋᆞᆫ 왼녁[95] 겨틔 셔ᅀᆞᆸ고[96] 帝뎽釋셕ᄋᆞᆫ 올ᄒᆞᆫ녁[97] 겨틔 셔ᅀᆞᆸ고 四ᄉᆼ天텬王왕[98]이 侍씽衛윙ᄒᆞᅀᆞ바[99] 虛헝空콩ᄋᆞ로 城쎵 나마[100] 나시니라[1] 太탱子ᄌᆼ ㅣ 니ᄅᆞ샤ᄃᆡ 菩뽕提똉[2]ᄅᆞᆯ 몯 일우면[3] 아니 도라오리라 諸졍天텬이 닐오ᄃᆡ

---

90) 타: ᄐ(← ᄐᆞ다: 타다, 乘)- + -아(연어)

91) 받고: 받(떠받다, 捧)- + -고(연어, 계기)

92) 조쳐: 조치[아우르다, 兼: 좇(쫓다, 從)- + -이(사접)-]- + -어(연어) ※ '조쳐'를 '함께'로 의역하여 옮길 수 있다.

93) 蓋: 개. 불좌 또는 높은 좌대를 덮는 장식품. 나무나 쇠붙이로 만들어 법회 때 법사의 위를 덮는다. 원래는 인도에서 햇볕이나 비를 가리기 위하여 쓰던 우산 같은 것이었다.

94) 梵王: 범왕. 색계(色界) 초선천(初禪天)의 우두머리이다. 제석천(帝釋天)과 함께 부처를 좌우에서 모시는 불법 수호의 신이다.

95) 왼녁: [왼녘, 왼쪽, 左偏: 외(왼쪽이다, 左: 형사)- + -ㄴ(관전▷관접) + 녁(녘, 偏: 의명)]

96) 셔ᅀᆞᆸ고: 셔(서다, 立)- + -ᅀᆞᆸ(객높)- + -고(연어, 계기)

97) 올ᄒᆞᆫ녁: [오른쪽, 右便: 옳(옳다, 是: 형사)- + -ᄋᆞᆫ(관전▷관접) + 녁(녘, 偏: 의명)]

98) 四天王: 사천왕. 사왕천(四王天)의 주신(主神)으로 사방을 진호(鎭護)하며 국가를 수호하는 네 신이다. 동쪽의 지국천왕, 남쪽의 증장천왕, 서쪽의 광목천왕, 북쪽의 다문천왕이 있다. 위로는 제석천을 섬기고 아래로는 팔부중(八部衆)을 지배하여 불법에 귀의한 중생을 보호한다.

99) 侍衛ᄒᆞᅀᆞ바: 侍衛ᄒᆞ[시위하다: 侍衛(시위: 명사) + -ᄒᆞ(동접)-]- + -ᅀᆞᇦ(← -ᅀᆞᆸ-: 객높)- + -아(연어) ※ '侍衛(시위)'는 임금이나 어떤 모임의 우두머리를 모시어 호위하는 것이다.

100) 나마: 남(넘다, 越)- + -아(연어)

1) 나시니라: 나(나가다, 出)- + -시(주높)- + -Ø(과시)- + -니(원칙)- + -라(← -다: 평종)

2) 菩提: 보리. 불교에서 수행 결과 얻어지는 깨달음의 지혜 또는 그 지혜를 얻기 위한 수도 과정을 이르는 말이다.

3) 일우면: 일우[이루다, 成: 일(이루어지다, 成: 자동)- + -우(사접)-]- + -면(연어, 조건)

됴ᄒᆞ실쎠 ᄒᆞ더라 太子ㅣ 아ᄎᆞᆷ
ᄊᆞᅀᅵ예 八百里ᄅᆞᆯ 녀샤 雪山
苦行林에 가시니라 【林은 수프리라】
이틋나래 俱夷 자다가 니르샤
ᄯᅡ해 디여 우르시며 王과 大愛
道와 도 슬허 우르시며 나랏 사ᄅᆞ미
다 슬허 두루 얻니ᅀᆞᄫᅳ더라 太子ㅣ
寶冠 瓔珞ᄋᆞᆯ 車匿이 주

좋으시구나!" 하더라. 太子(태자)가 아침 사이에 八百(팔백) 里(리)를 다니시어 雪山(설산)의 苦行林(고행림)에 가셨니라. 【林(임)은 수풀이다.】 이튿날에 瞿夷(구이)가 자다가 일어나시어 땅에 쓰러져서 우시며, 王(왕)과 大愛道(대애도)도 슬퍼하여 우시며, 나라의 사람이 다 슬퍼하여 두루 (태자를) 찾아다니더라. 太子(태자)가 寶冠(보관)과 瓔珞(영락)을 車匿(차닉)이에게 주시고 됴ᄒᆞ실쎠[4] ᄒᆞ더라 太탱子ᄌᆞᆼ ㅣ 아ᄎᆞᆷ ᄊᆞᅀᅵ예[5] 八밣百ᄇᆡᆨ 里링ᄅᆞᆯ 녀샤[6] 雪ᄉᆑᇙ山산[7] 苦콩行ᅘᆡᆼ林림[8]에 가시니라【林림ᄋᆞᆫ 수프리라[9]】이틋나래[10] 俱궁夷잉[11] 자다가 니르샤[12] ᄯᅡ해[13] 디여[14] 우르시며[15] 王왕과 大땡愛ᅙᆡᆼ道ᄯᅗᇢ와도[16] 슬허[17] 우르시며 나랏 사ᄅᆞ미 다 슬허 두루[18] 얻니ᅀᆞᆸ더라[19] 太탱子ᄌᆞᆼ ㅣ 寶볼冠관[20] 瓔ᅙᅧᆼ珞락[21]ᄋᆞᆯ 車챵匿닉이 주시고

---

4) 됴ᄒᆞ실쎠: 둏(좋다, 好)- + -ᄋᆞ시(주높)- + -ㄹ쎠(-구나: 감종)

5) 아ᄎᆞᆷ ᄊᆞᅀᅵ예: 아ᄎᆞᆷ(아침, 朝) + -ㅅ(-의: 관조) # ᄉᆞᅀᅵ(사이, 間) + -예(← -에: 부조, 위치)

6) 녀샤: 녀(가다, 行)- + -샤(← -시-: 주높)- + -Ø(← -아: 연어)

7) 雪山: 설산. 불교 관련 서적 따위에서, '히말라야 산맥'을 달리 이르는 말인데, 꼭대기가 항상 눈으로 덮여 있어 이렇게 이른다.

8) 苦行林: 고행림. 석가모니(釋迦牟尼)가 성도(成道)하기 전에 6년 동안 고행(苦行)하던 숲이다. 중인도(中印度) 설산(雪山)의 남쪽에 있다고 한다.

9) 수프리라: 수플[수풀, 林: 숲(숲, 林) + 플(풀, 草)] + -이(서조)- + -Ø(현시)- + -라(← -다: 평종)

10) 이틋나래: 이틋날[이튿날, 翌日: 이트(← 이틀: 이틀, 二日) + -ㅅ(관조, 사잇) + 날(날, 日)] + -애(-에: 부조, 위치, 시간)

11) 俱夷: 구이. 耶輸(산스크리트어인 yaśodharā의 음사)라고도 한다. 콜리야족 출신으로, 싯다르타 태자의 아내이자 나후라(羅睺羅)의 어머니이다. 정반왕(淨飯王)이 세상을 떠나자 시어머니인 대애도(마하파사파제, 摩訶波闍波提)와 함께 출가하여 비구니가 되었다.

12) 니르샤: 닐(일어나다, 起)- + -으샤(← -으시-: 주높)- + -Ø(← -아: 연어)

13) ᄯᅡ해: ᄯᅡㅎ(땅, 地) + -애(-에: 부조, 위치)

14) 디여: 디(쓰러지다, 떨어지다, 落)- + -여(← -어: 연어)

15) 우르시며: 울(울다, 泣)- + -으시(주높)- + -며(연어, 나열)

16) 大愛道와도: 大愛道(대애도: 인명) + -와(접조) + -도(보조사, 첨가) ※ '大愛道(대애도)'는 싯다르타 태자의 어머니인 마야(māyā) 부인의 여동생이다. 마야가 싯다르타를 낳은 지 7일 만에 세상을 떠나자 싯다르타를 양육하였다. 정반왕(淨飯王)과 결혼하여 난타(難陀)를 낳았고, 왕이 세상을 떠나자 싯다르타의 아내인 야수(耶輸, 야쇼다라)와 함께 출가하여 비구니가 되었다.

17) 슬허: 슳(슬퍼하다, 哀)- + -어(연어)

18) 두루: [두루, 普(부사): 둘(← 두르다: 두르다, 圍, 타동)- + -우(부접)]

19) 얻니ᅀᆞᆸ더라: 얻니[얻으러 다니다, 찾아다니다: 얻(얻다, 得)- + 니(다니다, 行)-]- + -ᅀᆞᆸ(객높)- + -더(회상)- + -라(← -다: 평종) ※ '얻니다'는 '얻으러 다니다'의 뜻을 나타내는 단어인데, 여기서는 문맥을 고려하여 '찾아다니다'로 의역하여 옮긴다.

20) 寶冠: 보관. 보석으로 꾸민 관(冠)이다.

21) 瓔珞: 영락. 구슬을 꿰어 만든 장신구이다. 목이나 팔 따위에 두른다.

시고니르샤ᄃᆡ 네가아 王(왕)ᄭᅴ ᄉᆞᆯᄫᆞ라
正(졍)覺(각) 일우면 도라가리라 車(챵)
匿(닉)이도 울오 ᄆᆞᆯ도 ᄉᆞ구러 太(탱)子(ᄌᆞᆼ)ㅅ
바ᄅᆞᆯ 할ᄊᆞᄫᆞ며 우더라 太(탱)子(ᄌᆞᆼ)ㅣ 왼
소ᄂᆞ로 마리ᄅᆞᆯ 자ᄇᆞ시고 發(벓)願(원)ᄒᆞ
샤ᄃᆡ 이제 마리ᄅᆞᆯ 무저 衆(즁)生(ᄉᆡᇰ)ᄃᆞᆯ콰
로 煩(뻔)惱(놓)ᄅᆞᆯ ᄡᅳ러ᄇᆞ료리라 ᄒᆞ시고
손소 무저 虛(헝)空(콩)애 더뎌시ᄂᆞᆯ 帝(뎽)

이르시되, "네가 가서 王(왕)께 사뢰라. 正覺(정각)을 이루면 돌아가리라." 車匿(차닉)이도 울고 말도 꿇어 太子(태자)의 발을 핥으며 울더라. 太子(태자)가 왼손으로 머리를 잡으시고 發願(발원)하시되 "이제 머리를 깎아 衆生(중생)들과의 煩惱(번뇌)를 쓸어 버리리라." 하시고, 손수 깎아 (머리카락을) 虛空(허공)에 던지시거늘

[31 앞]

니ᄅᆞ샤ᄃᆡ 네[22] 가아 王왕씌 ᄉᆞᆯᄫᆞ라[23] 正졍覺각[24]ᄋᆞᆯ 일우면 도라가리라 車챵匿닉이도 울오 ᄆᆞᆯ도 ᅀᅮ러[25] 太탱子ᄌᆞᇰㅅ 바ᄅᆞᆯ[26] 할ᄶᆞᄫᆞ며[27] 우더라[28] 太탱子ᄌᆞᇰㅣ 왼소ᄂᆞ로 마리ᄅᆞᆯ[29] 자ᄇᆞ시고 發벓願원ᄒᆞ샤ᄃᆡ 이제[30] 마리ᄅᆞᆯ 무져[31] 衆즁生싱ᄃᆞᆯ콰로[32] 煩뻔惱놓ᄅᆞᆯ ᄡᅳ러[33] ᄇᆞ료리라[34] ᄒᆞ시고 손소[35] 무져 虛헝空콩애 더뎌시ᄂᆞᆯ[36]

---

22) 네: 너(너, 汝: 인대, 2인칭) + -ㅣ(← -이: 주조)

23) ᄉᆞᆯᄫᆞ라: ᄉᆞᆲ(← ᄉᆞᆸ다, ㅂ불: 사뢰다, 아뢰다, 白)- + -ᄋᆞ라(명종)

24) 正覺: 정각. 올바른 깨달음이다. 일체의 참된 모습을 깨달은 더할 나위 없는 지혜이다.

25) ᅀᅮ러: ᅀᅮᆯ(꿇다, 屈)- + -어(연어)

26) 바ᄅᆞᆯ: 발(발, 足) + -ᄋᆞᆯ(목조)

27) 할ᄶᆞᄫᆞ며: 핥(핥다, 舐)- + -ᄉᆞᇦ(← -ᄉᆞᆸ-: 객높)- + -ᄋᆞ며(연어, 나열)

28) 우더라: 우(← 울다: 울다, 泣)- + -더(회상)- + -라(← -다: 평종)

29) 마리ᄅᆞᆯ: 마리(머리, 鬚髮) + -ᄅᆞᆯ(목조)

30) 이제: [이제, 今(부사): 이(이, 此: 관사, 지시, 정칭) + 제(제, 때, 時: 의명)]

31) 무져: 무지(깎다, 剃)- + -어(연어)

32) 衆生ᄃᆞᆯ콰로: 衆生ᄃᆞᆶ[衆生들: 衆生(중생) + -ᄃᆞᆶ(-들: 복접)] + -과(접조) + -로(부조, 방편)

33) ᄡᅳ러: ᄡᅳᆯ(쓸다, 除)- + -어(연어)

34) ᄇᆞ료리라: ᄇᆞ리(버리다: 보용, 완료)- + -오(화자)- + -리(미시)- + -라(← -다: 평종)

35) 손소: [손수, 自(부사): 손(손, 手) + -소(부접)]

36) 더뎌시ᄂᆞᆯ: 더디(던지다, 投)- + -시(주높)- + -어…ᄂᆞᆯ(← -거늘: 연어, 상황)

[31 뒤]

釋셕이 받ᄌᆞᄫᅡ 忉돌利링天텬에 가아 塔탑 일어 供공養양ᄒᆞᅀᆞᄫᆞ더라 이 塔탑ᄋᆞᆫ 天텬上샹 네 塔탑앳 ᄒᆞ나히라 太탱子ᄌᆞᆼㅣ ᄌᆞ갸 오ᄉᆞᆯ 보시니 出츌家강ᄒᆞᆫ 오시 아니어늘 淨쪙居겅天텬이 山산行ᅘᆡᇰᄒᆞᇙ 사ᄅᆞ미 ᄃᆞ외야 가니 袈강裟상ᄅᆞᆯ 니벗거늘 袈강裟상ᄂᆞᆫ 픐 일후미니 그 플로 袈강裟상ㅅ 므를 드릴ᄊᆡ 일훔지ᄒᆞ니라 獅ᄉᆞ子ᄌᆞㅣ 袈강裟상 니븐 사ᄅᆞᄆᆞᆯ 보면 아니 믈ᄊᆡ 山산行ᅘᆡᇰᄒᆞ리 袈강裟상ᄅᆞᆯ 닙ᄂᆞ니라 大

帝釋(제석)이 받아 忉利天(도리천)에 가서 塔(탑)을 세워 供養(공양)하더라.【이 塔(탑)은 天上(천상)에 있는 네 塔(탑) 중의 하나이다.】太子(태자)가 당신의 옷을 보시니 出家(출가)한 옷이 아니거늘, 淨居天(정거천)이 사냥하는 사람이 되어 가니 袈裟(가사)를 입고 있거늘【袈裟(가사)는 풀의 이름이니, 그 풀로 袈裟(가사)의 물을 들이므로 (그렇게) 이름을 붙였니라. 獅子(사자)가 袈裟(가사)를 입은 사람을 보면 아니 물므로, 사냥하는 사람이 袈裟(가사)를 입느니라.】

帝뎽釋셕이 받ᄌᆞ바37) 忉돌利링天텬38)에 가아 塔탑 일어39) 供공養양ᄒᆞᅀᆞᆸ더라40)【이 塔탑ᄋᆞᆫ 天텬上썅 네 塔탑앳41) ᄒᆞ나히라42)】太탱子ᄌᆼ ㅣ ᄌᆞ걋43) 오ᄉᆞᆯ44) 보시니 出츌家강ᄒᆞᆫ 오시 아니어늘 淨쪙居겅天텬이 山산行ᅘᆡᇰᄒᆞᇙ45) 사ᄅᆞ미 ᄃᆞ외야46) 가니 袈강裟상47)ᄅᆞᆯ 니벳거늘48)【袈강裟상ᄂᆞᆫ 픐49) 일후미니 그 플로 袈강裟상ㅅ ᄆᆞᄅᆞᆯ50) 드릴씨51) 일훔 지ᄒᆞ니라52) 獅ᄉᆞᆼ子ᄌᆼ ㅣ 袈강裟상 니븐 사ᄅᆞᄆᆞᆯ 보면 아니 믈씨53) 山산行ᅘᆡᇰᄒᆞ리54) 袈강裟상ᄅᆞᆯ 닙ᄂᆞ니라】

---

37) 받ᄌᆞ바: 받(받다, 受)-＋-ᄌᆞᇦ(←-ᄌᆞᆸ-: 객높)-＋-아(연어)

38) 忉利天: 도리천. 육욕천의 둘째 하늘이다. 섬부주 위에 8만 유순(由旬) 되는 수미산 꼭대기에 있는 곳으로, 가운데에 제석천이 사는 선견성(善見城)이 있으며, 그 사방에 권속되는 하늘 사람들이 살고 있는 8개씩의 성이 있다.

39) 일어: 일[←이ᄅᆞ다(세우다, 건립하다, 建): 일(이루어지다, 成: 자동)-＋-ᄋᆞ(사접)-]-＋-어(연어)

40) 供養ᄒᆞᅀᆞᆸ더라: 供養ᄒᆞ[공양하다: 供養(공양: 명사)＋-ᄒᆞ(동접)-]-＋-ᅀᆞᆸ(객높)-＋-더(회상)-＋-라(←-다: 평종)

41) 塔앳: 塔(탑)＋-애(←-에: 부조, 위치)＋-ㅅ(-의: 관조) ※ '塔앳'은 '塔(탑) 중의'로 의역하여 옮긴다.

42) ᄒᆞ나히라: ᄒᆞ나ㅎ(하나, 一: 수사, 양수)＋-이(서조)-＋-∅(현시)-＋-라(←-다: 평종)

43) ᄌᆞ걋: ᄌᆞ갸(자기, 당신, 己: 인대, 재귀칭, 높임)＋-ㅅ(-의: 관조) ※ 'ᄌᆞ갸'는 재귀 대명사인 '저(=자기)'에 대한 예사 높임의 말이다. 여기서는 문맥을 고려하여 '당신'으로 의역하여 옮긴다.

44) 오ᄉᆞᆯ: 옷(옷, 衣)＋-ᄋᆞᆯ(목조)

45) 山行ᄒᆞᇙ: 山行ᄒᆞ[사냥하다, 獵: 山行(사냥, 獵: 명사)＋-ᄒᆞ(동접)-]-＋-ㅭ(관전) ※ '山行'은 고유어인 '산ᄒᆡᆼ(獵)'을 한자말인 것으로 오인하여 山行으로 표기한 예이다.

46) ᄃᆞ외야: ᄃᆞ외(되다, 爲)-＋-야(←-아: 연어)

47) 袈裟: 가사. 승려가 장삼 위에, 왼쪽 어깨에서 오른쪽 겨드랑이 밑으로 걸쳐 입는 법의(法衣). 종파에 따라 빛깔과 형식을 엄격히 규정하고 있다.

48) 니벳거늘: 닙(입다, 着)-＋-어(연어)＋잇(←이시다: 있다, 보용, 완료 지속)-＋-거늘(연어, 상황)

49) 픐: 플(풀, 草)＋-ㅅ(-의: 관조)

50) ᄆᆞᄅᆞᆯ: ᄆᆞᆯ(물, 色)＋-ᄋᆞᆯ(목조) ※ 'ᄆᆞᆯ'은 물감이 물건에 묻어서 드러나는 빛깔(色)이다.

51) 드릴씨: 드리[들이다, 着: 들(들다, 入: 자동)-＋-이(사접)-]-＋-ㄹ씨(-므로: 연어, 이유)

52) 지ᄒᆞ니라: 짛(이름붙이다, 名)-＋-∅(과시)-＋-ᄋᆞ니(원칙)-＋-라(←-다: 평종)

53) 믈씨: 믈(물다, 咬)-＋-ㄹ씨(-므로: 연어, 이유)

54) 山行ᄒᆞ리: 山行ᄒᆞ[사냥하다, 獵: 山行(산행, 사냥, 獵: 명사)＋-ᄒᆞ(동접)-]-＋-ㄹ(관전) # 이(이, 사람, 者: 의명)＋-∅(←-이: 주조)

ᄐᆡᆼ子ᄌᆞᆼ ㅣ 袞곤服뽁ᄋᆞ로 밧고아 니브

시고 袞곤服뽁ᄋᆞᆫ 龍룡 그륜 冠관帶댕옛 오시라 니르샤ᄃᆡ

이제ᅀᅡ 出츌家강ᄒᆞᆫ 사ᄅᆞ미 ᄃᆞ외와라

太탱子ᄌᆞᆼ ㅣ 도라올 ᄠᅳ디 업스실ᄊᆡ 車

창匿닉이 ᄆᆞᆯ와 ᄒᆞᆫᄢᅴ 울오 도라오니라

太탱子ᄌᆞᆼ ㅣ 跋빯伽깡仙션林림에 가

시니 뎌 수프레 잇ᄂᆞᆫ 그려기 올히와 鸚ᅙᅵᆼ

鵡뭉와 鸚ᅙᅵᆼ鵡뭉ᄂᆞᆫ 말ᄒᆞᄂᆞᆫ 새라 孔콩雀쟉과 鸛꽌

太子(태자)가 (자신이 입고 있던) 袞服(곤복)을 (정거천의 가사로) 바꾸어 입으시고【袞服(곤복)은 龍(용)을 그린 冠帶(관대)에 속하는 옷이다.】이르시되 "이제야 (내가) 出家(출가)한 사람이 되었구나." 太子(태자)가 돌아올 뜻이 없으시므로 車匿(차닉)이가 말과 함께 울고 돌아왔니라. 太子(태자)가 跋伽仙林(발가선림)에 가시니, 저 수풀에 있는 기러기, 오리와 鸚鵡(앵무)와【鸚鵡(앵무)는 말하는 새이다.】孔雀(공작)과

太탱子즁ㅣ 袞곤服뽁ᄋᆞ로[55] 밧고아[56] 니브시고【袞곤服뽁ᄋᆞᆫ 龍룡 그륜[57] 冠관帶댕옛[58] 오시라】니ᄅᆞ샤ᄃᆡ 이제ᅀᅡ[59] 出츓家강ᄒᆞᆫ 사ᄅᆞ미 ᄃᆞ외와라[60] 太탱子즁ㅣ 도라올 ᄠᅳ디[61] 업스실ᄊᆡ 車챵匿닉이 ᄆᆞᆯ와[62] ᄒᆞᆫᄢᅴ[63] 울오[64] 도라오니라[65] 太탱子즁ㅣ 跋빯伽꺙仙션林림[66]에 가시니 뎌[67] 수프레 잇ᄂᆞᆫ 그력[68] 올히와[69] 鸚힝鵡뭉와【鸚힝鵡뭉는 말ᄒᆞᄂᆞᆫ 새라[70]】孔콩雀쟉과

---

55) 袞服ᄋᆞ로: 袞服(곤복) + -ᄋᆞ로(-으로: 부조, 방편) ※ '袞服(곤복)'은 임금이 입던 정복으로서 곤룡포(袞龍袍)라고도 한다. 누런빛이나 붉은빛의 비단으로 지었으며, 가슴과 등과 어깨에 용의 무늬를 수놓았다. 문맥을 고려하면 "太子ㅣ 袞服ᄋᆞ로 밧고아 니브시고"의 구절은 '태자가 자신이 입고 있던 곤복을 정거천의 가사로 바꾸어 입으시고'의 뜻으로 쓰였다.

56) 밧고아 : 밧고(바꾸다, 換)- + -아(연어)

57) 그륜: 그리(그리다, 畵)- + -Ø(과시)- + -우(대상)- + -ㄴ(관전)

58) 冠帶옛: 冠帶(관대, 관디) + -예(← -에: 부조, 위치) + -ㅅ(-의: 관조) ※ 冠帶(관대)는 옛날에 관리들이 입는 관복이다. '冠帶옛'은 '冠帶(관대)에 속하는'으로 의역하여 옮긴다.

59) 이제ᅀᅡ: 이제[이제, 이때에(부사): 이(이, 此: 관사, 지시, 정칭) + 제(때에, 時: 의명)] + -ᅀᅡ(-야: 보조사, 한정 강조)

60) ᄃᆞ외와라: ᄃᆞ외(되다, 爲)- + -Ø(과시)- + -와(← -과 ← -거-: 확인)- + -Ø(← -오-: 화자)- + -라(← -다: 평종) ※ 선어말 어미인 '-과-'는 확인 표현의 선어말 어미인 '-거-'가 주어가 화자일 때에 변동한 형태이다.

61) ᄠᅳ디: ᄠᅳᆮ(뜻, 意) + -이(주조)

62) ᄆᆞᆯ와: ᄆᆞᆯ(말, 馬) + -와(← -과: 부조, 공동)

63) ᄒᆞᆫᄢᅴ: [함께, 同(부사): ᄒᆞᆫ(한, 一: 관사, 양수) + ᄢᅳ(← ᄣᅳ: 때, 時, 명사) + -의(-에: 부조, 위치, 시간)]

64) 울오: 울(울다, 泣)- + -오(← -고: 연어, 계기)

65) 도라오니라: 도라오[돌아오다, 歸: 돌(돌다, 回)- + -아(연어) + 오(오다, 來)-]- + -Ø(과시)- + -니(원칙)- + -라(← -다: 평종)

66) 跋伽仙林: 발가선림. 발가선인(跋伽仙人)이 도를 닦고 있던 숲이다.

67) 뎌: 저, 彼(관사, 지시, 정칭)

68) 그력: 그력(← 그려기: 기러기, 雁)

69) 올히와: 올히(오리, 鴨) + -와(← -과: 접조)

70) 새라: 새(새, 鳥) + -Ø(← -이- : 서조)- + -Ø(현시)- + -라(← -다: 평종)

[32 뒤]

鸜鵒(구욕)과 鴛鴦(원앙)과【鸜鵒(구욕)과 鴛鴦(원앙)이 다 새의 이름이다.】迦陵頻伽(가릉빈가)와【迦陵頻伽(가릉빈가)는 알 속에서부터 좋은 소리를 하는 새이니, 다른 새 소리가 (가릉빈가의 소리에) 미칠 것이 없으며, 如來(여래) 말고는 사람이며 하늘이며 緊那羅(긴나라)며 (가릉빈가의 소리에) 미칠 것이 없으니라.】命命(명명)과【命命(명명)은 한 몸이고 두 머리를 가진 새이니, 共命(공명)이라고도 하며 耆婆耆婆迦(기파기파가)이라고도 하느니라.】拘翅羅(구시라) 等(등) 여러 새들이【拘翅羅(구시라)는 모습이 꼴사납되 소리가 좋은 새이다.】太子(태자)를 보고 各各(각각) 고운

鸜꿍鵒욕[71]과 鴛휜鴦향[72]과【鸜꿍鵒욕과 鴛휜鴦향괘 다 새 일후미라】迦강陵릉頻삔伽꺙[73]와【迦강陵릉頻삔伽꺙ᄂᆞᆫ 앓[74] 소배셔브터[75] 됴ᄒᆞᆫ 소리 ᄒᆞᄂᆞᆫ 새니 녀느[76] 새 소리 미츠리[77] 업스며 如셩來링 마ᄉᆞᆸ고[78] 사ᄅᆞ미며[79] 하ᄂᆞᆯ히며 緊긴那낭羅랑ㅣ며[80] 미츠리 업스니라】命명命명[81]과【命명命명은 ᄒᆞᆫ 모미오 두 머리 가진 새니 共꿍命명이라도[82] ᄒᆞ며 耆낑婆빵耆낑婆빵迦강ㅣ라도[83] ᄒᆞᄂᆞ니라】拘궁翅싱羅랑[84] 等등 여러 새ᄃᆞᆯ히【拘궁翅싱羅랑ᄂᆞᆫ 양ᄌᆡ[85] 골업수ᄃᆡ[86] 소리 됴ᄒᆞᆫ 새라】太탱子ᄌᆞᆼᄅᆞᆯ 보ᄉᆞᆸ고 各각各각 이든[87]

---

71) 鸜鵒: 구욕. 구관조.

72) 鴛鴦: 원앙.

73) 迦陵頻伽: 가릉빈가. 불경(佛經)에 나오는 상상(想像)의 새이다. 히말라야 산에 사는데 소리가 곱기로 유명(有名)하다. 또 극락정토(極樂淨土)에 깃들이며, 사람의 머리에 새의 몸 모양을 하고 있다고 한다. 옛날에 동양(東洋)에서 이 새를 천사가 날아가는 것과 같은 모양으로 그런 것은 그 소리가 고운 것을 이상화(理想化)하여 모양의 아름다움으로 형태화(形態化)한 것이다.

74) 앓: 알(←알ㅎ: 알, 卵) + -ㆆ(-의: 관조)

75) 소배셔브터: 솝(속, 內) + -애(-에: 부조, 위치) + -셔(-서: 보조사, 위치, 강조) + -브터(-부터: 보조사, 시작점)

76) 녀느: 여느, 딴, 他(관사)

77) 미츠리: 및(미치다, 及)- + -을(관전) # 이(이, 것, 者: 의명) + -Ø(←-이: 주조)

78) 마ᄉᆞᆸ고: 마(←말다: 말다, 勿)- + -ᄉᆞᆸ(객높)- + -고(연어, 나열)

79) 사ᄅᆞ미며: 사ᄅᆞᆷ(사람, 人) + -이며(접조)

80) 緊那羅ㅣ며: 緊那羅(긴나라) + -ㅣ며(←-이며: 접조) ※ '緊那羅(긴나라)'는 팔부중의 하나이다. 인도 신화에 나오는, 악기를 연주하고 노래하며 춤추는 신이다. 사람의 머리에 새의 몸 또는 말의 머리에 사람의 몸을 하는 등 그 형상이 일정하지 않다.

81) 命命: 명명. 한 몸에 두 머리를 가진 전설상의 새(鳥)로서, 설산(雪山)에 산다고 한다.

82) 共命이라도: 共命(공명) + -이(서조)- + -Ø(현시)- + -라(←-다: 평종) + -도(보조사, 첨가)

83) 耆婆耆婆迦ㅣ라도: 耆婆耆婆迦(기파기파가)- + -ㅣ(←-이-: 서조)- + -Ø(현시)- + -라(←-다: 평종) + -도(보조사, 첨가)

84) 拘翅羅: 구시라. 산스크리트어 kokila의 음사이다. 인도에 사는 검은색의 두견새로, 모습은 흉하나 소리가 아름답다.

85) 양ᄌᆡ: 양ᄌᆞ(모습, 樣子) + -ㅣ(←-이: 주조)

86) 골업수ᄃᆡ: 골없[꼴사납다, 醜: 골(꼴, 形) + 없다(없다, 無)-]- + -우ᄃᆡ(-되: 연어, 설명의 계속)

87) 이든: 읻(좋다, 곱다, 善)- + -Ø(현시)- + -ㄴ(관전)

[33 앞]

우루믈 울며 뎌 수프레 잇는 벌에 즁싱
ᄃᆞᆯ토 다 깃거 太ᄐᆡᆼ子ᄌᆞᆼㅅ긔 오ᅀᆞᄫᆞ며 그
저긔 그 수프레 婆빵羅랑門몬 ᄃᆞᆯ히 祭
졩ᄒᆞ기 위ᄒᆞ야 쇠져즐 얻더니 그 져지
ᄧᆞ도 ᄒᆞᆫ가지로 날ᄊᆡ 仙션人신 ᄃᆞᆯ히 하
ᄂᆞᇙ 神씬靈령이샷다 너겨 제 믈ᄃᆞ리고
太ᄐᆡᆼ子ᄌᆞᆼ를 請쳥ᄒᆞᅀᆞᄫᆞ다가 안치ᅀᆞ
ᄫᆞ니 仙션人신 ᄃᆞᆯ히 다 나못 것과 닙과

울음을 울며 저 수풀에 있는 벌레와 짐승들도 다 기뻐하여 太子(태자)께 오며, 그때에 그 수풀에 婆羅門(바라문)들이 祭(제)하기 위하여 쇠젖을 얻더니, 그 젖이 짜도 한결같이 나므로 仙人(선인)들이 "(태자가) 하늘의 神靈(신령)이시구나." 여겨서, 자기의 무리를 데리고 太子(태자)를 請(청)하여다가 앉히니, 仙人(선인)들이 다 나무의 겉(껍질)과 잎으로

[33 앞]

우루믈[88] 울며 뎌 수프레 잇ᄂᆞᆫ 벌에[89] 즁ᄉᆡᆼᄃᆞᆯ토[90] 다 깃거[91] 太탱子ᄌᆞᆼᄭᅴ 오ᅀᆞᄫᆞ며[92] 그 저긔 그 수프레 婆빵羅랑門몬ᄃᆞᆯ히[93] 祭졩ᄒᆞ기 위ᄒᆞ야 쇠져즐[94] 앗더니[95] 그 져지[96] ᄧᅡ도[97] ᄒᆞᆫ가지로[98] 날ᄊᆡ 仙션人신ᄃᆞᆯ히 하ᄂᆞᇙ[99] 神씬靈령이샷다[100] 너겨[1] 제[2] 물[3] ᄃᆞ리고 太탱子ᄌᆞᆼᄅᆞᆯ 請청ᄒᆞᅀᆞᄫᆞ다가[4] 안치ᅀᆞᄫᆞ니[5] 仙션人신ᄃᆞᆯ히 다 나못 것과[6] 닙과로[7]

---

88) 우루믈: 우룸[울음, 泣(명사): 울(울다, 泣)- + -움(명접)] + -을(목조)

89) 벌에: 벌레, 蟲.

90) 즁ᄉᆡᆼᄃᆞᆯ토: 즁ᄉᆡᆼᄃᆞᆯㅎ[짐승들, 獸: 즁ᄉᆡᆼ(짐승, 獸: 명사) + -ᄃᆞᆯㅎ(-들: 복접)] + -도(보조사, 첨가)

91) 깃거: 기ᇧ(기뻐하다, 歡)- + -어(연어)

92) 오ᅀᆞᄫᆞ며: 오(오다, 來)- + -ᅀᆞᇦ(← -ᄉᆞᆸ-: 객높)- + -ᄋᆞ며(연어, 나열)

93) 婆羅門ᄃᆞᆯ히: 婆羅門ᄃᆞᆯㅎ[바라문들: 婆羅門(바라문) + -ᄃᆞᆯㅎ(-들: 복접)] + -이(주조) ※ '婆羅門(바라문)'은 산스크리트어 brāhmaṇa의 음사이다. 고대 인도의 사성(四姓) 가운데 가장 높은 계급으로, 제사와 교육을 담당하는 바라문교의 사제(司祭) 그룹이다.

94) 쇠져즐: 쇠졎[소젖, 牛乳: 쇼(소, 牛) + -ㅣ(-의: 관조) + 졎(젖, 乳)] + -을(목조)

95) 앗더니: 앗(얻다, 빼앗다, 得, 奪)- + -더(회상)- + -니(연어, 설명의 계속)

96) 져지: 졎(젖, 乳) + -이(주조)

97) ᄧᅡ도: ᄧᅡ(짜다, 搾)- + -아도(연어, 불구, 양보)

98) ᄒᆞᆫ가지로: ᄒᆞᆫ가지[한가지로, 한결같이, 同(명사): ᄒᆞᆫ(한, 一: 관사, 양수) + 가지(가지, 種: 의명)] + -로(부조, 방편)

99) 하ᄂᆞᇙ: 하ᄂᆞᆯ(← 하ᄂᆞᆯㅎ: 하늘, 天) + -ㆆ(-의: 관조)

100) 神靈이샷다: 神靈(신령) + -이(서조)- + -Ø(현시)- + -샤(← -시-: 주높)- + -옷(감동)- + -다(평종)

1) 너겨: 너기(여기다, 思)- + -어(연어)

2) 제: 저(저, 己: 인대, 재귀칭) + -ㅣ(-의: 관조)

3) 물: 무리, 衆.

4) 請ᄒᆞᅀᆞᄫᆞ다가: 請ᄒᆞ[청하다: 請(청: 명사) + -ᄒᆞ(동접)-]- + -ᅀᆞᇦ(← -ᄉᆞᆸ-: 객높)- + -아(연어) + -다가(보조사, 동작의 유지, 강조)

5) 안치ᅀᆞᄫᆞ니: 안치[앉히다, 坐(사동): 앉(앉다, 坐: 자동)- + -히(사접)-]- + -ᅀᆞᇦ(← -ᄉᆞᆸ-: 객높)- + -ᄋᆞ니(연어, 설명의 계속)

6) 것과: 것(← 겇: 겉, 껍질, 皮) + -과(접조)

7) 닙과로: 닙(← 닢: 잎, 葉) + -과(접조) + -로(부조, 방편)

[33 뒤]

로 옷ᄒᆞ야 닙고 곳과 果괭實씷와 플와
나모와ᄅᆞᆯ 머그리도 이시며 믈와 블와
ᄒᆡᄃᆞᄅᆞᆯ 셤기리도 이시며 믈와 블와 ᄌᆡ
와 가ᄉᆡ남ᄀᆡ 누ᄫᅳ리도 잇더니 太탱子
ᄌᆞᆼ ㅣ 그 ᄠᅳ들 무르신대 對됭答답ᄒᆞᅀᆞ
ᄫᅩᄃᆡ 하ᄂᆞᆯ해 나고져 ᄒᆞᄂᆞ이다 太탱子
ᄌᆞᆼ ㅣ 니ᄅᆞ샤ᄃᆡ 네 求끃ᄒᆞ논 이리 乃냉
終즁내 受쓯苦콩ᄅᆞᆯ 몯 여희리니 하ᄂᆞᆯ

옷을 하여 입고 꽃과 果實(과실)과 풀과 나무를 먹는 이도 있으며, 물과 불과 해달을 섬기는 이도 있으며, 물과 불과 재와 가시나무에 눕는 이도 있더니, 太子(태자)가 그 뜻을 물으시니 (그들이) 對答(대답)하되 "하늘에 나고자 합니다." 太子(태자)가 이르시되 "네가 求(구)하는 일이 끝내 受苦(수고)를 못 떨쳐 버리겠으니, 하늘이

옷 ᄒᆞ야 닙고 곳과[8] 果광實씷와[9] 플와[10] 나모와ᄅᆞᆯ[11] 머그리도[12] 이시며 믈와[13] 블와[14] ᄒᆡᄃᆞᄅᆞᆯ[15] 셤기리도[16] 이시며 믈와 블와 ᄌᆡ와[17] 가ᄉᆡ남ᄀᆡ[18] 누ᄫᅳ리도[19] 잇더니 太탱子ᄌᆞᆼㅣ 그 ᄠᅳ들 무르신대[20] 對됭答답ᄒᆞᅀᆞᄫᅩᄃᆡ[21] 하ᄂᆞᆯ해 나고져[22] ᄒᆞ노이다[23] 太탱子ᄌᆞᆼㅣ 니ᄅᆞ샤ᄃᆡ 네 求꿓ᄒᆞᄂᆞᆫ[24] 이리 乃냉終즁내[25] 受쓯苦콩[26]ᄅᆞᆯ 몯[27] 여희리니[28] 하ᄂᆞᆯ히

---

8) 곳과: 곳(←곶: 꽃, 花)+-과(접조)
9) 果實와: 果實(과실, 과일)+-와(←-과: 접조)
10) 플와: 플(풀, 草)+-와(←-과: 접조)
11) 나모와ᄅᆞᆯ: 나모(나무, 木)-+-와(접조)+-ᄅᆞᆯ(목조)
12) 머그리도: 먹(먹다, 食)+-을(관조)#이(이, 사람, 者: 의명)+-도(보조사, 첨가)
13) 믈와: 믈(물, 水)+-와(←-과: 접조)
14) 블와: 블(불, 花)+-와(←-과: 접조)
15) ᄒᆡᄃᆞᄅᆞᆯ: ᄒᆡᄃᆞᆯ[해달, 日月: ᄒᆡ(해, 日)+ᄃᆞᆯ(달, 月)]+-ᄋᆞᆯ(목조)
16) 셤기리도: 셤기(섬기다, 奉)-+-ㄹ(관전)#이(이, 사람, 者: 의명)+-도(보조사, 첨가)
17) ᄌᆡ와: ᄌᆡ(재, 灰)+-와(←-과: 접조)
18) 가ᄉᆡ남ᄀᆡ: 가ᄉᆡ낡[←가ᄉᆡ나모(가시나무, 荊): 가ᄉᆡ(가시, 荊)+나모(나무, 木)]+-ᄋᆡ(-에: 부조, 위치)
19) 누ᄫᅳ리도: 눕(←눕다, ㅂ불: 눕다, 臥)-+-을(관전)#이(이, 사람, 者: 의명)+-도(보조사, 첨가)
20) 무르신대: 물(←묻다, ㄷ불: 묻다, 問)-+-으시(주높)-+-ㄴ대(-는데, -니: 연어, 반응)
21) 對答ᄒᆞᅀᆞᄫᅩᄃᆡ: 對答ᄒᆞ[대답하다: 對答(대답: 명사)+-ᄒᆞ(동접)-]-+-ᅀᆞᇦ(←-ᄉᆞᆸ-: 객높)-+-오ᄃᆡ(-되: 연어, 설명의 계속)
22) 나고져: 나(나다, 出)-+-고져(-고자: 연어, 의도)
23) ᄒᆞ노이다: ᄒᆞ(하다: 보용, 의도)-+-ㄴ(←-ᄂᆞ-: 현시)-+-오(화자)-+-이(상높, 아주 높임)-+-다(평종)
24) 求ᄒᆞᄂᆞᆫ: 求ᄒᆞ[구하다: 求(구: 불어)+-ᄒᆞ(동접)-]-+-ㄴ(← -ᄂᆞ-: 현시)-+-∅(←-오-: 대상)-+-ㄴ(관전) ※ '求ᄒᆞᄂᆞᆫ'은 '求ᄒᆞ논'을 오각한 형태이다.
25) 乃終내: [끝내(부사): 乃終(내종, 나중, 끝: 명사)+-내(부접)]
26) 受苦: 수고. 생로병사(生老病死)의 고통을 받는 것이다. 또는 그 네 가지의 수고(受苦)를 이른다. 곧, 사는 일(生), 늙는 일(老), 병(病), 죽는 일(死)을 말한다.
27) 몯: 못, 不能(부사, 부정)
28) 여희리니: 여희(여의다, 이별하다, 떨쳐 버리다, 別)-+-리(미시)-+-니(연어, 설명의 계속)

ᄒᆡ 현마 즐겁고도 福복이 다ᄋᆞ면 도라 ᄂᆞ려 ᄆᆞᄎᆞ맨 受쓯苦콩ᄅᆞᄫᆡᆫ 길ᄒᆡ로 가ᄂᆞ니 엇뎨 受쓯苦콩ᄅᆞᄫᆡᆫ 因인緣원을 닷가 受쓯苦콩ᄅᆞᄫᆡᆫ 果광報봉ᄅᆞᆯ 求꿓ᄒᆞᄂᆞ다 ᄒᆞ샤 져므도록 詰킳難난ᄒᆞ시고 詰킳難난ᄋᆞᆫ 말ᄊᆞᄆᆞᆯ 서르 힐훠 겻굴ᄡᅵ라 이틋날 가노 라 ᄒᆞ신대 仙션人신이 ᄉᆞᆯᄫᅩᄃᆡ 닷ᄂᆞᆫ 道똫理링 다ᄅᆞ니 겨쇼셔 몯ᄒᆞ노이다 ᄒᆞ

아무리 즐거워도 福(복)이 다하면 돌아 내려서 끝에는 受苦(수고)로운 길로 가나니, 어찌 受苦(수고)로운 因緣(인연)을 닦아 受苦(수고)로운 果報(과보)를 求(구)하는가?" 하시어, (날이) 저물도록 詰難(힐난)하시고【詰難(힐난)은 말씀을 서로 힘들어서 다투는 것이다.】 이튿날에 "(태자가 나는) 간다." 하시니, 仙人(선인)이 사뢰되 "닦는 道理(도리)가 (서로) 다르니 '(여기에) 계시소서.'라고 못 합니다." 하더라.

현마[29] 즐겁고도[30] 福복이 다ᄋᆞ면[31] 도라 ᄂᆞ려[32] ᄆᆞᄎᆞᄆᆡᆫ[33] 受쓩苦콩ᄅᆞᄫᆡᆫ[34] 길ᄒᆞ로[35] 가ᄂᆞ니 엇뎨[36] 受쓩苦콩ᄅᆞᄫᆡᆫ 因인緣원을 닷가[37] 受쓩苦콩ᄅᆞᄫᆡᆫ 果광報봉[38]ᄅᆞᆯ 求꿓ᄒᆞᄂᆞᆫ다[39] ᄒᆞ샤 져므도록[40] 詰킳難난ᄒᆞ시고[41]【詰킳難난ᄋᆞᆫ 말ᄊᆞᆷ 서르[42] 힐훠[43] 겻굴[44] ᄡᅵ라[45]】이틋나래 가노라[46] ᄒᆞ신대 仙션人신이 ᄉᆞᆯ보ᄃᆡ 닷는[47] 道똫理링 다ᄅᆞ니 겨쇼셔[48] 몯 ᄒᆞ노이다[49] ᄒᆞ더라

---

29) 현마: 아무리, 雖(부사)

30) 즐겁고도: 즐겁[즐겁다, 喜(형사): 즑(즐거워하다, 歡: 자동)-+-업(형접)-]-+-고(연어, 양보, 불구)+-도(보조사, 양보) ※ '즐겁고도'는 '즐겁더라도'로 의역하여 옮긴다.

31) 다ᄋᆞ면: 다ᄋᆞ(다하다, 盡)-+-면(연어, 조건)

32) ᄂᆞ려: ᄂᆞ리(내리다, 降)-+-어(연어)

33) ᄆᆞᄎᆞᄆᆡᆫ: ᄆᆞᄎᆞᆷ[마침, 終(명사): ᄆᆞᆾ(마치다, 終: 자동)-+-ㅁ(명접)]+-ᄋᆡ(-에: 부조, 위치)+-ㄴ(←-ᄂᆞᆫ: 보조사, 주제)

34) 受苦ᄅᆞᄫᆡᆫ: 受苦ᄅᆞᄫᆡ[수고롭다: 受苦(수고: 명사)+-ᄅᆞᄫᆡ(형접)-]-+-Ø(현시)-+-ㄴ(관전)

35) 길ᄒᆞ로: 길ㅎ(길, 路)+-ᄋᆞ로(부조, 방향)

36) 엇뎨: 어찌, 何(부사)

37) 닷가: 닭(닦다, 修)-+-아(연어)

38) 果報: 과보. 전생에 지은 선악에 따라 현재의 행과 불행이 있고, 현세에서의 선악의 결과에 따라 내세에서 행과 불행이 있는 일이다. 인과응보(因果應報).

39) 求ᄒᆞᄂᆞᆫ다: 求ᄒᆞ[구하다: 求(구: 불어)+-ᄒᆞ(동접)-]-+-ᄂᆞ(현시)-+-ㄴ다(-ㄴ가: 의종, 2인칭)

40) 져므도록: 져므(←져믈다: 저물다, 暮)-+-도록(연어, 도달)

41) 詰難ᄒᆞ시고: 詰難ᄒᆞ[힐난하다: 詰難(힐난: 명사)+-ᄒᆞ(동접)-]-+-시(주높)-+-고(연어) ※ '詰難(힐난)'은 트집을 잡아 거북할 만큼 따지고 드는 것이다.

42) 서르: 서로, 相(부사)

43) 힐훠: 힐후(힘들이다, 難)-+-어(연어)

44) 겻굴: 겻구(겨루다, 경쟁하다, 爭)-+-ㄹ(관전)

45) ᄡᅵ라: ㅅ(←ᄉᆞ: 것, 의명)+-이(서조)-+-Ø(현시)-+-라(←-다: 평종)

46) 가노라: 가(가다, 行)-+-ㄴ(←-ᄂᆞ-: 현시)-+-오(화자)-+-라(←-다: 평종)

47) 닷는: 닷(←닭다: 닦다, 修)-+-느(←-ᄂᆞ-: 현시)-+-ㄴ(관전)

48) 겨쇼셔: 겨(계시다, 在)-+-쇼셔(-소서: 명종, 아주 높임)

49) 몯 ᄒᆞ노이다: 몯(못, 不能: 부사, 부정)#ᄒᆞ(하다, 爲)-+-ㄴ(←-ᄂᆞ-: 현시)-+-오(화자)-+-이(상높, 아주 높임)-+-다(평종)

[34 뒤]

車匿(차닉)이가 寶冠(보관)을 가져서 돌아오거늘, 王(왕)이 보시고 땅에 엎드려져서 우시며 瞿夷(구이)는 말의 고개를 안고 우시더라. 王(왕)이 車匿(차닉)이를 보시곤 太子(태자)가 가신 데에 가려 하시더니, 臣下(신하)들이 사뢰되 "가지 마소서. 우리가 가서 推尋(추심)하겠습니다." 하고 【推尋(추심)은 애써서 찾는 것이다.】 모두 推尋(추심)하여

[34 뒤]

車챵匿닉이 寶봏冠관[50] 가져 도라오나ᄂᆞᆯ[51] 王왕이 보시고 ᄡᅡ해 업더디여[52] 우르시며[53] 俱궁夷잉ᄂᆞᆫ ᄆᆞᆯ[54] 고개ᄅᆞᆯ[55] 안고 우르시더라[56] 王왕이 車챵匿닉이 보시곤[57] 太탱子ᄌᆞᆼ 가신 ᄃᆡ[58] 가려[59] ᄒᆞ더시니 臣씬下ᅘᅡᆼᄃᆞᆯ히 ᄉᆞᆯᄫᆞᄃᆡ 가디 마ᄅᆞ쇼셔[60] 우리 가아 推췽尋씸ᄒᆞᅀᆞᄫᆞ리이다[61] ᄒᆞ고【推췽尋씸ᄋᆞᆫ ᄀᆞᆯ가[62] ᄎᆞᄌᆞᆯ[63] 씨라】모다[64] 推췽尋씸ᄒᆞᅀᆞᄫᆞ[65]

---

50) 寶冠: 보관. 보석으로 꾸민 관이다.

51) 도라오나ᄂᆞᆯ: 도라오[돌아오다, 歸: 돌(돌다, 回)- + -아(연어) + 오(오다, 來)-]- + -나ᄂᆞᆯ(←-거ᄂᆞᆯ: 연어, 상황)

52) 업더디여: 업더디[엎드려지다, 伏: 업더(엎드리다, 伏)- + -어(연어) + 디(지다 : 보용, 피동)-]- + -어(연어)

53) 우르시며: 울(울다, 泣)- + -으시(주높)- + -며(연어, 나열)

54) ᄆᆞᆯ: 말, 馬.

55) 고개ᄅᆞᆯ: 고개(고개, 頸) + -ᄅᆞᆯ(목조)

56) 우르시더라: 울(울다, 泣)- + -으시(주높)- + -더(회상)- + -라(←-다: 평종)

57) 보시곤: 보(보다, 見)- + -시(주높)- + -곤(←-고ᄂᆞᆫ: -곤, -고는, 연어) ※ '-곤'은 '-고ᄂᆞᆫ'의 준말로서, 앞의 내용이 뒤에 오는 내용의 전제나 조건이 됨을 나타내는 연결 어미이다. 흔히 뒤에는 부정 형식이 온다

58) ᄃᆡ: ᄃᆡ(데, 處: 의명) + -Ø(←-ᄋᆡ: -에, 부조, 위치)

59) 가려: 가(가다, 去)- + -려(←-오려: 연어, 의도)

60) 마ᄅᆞ쇼셔: 말(말다, 勿: 보용, 부정)- + -ᄋᆞ쇼셔(-으소서: 명종, 아주 높임)

61) 推尋ᄒᆞᅀᆞᄫᆞ리이다: 推尋ᄒᆞ[추심하다: 推尋(추심: 명사) + -ᄒᆞ(동접)-]- + -ᅀᆞᄫ(←-ᅀᆞᆸ-: 객높)- + -오(화자)- + -리(미시)- + -이(상높, 아주 높임)- + -다(평종) ※ '推尋(추심)'은 찾아내어 가지거나 받아 내는 것이다. 여기서는 태자를 찾아서 데려오는 것이다.

62) ᄀᆞᆯ가: ᄀᆞᆳ(←ᄀᆞᆳ다: 힘쓰다, 애쓰다, 힘겨워하다, 勞, 疲)- + -아(연어)

63) ᄎᆞᄌᆞᆯ: ᄎᆞᆽ(찾다, 尋)- + -ᄋᆞᆯ(관전)

64) 모다: [모두, 皆(부사) : 몯(모이다, 集)- + -아(연어 ▹ 부접)]

65) 推尋ᄒᆞᅀᆞᄫᆞ: 推尋ᄒᆞ[추심하다: 推尋(추심) + -ᄒᆞ(동접)-]- + -ᅀᆞᄫ(←-ᅀᆞᆸ-: 객높)- + -아(연어)

가니 ᄒᆞᆫ 나모 미틔 겨시거늘 ᄇᆞ라ᅀᆞᆸ고
ᅀᆞᆯᄫᆞᆫ대 太子ㅣ 니ᄅᆞ샤ᄃᆡ 恩惠
ᅀᅡ 모ᄅᆞ리여마ᄅᆞᆫ 네 가짓 受苦
ᄅᆞᆯ 위ᄒᆞ야 ᄒᆞ노라 ᄒᆞ시고 니러 仙人
잇ᄂᆞᆫ ᄃᆡ로 니거시늘 그 臣下ᄃᆞᆯ
히 憍陳如 ᄃᆞᆼ 다ᄉᆞᆺ 사ᄅᆞᄆᆞᆯ 두어
【다ᄉᆞᆺ 사ᄅᆞ믄 憍陳如와 馬勝과 摩訶男과 十力迦葉과 拘利太子ㅣ라】
가시ᄂᆞᆫ ᄃᆡ 보ᅀᆞᄫᆞ라

가니, (태자가) 한 나무 밑에 계시거늘 (신하들이) 바라보고 사뢰니, 太子(태자)가 이르시되 "(내가) 恩惠(은혜)야말로 모르겠느냐마는 네 가지의 受苦(수고)를 위하여 하노라." 하시고 일어나 仙人(선인)이 있는 데로 가시거늘, 그 臣下(신하)들이 憍陳如(교진여) 등 다섯 사람을 두어【 다섯 사람은 憍陳如와 馬勝(마승)과 摩訶男(마하남)과 十力迦葉(십력가섭)과 拘利太子(구리태자)이다. 】"(태자께서) 가시는 데를 보라."

가니 ᄒᆞᆫ 나모 미틔[66] 겨시거늘 ᄇᆞ라ᅀᆞᆸ고[67] ᄉᆞᆯᄫᆞᆫ대[68] 太탱子ᄌᆞᆼㅣ 니ᄅᆞ샤ᄃᆡ 恩ᅙᅳᆫ惠ᅘᅰᆼᅀᅡ[69] 모ᄅᆞ리여마ᄅᆞᆫ[70] 네 가짓 受쓔ᇢ苦콩ᄅᆞᆯ 위ᄒᆞ야 ᄒᆞ노라[71] ᄒᆞ시고 니러[72] 仙션人ᅀᅵᆫ 잇ᄂᆞᆫ ᄃᆡ로 니거시ᄂᆞᆯ[73] 그 臣씬下ᅘᅡᆼᄃᆞᆯ히 憍꾤陳띤如ᅀᅥᆼ[74] ᄃᆞᆯ 다ᄉᆞᆺ 사ᄅᆞᄆᆞᆯ 두어【다ᄉᆞᆺ 사ᄅᆞᄆᆞᆫ 憍꾤陳띤如ᅀᅥᆼ와 馬망勝싱[75]과 摩망訶항男남[76]과 十씹力륵迦강葉셥[77]과 拘궁利링太탱子ᄌᆞᆼ왜라[78]】 가시ᄂᆞᆫ ᄃᆡ 보ᅀᆞ보라[79]

---

66) 미틔: 밑(밑, 下) + -의(-에: 부조, 위치)

67) ᄇᆞ라ᅀᆞᆸ고: ᄇᆞ라(바라보다, 望)- + -ᅀᆞᆸ(객높)- + -고(연어, 계기)

68) ᄉᆞᆯᄫᆞᆫ대: ᄉᆞᆲ(← ᄉᆞᆲ다, ㅂ불: 사뢰다, 아뢰다, 白)- + -ᄋᆞᆫ대(-니: 연어, 반응)

69) 恩惠ᅀᅡ: 恩惠(은혜) + -ᅀᅡ(-야말로: 보조사, 한정 강조)

70) 모ᄅᆞ리여마ᄅᆞᆫ: 모ᄅᆞ(모르다, 不知)- + -리(미시)- + -여(의종, 판정) + -마ᄅᆞᆫ(-마는: 보조사, 대조) ※ '-마ᄅᆞᆫ'은 앞의 사실을 인정을 하면서도 그에 대한 의문이나 그와 어긋나는 상황 따위를 나타내는 종결 보조사이다.

71) ᄒᆞ노라: ᄒᆞ(하다, 爲)- + -ㄴ(← -ᄂᆞ-: 현시)- + -오(화자)- + -라(← -다: 평종)

72) 니러: 닐(일어나다, 起)- + -어(연어)

73) 니거시ᄂᆞᆯ: 니(가다, 行)- + -시(주높)- + -거…ᄂᆞᆯ(연어, 상황)

74) 憍陳如: 석가모니(釋迦牟尼)가 출가(出家)한 뒤 정반왕(淨飯王)이 그 소식을 알기 위하여 밀파(密派)한 사람이다. 석가모니가 성도(成道)한 후 먼저 불제자(佛弟子)가 되어 다섯 비구(比丘)의 우두머리가 되었다. 아약교진여(阿若憍陳如)라고도 한다.

75) 馬勝: 마승. 오비구(五比丘)의 한 사람이다. 위의(威儀)가 단정하기로 유명하며, 사리불(舍利弗)을 인도하여 부처에 귀의(歸依)시켰다.

76) 摩訶男: 마하남. 우루벨라(uruvelā)에서 싯다르타와 함께 고행했으나 그가 네란자라(nerañjarā)강에서 목욕하고 또 우유죽을 얻어 마시는 것을 보고 타락했다고 하여, 그곳을 떠나 녹야원(鹿野苑)에서 고행하고 있었는데, 깨달음을 성취한 붓다가 그곳을 찾아가 설법한 사제(四諦)의 가르침을 듣고 최초의 제자가 되었다.

77) 十力迦葉: 십력가섭. 석가모니의 제자이다. 불가사의하고 자유 자재한 신통(神通)을 나타내었다.

78) 拘利太子왜라: 拘利太子(구리태자: 인명) + -와(접조) + -ㅣ(← -이-: 서조)- + -Ø(현시)- + -라(← -다: 평종) ※ '拘利太子(구리태자)'는 중인도 가비라성 곡반왕의 맏아들, 곧 석가모니의 사촌이다. 석가모니 성도 후 처음으로 녹야원에서 교화한 다섯 비구의 하나이다.

79) 보ᅀᆞ보라: 보(보다, 見)- + -ᅀᆞᇦ(← -ᅀᆞᆸ-: 객높)- + -오라(← -ᄋᆞ라: 명종) ※ '-오라'는 명령형 종결 어미인 '-ᄋᆞ라'를 오각한 형태이다.

ᄒᆞ고 도라오니라 太탱子ᄌᆞᆼㅣ 뫼히며
므리며 ᄀᆞᆯᄒᆡ디 아니ᄒᆞ야 ᄃᆞᆫ니실ᄊᆡ 다
ᄉᆞᆺ 사ᄅᆞ미 몯 믿ᄌᆞᄫᅡ 그ᅌᅦ셔 사더라 ○
太탱子ᄌᆞᆼㅣ 彌밍樓룽山산 阿항藍람
迦강蘭란이라 호ᇙ 仙션人신 잇ᄂᆞᆫ ᄃᆡ 가
샤 不붏用용處청定뗭을 三삼年년 니
기시고 不붏用용處청ᄂᆞᆫ ᄡᅳ디 아니ᄒᆞᄂᆞᆫ 고디니 그 無뭉所송有웋處청
ㅣ라 定뗭은 一ᅙᅵᇙ定뗭ᄒᆞᆯ 씨니 不붏用용處청ㅅ 功공夫붕에 ᄆᆞᅀᆞᄆᆞᆯ 一ᅙᅵᇙ

하고 돌아왔니라. 太子(태자)가 산이며 물이며 가리지 아니하여 다니시므로 다섯 사람이 (태자를) 못 믿어서 거기서 살더라. ○ 太子(태자)가 彌樓山(미루산)의 阿藍(아람)과 迦蘭(가란)이라 하는 仙人(선인)이 있는 데에 가시어, 不用處定(불용처정)을 三年(삼년) 익히시고 【不用處(불용처)는 쓰지 아니하는 곳이니, 그것이 無所有處(무소유처)이다. 定(정)은 一定(일정)하는 것이니 不用處(불용처)의 功夫(공부)에 마음을

ᄒᆞ고 도라오니라[80] 太텡子ᄌᆼㅣ 뫼히며[81] 므리며[82] ᄀᆞᆯᄒᆡ디[83] 아니ᄒᆞ야 ᄃᆞᆮ니실ᄊᆡ[84] 다ᄉᆞᆺ 사ᄅᆞ미 몯 믿ᄌᆞ바[85] 그에셔[86] 사더라[87] ○ 太텡子ᄌᆼㅣ 彌밍樓릏山산[88] 阿항藍람 迦강蘭란[89]이라 ᄒᆞᇙ 仙션人신 잇ᄂᆞᆫ ᄃᆡ 가샤 不붏用용處쳥定뗭[90]을 三삼年년 니기시고[91]【不붏用용處쳥는 ᄡᅳ디[92] 아니ᄒᆞᄂᆞᆫ 고디니[93] 긔[94] 無뭉所송有웋處쳥ㅣ라 定뗭은 一힗定뗭ᄒᆞᇙ[95] 씨니 不붏用용處쳥ㅅ 功공夫붕에 ᄆᆞᅀᆞᄆᆞᆯ

---

80) 도라오니라: 도라오[돌아오다, 歸: 돌(돌다, 回)- + -아(연어) + 오(오다, 來)-]- + -Ø(과시)- + -니(원칙)- + -라(← -다: 평종)

81) 뫼히며: 뫼ㅎ(산, 山) + -이며(접조)

82) 므리며: 믈(물, 水) + -이며(접조)

83) ᄀᆞᆯᄒᆡ디: ᄀᆞᆯᄒᆡ(가리다, 擇)- + -디(-지: 연어, 부정)

84) ᄃᆞᆮ니실ᄊᆡ: ᄃᆞᆮ니[다니다, 遊行: ᄃᆞᆮ(닫다, 달리다, 走)- + 니(가다, 行)-]- + -시(주높)- + -ㄹᄊᆡ(-므로: 연어, 이유)

85) 믿ᄌᆞ바: 믿(믿다, 信)- + -ᄌᆞᇦ(← -ᄌᆞᆸ-: 객높)- + -아(연어)

86) 그에셔: 그에(거기에, 彼處: 지대, 정칭) + -셔(-서: 보조사, 위치 강조)

87) 사더라: 사(← 살다: 살다, 居)- + -더(회상)- + -라(← -다: 평종)

88) 彌樓山: 미루산. 수미산(須彌山)을 가리키다. 혹은 수미산의 주위에 있는 칠금산(七金山)이라고도 하고, 칠금산 중에 있다는 니민달라산(尼民達羅山)이라고도 한다.

89) 阿藍 迦蘭: '아람(阿藍)'과 '가란(迦蘭)'을 말한다. 수론파(數論派)의 학자로서, 시다르타 태자가 출가하여 처음으로 세상을 초월하여 해탈(解脫)하는 법(法)을 배운 선인(仙人)이다.

90) 不用處定: 불용처정. 십이문선(十二門禪) 중 사선(四禪)으로 무색 사처(無色四處)의 제삼처(第三處)인 '무소유처(無所有處)'에 나기 위한 선정(禪定)을 말한다. 흔히 무소유처정(無所有處定)이라 한다. 여기서 '무소유처(無所有處)'는 무색계 사천(無色界四天), 또는 사공처(四空處)의 하나이며, 무색계의 셋째 하늘에 해당한다. 무소유(無所有)는 있는 것이 없음이니, 이 하늘은 색(色: 형체, 물질)과 공(空)과 식심(識心)이 다 없고 식성(識性)만 있다.

91) 니기시고: 니기[익히다, 習: 닉(익다, 熟: 자동)- + -이(사접)-]- + -시(주높)- + -고(연어, 계기)

92) ᄡᅳ디: ᄡᅳ(쓰다, 用)- + -디(-지: 연어, 부정)

93) 고디니: 곧(곳, 處) + -이(서조)- + -니(연어, 설명의 계속)

94) 긔: 그(그것, 彼: 지대, 정칭) + -ㅣ(← -이: 주조)

95) 一定ᄒᆞᇙ: 一定ᄒᆞ[일정하다: 一定(일정: 명사) + -ᄒᆞ(동접)-]- + -ㄹ(관전) ※ '一定(일정)'은 한 곳에 정하는 것이다.

一定(일정)하는 것이 不用處定(불용처정)이다.】 또 鬱頭藍弗(울두람불)이라 하는 仙人(선인)이 있는 데에 가시어 非非想處定(비비상처정)을 三年(삼년) 익히고 여기시되, "仙人(선인)의 일이 굵은 結(결)이야 없지만【結(결)은 얽매이는 것이니, 큰 煩惱(번뇌)에 매여 自得(자득) 못하는 것이다.】 죽살이(生死)를 免(면)할 道理(도리)가 아니구나." 하시어, (선인을) 버리고 가셨니라.【鬱頭藍弗(울두람불)에게 옮아가신 것이 부처의 나이가 스물둘이시더니, 昭王(소왕)의 마흔일곱째의

一힗定뗭ᄒᆞᆯ 씨[96] 不붏用용處쳥定뗭이라】 ᄯᅩ[97] 鬱흟頭뚱藍람弗붏[98]이라 ᄒᆞᇙ 仙션人신 잇ᄂᆞᆫ ᄃᆡ 가샤 非빙非빙想싱處쳥定뗭[99]을 三삼年년 니기고 너기샤ᄃᆡ 仙션人신ᄋᆡ 이리 굴근 結겷이ᅀᅡ[100] 업거니와[1]【結겷은 얽ᄆᆡ일[2] 씨니 한 煩뻔惱놓애 ᄆᆡ여[3] 自쫑得득[4] 몯ᄒᆞᆯ 씨라】 죽사리[5] 免면ᄒᆞᇙ 道똫理링 아니로다[6] ᄒᆞ샤 ᄇᆞ리고 가시니라【鬱흟頭뚱藍람弗붏의 그에[7] 올마가시며[8] 부텻 나히[9] 스믈둘히러시니[10] 昭쑣王왕[11] 마ᅀᆞᆫ닐굽찻[12]

---

96) 씨: ㅆ(← ᄉᆞ: 것, 의명) + -이(주조)

97) ᄯᅩ: 또, 又(부사)

98) 鬱頭藍弗: 울두람불. 싯타르타(悉達) 태자(太子)의 스승이던 선인(仙人)이다. 태자는 아람(阿藍)과 가란(迦蘭)에게서 떠나 인도 왕사성(王舍城) 곁에서 비상비비상처(非想非非想處)의 선정(禪定)을 울두람불에게서 배웠다. 울두람자(鬱頭藍子), 또는 우타라라마자(優陀羅羅摩子)라고 한다.

99) 非非想處定: '비상비비상처(非想非非常處)'의 선정(禪定)이다. 무색계(無色界)의 제4천(第四天)이다. 번뇌가 거의 다 스러져서 번뇌가 있는 것도 같고 없는 것도 같아서, 번뇌가 있는 것을 지각(知覺)하지 못할 정도로 청청한 경계이며, 삼계의 최고 단계이다.

100) 結이ᅀᅡ: 結(결) + -이(주조) + -ᅀᅡ(-야: 보조사, 한정 강조) ※ '結(결)'은 몸과 마음을 결박하여 자유를 얻지 못하게 하는 번뇌이다.

1) 업거니와: 업(← 없다: 없다, 無)- + -거니와(-거니와, -지만: 연어, 인정 대조)

2) 얽ᄆᆡ일: 얽ᄆᆡ이[얽매이다, 結: 얽(얽다, 結)- + ᄆᆡ(매다, 結)- + -이(피접)-]- + -ㄹ(관전)

3) ᄆᆡ여: ᄆᆡᅇᅧ[← ᄆᆡ이다(매이다): ᄆᆡ(매다, 結)- + -이(피접)-]- + -어(연어)

4) 自得: 자득. 스스로 진리를 깨닫는 것이다.

5) 죽사리: [죽살이, 生死: 죽(죽다, 死)- + 살(살다, 生)- + -이(명접)]

6) 아니로다: 아니(아니다, 非)- + -Ø(현시)- + -로(← -도-: 감동)- + -다(평종)

7) 鬱頭藍弗의: 鬱頭藍弗(울두람불) + -의(관조) # 그에(거기에: 의명) ※ '鬱頭藍弗(울두람불)의 그에'는 '鬱頭藍弗(울두람불)에게'로 의역하여 옮긴다.

8) 올마가시며: 올마가[옮아가다: 옮(옮다, 移)- + -아(연어) + 가(가다, 行)-]- + -샤(← -시-: 주높)- + -ㅁ(← -옴: 명전) + -이(주조) ※ '올마가시며'는 '올마가샤미'를 오각한 형태로 보인다.

9) 나히: 나ㅎ(나이, 年) + -이(주조)

10) 스믈둘히러시니: 스믈둘ㅎ[스물둘, 二十二: 수사, 양수): 스믈(스물, 二十: 수사) + 둘ㅎ(둘, 二: 수사)] + -이(서조)- + -러(← -더-: 회상)- + -시(주높)- + -니(연어, 설명의 계속)

11) 昭王: 중국 주나라 서주 시대(B.C. 11세기~B.C.771년)의 제4대 왕인 희하(姬瑕)의 시호이다.

12) 마ᅀᆞᆫ닐굽찻: 마ᅀᆞᆫ닐굽차[마흔일곱째, 第四十七(수사, 서수): 마ᅀᆞᆫ(마흔, 四十: 수사, 양수) + 닐굽(일곱, 七: 수사, 양수) + -차(-째: 접미, 서수)] + -ㅅ(-의: 관조)

해 乙亥(을해)이다.】 ◯ 太子(태자)가 出家(출가)하신 여섯 해에【出家(출가)하신 해 말고 (다시) 여섯 해이니, 부처의 나이가 스물다섯이시더니 昭王(소왕) 쉰째의 해 戊寅(무인)이다.】耶輸陀羅(야수타라)가 아들을 낳으시거늘【耶輸陀羅(야수타라)는 꽃빛이라고 한 말이니, 그가 瞿夷(구이)이시니라. 이 아들이 그가 (바로) 羅睺羅(나후라)이니 잘못 말해서 羅云(나운)이라고도 하느니라.】釋種(석종)들이 怒(노)하여 (나후라를) 죽이려 하더니, 耶輸(야수)가 불을 피운 구덩이에 이르러 있어서 盟誓(맹서)하시되 "나야말로 그르면

ᄒᆡ 乙힗亥ᅘᆡ라[13] 】 ○ 太탱子ᄌᆞᆼㅣ 出춣家강ᄒᆞ신 여슷 ᄒᆡ예【出춣家강ᄒᆞ신 ᄒᆡ 마오[14] 여슷 ᄒᆡ니 부텻 나히 스믈다ᄉᆞ시러시니 昭쑝王왕 쉰찻 ᄒᆡ 戊뭏寅인[15] 이라】 耶양輸슝陁땅羅랑[16] ㅣ 아ᄃᆞᆯ 나하시ᄂᆞᆯ[17]【耶양輸슝陁땅羅랑ᄂᆞᆫ 곳비치라[18] ᄒᆞᆫ 마리니 긔[19] 俱궁夷잉시니라[20] 이 아ᄃᆞ리 긔 羅랑睺흫羅랑[21] ㅣ니 그르[22] 닐어 羅랑雲운이라도[23] ᄒᆞᄂᆞ니라】釋셕種죵ᄃᆞᆯ히[24] 怒농ᄒᆞ야 주규려[25] 터니[26] 耶양輸슝ㅣ 블 퓌운[27] 구듴[28] 디레셔[29] 盟명誓쎙ᄒᆞ샤ᄃᆡ 나옷[30] 외면[31]

---

13) 乙亥라: 乙亥(을해) + -Ø(서조)- + -Ø(현시)- + -라(← -다: 평종) ※ '乙亥(을해)'는 육십갑자의 열두째가 되는 해이다.

14) 마오: 마(← 말다: 말다, 勿)- + -오(← -고: 연어, 나열) ※ '말다(勿)'의 어간인 '말-'에 연결어미인 '-고'가 결합된 형태이다.

15) 戊寅: 무인. 육십갑자의 열다섯째이다.

16) 耶輸陁羅: 야수타라. 산스크리트어인 yaśodharā의 음사이다. 콜리야족 출신으로, 싯다르타 태자의 아내이며, 나후라(羅睺羅)의 어머니이다.

17) 나하시ᄂᆞᆯ: 낳(낳다, 産)- + -시(주높)- + -아…ᄂᆞᆯ(-거늘: 연어, 상황)

18) 곳비치라: 곳빛[꽃빛, 華色: 곳(← 곶: 꽃, 華) + 빛(빛, 光)] + -이(서조)- + -Ø(현시)- + -라(← -다: 평종)

19) 긔: 그(그, 彼: 인대, 정칭) + -ㅣ(← -이: 주조)

20) 瞿夷시니라: 瞿夷(구이: 인명) + -Ø(← -이-: 서조)- + -시(주높)- + -Ø(현시)- + -니(원칙)- + -라(← -다: 평종)

21) 羅睺羅: 나후라. 석가여래(釋迦如來)의 아들이다. 어머니는 구이(俱夷)이다. 석가(釋迦)가 성도(成道)한 뒤에 출가(出家)하여 제자가 되었다. '라호(羅怙)'나 '나운(羅云)'이라고도 한다.

22) 그르: [잘못(부사): 그르(그르다, 非: 형사)- + -Ø(부접)]

23) 羅云이라도: 羅云(나운: 인명) + -이(서조)- + -Ø(현시)- + -라(← -다: 평종) + -도(보조사, 첨가)

24) 釋種ᄃᆞᆯ히: 釋種ᄃᆞᆶ[석종들, 석씨의 문중: 釋種(석종) + -ᄃᆞᆶ(-들: 복접)] + -이(주조)

25) 주규려: 주기[죽이다, 殺: 죽(죽다, 死: 자동)- + -이(사접)-]- + -우려(-려: 연어, 의도)

26) 터니: ㅎ(← ᄒᆞ다: 하다, 보용, 의도)- + -더(회상)- + -니(연어, 설명의 계속)

27) 퓌운: 퓌우[피우다, 焚: 퓌(← 프다: 피다, 發, 자동)- + -우(사접)-]- + -Ø(과시)- + -ㄴ(관전)

28) 구듴: 굳(구덩이, 坑) + -을(-에: 목조, 보조사적 용법) ※ 여기서 '굳'은 부사어로 쓰였는데, 이때의 '-을'은 목적격 조사가 보조사적 용법(강조 용법)으로 쓰인 것이다.

29) 디레셔: 딜(이르다, 다다르다, 臨) + -어(연어) + 이시(있다: 보용, 완료 지속)- + -어(연어)

30) 나옷: 나(나, 我: 인대, 1인칭) + -옷(← -곳: 보조사, 한정 강조)

31) 외면: 외(그르다, 非)- + -면(연어, 조건)

[37 앞]

기와나와ᄒᆞᆫᄢᅴ죽고올ᄒᆞ면하ᄂᆞᆯ히본
증ᄋᆞᆯᄒᆞ시리라ᄒᆞ시고아기안고ᄠᅱ여
드르시니그구디蓮련모시ᄃᆞ외야蓮
련ㅅ고지모ᄆᆞᆯ바다놀王왕이시며나
랏사ᄅᆞ미그제사疑읭心심아니ᄒᆞ니
라羅랑雲운이前쪈生ᄉᆡᇰ애ᄒᆞᆫ나랏王
왕이ᄃᆞ외야잇더니ᄒᆞᆫ道ᄯᅩᇢ士ᄊᆞᆼㅣ죠
고맛罪쬥ᄅᆞᆯ지ᅀᅥ늘그王왕이東동山

아기와 내가 함께 죽고, 옳으면 하늘이 증명을 하시리라." 하시고 아기를 안고 튀어 (구덩이에) 드시니, 그 구덩이가 연못이 되어 연꽃이 몸을 받치거늘 王(왕)이시며 나랏 사람이 그제야 疑心(의심)을 아니 하였니라. 羅云(나운)이 前生(전생)에 한 나라의 王(왕)이 되어 있더니, 한 道士(도사)가 조그만 罪(죄)를 짓거늘 그 王(왕)이 (그 도사를) 東山(동산)에 아기와 나와[32] ᄒᆞᆫᄢᅴ[33] 죽고 올ᄒᆞ면[34] 하ᄂᆞᆯ히 본즈을[35] ᄒᆞ시리라 ᄒᆞ시고 아기 안고 ᄠᅱ여[36] 드르시니[37] 그 구디[38] 蓮련모시[39] ᄃᆞ외야[40] 蓮련ㅅ고지[41] 모ᄆᆞᆯ 바다ᄂᆞᆯ[42] 王왕이시며[43] 나랏 사ᄅᆞ미 그제ᅀᅡ[44] 疑읭心심 아니 ᄒᆞ니라[45] 羅랑雲운이 前쪈生싱애 ᄒᆞᆫ 나랏 王왕이 ᄃᆞ외야 잇더니 ᄒᆞᆫ 道똫士ᄽᆞᆼᅵ 죠고맛[46] 罪쬥를 지ᅀᅥ늘[47] 그 王왕이 東동山산애

---

32) 나와: 나(나, 我: 인대, 1인칭) + -와(← -과: 접조)

33) ᄒᆞᆫᄢᅴ: [함께, 同(부사): ᄒᆞᆫ(한, 一: 관사, 양수) + ᄢ(← ᄢᅳ: 때, 時) + -의(부조, 위치, 시간)]

34) 올ᄒᆞ면: 옳(옳다, 是)- + -ᄋᆞ면(연어, 조건)

35) 본즈을: 본즈ᇰ(증명, 證) + -을(목조)

36) ᄠᅱ여: ᄠᅱ(튀다, 뛰다, 跳)- + -여(← -어: 연어)

37) 드르시니: 들(들다, 入)- + -으시(주높)- + -니(연어, 설명의 계속)

38) 구디: 굳(구덩이, 坑) + -이(주조)

39) 蓮모시: 蓮못[연못: 蓮(연) + 못(못, 淵)] + -이(주조)

40) ᄃᆞ외야: ᄃᆞ외(되다, 爲)- + -야(← -아: 연어)

41) 蓮ㅅ고지: 蓮ㅅ곶[연꽃, 蓮花: 蓮(연) + -ㅅ(관조, 사잇) + 곶(꽃, 花)] + -이(주조)

42) 바다ᄂᆞᆯ: 받(받치다, 支)- + -아ᄂᆞᆯ(-거늘: 연어, 상황)

43) 王이시며: 王(왕) + -시(주높)- -이…며(접조) ※ 체언 뒤에 실현되는 '-이며'는 접속 조사이다. 그러나 여기서는 접속 조사인 '-이며'의 형태 사이에 선어말 어미인 '-시-'가 실현되어서 '王'을 높여서 표현했다. 정상적으로는 '王이며 나랏 사ᄅᆞ미'로 표현해야 한다.

44) 그제ᅀᅡ: 그제[그제, 그때: 그(그, 彼: 관사, 지시, 정칭) + 제(제, 때, 時: 의명)] + -ᅀᅡ(보조사, 한정 강조) ※ '제'는 [적(때, 時) + -의(부조, 시간)]으로 분석되는 의존 명사이다.

45) ᄒᆞ니라: ᄒᆞ(하다, 爲)- + -Ø(과시)- + -니(원칙)- + -라(← -다: 평종)

46) 죠고맛: 죠그마(조금, 小: 명사) + -ㅅ(-의: 관조)

47) 지ᅀᅥ늘: 지ᇫ(← 짓다: 짓다, 犯)- + -어늘(-거늘: 연어, 상황)

[37 뒤]

(산)애 드려 ᄌᆞᇝ간 가도라 ᄒᆞ고 닛고 여ᄉᆡ
ᄅᆞᆯ 뒷더니 그 因(힌)緣(원)으로 여ᄉᆞᆺ ᄒᆡᄅᆞᆯ
ᄇᆡᆺ소배셔 몯 나니라 耶(양)輸(슝)ᄂᆞᆫ 前(쪈)
生(ᄉᆡᆼ)애 어마님과 ᄒᆞᆫᄢᅴ 가시다가 길 머
러 ᄀᆞᆺᄫᆞ실ᄊᆡ ᄆᆞᆯ보기 탈ᄒᆞ야 자내 지믈
어마님ᄭᅴ 맛디시고 부러 ᄢᅥ디여 여ᄉᆞᆺ 里
(링)ᄅᆞᆯ 가시니 그 因(힌)緣(원)으로 여ᄉᆞᆺ ᄒᆡ
ᄅᆞᆯ 비여 몯 나햇더시니라 ○ 太(탱)子(ᄌᆞᆼ)

들이어 잠깐 가두라." 하고 잊고서 엿새를 두고 있더니, 그 因緣(인연)으로 (나후라가) 여섯 해를 (야수의) 뱃속에서 못 나왔니라. 耶輸(야수)는 前生(전생)에 어머님과 함께 가시다가 길이 멀어 힘드시므로, 용변보기를 핑계하여 자기의 짐을 어머님께 맡기시고 일부러 뒤떨어져서 여섯 里(리)를 가시니, 그 因緣(인연)으로 (나후라를) 여섯 해를 배어 못 낳고 있으시더니라. ○ 太子(태자)가

드려[48] 자ᇝ간[49] 가도라[50] ᄒᆞ고 닛고[51] 여쐐ᄅᆞᆯ[52] 뒷더니[53] 그 因인緣원으로 여슷 ᄒᆡᄅᆞᆯ ᄇᆡᆺ소배셔[54] 몯 나니라[55] 耶양輸슝는 前쪈生싱애 어마님과[56] ᄒᆞᆫᄃᆡ[57] 가시다가[58] 길 머러 ᄀᆞᆽᄇᆞ실ᄊᆡ[59] ᄆᆞᆯ보기[60] 탈[61] ᄒᆞ야 자내[62] 지믈 어마님 맛디시고[63] 부러[64] ᄠᅥ디여[65] 여슷 里링ᄅᆞᆯ 가시니 그 因인緣원으로 여슷 ᄒᆡᄅᆞᆯ ᄇᆡ여[66] 몯 나햇더시니라[67] ○ 太탱子ᄌᆞᆼ ㅣ

48) 드려: 드리[들이다: 들(들다, 入: 자동)- + -이(사접)-]- + -어(연어)

49) 자ᇝ간: [잠깐, 暫間(부사): 잠(잠, 暫: 불어) + -ㅅ(관조, 사잇) + 간(간, 間: 불어)]

50) 가도라: 가도[가두다, 囚: 갇(갇히다, 囚: 자동)- + -오(사접)-]- + -라(명종)

51) 닛고: 닛(← 닛다: 잊다, 忘)- + -고(연어, 계기)

52) 여쐐ᄅᆞᆯ: 여쐐(엿새, 六日) + -ᄅᆞᆯ(목조)

53) 뒷더니: 두(두다, 置)- + -Ø(← -어: 연어) + 잇(← 이시다: 있다, 보용, 완료 지속)- + -더(회상)- + -니(연어, 설명의 계속) ※ '뒷더니'는 '두어 잇더니'에서 보조적 연결 어미인 '-어'가 탈락한 뒤에 두 어절이 한 어절로 축약된 형태이다.

54) ᄇᆡᆺ소배셔: ᄇᆡᆺ솝[뱃속: ᄇᆡ(배, 腹) + -ㅅ(관조, 사잇) + 솝(속, 內)] + -애(-에: 부조, 위치) + -셔(-서: 보조사, 위치 강조)

55) 나니라: 나(나다, 出)- + -Ø(과시)- + -니(원칙)- + -라(← -다: 평종)

56) 어마님과: 어마님[어머님, 母親: 어마(← 어미: 어머니, 母) + -님(접미, 높임)] + -과(부조, 공동)

57) ᄒᆞᆫᄃᆡ: [함께, 한데, 同(부사): ᄒᆞᆫ(한, 一: 관사, 양수) + ᄃᆡ(데, 處: 의명)]

58) 가시다가: 가(가다, 行)- + -시(주높)- + -다가(연어, 전환)

59) ᄀᆞᆽᄇᆞ실ᄊᆡ: ᄀᆞᆽᄇᆞ[가쁘다, 힘들다, 疲: ᄀᆞᆽ(← ᄀᆞᆾ다: 힘들이다, 애쓰다, 자동)- + -ᄇᆞ(형접)-]- + -시(주높)- + -ㄹᄊᆡ(-므로: 연어, 이유)

60) ᄆᆞᆯ보기: [뒤보기, 용변보기: ᄆᆞᆯ(용변, 便) + 보(보다, 見)- + -기(명접)]

61) 탈: 탈(핑계, 트집, 故)

62) 자내: 자기, 己(인대, 재귀칭)

63) 맛디시고: 맛디[맡기다, 任: 맜(맡다, 任: 타동)- + -이(사접)-]- + -시(주높)- + -고(연어, 계기)

64) 부러: 부러, 일부러, 故(부사)

65) ᄠᅥ디여: ᄠᅥ디[뒤떨어지다, 隔: ᄠ(← ᄠᅳ다: 뜨다, 사이가 벌어지다, 隔)- + -어(연어) + 디(지다: 보용, 피동)-]- + -여(← -어: 연어)

66) ᄇᆡ여: ᄇᆡ(배다, 孕)- + -여(← -어: 연어)

67) 나햇더시니라: 낳(낳다, 産)- + -아(연어) + 잇(← 이시다: 보용, 완료 지속)- + -더(회상)- + -시(주높)- + -니(원칙)- + -라(← -다: 평종)

伽闍山(가사산)의 苦行林(고행림)에 憍陳如(교진여) 등 다섯 사람이 있는 尼連河(이련하)의 가에 오시어【河(하)는 강이다.】풀을 깔고 結跏趺坐(결가부좌)하시어 盟誓(맹서)하시되【結(결)은 겯는 것이요 加(가)는 더하는 것이요 趺(부)는 발등이요 坐(좌)는 앉는 것인, 結跏趺坐(결가부좌)는 오른쪽 발등을 왼쪽 무릎에 얹고 왼쪽 발등을 오른쪽 무릎에 얹어 서로 겯어 앉는 것이다.】 "(내가) 부처가 못 되면 안 일어나리라." 天神(천신)이 밥을 바치거늘

伽걍闍씽山산[68] 苦콩行ᅘᆡᆼ林림에 憍귷陳띤如ᅀᅧᆼ ᄃᆞᆯ[69] 다ᄉᆞᆺ 사ᄅᆞᆷ 잇ᄂᆞᆫ 尼닁連련河ᅘᅡᆼ[70]ㅅ ᄀᆞᅀᅢ[71] 오샤【河ᅘᅡᆼᄂᆞᆫ ᄀᆞᄅᆞ미라[72]】ᄑᆞᆯ[73] ᄭᆞᆯ오[74] 結겷加강趺붕坐쫭[75]ᄒᆞ샤 盟명誓솅ᄒᆞ샤ᄃᆡ【結겷은 겨를[76] 씨오[77] 加강ᄂᆞᆫ 더을[78] 씨오 趺붕는 밠등이오[79] 坐쫭ᄂᆞᆫ 안ᄌᆞᆯ 씨니 結겷加강趺붕坐쫭ᄂᆞᆫ 올ᄒᆞᆫ녁 밠드ᇰ을 왼녁 무루페[80] 엱고[81] 왼녁 발ᄃᆞᆼ을 올ᄒᆞᆫ녁 무루페 연자 서르[82] 겨러 안ᄌᆞᆯ 씨라】부텨옷[83] 몯 ᄃᆞ외면 아니 니러나리라[84] 天텬神씬이 바ᄇᆞᆯ[85] 받ᄌᆞᆸ거늘[86]

---

68) 伽闍山: 가사산. 중인도 마갈타국 가야시의 서남 쪽에 있는 '브라하묘니'이라고 하는 산이다.

69) ᄃᆞᆯ: 등, 等(의명)

70) 尼連河: 이련하. 나이란자나를 음역하여 '이련하'라 한다. 중인도 마갈타국의 가야성의 동쪽에서 북쪽으로 흐르는 강으로서 항하강의 한 지류이다. 싯다르타 태자가 출가한 후 6년 동안 고행한 뒤, 그 강물에서 목욕을 하고 강가의 보리수 아래 앉아서 정각을 얻은 것으로 유명하다. 현재 파트나(Patna) 지역의 팔구(Phalgu) 강을 말한다.

71) ᄀᆞᅀᅢ: ᄀᆞᇫ(← ᄀᆞᆺ: 가, 邊) + -애(-에: 부조, 위치)

72) ᄀᆞᄅᆞ미라: ᄀᆞᄅᆞᆷ(강, 江) + -이(서조)- + -Ø(현시)- + -라(← -다: 평종)

73) ᄑᆞᆯ: 풀, 草.

74) ᄭᆞᆯ오: ᄭᆞᆯ(깔다, 藉)- + -오(← -고: 연어, 계기)

75) 結加趺坐: 결가부좌. 부처의 좌법(坐法)으로 좌선할 때 앉는 방법의 하나이다. 왼쪽 발을 오른쪽 넓적다리 위에 놓고 오른쪽 발을 왼쪽 넓적다리 위에 놓고 앉는 것을 길상좌라고 하고, 그 반대를 항마좌라고 한다. 손은 왼 손바닥을 오른 손바닥 위에 겹쳐 배꼽 밑에 편안히 놓는다.

76) 겨를: 결(← 겯다, ㄷ불: 겯다, 編)- + -을(목조) ※ '겯다'는 대무, 갈대, 싸리 따위로 씨와 날이 서로 어긋매끼게 엮어서 짜는 것이다.

77) 씨오: ㅆ(← ᄉᆞ: 것, 의명) + -이(서조)- + -오(← -고: 연어, 나열)

78) 더을: 더으(더하다, 加)- + -을(관전)

79) 밠등이오: 밠등[발등: 발(발, 足) + -ㅅ(관조, 사잇) + 등(등, 背)] + -이(서조) + -오(← -고: 연어, 나열)

80) 무루페: 무뤂(무릎, 膝) + -에(부조, 위치)

81) 엱고: 엱(← 엱다: 얹다, 置)- + -고(연어, 계기)

82) 서르: 서로, 相(부사)

83) 부텨옷: 부텨(부처, 佛) + -옷(← -곳: 보조사, 한정 강조)

84) 니러나리라: 니러나[일어나다, 起: 닐(일다, 起)- + -어(연어) + 나(나다, 出)-]- + -리(미시)- + -라(← -다: 평종)

85) 바ᄇᆞᆯ: 밥(밥, 飯) + -ᄋᆞᆯ(목조)

86) 받ᄌᆞᆸ거늘: 받(바치다, 獻)- + -ᄌᆞᆸ(객높)- + -거늘(연어, 상황)

[38 뒤]

ᄌᆞᆸ거늘 아니 좌실ᄊᆡ 自ᄍᆞᆼ然ᅀᅧᆫ히 겨ᄐᆡ
열콰 ᄡᆞᆯ와 나긔 ᄒᆞ니라 太탱子ᄌᆞᆼㅣ ᄒᆞ
ᄅᆞ ᄒᆞᆫ 낟곰 닐웨예 ᄒᆞᆫ 낟곰 좌시고 여ᄉᆞᆺ
ᄒᆡᄅᆞᆯ 히ᄆᆞ 짓도 아니ᄒᆞ샤 한비도 오며 울
에도 ᄒᆞ며 녀르미여 겨ᅀᅳ리여 ᄒᆞᆫ 말도
아니코 안잿거시든 머리예 가치 삿기
치더니 사ᄅᆞ미 보고 荒황唐땅히 너겨
ᄑᆞ리며 남기며 고콰 귓구무 더뎌도 앗

안 자시므로 自然(자연)히 곁에 삼(麻)과 쌀이 나게 하였니라. 太子(태자)가 (삼과 쌀을) 하루에 한 낱씩 (혹은) 이레에 한 낱씩 자시고 여섯 해를 (몸을) 기울이지도 아니하시어, 큰비도 오며 우레도 치며 여름이며 겨울이며 한 말(言)도 아니 하고 앉아 있으시면 머리에 까치가 새끼를 치더니, 사람이 보고 荒唐(황당)히 여겨서 풀이며 나무를 코와 귓구멍에 던져도 없애지 아니 좌실ᄊᆡ[87] 自쫑然션히[88] 겨틔 열콰[89] ᄡᆞᆯ와[90] 나긔[91] ᄒᆞ니라 太탱子ᄌᆞㅣ ᄒᆞᄅᆞ ᄒᆞᆫ 낟곰[92] 닐웨예[93] ᄒᆞᆫ 낟곰 좌시고 여슷 ᄒᆡ를 히즛도[94] 아니ᄒᆞ샤 한비도[95] 오며 울에도[96] ᄒᆞ며 녀르미여[97] 겨ᅀᅳ리여[98] ᄒᆞᆫ 말도 아니 코[99] 안잿거시든[100] 머리예 가치[1] 삿기[2] 치더니 사ᄅᆞ미 보고 荒황唐땅히[3] 너겨 프리며 남기며[4] 고콰[5] 귓굼긔[6] 더뎌도[7] 앗디[8]

---

87) 좌실ᄊᆡ: 좌시[자시다, 食: 좌(좌, 坐: 명사) + -Ø(← -ᄒᆞ-)- + -시(주높▷접미)-]- + -ㄹᄊᆡ(-므로: 연어, 이유)

88) 自然히: [자연히(부사): 自然(자연: 명사) + -ㅎ(← -ᄒᆞ-: 형접)- + -이(부접)]

89) 열콰: 열ㅎ(삼, 麻) + -과(접조)

90) ᄡᆞᆯ와: ᄡᆞᆯ(쌀, 米) + -와(← -과: 접조)

91) 나긔: 나(나다, 出)- + -긔(-게: 연어, 도달)

92) 낟곰: 낟(← 낱: 개, 個, 의명) + -곰(-씩: 보조사, 각자)

93) 닐웨예: 닐웨(이레, 七日) + -예(← -에: 부조, 위치) ※『석가씨보』에 "日食一麻米, 或七日食一麻米"로 기술하였으므로, "마와 쌀을 하루에 한 낟씩 혹은 이레에 한 낟씩 자시고"로 옮긴다.

94) 히즛도: 히즛(기울이다, 눕다, 傾)- + -Ø(← -디: 연어, 부정)- + -도(보조사, 강조) ※ '히즛다'는 다른 문헌에 쓰인 예가 없어서 그 의미를 알 수 없다. 다만, 석보상절의 저본인 〈釋迦譜〉에는 '傾側(경측)'으로 기술되어 있어서, '히즛다'를 '기울이다'로 옮겼다.(이화숙 2004:303 참조.)

95) 한비도: 한비[큰비, 大雨: 하(크다, 大)- + -ㄴ(관전) + 비(비, 雨)] + -도(보조사, 첨가)

96) 울에도: 울에[우레, 雷: 울(← 우르다: 소리치다, 부르짖다, 叫)- + -에(명접)] + -도(보조사, 첨가)

97) 녀르미여: 녀름(여름, 夏) + -이여(-이며: 접조)

98) 겨ᅀᅳ리여: 겨ᅀᅳᆯ(겨울, 冬) + -이여(-이며: 접조)

99) 코: ㅎ[← ᄒᆞ다: 하다, 爲)- + -고(연어, 계기)

100) 안잿거시든: 앉(앉다, 坐)- + -아(연어) + 잇(← 이시다: 있다, 보용, 완료 지속)- + -시(주높)- + -거든(-거든, -면: 조건) ※ '안잿거시든'은 '앉아 잇거시든'이 축약된 형태이다.

1) 가치: 가치(까치, 鵲) + -Ø(← -이: 주조)

2) 삿기: 새끼, 子.

3) 荒唐히: [황당히(부사): 荒唐(황당: 명사) + -ㅎ(← -ᄒᆞ-:형접)- + -이(부접)]

4) 남기며: 낡(← 나모: 나무, 木) + -이며(접조)

5) 고콰: 고ㅎ(코, 鼻) + -과(접조)

6) 귓굼긔: 귓굶[귓구멍, 耳孔: 귀(귀, 耳) + -ㅅ(관조, 사잇) + 굶(구멍, 孔)] + -의(-에: 부조, 위치)

7) 더뎌도: 더디(던지다, 投)- + -어도(연어, 양보)

8) 앗디: 앗(앗다, 없애다, 棄去)- + -디(-지: 연어, 부정)

[39 앞]

아니 하시더니, 憍陳如(교진여) 등 다섯 사람도 좇아서 苦行(고행)하더라. 【苦行(고행)은 受苦(수고)로이 修行(수행)하는 것이다.】 다섯 사람이 王(왕)께 사람을 시키어 苦行(고행)하시는 辭緣(사연)을 사뢰거늘, 王(왕)이 매우 슬퍼하여 재물을 실은 수레 五百(오백)을 꾸미시며, 大愛道(대애도)와 耶輸(야수)도 각각 재물을 실은 수레 五百(오백)을 꾸며 車匿(차닉)이를 아니 ᄒᆞ시더니 憍굥陳띤如ᅀᅧᆼ[9] 둘 다ᄉᆞᆺ 사ᄅᆞᆷ도 졷ᄌᆞᄫᅡ[10] 苦콩行ᅘᆡᆼᄒᆞ더라【苦콩行ᅘᆡᆼ은 受쓰ᇢ苦콩ᄅᆞᄫᅵ[11] 修ᅀᅳᇢ行ᅘᆡᆼᄒᆞᆯ 씨라】다ᄉᆞᆺ 사ᄅᆞ미 王왕ᄭᅴ[12] 사ᄅᆞᆷ 브려[13] 苦콩行ᅘᆡᆼᄒᆞ시는 辭ᄊᆞᆼ緣원을 ᄉᆞᆲ바ᄂᆞᆯ[14] 王왕이 ᄀᆞ장[15] 슬ᄒᆞ샤[16] 쳔랴ᇰ[17] 시룬[18] 술위[19] 五ᅌᅩᆼ百ᄇᆡᆨ ᄭᅮ미시며[20] 大땡愛ᅙᆡᆼ道또ᇢ와 耶ᅌᅣᆼ輸ᅀᅲᇢ와도 各각各각 쳔랴ᇰ 시룬 술위 五ᅌᅩᆼ百ᄇᆡᆨ을 ᄭᅮ며 車챵匿닉일[21]

---

9) 憍陳如: 석가모니(釋迦牟尼)가 출가(出家)한 뒤 정반왕(淨飯王)이 그 소식을 알기 위하여 밀파(密派)한 사람이다. 석존(釋尊)이 성도(成道)한 후 먼저 불제자(佛弟子)가 되어 다섯 비구(比丘)의 우두머리가 되었음. 아야교진여(阿若憍陳如)라고도 한다.

10) 졷ᄌᆞᄫᅡ: 졷(← 좇다: 좇다, 따르다, 從)- + -ᄌᆞᇦ(← -ᄌᆞᆸ-: 객높)- + -아(연어)

11) 受苦ᄅᆞᄫᅵ: [수고로이, 苦(부사): 受苦(수고: 명사) + -ᄅᆞᇦ(← -ᄅᆞᆸ-: 형접)- + -이(부접)]

12) 王ᄭᅴ: 王(왕) + -ᄭᅴ(-께: 부조, 상대, 높임) ※ '-ᄭᅴ'는 [-ㅅ(관조) + -긔(거기에: 의명)]의 방식으로 형성된 파생 조사이다.

13) 브려: 브리(부리다, 시키다, 使)- + -어(연어)

14) ᄉᆞᆲ바ᄂᆞᆯ: ᄉᆞᆲ(← ᄉᆞᆲ다, ㅂ불: 사뢰다, 아뢰다, 白)- + -아ᄂᆞᆯ(-거늘: 연어, 상황)

15) ᄀᆞ장: 매우, 아주(부사)

16) 슬ᄒᆞ샤: 슳(슬퍼하다, 悲)- + -으샤(← -으시-: 주높)- + -Ø(← -아: 연어)

17) 쳔랴ᇰ: 재물, 資.

18) 시룬: 실(← 싣다, ㄷ불: 싣다, 載)- + -Ø(과시)- + -우(대상)- + -ㄴ(관전)

19) 술위: 수레, 車.

20) ᄭᅮ미시며: ᄭᅮ미(꾸미다, 飾)- + -시(주높)- + -며(연어, 나열)

21) 車匿일: 車匿이[차닉이(인명): 車匿(차익) + -이(접미, 어조 고룸)] + -ㄹ(목조)

ᄂᆡ일領령ᄒᆞ야보내신대太ᄐᆡᆼ子ᄌᆞᆼㅣ
아니바다도로보내시니라太ᄐᆡᆼ子ᄌᆞᆼ
ㅣ苦콩行ᅘᆡᆼ오래ᄒᆞ샤ᄉᆞᆯ히여위실ᄲᅮᆫ
뎡金금色ᄉᆡᆨ光광ᄋᆞᆫ더옥빗나더시다
太ᄐᆡᆼ子ᄌᆞᆼㅣ너기샤ᄃᆡ여윈모ᄆᆞ로菩
뽕提뗑樹쓩에가면菩뽕提뗑樹쓩ᄂᆞᆫ부톄그나모아래
안ᄌᆞ샤菩뽕提뗑ᄅᆞᆯ일우실ᄊᆡ菩뽕提뗑樹쓩ㅣ라ᄒᆞᄂᆞ니라後ᅘᆞᇢㅅ
사ᄅᆞ미긔롱ᄒᆞᄃᆡ주ᇰ으로므로부터ᄃᆞ

領(영)하여 보내시니, 太子(태자)가 (차닉이를) 아니 받아 도로 보내셨니라. 太子(태자)가 苦行(고행)을 오래 하시어 살이 여위실 뿐이지 金色光(금색광)은 더욱 빛나시더라. 太子(태자)가 여기시되 "여윈 몸으로 菩提樹(보리수)에 가면【菩提樹(보리수)는 부처가 그 나무 아래에 앉으시어 菩提(보리)를 이루시므로, 菩提樹(보리수)라 하느니라.】, 後(후)의 사람이 譏弄(기롱)하되 '굶주림으로써 부처가 되었다.'

領령ᄒᆞ야[22] 보내신대[23] 太탱子ᄌᆞᆼ ㅣ 아니 바다 도로[24] 보내시니라 太탱子ᄌᆞᆼ ㅣ 苦콩行ᅘᆡᇰ 오래[25] ᄒᆞ샤 ᄉᆞᆯ히[26] 여위실ᄲᅮᆫ뎡[27] 金금色식光광ᄋᆞᆫ 더옥[28] 빗나더시다[29] 太탱子ᄌᆞ ㅣ 너기샤ᄃᆡ 여윈 모ᄆᆞ로[30] 菩뽕提똉樹쓩[31]에 가면【菩뽕提똉樹쓩는 부톄[32] 그 나모 아래 안ᄌᆞ샤 菩뽕提똉ᄅᆞᆯ 일우실ᄊᆡ[33] 菩뽕提똉樹쓩ㅣ라[34] ᄒᆞᄂᆞ니라】後ᅘᅮᇢㅅ 사ᄅᆞ미 긔롱호ᄃᆡ[35] 주으료ᄆᆞ로[36] 부텨 ᄃᆞ외다[37]

---

22) 領ᄒᆞ야: 領ᄒᆞ[통솔하다, 거느리다: 領(영: 불어) + -ᄒᆞ(동접)-]- + -야(← -아: 연어) ※ '領(영)은 원래는 '거느리다'의 뜻을 나타내나, 여기서는 문맥상 '딸려서'의 뜻으로 옮긴다.

23) 보내신대: 보내(보내다, 遣)- + -시(주높)- + -ㄴ대(-는데, -니: 연어, 반응)

24) 도로: [도로, 逆(부사): 돌(돌다, 廻: 동사)- + -오(부접)]

25) 오래: [오래, 久(부사): 오래(오래다, 久: 형사)- + -Ø(부접)]

26) ᄉᆞᆯ히: ᄉᆞᆯㅎ(살, 肉) + -이(주조)

27) 여위실ᄲᅮᆫ뎡: 여위(여위다, 瘦)- + -시(주높)- + -ㄹᄲᅮᆫ뎡(-을뿐이지: 연어, 무관) ※ '-ㄹᄲᅮᆫ뎡'은 앞 절에 표현된 사실이 뒤 절에 표현된 사실에 무관함을 나타내는 연결 어미이다.

28) 더옥: 더욱, 益(부사)

29) 빗나더시다: 빗나[빛나다, 光: 빗(← 빛: 빛, 光, 명사) + 나(나다, 出)-]- + -더(회상)- + -시(주높)- + -다(평종)

30) 모ᄆᆞ로: 몸(몸, 身) + -ᄋᆞ로(-으로: 부조, 방편)

31) 菩提樹: 보리수. 석가모니가 그 아래에서 변함없이 진리를 깨달아 불도(佛道)를 이루었다고 하는 나무이다.

32) 부톄: 부텨(부처, 佛) + -ㅣ(← -이: 주조)

33) 일우실ᄊᆡ: 일우[이루다, 成: 일(이루어지다, 成: 자동)- + -우(사접)-]- + -시(주높)- + -ㄹᄊᆡ(-므로: 연어, 이유)

34) 菩提樹ㅣ라: 菩提樹(보리수) + -ㅣ(← -이-: 서조)- + -Ø(현시)- + -라(← -다: 평종)

35) 긔롱호ᄃᆡ: 긔롱ㅎ[← 긔롱ᄒᆞ다(기롱하다): 긔롱(기롱, 譏弄: 명사) + -ᄒᆞ(동접)-]- + -오ᄃᆡ(-되: 연어, 설명의 계속) ※ '긔롱(譏弄)'은 실없는 말로 놀리는 것이다.

36) 주으료ᄆᆞ로: 주으리(주리다, 굶주리다, 餓)- + -옴(명전) + -ᄋᆞ로(부조, 방편)

37) ᄃᆞ외다: ᄃᆞ외(되다, 爲)- + -Ø(과시)- + -다(평종)

외다ᄒᆞ리니보ᄃᆞ라ᄫᆞᆫ차바ᄂᆞᆯ머거모
미아래ᄀᆞᆮ거ᅀᅡ成쎵佛뿛호리라ᄒᆞ시
니그저긔ᄒᆞᆫ長댱者쟝ㅣᄯᆞ리쇠져ᄌᆞ
로粥쥭ᄡᅮ어樹쓩神씬올이바도려ᄒᆞ
니樹쓩神씬ᄋᆞᆫ나못神씬靈령이라그粥쥭이가마애
셔열자콤소사올아아니담기거늘虛
헝空콩애셔닐오ᄃᆡ큰菩뽕薩삻이뎌
에겨시니네前쪈生싱앳發벓願원이

하리니, 보드라운 음식을 먹어 몸이 예전과 같아야만 成佛(성불)하리라." 하시니, 그때에 한 長者(장자)의 딸이 쇠젖으로 粥(죽)을 쑤어 樹神(수신)을 대접하려 하니【樹神(수신)은 나무의 神靈(신령)이다.】그 粥(죽)이 가마에서 열 자(十尺)씩 솟아올라 아니 담기거늘, 虛空(허공)에서 이르되 "큰 菩薩(보살)이 저기에 계시니, 너의 前生(전생)에 있을 때의 發願(발원)이

ᄒᆞ리니 보ᄃᆞ라ᄫᆞᆫ[38] 차바ᄂᆞᆯ[39] 머거 모미 아래[40] ᄀᆞᆮ거ᅀᅡ[41] 成쎵佛뿛호리라[42] ᄒᆞ시니 그 저긔 ᄒᆞᆫ 長댱者쟝의 ᄯᆞ리[43] 쇠져즈로[44] 粥쥭[45] 쑤어[46] 樹쓩神씬[47]ᄋᆞᆯ 이바도려[48] ᄒᆞ니【樹쓩神씬ᄋᆞᆫ 나못 神씬靈령이라】그 粥쥭이 가마애져[49] 열 자곰[50] 소사올아[51] 아니 담기거늘[52] 虛헝空콩애셔 닐오ᄃᆡ 큰 菩뽕薩삻이 뎌에[53] 겨시니 네[54] 前쪈生싱앳[55] 發벓願원[56]이

---

38) 보ᄃᆞ라ᄫᆞᆫ: 보ᄃᆞ랗(← 보ᄃᆞ랍다, ㅂ불: 보드랍다, 柔)- + -Ø(현시)- + -ᄋᆞᆫ(관전)

39) 차바ᄂᆞᆯ: 차반(음식, 飮食) + -ᄋᆞᆯ(목조)

40) 아래: 아래(예전, 昔) + -Ø(← -이: -과, 부조, 비교)

41) ᄀᆞᆮ거ᅀᅡ: ᄀᆞᆮ(← ᄀᆞᆮᄒᆞ다: 같다, 同)- + -거(확인)- + -어ᅀᅡ(-어야: 연어, 필연적 조건)

42) 成佛호리라: 成佛ㅎ[← 成佛ᄒᆞ다(성불하다): 成佛(성불: 명사) + -ᄒᆞ(동접)-]- + -오(화자)- + -리(미시)- + -라(← -다: 평종)

43) ᄯᆞ리: ᄯᆞᆯ(딸, 女息) + -이(주조)

44) 쇠져즈로: 쇠졎[쇠젖, 牛乳: 소(소, 牛) + -ㅣ(-의: 관조) + 졎(젖, 乳)] + -으로(부조, 방편)

45) 粥: 죽.

46) 쑤어: 쑤(쑤다, 끓이다, 沸)- + -어(연어)

47) 樹神: 수신. 나무의 신령이다.

48) 이바도려: 이받(음식으로 대접하다, 供養)- + -오려(-으려: 연어, 의도)

49) 가마애져: 가마(가마, 釜) + -애(-에: 부조, 위치) + -져(↚ -셔: -서, 보조사, 위치, 강조) ※ '가마애져'는 '가마애셔'를 오각한 형태이다.

50) 자곰: 자ㅎ(← 자: 자, 尺, 의명) + -곰(-씩: 보조사, 각자)

51) 소사올아: 소사올[← 소사오ᄅᆞ다(솟아오늘다, 噴出): 솟(솟다, 噴)- + -아(연어) + 오ᄅᆞ(오르다, 登)-]- + -아(연어)

52) 담기거늘: 담기[담기다, 沈: 담(담다, 含)- + -기(피접)-]- + -거늘(연어, 상황)

53) 뎌에: 저기에, 彼(지대, 정칭)

54) 네: 너(너, 汝: 인대, 2인칭) + -ㅣ(-의: 관조)

55) 前生앳: 前生(전생) + -애(-에: 부조, 위치) + -ㅅ(-의: 관조)

56) 發願: 발원. 신이나 부처에게 소원을 비는 것이나, 또는 그 소원이다.

[40 뒤]

있으니 먼저 菩薩(보살)께 바치라. 그 딸이 그 말을 듣고야 金(금) 바리에 담아 尼連水(이련수)의 가에 갔니라. 太子(태자)가 물에 들어 沐浴(목욕)을 감으시거늘 諸天(제천)이 種種(종종)의 花香(화향)을 물에 흩뿌리더니, 樹神(수신)이 가지를 굽히니 太子(태자)가 (가지를) 당기어 (물에서) 나가시거늘 兜率天子(도솔천자)가 하늘의 袈裟(가사)를 입히셨니라.

잇ᄂᆞ니[57] 몬져[58] 菩뽕薩삻ᄭᅴ 받ᄌᆞᄫᆞ라[59] 그 ᄯᆞ리 그 말 듣고ᅀᅡ[60] 金금 바리예[61] 다마 尼닝連련水쉉[62]ㅅ ᄀᆞᅀᅢ[63] 가니라[64] 太탱子ᄌᆞᆼ ㅣ 므레[65] 드러 沐목浴욕 ᄀᆞᆷ거시ᄂᆞᆯ[66] 諸졍天텬이 種죵種죵 花황香향[67]ᄋᆞᆯ 므레 비터니[68] 樹쓩神씬이 가지ᄅᆞᆯ 구핀대[69] 太탱子ᄌᆞᆼ ㅣ ᄃᆞᆼ기야[70] 나거시ᄂᆞᆯ[71] 兜둫率숋天텬子ᄌᆞᆼ[72] ㅣ 하ᄂᆞᆳ 袈강裟상[73]ᄅᆞᆯ 니피ᅀᆞᄫᆞ니라[74]

---

57) 잇ᄂᆞ니: 잇(← 이시다: 있다, 有)- + -ᄂᆞ(현시)- + -니(연어, 설명의 계속, 이유)

58) 몬져: 먼저, 先(부사)

59) 받ᄌᆞᄫᆞ라: 받(바치다, 獻)- + -ᄌᆞᇦ(← -ᄌᆞᆸ-: 객높)- + -ᄋᆞ라(명종)

60) 듣고ᅀᅡ: 듣(듣다, 聞)- + -고(연어, 계기) + -ᅀᅡ(-야: 보조사, 한정 강조)

61) 바리예: 바리(바리) + -예(← -에: 부조, 위치) ※ '바리'는 '바리때'이다. 절에서 쓰는 승려의 공양 그릇로서, 나무나 놋쇠 따위로 대접처럼 만들어 안팎에 칠을 한다.

62) 尼連水: 이련수. 이련수(尼連水)이다.

63) ᄀᆞᅀᅢ: ᄀᆞᇫ(← ᄀᆞᆺ: 가, 邊) + -애(-에: 부조, 위치)

64) 가니라: 가(가다, 去)- + -∅(과시)- + -니(원칙)- + -라(← -다: 평종)

65) 므레: 믈(물, 水) + -에(부조, 위치)

66) ᄀᆞᆷ거시ᄂᆞᆯ: ᄀᆞᆷ(감다, 洗)- + -시(주높)- + -거…ᄂᆞᆯ(-거늘: 연어, 상황)

67) 花香: 화향. 불전에 올리는 꽃과 향을 이른다.

68) 비터니: 빟(흩뿌리다, 散)- + -더(회상)- + -니(연어, 설명의 계속)

69) 구핀대: 구피[굽히다, 曲: 굽(굽다, 曲: 자동)- + -히(사접)-]- + -ㄴ대(-는데, -니: 연어, 반응)

70) ᄃᆞᆼ기야: ᄃᆞᆼ기(당기다, 引)- + -야(← -아: 연어)

71) 나거시ᄂᆞᆯ: 나(나다, 나가다, 出)- + -시(주높)- + -거…ᄂᆞᆯ(-거늘: 연어, 상황)

72) 兜率天子: 도솔천자. 도솔천(兜率天)을 다스리는 신(神)이다.

73) 袈裟: 가사. 승려가 장삼 위에, 왼쪽 어깨에서 오른쪽 겨드랑이 밑으로 걸쳐 입는 법의(法衣). 종파에 따라 빛깔과 형식을 엄격히 규정하고 있다.

74) 니피ᅀᆞᄫᆞ니라: 니피[입히다: 입(입다, 着: 타동)- + -히(사접)-]- + -ᅀᆞᇦ(← -ᅀᆞᆸ-: 객높)- + -∅(과시)- + -ᄋᆞ니(원칙)- + -라(← -다: 평종)

[41 앞]

·니·라 그제·사 그 ᄯᆞ·리 粥·쥭 가져 드러 머
·리 조ᅀᆞ·ᄫᆞ·ᄂᆞᆯ 바다 :좌시·고 그 바리·ᄅᆞᆯ ᄆᆞ
·레 더·디신·대 帝·뎽釋·셕·이 가져 忉ᄐᆞᇢ利
·링天텬·에 ·가·아 塔·탑 일·어 供공養·양ᄒᆞ
·ᅀᆞᆸ더·라 이 塔·탑ᄋᆞᆫ 天텬上·썅 네 塔·탑 ·앳 ᄒᆞ나·히·라 沐·목浴·욕ᄒᆞ샤·미 부
텻 나·히 셜흐니러시니 穆·목王왕 네찻 ᄒᆡ 癸·귕未·밍·라 太·탱子·ᄌᆞᆼ
ㅣ 粥·쥭 :좌·신 後:ᅘᅮᇢ·에 양ᄌᆞ·ㅣ 녜 곧ᄒᆞ·거·시
·ᄂᆞᆯ 憍굫陳띤如ᅀᅧᆼ ·ᄃᆞᆯ 다ᄉᆞᆺ 사ᄅᆞ·미 ·보ᅀᆞᆸ

그제야 그 딸이 粥(죽)을 가지고 들어서 머리를 조아리거늘, (태자가) 받아 자시고 그 바리를 물에 던지시니, 帝釋(제석)이 가지고 忉利天(도리천)에 가서 塔(탑)을 세워 供養(공양)하더라. 【이 塔(탑)은 天上(천상)의 네 塔(탑) 중에 있는 하나이다. 沐浴(목욕)하신 것이 부처의 나이 설흔이시더니, 穆王(목왕) 넷째 해 癸未(계미)이다.】 太子(태자)가 粥(죽)을 자신 後(후)에 모습이 옛날과 같으시거늘, 憍陳如(교진여) 등 다섯 사람이 보고

그제사[75] 그 ᄯᆞ리 粥쥭 가져 드러 머리 조ᅀᆞ바ᄂᆞᆯ[76] 바다 좌시고 그 바리ᄅᆞᆯ 므레 더디신대[77] 帝뎽釋셕[78]이 가져 忉돌利링天텬에 가아 塔탑 일어[79] 供공養양ᄒᆞᅀᆞᆸ더라【이 塔탑ᄋᆞᆫ 天텬上썅 네 塔탑앳[80] ᄒᆞ나히라[81] 沐목浴욕ᄒᆞ샤미[82] 부텨 나히 셜흐니러시니[83] 穆목王왕[84] 네찻[85] 히 癸귕未밍라[86]】太탱子ᄌᆞᆼㅣ 粥쥭 좌신 後ᅘᅮᇢ에 양ᄌᆡ[87] 녜[88] ᄀᆞᄐᆞ거시ᄂᆞᆯ[89] 憍ᇢ陳띤如셩 ᄃᆞᆯ 다ᄉᆞᆺ 사ᄅᆞ미 보ᅀᆞᆸ고

---

75) 그제ᅀᅡ: 그제[그제, 그때: 그(그, 彼: 관사, 정칭) + 제(때, 時: 의명)] + -ᅀᅡ(보조사, 한정 강조)

76) 조ᅀᆞ바ᄂᆞᆯ: 좃(조아리다, 頓)- + -ᅀᆞᇦ(← -ᅀᆞᆸ-: 객높)- + -아ᄂᆞᆯ(-거늘: 연어, 상황)

77) 더디신대: 더디(던지다, 投)- + -시(주높)- + -ㄴ대(-는데, -니: 연어, 반응)

78) 帝釋: 제석. 불교의 세계관에 의하면 세계의 중앙에 수미산(須彌山)이 있는데 그 정상에 도리천이라는 하늘이 있다고 한다. 제석은 선견성(善見城)에 머무르면서 사천왕(四天王)과 주위의 32천왕(天王)을 통솔한다. 그는 불법을 옹호하며, 불법에 귀의하는 사람들을 보호할 뿐 아니라, 아수라(阿修羅)의 군대를 정벌하기도 한다.

79) 일어: 일(← 이ᄅᆞ다: 건립하다, 세우다, 建)- + -어(연어)

80) 塔앳: 塔(탑) + -애(-에: 부조, 위치) + -ㅅ(-의: 관조) ※ '塔앳'는 '塔 중에 있는'으로 의역하여 옮긴다.

81) ᄒᆞ나히라: ᄒᆞ낳(하나, 一: 수사, 양수) + -이(서조)- + -Ø(현시)- + -라(← -다: 평종)

82) 沐浴ᄒᆞ샤미: 沐浴ᄒᆞ[목욕하다: 沐浴(목욕: 명사) + -ᄒᆞ(동접)-]- + -샤(← -시-: 주높)- + -ㅁ(← -옴: 명전) + -이(주조)

83) 셜흐니러시니: 셜흔(서른, 三十: 수사, 양수) + -이(서조)- + -러(← -더-: 회상)- + -시(주높)- + -니(연어, 설명의 계속)

84) 穆王: 목왕. 중국 주(周)나라의 제5대 왕(이름은 희만(姬滿)이고, 소왕(昭王)의 아들이다.

85) 네찻: 네차[넷째, 第四(수사, 서수): 네(넷, 四: 수사, 양수) + -차(-째: 접미, 서수)] + -ㅅ(-의: 관조)

86) 癸未라: 癸未(계미) + -Ø(서조)- + -Ø(현시)- + -라(← -다: 평종) ※ '癸未(계미)'는 육십갑자의 스무째이다.

87) 양ᄌᆡ: 양ᄌᆞ(양자, 모습, 樣子) + -ㅣ(← -이: 주조)

88) 녜: 녜(옛날, 昔) + -Ø(← -이: -과, 부조, 비교)

89) ᄀᆞᄐᆞ거시ᄂᆞᆯ: ᄀᆞᄐᆞ(같다, 同)- + -시(주높)- + -거ᄂᆞᆯ(연어, 상황)

[41 뒤]

修行(수행)이 해이해졌구나." 여겨서 다 자기가 있던 데에 돌아가거늘, 菩薩(보살)이 혼자 畢鉢羅樹(필발라수)로 가시더니【畢鉢羅樹(필발라수)는 줄기가 누르고 희고, 가지와 잎이 퍼렇고, 겨울에도 잎이 아니 지나니, 부처가 이 나무 밑에 앉으시어 正覺(정각)을 이루시므로, 菩提樹(보리수)라고도 하느니라. 부처 金剛定(금강정)에 드시므로 이 나무 아래를 金剛座(금강좌)이라고 하나니, 金剛座(금강좌)는 굳은 道理(도리)에 一定(일정)하는 것이다.】 德重(덕중)하시므로 地動(지동)하며, 五百(오백)

修슝行ᅘᆡᆼ이 늘의샷다[90] 너겨 다 제 잇던 ᄃᆡ 도라 니거늘[91] 菩뽕薩삻이 ᄒᆞ오ᅀᅡ[92] 畢빓鉢밣羅랑樹쓩[93]로 가더시니【畢빓鉢밣羅랑樹쓩는 으ᄯᅳ미[94] 누르고 ᄒᆡ오[95] 가지와 닙괘[96] 퍼러코[97] 겨ᅀᅳ레도[98] 닙 아니 디ᄂᆞ니[99] 부톄 이 나모 미틔 안ᄌᆞ샤[100] 正졍覺각[1]올 일우실ᄊᆡ 菩뽕提뗑樹쓩ㅣ라도[2] ᄒᆞᄂᆞ니라 부톄 金금剛강定뗭[3]에 드르실ᄊᆡ 이 나모 아래를 金금剛강座쫭ㅣ라 ᄒᆞᄂᆞ니 金금剛강定뗭은 구든[4] 道똫理링예 一읋定뗭홀[5] ᄊᆞ라】 德득重뜡ᄒᆞ실ᄊᆡ[6] 地띵動똥ᄒᆞ며[7] 五옹百빅

---

90) 늘의샷다: 늘의(해이해지다, 느려지다, 退轉)- + -샤(← -시-: 주높)- + -Ø(과시)- + -옷(감동)- + -다(평종)

91) 니거늘: 니(가다, 行)- + -거늘(연어, 상황)

92) ᄒᆞ오ᅀᅡ: 혼자, 獨(부사)

93) 畢鉢羅樹: 필발라수. 보리수(菩提樹)의 다른 이름이다.

94) 으ᄯᅳ미: 으ᄯᅳᆷ(줄기, 幹) + -이(주조)

95) ᄒᆡ오: ᄒᆡ(희다, 白)- + -오(← -고: 연어, 나열)

96) 닙괘: 닙(← 닢: 잎, 葉) + -과(접조) + -ㅣ(← -이: 주조)

97) 퍼러코: 퍼렇(← 퍼러ᄒᆞ다: 퍼렇다, 靑)- + -고(연어, 나열)

98) 겨ᅀᅳ레도: 겨ᅀᅳᆯ(겨울, 冬) + -에(부조, 위치) + -도(보조사, 첨가)

99) 디ᄂᆞ니: 디(지다, 落)- + -ᄂᆞ(현시)- + -니(연어, 설명의 계속, 이유)

100) 안ᄌᆞ샤: 앉(앉다, 坐)- + -ᄋᆞ샤(-ᄋᆞ시-: 주높)- + -Ø(← -아: 연어)

1) 正覺: 정각. 올바른 깨달음. 일체의 참된 모습을 깨달은 더할 나위 없는 지혜이다.

2) 菩提樹ㅣ라도: 菩提樹(보리수) + -ㅣ(← -이-: 서조)- + -Ø(현시)- + -라(← -다: 평종) + -도(보조사, 첨가)

3) 金剛定: 금강정. 금강(金剛)에 비유되는 선정(禪定)이라는 뜻이다. 온갖 분별과 번뇌를 깨뜨려 버리는 선정이다.

4) 구든: 굳(굳다, 堅)- + -Ø(현시)- + -ㄴ(관전)

5) 一定홀: 一定ᄒᆞ[일정하다: 一定(일정: 명사) + -ᄒᆞ(동접)-]- + -ㄹ(관전) ※ '一定(일정)'은 하나의 일에 마음이 고정(固定)되어 움직이지 않는 것이다.

6) 德重ᄒᆞ실ᄊᆡ: 德重ᄒᆞ[덕중하다: 德重(덕중 : 명사) + -ᄒᆞ(형접)-]- + -시(주높)- + -ㄹᄊᆡ(-므로: 연어, 이유) ※ '德重(덕중)'은 덕(德)이 많은 것이다.

7) 地動ᄒᆞ며: 地動ᄒᆞ[지동하다: 地動(지동: 명사) + -ᄒᆞ(동접)-]- + -며(연어, 나열) ※ '地動(지동)'은 땅이 움직이는 것이다.

[42 앞]

파랑새가 (태자를) 圍繞(위요)하여 날며 瑞雲(서운)과 香風(향풍)이 섞여 엉기어 있더니【瑞雲(서운)은 祥瑞(상서)로운 구름이요 香風(향풍)은 香(향)기로운 바람이다.】, 눈먼 龍(용)도 눈이 떠져서 祥瑞(상서)를 보고 讚嘆(찬탄)하며, 한 '迦茶(가다)'라고 하는 龍(용)이 長壽(장수)하여 예전의 세 부처의 成道(성도)를 보았더니【세 부처는 拘樓孫佛(구루손불)과 拘那含牟尼佛(구나함모니불)과 迦葉佛(가섭불)이시니라. 成道(성도)는 道理(도리)를 이루시는

靑쳥새[8] 圍윙繞ᅀᅧᇢᄒᆞᅀᆞ바[9] ᄂᆞᆯ며 瑞쒱雲운[10] 香향風봉이 섯버므러[11] 잇더니【瑞쒱雲운은 祥쌍瑞쒱[12]옛 구루미오[13] 香향風봉ᄋᆞᆫ 香향 ᄇᆞᄅᆞ미라[14]】눈먼[15] 龍룡도 누니 ᄠᅥ[16] 祥쌍瑞쒱 보ᅀᆞᆸ고 讚잔嘆탄ᄒᆞᅀᆞᄫᆞ며[17] ᄒᆞᆫ 迦강茶똥ㅣ라[18] ᄒᆞᇙ[19] 龍룡이 長땽壽쓯ᄒᆞ야 아래[20] 세 부텻 成쎵道똫ᄅᆞᆯ 보ᅀᆞ바 잇더니[21]【세 부텨는 拘궁樓뤃孫손佛뿛[22]와 拘궁那낭含ᅘᅡᆷ牟뭏尼닝佛뿛[23]와 迦강葉셥佛뿛[24]이시니라 成쎵道똫ᄂᆞᆫ 道똫理링 일우실

---

8) 靑새: 靑새[靑새, 고지새, 靑雀: 靑(청: 명사) + 새(새, 鳥: 명사)] + -∅(← -이: 주조) ※ '靑새'는 고지새이다. 수컷은 머리가 검은 남색이고 어깨깃은 노란 회갈색이다. 꼬리 위 털깃은 회색에 끝이 남색이고 나머지 깃은 잿빛을 띤 갈색이다.

9) 圍繞ᄒᆞᅀᆞ바: 圍繞ᄒᆞ[圍繞하다 : 圍繞(위요: 명사) + -ᄒᆞ(동접)-]- + -ᅀᆞᇦ(← -ᅀᆞᆸ-: 객높)- + -아(연어) ※ '圍繞(위요)'는 부처의 둘레를 돌아다니는 것이다.

10) 瑞雲: 서운. 상서로운 구름이다.

11) 섯버므러: 섯버믈[섞이어 엉키다, 交涉: 섯(← 섞다: 섞다, 混)- + 버믈(얽매이다, 걸리다, 累)-]- + -어(연어)

12) 祥瑞옛: 祥瑞(상서) + -예(← -에: 부조, 위치) + -ㅅ(-의: 관조) ※ '祥瑞(상서)'는 복되고 길한 일이 일어날 조짐이다. '祥瑞옛'은 '상서로운'으로 의역하여 옮긴다.

13) 구루미오: 구룸(구름, 雲) + -이(서조)- + -오(← -고: 연어, 나열)

14) 香 ᄇᆞᄅᆞ미라: 香(향: 명사) # ᄇᆞᄅᆞᆷ(바람, 風) + -이(서조)- + -∅(현시)- + -라(← -다: 평종) ※ '香 ᄇᆞᄅᆞᆷ'은 향기로운 바람이다.

15) 눈먼: 눈머[← 눈멀다(눈멀다, 盲): 눈(눈, 目) + 멀다(멀다, 盲)-]- + -∅(과시)-]- + -ㄴ(관전)

16) ᄠᅥ: ᄠᅳ(← ᄠᅳ다: 떠지다, 盻)- + -어(연어)

17) 讚嘆ᄒᆞᅀᆞᄫᆞ며: 讚嘆ᄒᆞ[찬탄하다: 讚嘆(찬탄: 명사) + -ᄒᆞ(동접)- + -ᅀᆞᇦ(← -ᅀᆞᆸ-: 객높)- + -ᄋᆞ며(연어, 나열)

18) 迦茶ㅣ라: 迦茶(가다: 명사) + -ㅣ(← -이-: 서조)- + -∅(현시)- + -라(← -다: 평종)

19) ᄒᆞᇙ: ᄒᆞ(← ᄒᆞ다: 하다, 曰)- + -오(대상)- + -ᇙ(관전)

20) 아래: 예전, 昔.

21) 보ᅀᆞ바 잇더니: 보(보다, 見)- + -ᅀᆞᇦ(← -ᅀᆞᆸ-: 객높)- + -아(연어) # 잇(← 이시다: 있다, 보용, 완료 지속)- + -더(회상)- + -니(연어, 설명의 계속) ※ '보ᅀᆞ바 잇더니'를 직역하면 '보아 있더니'로 옮겨야 하는데, 여기서는 문맥을 감안하여 '보았더니'로 의역하여 옮긴다.

22) 拘樓孫佛: 구루손불. 과거칠불(過去七佛)의 하나이며, 현겁(賢劫) 중에 출현하여 시리사수(尸利沙樹) 아래에서 성불하였다고 한다.

23) 拘那含牟尼佛: 구나함모니불. 과거칠불 중 다섯번째 부처이며, 현겁 천불 중 두 번째 부처이다.

24) 迦葉佛: 가엽불. 과거칠불 중 여섯번째 부처이고 현겁(賢劫) 천불(千佛) 중 세 번째 부처이다.

[42 뒤]

ᄡᅵ라 眷권屬쑉 ᄃᆞ리고 香향花황
ᄅᆔ며 幡펀이며 蓋갱며 가져 나아 供
養양ᄒᆞᅀᆞᆸ거늘 諸졍天텬이 몬져 하ᄂᆞᇗ
幡펀과 蓋갱와 가져다가 즘게 우희 ᄃᆞ
라 보람ᄃᆞ니라 西솅天텬ㅅ 法법에 모
로매 프를 ᄭᆞᆯ오 안ᄶᅥ니 天텬帝뎽釋셕
이 사ᄅᆞ미 ᄃᆞ외야 孔콩雀작이 목 빗ᄀᆞ
ᄐᆞᆫ 프를 뷔여 가거늘 菩뽕薩삻이 일훔

것이다.】, 眷屬(권속)을 데리고 香花(향화)이며 풍류며 幡(번)이며 蓋(개)를 가져 나가서 (태자를) 供養(공양)하거늘, 諸天(제천)이 먼저 하늘의 幡(번)과 蓋(개)를 가져다가 나무 위에 달아 표시를 두었니라. 西天(서천)의 法(법)에 모름지기 풀을 깔고 앉더니, 天帝釋(천제석)이 사람이 되어 孔雀(공작)의 목 빛과 같은 풀을 베어 가거늘, 菩薩(보살)이 (그 풀의) 이름을 씨라】 眷권屬속[25] ᄃᆞ리고[26] 香향花황ㅣ며[27] 풍ᄅᆔ며[28] 幡펀이며[29] 蓋갱며[30] 가져 나아 供공養양ᄒᆞᅀᆞᆸ거늘 諸졍天텬이 몬져 하ᄂᆞᆳ 幡펀과 蓋개와 가져다가[31] 즘게[32] 우희[33] ᄃᆞ라[34] 보람[35] 두니라[36] 西솅天텬[37]ㅅ 法법에 모로매[38] 프를[39] ᄭᆞᆯ오[40] 안ᄯᅥ니[41] 天텬帝뎽釋셕이 사ᄅᆞ미 ᄃᆞ외야 孔콩雀작[42]이 목 빗[43] ᄀᆞᄐᆞᆫ[44] 프를 뷔여[45] 가거늘 菩뽕薩삻이 일호믈[46]

25) 眷屬: 권속. 한집에 거느리고 사는 식구이다.
26) ᄃᆞ리고: ᄃᆞ리(데리다, 伴)- + -고(연어, 계기)
27) 香花ㅣ며: 香花(향화) + -ㅣ며(← -이며: 접조) ※ 香花(향화)는 향기로운 꽃이다.
28) 풍ᄅᆔ며: 풍류(풍류, 風流) + -ㅣ며(← -이며: 접조)
29) 幡이며: 幡(번) + -이며(접조) ※ '幡(번)'은 부처와 보살의 성덕(盛德)을 나타내는 깃발이다. 꼭대기에 종이나 비단 따위를 가늘게 오려서 단다.
30) 蓋며: 蓋(개) + -며(← -이며: 접조) ※ '蓋(개)'는 불좌 또는 높은 좌대를 덮는 장식품이다. 나무나 쇠붙이로 만들어 법회 때 법사의 위를 덮는다. 원래는 인도에서 햇볕이나 비를 가리기 위하여 쓰던 우산 같은 것이었다.
31) 가져다가: 가지(가지다, 持)- + -어(연어) + -다가(보조사, 동작의 유지, 강조)
32) 즘게: 나무, 木.
33) 우희: 우ㅎ(위, 上) + -의(-에: 부조, 위치)
34) ᄃᆞ라: ᄃᆞᆯ(달다, 懸)- + -아(연어)
35) 보람: 표시. 標.
36) 두니라: 두(두다, 置)- + -∅(과시)- + -니(원칙)- + -라(← -다: 평종)
37) 西天: 서천. 예전에 중국에 지금의 인도(印度)를 이르는 말이다.
38) 모로매: 모름지기, 반드시, 必(부사)
39) 프를: 플(풀, 草) + -을(목조)
40) ᄭᆞᆯ오: ᄭᆞᆯ(깔다, 藉)- + -오(← -고: 연어, 계기)
41) 안ᄯᅥ니: 아ᇇ(← 아ᇇ다 : 앉다, 坐)- + -더(회상)- + -니(연어, 설명의 계속)
42) 孔雀: 공작. 꿩과의 새이다. 꿩과 비슷하나 깃이 매우 화려하고 몸이 크다.
43) 목 빗: 목(목, 頸) # 빗(← 빛: 빛, 光)
44) ᄀᆞᄐᆞᆫ: ᄀᆞᇀ(← ᄀᆞᆮᄒᆞ다: 같다, 如)- + -∅(현시)- + -ㄴ(관전)
45) 뷔여: 뷔(베다, 刈)- + -여(← -어: 연어)
46) 일호믈: 일흠(← 일훔: 이름, 名) + -을(목조)

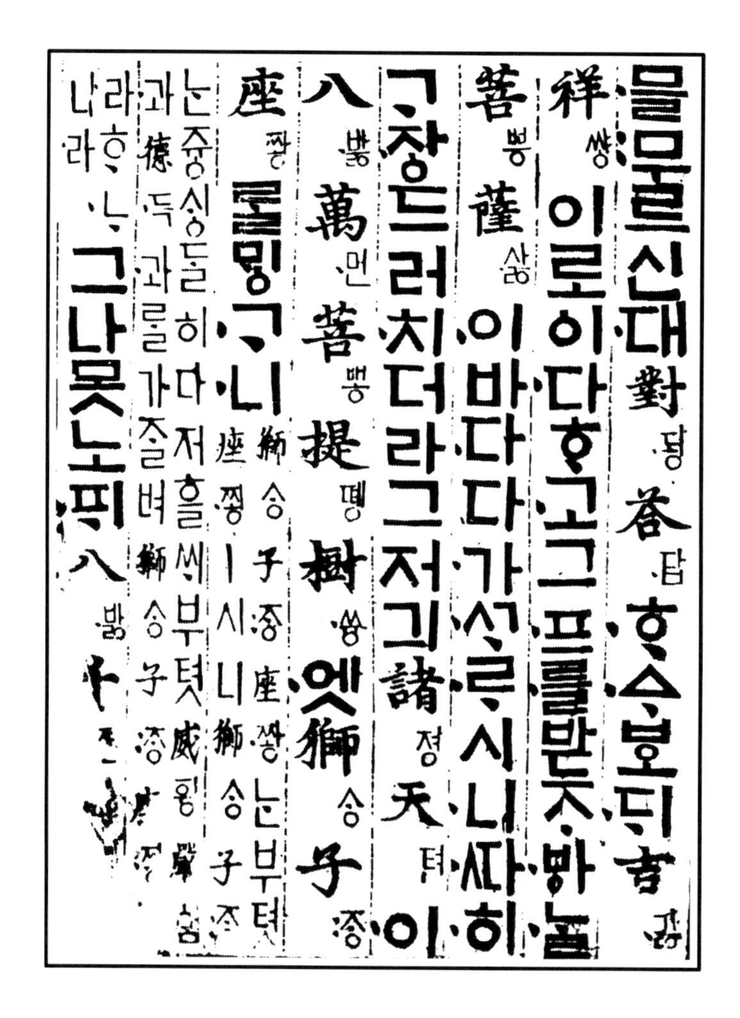
므르신대 對됭答답ᄒᆞᅀᆞᄫᆞᄃᆡ 吉긿祥쌍이로이다 ᄒᆞ고 그 프를 받ᄌᆞᄫᆞ놀 菩뽕薩삻이 바다다가 ᄭᆞᄅᆞ시니 ᄯᅡ히 고장 드러치더라 그저긔 諸졍天텬이 八밣萬먼菩뽕提뗑樹쓩엣 獅ᄉᆞᆼ子ᄌᆞᆼ座쫭ᄅᆞᆯ 뮝ᄀᆞ니 獅ᄉᆞᆼ子ᄌᆞᆼ座쫭ᄂᆞᆫ 부텻 座쫭ㅣ시니 獅ᄉᆞᆼ子ᄌᆞᆼᄂᆞᆫ 즁ᄉᆡᆼ드리 다 저흘ᄊᆡ 부텻 威휭嚴엄과 德득과ᄅᆞᆯ 가ᄌᆞ벼 獅ᄉᆞᆼ子ᄌᆞᆼ座쫭ㅣ라 ᄒᆞᄂᆞ니라 그 나못 노ᄑᆡ 八밣千쳔

물으시니, 對答(대답)하되 “吉祥(길상)입니다.” 하고 그 풀을 바치거늘, 보살이 (그 풀을) 받아다가 까시니 땅이 매우 진동(振動)하더라. 그때에 諸天(제천)이 八萬(팔만)의 菩提樹(보리수)에 獅子座(사자좌)를 만드니 【獅子座(사자좌)는 부처의 座(좌)이시니, 獅子(사자)는 짐승들이 다 두려워하므로, 부처의 威嚴(위엄)과 德(덕)을 비유하여 獅子座(사자좌)라고 하느니라.】 그 (보리수) 나무의 높이가 (혹은) 八千里(팔천리)가

무르신대[47] 對됭答답ᄒᆞᅀᆞᄫᅩᄃᆡ[48] 吉긿祥썅이로이다[49] ᄒᆞ고 그 프를 받ᄌᆞᄫᅡᄂᆞᆯ[50] 菩뽕薩삻이 바다다가[51] ᄭᆞᄅᆞ시니[52] ᄯᅡ히[53] ᄀᆞ장[54] 드러치더라[55] 그 저긔 諸졍天텬이 八밣萬먼 菩뽕提뗑樹쓩엣[56] 獅ᄉᆞᆼ子ᄌᆞᆼ座쫭[57]ᄅᆞᆯ 밍ᄀᆞ니[58]【獅ᄉᆞᆼ子ᄌᆞᆼ座쫭ᄂᆞᆫ 부텻 座쫭ㅣ시니 獅ᄉᆞᆼ子ᄌᆞᆼᄂᆞᆫ 즁ᄉᆡᆼᄃᆞᆯ히[59] 다 저흘ᄊᆡ[60] 부텻 威휭嚴엄과 德득과ᄅᆞᆯ 가ᄌᆞᆯ벼[61] 獅ᄉᆞᆼ子ᄌᆞᆼ座쫭ㅣ라 ᄒᆞᄂᆞ니라】 그 나못 노ᄑᆡ[62] 八밣千쳔□□[63]

---

47) 무르신대: 물(← 묻다, ㄷ불: 묻다, 問)- + -으시(주높)- + -ㄴ대(-는데, -니: 연어, 반응)

48) 對答ᄒᆞᅀᆞᄫᅩᄃᆡ: 對答ᄒᆞ[대답하다: 對答(대답: 명사) + -ᄒᆞ(동접)-]- + -ᅀᆞᇦ(← -ᅀᆞᆸ-: 객높)- + -오ᄃᆡ(-되: 설명의 계속)

49) 吉祥이로이다: 吉祥(길상) + -이(서조)- + -Ø(현시)- + -로(← -도-: 감동)- + -이(상높, 아주 높임)- + -다(평종) ※ '吉祥(길상)'은 운수가 좋을 조짐이다.

50) 받ᄌᆞᄫᅡᄂᆞᆯ: 받(바치다, 獻)- + -ᄌᆞᇦ(← -ᄌᆞᆸ-: 객높)- + -아ᄂᆞᆯ(-거늘: 연어, 상황)

51) 바다다가: 받(받다, 受)- + -아(연어) + -다가(연어, 동작의 유지, 강조)

52) ᄭᆞᄅᆞ시니: ᄭᆞᆯ(깔다, 藉)- + -ᄋᆞ시(주높)- + -니(연어, 설명의 계속, 이유)

53) ᄯᅡ히: ᄯᅡㅎ(땅, 地) + -이(주조)

54) ᄀᆞ장: 매우, 몹시, 甚(부사)

55) 드러치더라: 드러치(진동하다, 振動)- + -더(회상)- + -라(← -다: 평종)

56) 菩提樹엣: 菩提樹(보리수) + -에(부조, 위치) + -ㅅ(-의: 관조) ※ 승우(僧祐)가 지은 『석가보』에는 이 부분이 "諸天化作八萬佛樹師子之座(제천들이 팔만의 보리수에 있는 사자좌를 만드니)"로 기술되어 있다.(송성수 옮김 『고려대장경 석가보 외, 동국역경원』의 141쪽을 참조함. 이를 참조하면 '菩提樹엣'는 '보리수에'로 의역하여 옮긴다.

57) 獅子座: 사자좌. 부처가 앉는 자리이다. 부처는 인간 세계에서 존귀한 자리에 있으므로 모든 짐승의 왕인 사자에 비유하였다.

58) 밍ᄀᆞ니: 밍ᄀᆞ(← 밍ᄀᆞᆯ다: 만들다, 製)- + -니(연어, 설명의 계속)

59) 즁ᄉᆡᆼᄃᆞᆯ히: 즁ᄉᆡᆼᄃᆞᆯㅎ[짐승들, 獸等: 즁ᄉᆡᆼ(짐승, 獸) + -ᄃᆞᆯㅎ(-들: 복접)] + -이(주조)

60) 저흘ᄊᆡ: 젛(두려워하다, 懼)- + -을ᄊᆡ(-므로: 연어, 이유)

61) 가ᄌᆞᆯ벼: 가ᄌᆞᆯ비(비유하다, 비교하다, 比)- + -어(연어)

62) 노ᄑᆡ: [높이, 高(명사): 높(높다, 高: 형사)- + -ᄋᆡ(명접)] + -Ø(← -이: 주조)

63) 八千□: 팔천□ ※ 이 부분은 원문이 훼손되어서 그 내용을 알 수 없다. 승우(僧祐)가 지은 『석가보』에는 "或有佛樹高八千里 或四千里(나무의 높이가 혹은 8천 리나 되었고 혹은 4천리가 되기도 했다.)"로 기술했다.(송성수 옮김 『고려대장경 석가보 외, 동국역경원』의 141쪽을 참조함.) 이를 참조하면 훼손된 부분은 "八(밣)天(천)里(링)"인 것으로 추정된다.

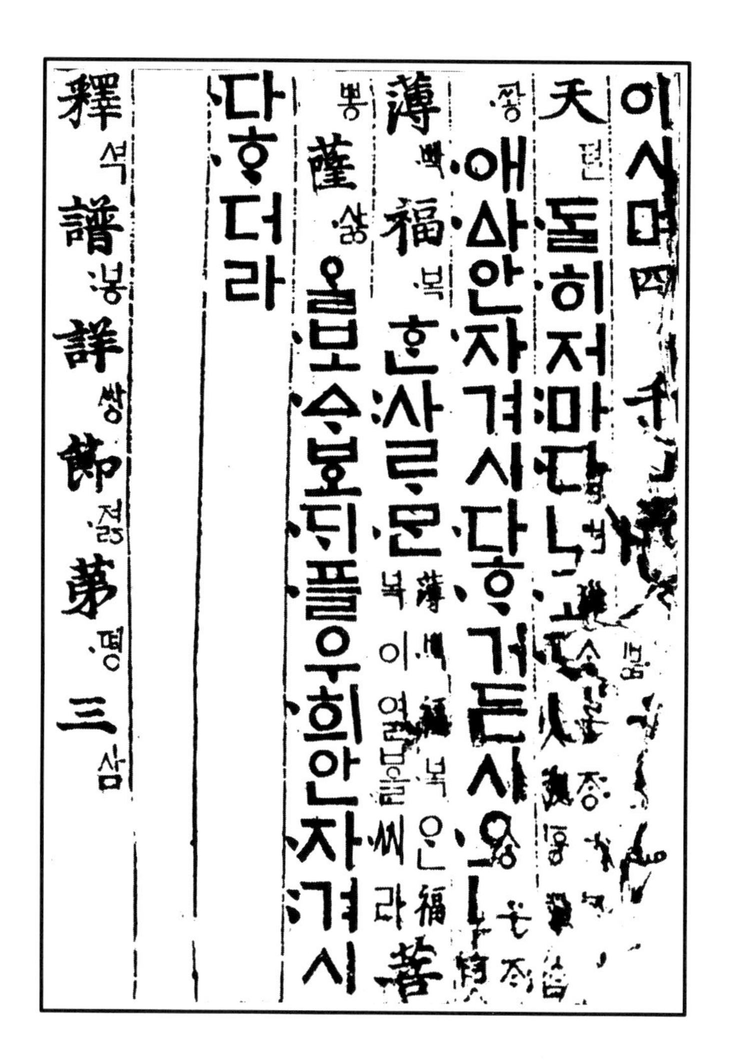

있으며 (혹은) 四千里(사천리)가 있더라. 諸天(제천)들이 저마다 여기되 "(보살이) 나의 坐(좌)에 앉아 계시다." 하는데, 모자라고 薄福(박복)한 사람은【薄福(박복)은 福(복)이 엷은 것이다.】菩薩(보살)을 보되, "풀 위에 앉아 계시다." 하더라.

釋譜詳節(석보상절) 第三(제삼)

이시며 四ᄉᆞᆼ千쳔□□□□天텬ᄃᆞᆯ히[64] 저마다[65] 너교ᄃᆡ[66] □□ 坐쫭애ᅀᅡ[67] 안자 겨시다[68] ᄒᆞ거든 사오나ᄫᆞᆫ[69] 薄빡福복ᄒᆞᆫ 사ᄅᆞ믄【薄빡福복ᄋᆞᆫ 福복이 열ᄫᅳᆯ[70] 씨라】菩뽕薩삻ᄋᆞᆯ 보ᅀᆞᄫᆞᄃᆡ[71] 플 우희 안자 겨시다 ᄒᆞ더라

釋셕譜봉詳썅節졇 第뗑三삼

---

64) 四千□□□□□天ᄃᆞᆯ히 저마다 너교ᄃᆡ □□坐애ᅀᅡ: ※ 이 부분은 원문이 훼손되어서 그 내용을 알 수 없다. 승우(僧祐)가 지은『석가보』에는 "一一天子念言 菩薩坐我座上 不在餘座 其下劣衆生本薄福者 見於菩薩身坐草蓐(각각의 천자(天子 = 諸天)들은 저마다 생각하기를, '보살은 나의 자리 위에 앉으셨고 다른 자리에는 앉지 않으셨다.'고 하였다. 그러나 그 하열(下劣)하고 본래 박복(薄福)한 중생들은 보살의 몸이 풀 깔개 위에 앉은 것으로 보였다.)"로 기술했다.(송성수 옮김『고려대장경 석가보 외, 동국역경원』의 141쪽을 참조함.) 이를 참조하면 원문의 훼손된 부분의 내용을 "四(ᄉᆞᆼ)千(쳔)里(링) 이시다. 諸(졍)天(텬)ᄃᆞᆯ히 저마다 너교ᄃᆡ 내 座(쫭)애ᅀᅡ"로 추정한다.

65) 저마다: 저(저, 己: 인대, 재귀칭) + -마다(보조사, 각자)

66) 너교ᄃᆡ: 너기(여기다, 생각하다, 念)- + -오ᄃᆡ(-되: 연어, 설명의 계속)

67) 坐애ᅀᅡ: 坐(좌) + -애(-에: 부조, 위치) + -ᅀᅡ(-야: 보조사, 한정 강조)

68) 겨시다: 겨시(계시다)- + -다(평종)

69) 사오나ᄫᆞᆫ: 사오나ᇦ(← 사오납다, ㅂ불: 모자라다, 下劣)- + -∅(현시)- + -ᄋᆞᆫ(관전) ※ 승우가 지은『석가보』에는 이 부분의 내용이 "其下劣衆生本薄福者(그 천하고 비열한 중생이나 본래 박복한 사람은)"로 기술되어 있다. 이를 참조하여 '사오나ᄫᆞᆫ 薄福ᄒᆞᆫ'을 '사납고 박복한'으로 의역하여 옮긴다.

70) 열ᄫᅳᆯ: 열ᇦ(← 엷다, ㅂ불: 엷다, 薄)- + -을(관전)

71) 보ᅀᆞᄫᆞᄃᆡ: 보(보다, 見)- + -ᅀᆞᇦ(← -ᅀᆞᆸ-: 객높)- + -오ᄃᆡ(-되: 연어, 설명의 계속)

부록

'원문과 번역문의 벼리' 및 '문법 용어의 풀이'

부록 1. 원문과 번역문의 벼리

『석보상절 제삼』의 원문 벼리

『석보상절 제삼』의 번역문 벼리

부록 2. 문법 용어의 풀이

1. 품사
2. 불규칙 활용
3. 어근
4. 파생 접사
5. 조사
6. 어말 어미
7. 선어말 어미

부록 1. 원문과 번역문의 벼리

『석보상절 제삼』의 원문 벼리

[1앞 釋셕譜봉詳썅節졇 第똉三삼

淨쪙飯뻔王왕이 相샹 ᄇᆞᆫ 사ᄅᆞᆷ 五옹百ᄇᆡᆨ을 大땡寶볼殿뗜에 뫼호아 太탱子ᄌᆞᆼ를 뵈더시니 모다 ᄉᆞᆯᄇᆞᄃᆡ 出츓家강ᄒᆞ시면 成쎵佛뿛ᄒᆞ시고 지븨 겨시면 輪륜王왕이 ᄃᆞ외시리로소이다 ᄯᅩ ᄉᆞᆯᄇᆞᄃᆡ 香향山산ㅅ 阿항私ᄉᆞᆼ陁땅 仙션人ᅀᅵᆫ이 잇ᄂᆞ니이다 [1뒤 그 仙션人ᅀᅵᆫ이 즉자히 虛헝空콩애 ᄂᆞ라오나ᄂᆞᆯ 王왕이 太탱子ᄌᆞᆼ ᄃᆞ려 나샤 ᄉᆞᆯ어ᅀᆞᄫᆞ려 커시ᄂᆞᆯ 阿항私ᄉᆞᆼ陁땅ㅣ 두립사리 말이ᅀᆞᆸ고 ᄉᆞᆯᄇᆞᄃᆡ 三삼界갱 中듕에 尊존ᄒᆞ신 부니시니이다 ᄒᆞ고 合햅掌쟝ᄒᆞ야 절ᄒᆞᅀᆞᆸ고 울어ᄂᆞᆯ 王왕이 두리샤 엇뎨 우는다 ᄒᆞ신대 ᄉᆞᆯᄇᆞᄃᆡ 太탱子ᄌᆞᆼㅣ 三삼十씹二ᅀᅵᆼ相샹 [2앞 八밣十씹種죵好� ㅣ ᄀᆞᄌᆞ시니 당다이 出츓家강ᄒᆞ샤 부톄 ᄃᆞ외시리로소이다 나ᄂᆞᆫ 늘거 ᄒᆞ마 無뭉想샹天텬으로 가리니 法법化황ᄅᆞᆯ 몯 미처 보ᅀᆞᄫᆞᆯ릴씨 우노이다

○ 太탱子ᄌᆞᆼ 나신 닐웨짜히 四ᄉᆞᆼ月웛ㅅ 보롬날 摩망耶양夫붕人ᅀᅵᆫ이 [2뒤 업스샤 忉돔利링天텬으로 가시니 五옹萬먼 梵뻠天텬은 寶볼甁뼝 잡고 二ᅀᅵᆼ萬먼 魔망妻쳉ᄂᆞᆫ 寶볼縷룽 자바 侍씽衛윙ᄒᆞᅀᆞᄫᆞ니라

○ 王왕이 婆빵羅랑門몬ᄋᆞᆯ 만히 請청ᄒᆞ시고 太탱子ᄌᆞᆼ 아나 나샤 일훔 지터시니 모다 ᄉᆞᆯᄇᆞᄃᆡ 나싫 저긔 吉긿慶켱ᄃᆞ왼 [3앞 祥썅瑞쒱 하시란ᄃᆡ 일후믈 薩삻婆빵悉싫達�이라 ᄒᆞᅀᆞᆸ사이다 虛헝空콩애셔 天텬神씬이 붑 티고 香향 퓌우며 곳 비코 닐오ᄃᆡ

됴ᄒᆞ시이다 ᄒᆞ더라 ᄒᆞᆫ 臣씬下ᅘᅡᆼ ㅣ 王왕ᄭᅴ ᄉᆞᆯᄫᆞᄃᆡ 太탱子ᄌᆞᆼ ㅣ 져머 겨시니 뉘 기ᄅᆞ
ᅀᆞᄫᆞ려뇨 오직 大땡愛ᅙᅵᆼ道ᄯᅡᇢ ㅣᅀᅡ 기ᄅᆞᅀᆞᄫᆞ리이다 [3뒤 王왕이 大땡愛ᅙᅵᆼ道ᄯᅡᇢᄋᆡ 그에
가샤 졋 머겨 기ᄅᆞ라 ᄒᆞ야시ᄂᆞᆯ 大땡愛ᅙᅵᆼ道ᄯᅡᇢ ㅣ 그리호리이다 ᄒᆞ시니라 王왕이 大
땡愛ᅙᅵᆼ道ᄯᅡᇢᄃᆞ려 니ᄅᆞ샤 太탱子ᄌᆞᆼ 뫼셔 天텬神씬 祭졩ᄒᆞᄂᆞᆫ ᄃᆡ 절히ᅀᆞᄫᆞ리라 ᄒᆞ야
가더시니 群꾼臣씬과 婇칭女녕와 諸졍天텬괘 [4앞 풍류ᄒᆞ야 조ᄍᆞᄫᅡ 가니라 하ᄂᆞᆯ 祭
졩ᄒᆞᄂᆞᆫ ᄃᆡ 가시니 ᄆᆡᇰᄀᆞ론 像쌰ᇰ이 다 니러 太탱子ᄌᆞᆼᄭᅴ 절ᄒᆞ며 ᄉᆞᆯᄫᆞᄃᆡ 太탱子ᄌᆞᆼᄂᆞᆫ
天텬人ᅀᅵᆫ 中듀ᇰ에 ᄆᆞᆺ 尊존ᄒᆞ시니 엇뎨 우리 그에 와 절호려 커시뇨 王왕이 놀라샤
讚잔嘆탄ᄒᆞ야 니ᄅᆞ샤ᄃᆡ 내 아ᄃᆞ리 天텬神씬 中듀ᇰ에 ᄆᆞᆺ 尊존ᄒᆞ니 일후믈 天텬中듀ᇰ
[4뒤 天텬이라 ᄒᆞ라

○ 王왕이 阿ᅙᅡᆼ私ᄉᆞᆼ陁땅 仙션人ᅀᅵᆫ의 말 드르시고 太탱子ᄌᆞᆼ ㅣ 出츄ᇙ家강ᄒᆞ싫가 저
ᄒᆞ샤 五옹百ᄇᆡᆨ 靑청衣ᅙᅴᆼ를 ᄀᆞᆯᄒᆡ야 젓어미 조차ᄃᆞ니며 種조ᇰ種조ᇰᄋᆞ로 뫼ᅀᆞᄫᅡ 놀라
ᄒᆞ시고 ᄯᅩ 三삼時씽殿뗜을 지ᅀᅥ 七칧寶볼로 [5앞 莊장嚴엄ᄒᆞ고 풍류 잘 ᄒᆞᇙ 伎낑女녕
五옹百ᄇᆡᆨ을 ᄀᆞᆯᄒᆡ야 서르 ᄀᆞ라 뫼ᅀᆞᄫᆡ게 ᄒᆞ시니 고지며 모시며 各각色ᄉᆡᆨ 새ᄃᆞᆯ히
몯 니르 혜리러라 그 ᄢᅴ 太탱子ᄌᆞᆼㅅ 나히 漸쪔漸쪔 ᄌᆞ라거시ᄂᆞᆯ 王왕이 寶볼冠관ᄋᆞᆯ
ᄆᆡᇰᄀᆞ라 [5뒤 받ᄌᆞᄫᆞ시며 瓔ᅙᅧᇰ珞락이며 노리갯 거슬 다 ᄀᆞ초 받ᄌᆞᄫᆞ시니 나라히 오ᄋᆞ
로 便뼌安한코 즐거부미 몯내 니ᄅᆞ리러라

○ 王왕이 太탱子ᄌᆞᆼ 세요려 ᄒᆞ샤 臣씬下ᅘᅡᆼ 모도아 議ᅌᅴᆼ論론ᄒᆞ샤 二ᅀᅵᆼ月ᅌᅬᇙㅅ 여ᄃᆞ랫
나래 四ᄉᆞᆼ海ᄒᆡᆼ 바ᄅᆞᆳ믈 길유려 ᄒᆞ거시ᄂᆞᆯ 仙션人ᅀᅵᆫᄃᆞᆯ히 [6앞 이여다가 王왕ᄭᅴ 받ᄌᆞᄫᆞᆫ대
王왕이 太탱子ᄌᆞᆼㅅ 머리예 브ᅀᅳ시고 보ᄇᆡ옛 印ᅙᅵᆫ 받ᄌᆞᄫᆞ시고 붑 텨 出츄ᇙ令령ᄒᆞ샤
悉싫達딿ᄋᆞᆯ 太탱子ᄌᆞᆼ 세와라 ᄒᆞ시니 虛헝空콩애셔 八밣部뽕 ㅣ 모다 됴ᄒᆞ시이다 ᄒᆞ
더라 그 ᄢᅴ 七칧寶볼 ㅣ 虛헝空콩ᄋᆞ로셔 다 오니 [6뒤 그 金금輪륜寶볼 ㅣ 네 天텬下

향애 ᄂᆞ라가니 그 나라ᄃᆞᆯ히 다 降ᅘᅡᆼ服뽁ᄒᆞ야 오니라 그 ᄢᅴ 王왕이 수羊양 모도아 宮궁內뇡예 두샤 太탱子ᄌᆞᆼ를 즐기시게 ᄒᆞ더시니 太탱子ᄌᆞᆼㅣ 羊양 술위 ᄐᆞ시고 東동山산애도 가시며 아자바님ᄭᅴ도 가샤 노니더시니 王왕이 百ᄇᆡᆨ官관 뫼호시고 [7앞 니ᄅᆞ샤ᄃᆡ 天텬下ᅘᅡᆼㅅ 內뇡예 뉘사 智딩慧ᅘᅰᆼ 이시며 직죄 ᄀᆞ자 太탱子ᄌᆞᆼㅅ 스스이 ᄃᆞ외려뇨 모다 ᄉᆞᆯᄫᆞᄃᆡ 毗삥奢샹波방蜜밇多당羅랑ㅣ사 ᄆᆞᆺ 어디니이다 王왕이 毗삥奢샹波방蜜밇多당羅랑ᄅᆞᆯ 블러 니ᄅᆞ샤ᄃᆡ 尊존者쟝ㅣ 날 위ᄒᆞ야 太탱子ᄌᆞᆼㅅ [7뒤 스스이 ᄃᆞ외오라 蜜밇多당羅랑ㅣ ᄉᆞᆯᄫᆞᄃᆡ 그리호리이다 太탱子ᄌᆞᆼㅣ 童똥男남 童똥女녕 ᄃᆞ리시고 五옹百ᄇᆡᆨ 釋셕童똥이 앏뒤헤 圍윙遶ᅀᅳᇢᄒᆞᅀᆞ바 學ᅘᅡᆨ堂땅애 오ᄅᆞ싫 저긔 蜜밇多당羅랑ㅣ [8앞 ᄇᆞ라ᅀᆞᆸ고 ᄀᆞ마니 몯 안자 ᄒᆞ가라 업시 니러나 太탱子ᄌᆞᆼᄭᅴ 절ᄒᆞᅀᆞᆸ고 두루 돌보며 븟그려 ᄒᆞ더라 太탱子ᄌᆞᆼㅣ 글 ᄇᆡ호기 始싱作작ᄒᆞ샤 明명珠즁書셩案한애 牛ᅌᅳᇢ頭뚷 栴젼檀딴香향 七칧寶볼 書셩板반 노ᄒᆞ시고 [8뒤 金금 분자ᄇᆞ샤 글 쓰시며 무르샤ᄃᆡ 므슴 그를 ᄀᆞᄅᆞ쵸려 ᄒᆞ시ᄂᆞᆫ고 蜜밇多당羅랑ㅣ 對됭答답ᄒᆞᅀᆞᄫᆞᄃᆡ 梵뻠書셩 佉컹留륳書셩로 ᄀᆞᄅᆞ치ᅀᆞᄫᆞ리이다 太탱子ᄌᆞᆼㅣ ᄒᆞ샤ᄃᆡ 그리 여쉰네 가지니 [9뒤 엇뎨 다ᄆᆞᆫ 두 가지오 ᄒᆞ시고 다 혜여 니ᄅᆞ신대 蜜밇多당羅랑ㅣ 降ᅘᅡᆼ服뽁ᄒᆞᅀᆞ바 偈꼥 지ᅀᅥ 讚잔嘆탄ᄒᆞᅀᆞᆸ고 [10앞 王왕ᄭᅴ ᄉᆞᆯᄫᆞᄃᆡ 太탱子ᄌᆞᆼᄂᆞᆫ 하ᄂᆞᆳ 스스이어시니 내 어드리 ᄀᆞᄅᆞ치ᅀᆞᄫᆞ리잇고 太탱子ᄌᆞᆼㅣ 아ᄒᆡᄃᆞᆯ 더브러 겨샤 글왌 根근源원을 子ᄌᆞᆼ細솅히 니ᄅᆞ시고 無뭉上썅正졍眞진道똫理링ᄅᆞᆯ 勸퀀ᄒᆞ시더라 그 ᄢᅴ 冊칙앳 두 字ᄍᆞᆼㅣ ᄒᆞ야디여 아모도 모ᄅᆞ더니 蜜밇多당羅랑도 [10뒤 모ᄅᆞ거늘 太탱子ᄌᆞᆼㅣ사 ᄀᆞᄅᆞ치시더라

○ 力륵士ᄊᆞᆼᄃᆞᆯ콰 釋셕種죵 長댱者쟝ᄃᆞᆯ히 王왕ᄭᅴ ᄉᆞᆯᄫᆞᄃᆡ 太탱子ᄌᆞᆼㅣ 부톄 ᄃᆞ외시면 聖셩王왕ㄱ 子ᄌᆞᆼ孫손이 그츠시리이다 王왕이 니ᄅᆞ샤ᄃᆡ 엇더늬 ᄯᆞ리사 太탱子ᄌᆞᆼ

ㅅ 妃핑子중ㅣ ᄃᆞ외려뇨 太탱子중ㅣ 金금으로 겨지븨 양ᄌᆞᄅᆞᆯ [11앞 ᄆᆡᇰᄀᆞᄅᆞ시고 겨지븨 德득을 쓰샤 이 ᄀᆞᆮᄒᆞ야ᅀᅡ 妃핑子중ᄅᆞᆯ 사모리라 ᄒᆞ시니 王왕이 左장右ᇢ 梵뻠志징ᄅᆞᆯ 브리샤 두루 가 어드라 ᄒᆞ시니 ᄒᆞᆫ 玉옥女녕 ᄀᆞᄐᆞ시니ᄅᆞᆯ 보ᅀᆞᆸ고 와 ᄉᆞᆯᄫᅩᄃᆡ 執집杖땽釋셕의 ᄯᆞ니미 겨시더이다 王왕이 ᄒᆞ샤ᄃᆡ ᄒᆞ다가 제 ᄠᅳ데 몯 마자도 저를 ᄀᆞᆯᄒᆡ에 호리라 [11뒤 ᄒᆞ시고 나랏 고ᄫᆞᆫ 겨지블 다 太탱子중ㅅ 講강堂땅애 모도시니 그 저긔 그 ᄯᆞᆯ 俱궁夷잉도 講강堂땅애 오샤 太탱子중ᄅᆞᆯ ᄡᆞᆯ아보ᅀᆞᆸ거시ᄂᆞᆯ 太탱子중ㅣ 우ᅀᅳ시고 보ᄇᆡ옛 水슁精정을 아ᅀᅡ 주신대 俱궁夷잉 ᄉᆞᆯᄫᅩ샤ᄃᆡ 나ᄂᆞᆫ 보ᄇᆡᄅᆞᆯ 아니 과ᄒᆞ야 功공德득으로 莊장嚴엄ᄒᆞ노이다 [12앞 王왕이 梵뻠志징ᄅᆞᆯ 이 각싯 지븨 브리신대 執집杖땽釋셕이 닐오ᄃᆡ 우리 家강門몬앤 ᄌᆡ조 ᄀᆞᆯᄒᆡ야ᅀᅡ 사회 맛ᄂᆞ니이다 王왕이 太탱子중ᄭᅴ 묻ᄌᆞᄫᅡ샤ᄃᆡ ᄌᆡ조ᄅᆞᆯ 어루 ᄒᆞᇙ다 對됭答답ᄒᆞ샤ᄃᆡ 어루 호리이다 王왕이 붑 텨 ᄌᆡ조 겻긇 사ᄅᆞᄆᆞᆯ 다 모ᄃᆞ라 ᄒᆞ시고 出췽令령ᄒᆞ샤ᄃᆡ ᄌᆡ조 이긔니ᅀᅡ 執집杖땽釋셕의 [12뒤 사회 ᄃᆞ외리라 調뜔達땅이 닐오ᄃᆡ 太탱子중ㅣ 聰총明명ᄒᆞ야 그른 잘ᄒᆞ거니와 히미ᅀᅡ 어듸썬 우리ᄅᆞᆯ 이긔료 ᄒᆞ고 象쌍이 門몬ᄋᆡ 셋거늘 그 象쌍ᄋᆡ 머리ᄅᆞᆯ 자바 싸해 그우리왇고 難난陁땅ᄂᆞᆫ 象쌍ᄋᆞᆯ 긼ᄀᆞᅀᅢ 티차ᄂᆞᆯ 太탱子중ᄂᆞᆫ 象쌍ᄋᆞᆯ 드러 城쎵 나ᄆᆞ티시고 미처 ᄂᆞ라가 바다 알피 아니 디게 ᄒᆞ시니라 [13앞 調뜔達땅이와 難난陁땅왜 서르 실훔ᄒᆞ니 둘희 히미 ᄀᆞᆮ거늘 太탱子중ㅣ 둘흘 자바 ᄒᆞᆫᄢᅴ 그우리와ᄃᆞ시며 大땡臣씬 炎염光광이라 호리 八밣萬먼 가짓 ᄌᆡ조 호ᄃᆡ 太탱子중ᄭᅴ 계우ᅀᆞᄫᆞ니라 王왕이 釋셕種죵 ᄃᆞ리시고 ᄯᅩ 활쏘기ᄅᆞᆯ 받더시니 그 東동山산애 金금붑 銀은붑 돌붑 쇠부피 各각各각 [13뒤 닐굽곰 잇거늘 調뜔達땅이와 難난陁땅왜 몬져 쏘니 各각各각 세콤 ᄢᅦ여디거늘 太탱子중ㅣ 화ᄅᆞᆯ ᅘᅧ시니 화리 것거디거늘 무르샤ᄃᆡ 내 그에 마ᄌᆞᆫ 화리 잇ᄂᆞ니여 王왕이 니ᄅᆞ샤ᄃᆡ 우리 祖종上썅

애셔 쏘더신 화리 ᄀᆞ초아 이쇼ᄃᆡ 이긔여 쏘리 업스니 가져오라 ᄒᆞ야시ᄂᆞᆯ [14앞 釋셕種죵ᄃᆞᆯ히 이긔여 지ᄒᆞ리 업더니 太탱子ᄌᆞᆼㅣ 소ᄂᆞ로 눌러 지ᄒᆞ샤 시울 ᄠᆞ싫 소리 잣 안히 다 들이더라 살 머겨 쏘시니 그 사리 스믈여듧 부플 다 ᄢᅦ여 ᄡᅡ해 ᄉᆞᄆᆞ차 가아 鐵텷圍윙山산애 바ᄀᆞ니 三삼千쳔世솅界갱 드러치니라 天텬帝뎽釋셕이 그 사ᄅᆞᆯ ᄣᅢ혀 忉돌利링天텬에 가아 塔탑 일어 供공養양ᄒᆞᅀᆞᆸ더라 [14뒤 살 든 굼긔셔 ᄉᆡ미 나아 우므리 ᄃᆞ외니 마시ᄃᆞᆫ 수을 ᄀᆞᆮ더니 머그면 病뼝이 다 됴터라 그제ᅀᅡ 執집杖땽釋셕의 ᄯᆞ리 太탱子ᄌᆞᆼㅅ 妃핑子ᄌᆞㅣ ᄃᆞ외시니라 太탱子ᄌᆞᆼㅣ 妃핑子ᄌᆞᆼᄅᆞᆯ 드리샤도 [15앞 ᄌᆞ올아비 아니 ᄒᆞ더시니 俱궁夷잉 ᄠᅳ덴 갓가ᄫᅵ 가ᅀᆞᆸ고져 ᄒᆞ실ᄊᆡ 太탱子ᄌᆞᆼㅣ ᄒᆞ샤ᄃᆡ 됴ᄒᆞᆫ 고ᄌᆞᆯ 우리 ᄉᆞᅀᅵ예 노코 보ᄃᆡ 아니 됴ᄒᆞ니여 俱궁夷잉 고ᄌᆞᆯ 가져다가 노코 ᄯᅩ 나ᅀᅡ오려 커시ᄂᆞᆯ 太탱子ᄌᆞᆼㅣ ᄒᆞ샤ᄃᆡ 고ᄌᆞᆺ 이스리 저즈리라 後흫에 ᄯᅩ 白ᄈᆡᆨ氎뗩을 ᄉᆞᅀᅵ예 노하 두고 보더시니 [15뒤 俱궁夷잉 ᄯᅩ 갓가ᄫᅵ 오려 커시ᄂᆞᆯ 太탱子ᄌᆞᆼㅣ ᄒᆞ샤ᄃᆡ 白ᄈᆡᆨ氎뗩이 ᄣᅵ 무드리라 ᄒᆞ실ᄊᆡ 갓가ᄫᅵ 몯 오더시다

○ 太탱子ᄌᆞᆼㅣ 나아 노니샤 閻염浮뿡樹쓩 아래 가샤 받 ᄀᆞᇙ 사ᄅᆞᆷ 보더시니 나못가지 구버 와 힛光광ᄋᆞᆯ ᄀᆞ리더라 淨쪙居겅天텬 澡좋缾뼝이 주근 벌에 ᄃᆞ외야 디옛거늘 [16앞 가마괴 와 딕먹더니 太탱子ᄌᆞᆼㅣ 보시고 慈ᄍᆞᆼ悲빙心심ᄋᆞᆯ 내야시ᄂᆞᆯ 王왕이 미조차 가샤 달애야 뫼셔 오샤 出츓家강ᄒᆞ싫가 저흐샤 풍류ᄒᆞᇙ 겨집 더ᄒᆞ야 ᄆᆞᅀᆞᄆᆞᆯ 자치시긔 ᄒᆞ시더라 太탱子ᄌᆞᆼㅣ 門몬 밧글 보아 지라 ᄒᆞ야시ᄂᆞᆯ 王왕이 [16뒤 臣씬下ᅘᅡᆼᄃᆞᆯᄒᆞᆯ 긔걸ᄒᆞ샤 ᄆᆞᅀᆞᆶ 고리며 東동山산이며 조히 ᄡᅮ며 더러ᄫᅳᆫ 거슬 뵈디 말라 ᄒᆞ시니라 太탱子ᄌᆞᆼㅣ 東동門몬 밧긔 나가시니 淨쪙居겅天텬이 늘근 사ᄅᆞ미 ᄃᆞ외야 막다히 딥고 가거늘 太탱子ᄌᆞᆼㅣ 보시고 무르신대 뫼ᅀᆞᄫᆞᆫ 臣씬下ᅘᅡᆼㅣ 對됭答답ᄒᆞᅀᆞᄫᆞᄃᆡ 늘근 사ᄅᆞ미니이다 太탱子ᄌᆞᆼㅣ [17앞 무르샤ᄃᆡ 엇뎨 늙다 ᄒᆞᄂᆞ뇨 對됭答답ᄒᆞᅀᆞᄫᆞᄃᆡ 녜 졈던 사ᄅᆞᆷ도 오라면 늙ᄂᆞ니 人신生ᄉᆡᆼ애 免면ᄒᆞ리 업스니이다 太탱

子ᄌᆞᆼ ㅣ 니ᄅᆞ샤ᄃᆡ 사ᄅᆞᄆᆡ 목수미 흐를 믈 ᄀᆞᆮᄒᆞ야 머므디 몯ᄒᆞᄂᆞ다 ᄒᆞ시고 도라 드르샤 世솅間간 슬흔 ᄆᆞᅀᆞ미 디트시니라 버거 南남門몬 밧긔 나가시니 淨쪙居겅天텬이 病뼝ᄒᆞᆫ [17뒤 사ᄅᆞ미 ᄃᆞ외야 깂ᄀᆞ새 누엣거늘 太탱子ᄌᆞᆼ ㅣ 무르신대 뫼ᅀᆞᄫᆞᆫ 臣씬下ᅘᅡᆼ ㅣ 對됭答답ᄒᆞᅀᆞᄫᅩᄃᆡ 이ᄂᆞᆫ 病뼝ᄒᆞᆫ 사ᄅᆞ미니이다 이벳 煩뻔惱놓 몯 ᄎᆞ마 음담 너므ᄒᆞ면 病뼝이 나ᄂᆞ니 人신生ᄉᆡᆼ애 免면ᄒᆞ리 업스니이다 太탱子ᄌᆞᆼ ㅣ 니ᄅᆞ샤ᄃᆡ 몸ᄆᆞᆺ 이시면 受쓯苦콩ᄅᆞ왼 이리 잇ᄂᆞ니 나도 뎌러ᄒᆞ리로다 ᄒᆞ시고 [18앞 도라 드르샤 시름ᄒᆞ야 ᄒᆞ더시다 王왕이 臣씬下ᅘᅡᆼᄃᆞᆯᄃᆞ려 무르샤ᄃᆡ 길흘 조케 ᄒᆞ라 ᄒᆞ다니 엇뎨 病뼝ᄒᆞᆫ 사ᄅᆞᄆᆞᆯ ᄯᅩ 보게 ᄒᆞᆫ다 對됭答답ᄒᆞᅀᆞᄫᅩᄃᆡ 슬표미ᅀᅡ ᄀᆞ장 ᄒᆞ얀마ᄅᆞᆫ 아모ᄃᆡ셔 온 디 몰로리 믄득 알ᄑᆡ 내ᄃᆞᄅᆞ니 우리 罪쬥 아니이다 王왕이 하ᄂᆞᇗ 이런 ᄃᆞᆯ 아ᄅᆞ시고 罪쬥 아니 주시니라 ᄒᆞᆫ 婆빵羅랑門몬이 [18뒤 아ᄃᆞᆯ 優ᅙᅮᇢ陁땅夷잉라 호리 聰총明명ᄒᆞ며 말 잘ᄒᆞ더니 王왕이 블러다가 太탱子ᄌᆞᆼㅅ 버들 사ᄆᆞ샤 時씽常썅 겨틔 이셔 시르믈 플에 ᄒᆞ시니라 太탱子ᄌᆞᆼ ㅣ ᄯᅩ 西솅門몬 밧긔 나가시니 淨쪙居겅天텬이 주근 사ᄅᆞᆷ ᄃᆞ외야 네 사ᄅᆞ미 메오 모다 울며 조차가거늘 太탱子ᄌᆞᆼ ㅣ 무르신대 優ᅙᅮᇢ陁땅夷잉 對됭答답ᄒᆞᅀᆞᄫᅩᄃᆡ [19앞 주근 사ᄅᆞ미니 人신生ᄉᆡᆼ애 免면ᄒᆞ리 업스니이다 太탱子ᄌᆞᆼ ㅣ 니ᄅᆞ샤ᄃᆡ 주근 사ᄅᆞᄆᆞᆯ 보니 넉슨 업디 아니ᄒᆞ도다 주그락 살막 ᄒᆞ야 다ᄉᆞᆺ 길헤 ᄃᆞᆫ녀 受쓯苦콩ᄒᆞᄂᆞ니 나ᄂᆞᆫ 내 精졍神씬을 ᄀᆞᆺ고디 아니케 호리라 ᄒᆞ시고 [19뒤 도라 드르샤 더욱 시름ᄒᆞ야 ᄒᆞ더시다 ᄯᅩ 北븍門몬 밧긔 나가샤 ᄆᆞᆯ 브려 즘게 미틔 쉬시며 뫼ᅀᆞᄫᆞᆫ 사ᄅᆞᆷ 믈리시고 ᄒᆞ오ᅀᅡ 기픈 道똫理링 ᄉᆞ랑ᄒᆞ더시니 淨쪙居겅天텬이 沙상門몬이 ᄃᆞ외야 錫셕杖땽 잡고 바리 받고 알ᄑᆞ로 디나가거늘 [20앞 太탱子ᄌᆞᆼ ㅣ 무르샤ᄃᆡ 네 엇던 사ᄅᆞ민다 對됭答답ᄒᆞᅀᆞᄫᅩᄃᆡ 부텻 弟뗑子ᄌᆞᆼ 沙상門몬이로이다 太탱子ᄌᆞᆼ ㅣ 무르샤ᄃᆡ 엇뎨 沙상門몬이라 ᄒᆞᄂᆞ뇨 對됭答답ᄒᆞᅀᆞᄫᅩᄃᆡ 三삼

界갱 어즈럽고 [20뒤 六륙趣츙ㅣ 어즐ᄒᆞ거늘 ᄆᆞᅀᆞᄆᆞᆯ 아라 根근源원을 ᄉᆞᄆᆞᆺ 볼ᄊᆡ 일후믈 沙상門몬이라 ᄒᆞᄂᆞ니이다 ᄒᆞ고 虛헝空콩애 ᄂᆞ라 니거늘 太탱子ᄌᆞᆼㅣ 니ᄅᆞ샤ᄃᆡ 됴ᄒᆞᆯ쎠 이ᅀᅡ ᄆᆞᅀᆞ매 훤히 즐겁도다 ᄒᆞ시고 도라 드르샤 [21앞 ᄀᆞ장 깃거ᄒᆞ시더라

○ 太탱子ᄌᆞᆼㅣ 바ᄆᆡ 王왕宮궁에 드르시니 光광明명이 두루 비취더시니 王왕ᄭᅴ ᄉᆞᆯ보샤ᄃᆡ 出츓家강ᄒᆞ고져 ᄒᆞ노이다 王왕이 손목 자바 울며 니ᄅᆞ샤ᄃᆡ 이 ᄆᆞᅀᆞᆷ 먹디 말라 나라해 니ᅀᅳ리 업스니라 太탱子ᄌᆞᆼㅣ 니ᄅᆞ샤ᄃᆡ 네 가짓 願원을 일우고져 [21뒤 ᄒᆞ노니 늘굼 모ᄅᆞ며 病뼝 업스며 주굼 모ᄅᆞ며 여희욤 모ᄅᆞ고져 ᄒᆞ노이다 王왕이 더욱 슬허 니ᄅᆞ샤ᄃᆡ 이 네 가짓 願원은 녜록브터 일우니 업스니라 ᄒᆞ시고 이틋나래 釋셕種죵ㅅ 中듕에 勇용猛ᄆᆡᆼᄒᆞ니 五옹百ᄇᆡᆨ을 모도아 門몬 구디 자ᄇᆞ라 ᄒᆞ시니라

○ 太탱子ᄌᆞᆼㅣ 妃핑子ᄌᆞᆼㅅ [22앞 ᄇᆡ를 ᄀᆞᄅᆞ치시며 니ᄅᆞ샤ᄃᆡ 이 後ᅘᅮᇢ 여슷 ᄒᆡ예 아ᄃᆞᆯ 나ᄒᆞ리라 俱궁夷잉 너기샤ᄃᆡ 太탱子ᄌᆞᆼㅣ 나가ᅀᅡᆶ가 疑읭心심ᄒᆞ샤 長땽常썅 겨틔 떠디디 아니터시다

○ 太탱子ᄌᆞᆼㅣ 門몬 밧긔 가 보신 後ᅘᅮᇢ로 世솅間간 슬흔 ᄆᆞᅀᆞ미 나날 더으거시ᄂᆞᆯ 王왕이 ᄉᆞᆫ지 풍류ᄒᆞᇙ 사ᄅᆞᄆᆞᆯ 더ᄒᆞ야 달애더시니 長땽常썅 밦中듕이어든 [22뒤 淨쪙居겅天텬이 虛헝空콩애 와 일ᄭᅵ오ᅀᆞᆸ고 풍륫가시 다 五옹欲욕이 즐겁디 아니ᄒᆞ고 世솅間간이 無뭉常썅ᄒᆞ니 어셔 나쇼셔 ᄒᆞᇙ 소리ᄅᆞᆯ ᄒᆞ게 ᄒᆞ며 풍류ᄒᆞᄂᆞᆫ 겨집ᄃᆞᆯ히 니기 ᄌᆞᆷ드러 옷ᄀᆞ외 헤디오고 추미며 더러븐 거시 흐르게 ᄒᆞ야ᄃᆞᆫ [23앞 太탱子ᄌᆞᆼㅣ 보시고 더욱 ᄉᆡᆨ트시 너겨 ᄒᆞ더시다 太탱子ᄌᆞᆼㅣ ᄌᆞ조 王왕ᄭᅴ 出츓家강ᄒᆞ야 지이다 ᄉᆞᆲ거시ᄂᆞᆯ 王왕이 니ᄅᆞ샤ᄃᆡ 네 당다이 轉뒨輪륜聖셩王왕이 ᄃᆞ외야 七칧寶봉 千쳔子ᄌᆞᆼ 가져 四ᄉᆞᆼ天텬下ᅘᅡᆼᄅᆞᆯ 다ᄉᆞ리리어늘 엇뎨 마리 갓고ᄆᆞᆯ 즐기ᄂᆞᆫ다 太탱子ᄌᆞᆼㅣ 對됭答답ᄒᆞ샤ᄃᆡ 正졍覺각ᄋᆞᆯ 일워 [23뒤 大땡千쳔世솅界갱ᄅᆞᆯ 다 ᄀᆞᅀᆞᆷ아라 四ᄉᆞᆼ生ᄉᆡᆼ을

濟졩渡똥ᄒᆞ야 긴 바ᄅᆞᆯ 여희여 나긔 호려 ᄒᆞ노니 七칧寶봉 四ᄉᆞᆼ天텬下ᅘᅡᆼᄅᆞᆯ 즐기디 아니ᄒᆞ노이다 王왕이 풍류ᄒᆞᇙ 사ᄅᆞᆷ 더ᄒᆞ야 밤낫 [24앞 달애더시니 相샹師ᄉᆞᆼㅣ 王왕ᄭᅴ ᄉᆞᆯ보ᄃᆡ 이제 出츓家강 아니 ᄒᆞ샤 닐웨 디나면 轉둰輪륜王왕 位윙 自ᄍᆞᆼ然연히 오시리이다 王왕이 깃그샤 四ᄉᆞᆼ兵병을 돌어 안팟ᄀᆞ로 막ᄌᆞᄅᆞ더시다 婇ᄎᆡᆼ女녕ᄃᆞᆯ히 太탱子ᄌᆞᆼᄭᅴ 드ᅀᆞ방 온가짓 呈뎡才ᄍᆡᆼᄒᆞ야 웃이ᅀᆞᄫᆞ며 갓갓 고ᄫᆞᆫ 양 ᄒᆞ야 뵈ᅀᆞᆸ거늘 太탱子ᄌᆞᆼㅣ ᄒᆞᆫ낫 欲욕心심도 [24뒤 내ᅘᅧ디 아니터시니 ᄒᆞᆫ 婇ᄎᆡᆼ女녕ㅣ 末맗利링花황鬘만ᄋᆞᆯ 가져 드러 太탱子ᄌᆞᆼㅅ 모ᄀᆡ ᄆᆡᅀᆞᄫᆞᆯ 太탱子ᄌᆞᆼㅣ ᄀᆞᆷ즉도 아니ᄒᆞ야 보신대 그 각시 도로 글어 밧긔 내야 더디니라 二ᅀᅵᆼ月웛 初총닐웻낤 바ᄆᆡ 太탱子ᄌᆞᆼㅣ 出츓家강ᄒᆞᇙ 時씽節졇이 [25앞 다ᄃᆞᆮ고 ᄌᆞ개 너기샤ᄃᆡ 나라 니ᅀᅳᆯ 아ᄃᆞᄅᆞᆯ ᄒᆞ마 비ᅇᅧ 아바닚 願원 일우과라 ᄒᆞ시고 사ᄅᆞᆷ 몯 보게 放방光광ᄒᆞ샤 四ᄉᆞᆼ天텬王왕과 淨쪙居경天텬에 니르리 비취시니 諸졍天텬이 ᄂᆞ려와 禮롕數숭ᄒᆞᅀᆞᆸ고 ᄉᆞᆯ보ᄃᆡ 無뭉量량劫겁으로셔 ᄒᆞ샨 修슣行ᅘᆡᆼ이 이제 와 닉거시이다 太탱子ᄌᆞᆼㅣ 니ᄅᆞ샤ᄃᆡ 너희 마리ᅀᅡ [25뒤 올타 커니와 안팟긔 막ᄌᆞᄅᆞᆯᄊᆡ 몯 나가노라 諸졍天텬의 히ᄆᆞ로 사ᄅᆞᆷᄃᆞᆯ히 다 ᄌᆞ올의 ᄒᆞ니 변조리던 각시ᄃᆞᆯ히 다리 드러내오 손발 펴 ᄇᆞ리고 주근 것 ᄀᆞ티 그우드러 이셔 곳구무 데군케 드위ᅘᅧ고 ᄆᆡᆫ 니르리 몯 ᄀᆞ초아셔 자며 고 춤 흘리고 오좀 ᄊᆞ니 니르리 ᄉᆡᆨ며 고 고ᅌᆞ고 니 ᄀᆞᆯ오 뷘 입 십고 방긔 니르리 ᄒᆞ며 [26앞 풍륫갓ᄃᆞᆯ 븓안고 ᄉᆞ라디옛거늘 그제 ᄎᆞᆺ브리 ᄢᅵ돗 블가 잇더니 太탱子ᄌᆞᆼㅣ 보시고 너기샤ᄃᆡ 겨지븨 양ᄌᆡ 이러ᄒᆞᆫ 거시로다 粉분과 燕연脂징와 瓔ᅙᅧᆼ珞락과 옷과 花황鬘만과 곳과 붊쇠로 ᄭᅮ몟거든 사오나ᄫᆞᆫ 사ᄅᆞ미 몰라 소가 貪탐ᄒᆞᆫ ᄆᆞᅀᆞᄆᆞᆯ 내ᄂᆞ니 智딩慧ᅘᅰᆼᄅᆞᄫᆡᆫ 사ᄅᆞ미 正졍히 ᄉᆞᆯ펴보면 겨지븨 모미 ᄭᅮᆷ ᄀᆞᆮᄒᆞ며 [26뒤 곡도 ᄀᆞᆮᄒᆞ도다 그제 淨쪙居겅天텬이 虛헝空콩애 와 太탱子ᄌᆞᆼᄭᅴ ᄉᆞᆯ보ᄃᆡ 가사이다 時씽節졇이어이다 오래 世솅間간애 즐겨 겨샤미 몯 ᄒᆞ리니 오ᄂᆞᆳ날 一ᅙᅵᇙ切쳉 諸졍天텬이 願원ᄒᆞᅀᆞ

보ᄃᆡ 出츓家강ᄒᆞ샤 聖셩人신ㅅ 道ᄯᅩᇢ理링 ᄇᆡ호시과ᄃᆡ여 ᄒᆞᄂᆞ이다 그 저긔 太탱子ᄌᆞᆼ ㅣ 니러나싫 저긔 안자 겨시던 [27앞 寶ᄇᆞᇢ牀쌍ᄋᆞᆯ 도라보시고 니ᄅᆞ샤ᄃᆡ 이 내 ᄆᆞᆺ 後ᅘᅮᇢ에 五ᅌᅩᆼ欲욕 타 난 ᄣᅡ히라 오ᄂᆞᆳ날 後ᅘᅮᇢ로 다시 타 나디 아니호리라 ᄒᆞ시고 太탱子ᄌᆞᆼㅣ 올ᄒᆞᆫ소ᄂᆞ로 七칧寶ᄇᆞᇢ帳댱 드르시고 ᄌᆞ녹ᄌᆞᄂᆞ기 거러 나샤 東동녁 도라셔샤 合ᅘᅡᆸ掌쟝ᄒᆞ샤 一ᅙᅵᇙ切쳉 諸졍佛뿛 念념ᄒᆞ시고 울워러 虛헝空콩과 벼를 [27뒤 보더시니 持띵國귁天텬王왕이 乾건闥탏婆뽱 ᄃᆞᆯ 一ᅙᅵᇙ切쳉 眷권屬쑉 ᄃᆞ리고 풍류ᄒᆞ야 東동方방ᄋᆞ로셔 와 東동녁 겨틔 合ᅘᅡᆸ掌쟝ᄒᆞ야 셔며 增증長댱天텬王왕이 鳩궁槃빤茶땅 ᄃᆞᆯ 一ᅙᅵᇙ切쳉 眷권屬쑉 ᄃᆞ리고 寶ᄇᆞᇢ甁뼝에 香향湯탕 다마 [28앞 잡고 南남方방ᄋᆞ로셔 와 南남녁 겨틔 合ᅘᅡᆸ掌쟝ᄒᆞ야 셔며 廣광目목天텬王왕이 龍룡王왕 ᄃᆞᆯ 一ᅙᅵᇙ切쳉 眷권屬쑉 ᄃᆞ리고 種종種종 구슬 가지고 西셍方방ᄋᆞ로셔 와 西셍ㅅ녁 겨틔 合ᅘᅡᆸ掌쟝ᄒᆞ야 셔며 多당聞문天텬王왕이 夜양叉창 ᄃᆞᆯ 一ᅙᅵᇙ切쳉 眷권屬쑉 ᄃᆞ리고 [28뒤 火황珠즁와 燈등쵸 잡고 甲갑 닙고 北븍方방ᄋᆞ로셔 와 北븍녁 겨틔 合ᅘᅡᆸ掌쟝ᄒᆞ야 셔며 釋셕提뗑桓ᅘᅪᆫ因인이 諸졍天텬 ᄃᆞᆯ 一ᅙᅵᇙ切쳉 眷권屬쑉 ᄃᆞ리고 花황鬘만 瓔ᅙᅧᆼ珞락과 幢똥幡펀 寶ᄇᆞᇢ蓋갱 잡고 忉돌利링天텬ᄋᆞ로셔 [29앞 와 虛헝空콩애 合ᅘᅡᆸ掌쟝ᄒᆞ야 셔니라 그 저긔 沸붏星셩이 도다 ᄃᆞᆯ와 어울어늘 諸졍天텬ᄃᆞᆯ히 ᄆᆡᄫᅵ 닐오ᄃᆡ 沸붏星셩이 ᄒᆞ마 어우니 이제 時씽節졇이니 ᄲᆞᆯ리 나쇼셔 다시곰 ᄉᆞᆲ더라 그제 烏홍蘇송慢만이 와 이 실씨 城쎵 안햇 사ᄅᆞ미며 孔콩雀쟉이며 새ᄃᆞᆯ 니르리 [29뒤 ᄀᆞ장 ᄌᆞ가 자더라 太탱子ᄌᆞᆼㅣ 車챵匿닉이 브르샤 揵껀陟딕이 기르마 지허 오라 ᄒᆞ시니 그 저긔 ᄆᆞᆯ도 울오 車챵匿닉이도 울어늘 太탱子ᄌᆞᆼㅣ 다 우디 말라 ᄒᆞ시고 放방光광ᄒᆞ샤 十씹方방ᄋᆞᆯ 다 비취시고 獅ᄉᆞᆼ子ᄌᆞᆼ 목소리로 니ᄅᆞ샤ᄃᆡ 아랫 부텨 出츓家강ᄒᆞ샴도 이리 ᄒᆞ시니라 [30앞 太탱子ᄌᆞᆼㅣ ᄆᆞᆯ 타 나시니 諸졍天텬이 ᄆᆞᆯ 발 받고 車챵匿닉이 조쳐 자

ᄇᆞ며 蓋갱 받고 梵뻠王왕ᄋᆞᆫ 왼녁 겨틔 셔ᅀᆞᆸ고 帝뎽釋셕ᄋᆞᆫ 올ᄒᆞᆫ녁 겨틔 셔ᅀᆞᆸ고 四ᄉᆞᆼ天텬王왕이 侍씽衛윙ᄒᆞᅀᆞᄫᅡ 虛헝空콩ᄋᆞ로 城쎵 나마 나시니라 太탱子ᄌᆞᆼㅣ 니ᄅᆞ샤ᄃᆡ 菩뽕提뗑ᄅᆞᆯ 몯 일우면 아니 도라오리라 諸졍天텬이 닐오ᄃᆡ [30뒤 됴ᄒᆞ실쎠 ᄒᆞ더라 太탱子ᄌᆞᆼㅣ 아ᄎᆞᆷ ᄊᆞᅀᅵ예 八밣百ᄇᆡᆨ 里링ᄅᆞᆯ 녀샤 雪숋山산 苦콩行ᅘᆡᆼ林림에 가시니라 이틋나래 俱궁夷잉 자다가 니르샤 ᄯᅡ해 디여 우르시며 王왕과 大땡愛ᅙᅵᆼ道똫와도 슬허 우르시며 나랏 사ᄅᆞ미 다 슬허 두루 얻니ᅀᆞᆸ더라 太탱子ᄌᆞᆼㅣ 寶볼冠관 瓔ᅙᅧᆼ珞락ᄋᆞᆯ 車챵匿닉이 주시고 [31앞 니ᄅᆞ샤ᄃᆡ 네 가아 王왕ᄭᅴ ᄉᆞᆯᄫᆞ라 正졍覺각ᄋᆞᆯ 일우면 도라가리라 車챵匿닉이도 울오 ᄆᆞᆯ도 ᄭᅮ러 太탱子ᄌᆞᆼㅅ 바ᄅᆞᆯ 할ᄊᆞᄫᆞ며 우더라 太탱子ᄌᆞᆼㅣ 왼소ᄂᆞ로 마리ᄅᆞᆯ 자ᄇᆞ시고 發벓願원ᄒᆞ샤ᄃᆡ 이제 마리ᄅᆞᆯ 무져 衆즁生ᄉᆡᆼᄃᆞᆯ콰로 煩뻔惱놓ᄅᆞᆯ ᄡᅳ러 ᄇᆞ료리라 ᄒᆞ시고 손ᅀᆞ 무져 虛헝空콩애 더뎌시ᄂᆞᆯ [31뒤 帝뎽釋셕이 받ᄌᆞᄫᅡ 忉돌利링天텬에 가아 塔탑 일어 供공養양ᄒᆞᅀᆞᆸ더라 太탱子ᄌᆞᆼㅣ ᄌᆞᄀᆞᆺ 오ᄉᆞᆯ 보시니 出츓家강ᄒᆞᆫ 오시 아니어늘 淨쪙居겅天텬이 山산行ᅘᆡᆼᄒᆞᇙ 사ᄅᆞ미 ᄃᆞ외야 가니 袈강裟상ᄅᆞᆯ 니벳거늘 [32앞 太탱子ᄌᆞᆼㅣ 袞곤服뽁ᄋᆞ로 밧고아 니브시고 니ᄅᆞ샤ᄃᆡ 이제ᅀᅡ 出츓家강ᄒᆞᆫ 사ᄅᆞ미 ᄃᆞ외와라 太탱子ᄌᆞᆼㅣ 도라올 ᄠᅳ디 업스실ᄊᆡ 車챵匿닉이 ᄆᆞᆯ와 ᄒᆞᆫᄢᅴ 울오 도라오니라 太탱子ᄌᆞᆼㅣ 跋빯伽꺙仙션林림에 가시니 뎌 수프레 잇ᄂᆞᆫ 그력 올히와 鸚ᅙᅵᆼ鵡뭉와 孔콩雀쟉과 [32뒤 鸜꿍鵒욕과 鴛훤鴦ᅙᅣᆼ과 迦강陵릉頻삔伽꺙와 命명命명과 拘궁翅싱羅랑 等등 여러 새ᄃᆞᆯ히 太탱子ᄌᆞᆼᄅᆞᆯ 보ᅀᆞᆸ고 各각各각 이든 [33앞 우루믈 울며 뎌 수프레 잇ᄂᆞᆫ 벌에 즁ᄉᆡᆼᄃᆞᆯ토 다 깃거 太탱子ᄌᆞᆼᄭᅴ 오ᅀᆞᄫᆞ며 그 저긔 그 수프레 婆빵羅랑門몬ᄃᆞᆯ히 祭졩ᄒᆞ기 위ᄒᆞ야 쇠져즐 앗더니 그 져지 ᄲᅡ도 ᄒᆞᆫ가지로 날ᄊᆡ 仙션人신ᄃᆞᆯ히 하ᄂᆞᇙ 神씬靈령이샷다 너겨 제 믈 ᄃᆞ리고 太탱子ᄌᆞᆼᄅᆞᆯ 請청ᄒᆞᅀᆞᄫᅡ다가 안치ᅀᆞᄫᆞ니 仙션人신ᄃᆞᆯ히 다 나못 것과 닙과로

[33뒤 옷 ᄒᆞ야 닙고 곳과 果광實씷와 플와 나모와ᄅᆞᆯ 머그리도 이시며 믈와 블와 ᄒᆡ ᄃᆞᄅᆞᆯ 셤기리도 이시며 믈와 블와 지와 가ᄉᆡ남ᄀᆡ 누ᄫᅳ리도 잇더니 太탱子ᄌᆞᆼㅣ 그 ᄠᅳ들 무르신대 對됭答답ᄒᆞᅀᆞᄫᅩᄃᆡ 하ᄂᆞᆯ해 나고져 ᄒᆞ노이다 太탱子ᄌᆞᆼㅣ 니ᄅᆞ샤ᄃᆡ 네 求끃ᄒᆞ논 이리 乃냉終즁내 受쓯苦콩ᄅᆞᆯ 몯 여희리니 하ᄂᆞᆯ히 [34앞 현마 즐겁고도 福복이 다ᄋᆞ면 도라 ᄂᆞ려 ᄆᆞᄎᆞᄆᆡᆫ 受쓯苦콩ᄅᆞᄫᆡᆫ 길ᄒᆞ로 가ᄂᆞ니 엇뎨 受쓯苦콩ᄅᆞᄫᆡᆫ 因인緣원을 닷가 受쓯苦콩ᄅᆞᄫᆡᆫ 果광報봉ᄅᆞᆯ 求끃ᄒᆞᄂᆞᆫ다 ᄒᆞ샤 져므도록 詰킳難난ᄒᆞ시고 이틋나래 가노라 ᄒᆞ신대 仙션人신이 ᄉᆞᆯᄫᅩᄃᆡ 닷ᄂᆞᆫ 道똫理링 다ᄅᆞ니 겨쇼셔 몯 ᄒᆞ노이다 ᄒᆞ더라 [34뒤 車챵匿닉이 寶볼冠관 가져 도라오나ᄂᆞᆯ 王왕이 보시고 ᄯᅡ해 업더디여 우르시며 俱궁夷잉ᄂᆞᆫ ᄆᆞᆯ 고개ᄅᆞᆯ 안고 우르시더라 王왕이 車챵匿닉이 보시곤 太탱子ᄌᆞᆼ 가신 ᄃᆡ 가려 ᄒᆞ더시니 臣씬下항ᄃᆞᆯ히 ᄉᆞᆯᄫᅩᄃᆡ 가디 마ᄅᆞ쇼셔 우리 가아 推췽尋씸ᄒᆞᅀᆞᄫᅩ리이다 ᄒᆞ고 모다 推췽尋씸ᄒᆞᅀᆞᄫᅡ [35앞 가니 ᄒᆞᆫ 나모 미틔 겨시거늘 ᄇᆞ라ᅀᆞᆸ고 ᄉᆞᆯᄫᆞᆫ대 太탱子ᄌᆞᆼㅣ 니ᄅᆞ샤ᄃᆡ 恩ᅙᅳᆫ惠ᅘᅰᆼᅀᅡ 모ᄅᆞ리여마ᄅᆞᆫ 네 가짓 受쓯苦콩ᄅᆞᆯ 위ᄒᆞ야 ᄒᆞ노라 ᄒᆞ시고 니러 仙션人신 잇ᄂᆞᆫ ᄃᆡ로 니거시ᄂᆞᆯ 그 臣씬下항ᄃᆞᆯ히 憍굫陳띤如ᅀᅧᆼ ᄃᆞᆯ 다ᄉᆞᆺ 사ᄅᆞᄆᆞᆯ 두어 가시ᄂᆞᆫ ᄃᆡ 보ᅀᆞᄫᅡ라 [35뒤 ᄒᆞ고 도라오니라 太탱子ᄌᆞᆼㅣ 뫼히며 므리며 ᄀᆞᆯᄒᆡ디 아니ᄒᆞ야 ᄃᆞᆫ니실ᄊᆡ 다ᄉᆞᆺ 사ᄅᆞ미 몯 미ᄌᆞᄫᅡ 그에셔 사더라

○ 太탱子ᄌᆞᆼㅣ 彌밍樓릏山산 阿항藍람 迦강蘭란이라 ᄒᆞᇙ 仙션人신 잇ᄂᆞᆫ ᄃᆡ 가샤 不붏用용處쳥定뗭을 三삼年년 니기시고 [36앞 ᄯᅩ 鬱흟頭뚷藍람弗붏이라 ᄒᆞᇙ 仙션人신 잇ᄂᆞᆫ ᄃᆡ 가샤 非빙非빙想샹處쳥定뗭을 三삼年년 니기고 너기샤ᄃᆡ 仙션人신의 이리 굴근 結겷이ᅀᅡ 업거니와 죽사리 免면ᄒᆞᇙ 道똫理링 아니로다 ᄒᆞ샤 ᄇᆞ리고 가시니라

[36뒤 ○ 太탱子ᄌᆞᆼㅣ 出츓家강ᄒᆞ신 여슷 ᄒᆡ예 耶양輸슝陁땅羅랑ㅣ 아ᄃᆞᆯ 나하시ᄂᆞᆯ 釋

셕種죵돌히 怒농ᄒᆞ야 주규려 터니 耶양輸슝ㅣ 블 퓌운 구들 디레셔 盟명誓쏑ᄒᆞ샤ᄃᆡ 나옷 외면 [37앞 아기와 나와 ᄒᆞᆫᄢᅴ 죽고 올ᄒᆞ면 하ᄂᆞᆯ히 본ᄌᆞ을 ᄒᆞ시리라 ᄒᆞ시고 아기 안고 ᄞᅱ여 드르시니 그 구디 蓮련모시 ᄃᆞ외야 蓮련ㅅ고지 모ᄆᆞᆯ 바다ᄂᆞᆯ 王왕이시며 나랏 사ᄅᆞ미 그제ᅀᅡ 疑읭心심 아니 ᄒᆞ니라 羅랑雲운이 前쪈生ᄉᆡᇰ애 ᄒᆞᆫ 나랏 王왕이 ᄃᆞ외야 잇더니 ᄒᆞᆫ 道ᄄᆞᇢ士ᄊᆞᆼㅣ 죠고맛 罪쬥ᄅᆞᆯ 지ᅀᅥ늘 그 王왕이 東동山산애 [37뒤 드려 잢간 가도라 ᄒᆞ고 닛고 여쐐ᄅᆞᆯ 뒷더니 그 因인緣원으로 여슷 ᄒᆡᄅᆞᆯ 빗소배셔 몯 나니라 耶양輸슝는 前쪈生ᄉᆡᇰ애 어마님과 ᄒᆞᆫᄃᆡ 가시다가 길 머러 ᄀᆞᆺᄇᆞ실ᄊᆡ ᄆᆞᆯ보기 탈 ᄒᆞ야 자내 지믈 어마님 맛디시고 부러 ᄣᅥ디여 여슷 里링ᄅᆞᆯ 가시니 그 因인緣원으로 여슷 ᄒᆡᄅᆞᆯ ᄇᆡ여 몯 나햇더시니라

○ 太탱子ᄌᆞᆼㅣ [38앞 伽강闍썅山산 苦콩行ᅘᆡᇰ林림에 憍괄陳띤如셩 둘 다ᄉᆞᆺ 사ᄅᆞᆷ 잇ᄂᆞᆫ 尼닝連련河ᅘᆞᆼㅅ ᄀᆞᅀᆡ 오샤 플 ᄭᆞᆯ오 結겷加강趺붕坐쫭ᄒᆞ샤 盟명誓쎙ᄒᆞ샤ᄃᆡ 부텨옷 몯 ᄃᆞ외면 아니 니러나리라 天텬神씬이 바ᄅᆞᆯ 받ᄌᆞᆸ거늘 [38뒤 아니 좌실ᄊᆡ 自ᄍᆞᆼ然션히 겨틔 열콰 ᄠᆞᆯ와 나긔 ᄒᆞ니라 太탱子ᄌᆞᆼㅣ ᄒᆞᄅᆞ ᄒᆞᆫ 낟곰 닐웨예 ᄒᆞᆫ 낟곰 좌시고 여슷 ᄒᆡᄅᆞᆯ 히즛도 아니ᄒᆞ샤 한비도 오며 울에도 ᄒᆞ며 녀르미여 겨ᅀᅳ리여 ᄒᆞᆫ 말도 아니 코 안잿거시든 머리예 가치 삿기 치더니 사ᄅᆞ미 보고 荒황唐땅히 너겨 프리며 남기며 고콰 귓굼긔 더뎌도 앗디 [39앞 아니 ᄒᆞ시더니 憍괄陳띤如셩 둘 다ᄉᆞᆺ 사ᄅᆞᆷ도 졷ᄌᆞ바 苦콩行ᅘᆡᇰᄒᆞ더라 다ᄉᆞᆺ 사ᄅᆞ미 王왕ᄭᅴ 사ᄅᆞᆷ 브려 苦콩行ᅘᆡᇰᄒᆞ시는 辭쌍緣원을 ᄉᆞᆯ바ᄂᆞᆯ 王왕이 ᄀᆞ장 슬호샤 쳔랴ᇰ 시른 술위 五옹百ᄇᆡᆨ ᄭᅮ미시며 大땡愛ᅙᆡᆼ道ᄄᆞᇢ와 耶양輸슝와도 各각各각 쳔랴ᇰ 시른 술위 五옹百ᄇᆡᆨ을 ᄭᅮ며 車챵匿닉일 [39뒤 領령ᄒᆞ야 보내신대 太탱子ᄌᆞᆼㅣ 아니 바다 도로 보내시니라 太탱子ᄌᆞᆼㅣ 苦콩行ᅘᆡᇰ 오래 ᄒᆞ샤 ᄉᆞᆯ히 여위실쎈뎡 金금色ᄉᆡᆨ光광은 더옥 빗나더시다 太탱子ᄌᆞᆼㅣ 너기샤ᄃᆡ 여윈 모ᄆᆞ로 菩뽕提똉樹쓩에 가면 後ᅘᆞᇢㅅ 사ᄅᆞ미 긔롱호ᄃᆡ 주으료ᄆᆞ로 부텨 ᄃᆞ외다

[40앞 ᄒᆞ리니 보ᄃᆞ라ᄫᆞᆯ 차바ᄂᆞᆯ 머거 모미 아래 ᄀᆞᆮ거ᅀᅡ 成쎵佛뿛호리라 ᄒᆞ시니 그 저긔 ᄒᆞᆫ 長댱者쟝ᄋᆡ ᄯᆞ리 쇠져즈로 粥쥭 ᄡᅮ어 樹쓩神씬ᄋᆞᆯ 이바도려 ᄒᆞ니 그 粥쥭이 가마애셔 열 자콤 소사올아 아니 담기거늘 虛헝空콩애셔 닐오ᄃᆡ 큰 菩뽕薩삻이 뎌에 겨시니 네 前쪈生ᄉᆡᆼ앳 發벓願원이 [40뒤 잇ᄂᆞ니 몬져 菩뽕薩삻ᄭᅴ 받ᄌᆞᄫᆞ라 그 ᄯᆞ리 그 말 듣고ᅀᅡ 金금 바리예 다마 尼닝連련水쉉ㅅ ᄀᆞᅀᅢ 가니라 太탱子ᄌᆞᆼ ㅣ 므레 드러 沐목浴욕 ᄀᆞᆷ거시ᄂᆞᆯ 諸졍天텬이 種종種종 花황香향ᄋᆞᆯ 므레 비터니 樹쓩神씬이 가지ᄅᆞᆯ 구퓐대 太탱子ᄌᆞᆼ ㅣ ᄃᆞᆼ기야 나거시ᄂᆞᆯ 兜둫率숧天텬子ᄌᆞᆼ ㅣ 하ᄂᆞᆳ 袈강裟상ᄅᆞᆯ 니피ᅀᆞᄫᆞ니라 [41앞 그제ᅀᅡ 그 ᄯᆞ리 粥쥭 가져 드러 머리 조ᅀᆞ바ᄂᆞᆯ 바다 좌시고 그 바리ᄅᆞᆯ 므레 더디신대 帝뎽釋셕이 가져 忉돌利링天텬에 가아 塔탑 일어 供공養양ᄒᆞᅀᆞᆸ더라 太탱子ᄌᆞᆼ ㅣ 粥쥭 좌신 後ᅘᅮᇢ에 양ᄌᆡ 네 ᄀᆞᆮᄒᆞ거시ᄂᆞᆯ 憍굫陳띤如ᅀᅧᆼ 둘 다ᄉᆞᆺ 사ᄅᆞ미 보ᅀᆞᆸ고 [41뒤 修슣行ᅘᆡᇰ이 늘의샷다 너겨 다 제 잇던 ᄃᆡ 도라 니거늘 菩뽕薩삻이 ᄒᆞ오ᅀᅡ 畢빓鉢밣羅랑樹쓩로 가더시니 德득重뜡ᄒᆞ실ᄊᆡ 地띵動똥ᄒᆞ며 五옹百ᄇᆡᆨ [42앞 靑쳥새 圍윙繞ᅀᅣᇢᄒᆞᅀᆞ바 ᄂᆞᆯ며 瑞쒱雲운 香향風봉이 섯버므러 잇더니 눈먼 龍룡도 누니 ᄢᅥ 祥쌍瑞쒱 보ᅀᆞᆸ고 讚잔嘆탄ᄒᆞᅀᆞᄫᆞ며 ᄒᆞᆫ 迦강茶똥ㅣ라 홇 龍룡이 長땽壽쓭ᄒᆞ야 아래 세 부텻 成쎵道똘ᄅᆞᆯ 보ᅀᆞ바 잇더니 [42앞 眷권屬쑉 ᄃᆞ리고 香향花황ㅣ며 풍류며 幡펀이며 蓋갱며 가져 나아 供공養양ᄒᆞᅀᆞᆸ거늘 諸졍天텬이 몬져 하ᄂᆞᆳ 幡펀과 蓋개와 가져다가 즘게 우희 ᄃᆞ라 보람 두니라 西솅天텬ㅅ 法법에 모로매 프를 ᄢᆞᆯ오 안ᄯᅥ니 天텬帝뎽釋셕이 사ᄅᆞ미 ᄃᆞ외야 孔콩雀작이 목 빗 ᄀᆞᄐᆞᆫ 프를 뷔여 가거늘 菩뽕薩삻이 일후믈 [43앞 무르신대 對됭答답ᄒᆞᅀᆞ보ᄃᆡ 吉긿祥쌍이로이다 ᄒᆞ고 그 프를 받ᄌᆞ바ᄂᆞᆯ 菩뽕薩삻이 바다다가 ᄭᆞᄅᆞ시니 ᄯᅡ히 ᄀᆞ장 드러치더라 그 저긔 諸졍天텬이 八밣萬먼 菩뽕提똉樹쓩엣 獅ᄉᆞ子ᄌᆞᆼ座쫭ᄅᆞᆯ ᄆᆡᆼᄀᆞ니 그 나못 노ᄑᆡ 八밣千쳔□

[43뒤] 이시며 四ᄉᆞᆼ千쳔□□□□□□天텬ᄃᆞᆯ히 저마다 니교ᄃᆡ □坐쫭애ᅀᅡ 안자 겨시다 ᄒᆞ거든 사오나ᄫᆞᆫ 薄빡福복ᄒᆞᆫ 사ᄅᆞᄆᆞᆫ 菩뽕薩삻ᄋᆞᆯ 보ᅀᆞᄫᆞᄃᆡ 플 우희 안자 겨시다 ᄒᆞ더라

釋셕譜봉詳썅節졇 第뗑三삼

[1앞 석보상절(釋譜詳節) 제삼(第三)

정반왕(淨飯王)이 상(相)을 보는 사람 오백(五百)을 대보전(大寶殿)에 모아 태자(太子)를 보이시더니, 모두 사뢰되 "출가(出家)하시면 성불(成佛)하시고, 집에 계시면 윤왕(輪王)[1]이 되시겠습니다." 또 사뢰되 "향산(香山)[2]의 아사타(阿私陁)[3] 선인(仙人)이 있습니다. [1뒤 그 선인(仙人)이 즉시 허공(虛空)에서 날아오거늘, 왕(王)이 태자(太子)를 데리고 나오시어 태자의 무릎을 꿇리려 하시거늘, 아사타(阿私陁)가 두려워하여 말리고 사뢰되, "태자께서는 삼계(三界)[4] 중(中)에 존(尊)하신 분이십니다." 하고 합장(合掌)하여 절하고 울거늘, 왕(王)이 두려워하시어 "어찌 우는가?" 하시니, 아사타 선인이 사뢰되 "태자(太子)가 삼십이상(三十二相)[5]과 [2앞 팔십종호(八十種好)[6]가 갖추어져 있으시니, 마땅히 출가(出家)하시어 부처가 되시겠습니다. 나는 늙어 곧 무상천(無想天)[7]으로 가겠으니 법화(法化)[8]에 이르기까지 못 보겠으므로 웁니다."

○ 태자(太子)가 나신 이레째 사월(四月)의 보름날에 마야부인(摩耶夫人)[9]이

---

1) 윤왕: 輪王. 전륜왕(轉輪王). 인도 신화 속의 임금이다. 정법(正法)으로 온 세계를 통솔한다고 한다. 여래의 32상(相)을 갖추고 칠보(七寶)를 가지고 있으며 하늘로부터 금, 은, 동, 철의 네 윤보(輪寶)를 얻어 이를 굴리면서 사방을 위엄으로 굴복시킨다.

2) 향산: 香山. 무열지(無熱地)의 북쪽에 있는 염부제주(閻浮提洲)의 중심인 설산(雪山)이다.

3) 아사타: 阿私陁. 중인도(中印度)의 가비라국(迦毗羅國)에 있던 선인(仙人)의 이름이다. 싯다르타(悉達多) 태자가 탄생하였을 때에 관상(觀相)을 본 사람이다.

4) 삼계: 三界. 중생이 생사 왕래하는 세 가지 세계이다. 삼계에는 '욕계(慾界), 색계(色界), 무색계(無色界)'가 있다.

5) 삼십이상: 三十二相. 부처의 몸에 갖춘 서른두 가지의 독특한 모양이다.

6) 팔십종호: 八十種好. 부처의 몸에 갖추어져 있는 미묘하고 잘생긴 여든 가지 상(相)이다.

7) 무상천: 無想天. 색계(色界)의 사선천(四禪天)의 넷째 하늘이다. 이 하늘에 태어나면 모든 생각이 없다고 한다.

8) 법화: 法化. 부처가 큰 법으로 중생을 제도하시어 사나운 사람이 어질게 되는 것이다.

9) 마야부인: 摩耶夫人. 석가족(族) 호족(豪族)의 딸로서 가비라바소도(伽毘羅衛)의 성주(城主)인 정반왕(淨飯王)의 왕비가 되어 석가모니를 낳았다. 마야부인은 싯다르타 태자를 출산한 뒤에

[2뒤 돌아가시서 도리천(忉利天)[10]으로 가시니, 오만(五萬) 범천(梵天)[11]은 보병(寶甁)[12]을 잡고 이만(二萬) 마처(魔妻)[13]는 보루(寶縷)[14]를 잡아 시위(侍衛)하였니라.

○ 왕(王)이 바라문(婆羅門)[15]을 많이 청(請)하시고 태자(太子)를 안아 밖으로 나가시어 이름을 붙이시더니, 모두 사뢰되, "나실 적에 길경(吉慶)된 [3앞 상서(祥瑞)가 많으시므로 이름을 살파실달(薩婆悉達)이라 하십시다." 허공(虛空)에서 천신(天神)이 북을 치고 향(香)을 피우며 꽃을 흩뿌리고 이르되 "좋으십니다." 하더라. 한 신하(臣下)가 왕(王)께 사뢰되, "태자(太子)가 어려 있으시니 누가 기르겠느냐? 오직 대애도(大愛道)[16]야말로 기르겠습니다." [3뒤 왕(王)이 대애도(大愛道)에게 가시어 "태자(太子)를 젖을 먹여 기르라." 하시거늘, 대애도(大愛道)가 "그리하겠습니다." 하셨니라. 왕(王)이 대애도(大愛道)에게 이르시어 "태자(太子)를 모셔 천신(天神)에게 제(祭)하는 데에 가서 절을 하게 하리라." 하여 가시더니, 군신(群神)과 채녀(婇女)[17]와 제천(諸天)[18]이 [4앞 풍류하여 왕과 태자를 좇아서 갔느라. 하늘에 제(祭)하는 데에 가시니, 만든 상(像)[19]이 다 일어나 태자(太子)께 절하며 사뢰되, "태자(太子)는 천인(天人)[20] 중(中)에 가장 존(尊)하시니 어찌 우리에게 와 절하려 하시느

7일 만에 타계했다고 전해진다.

10) 도리천: 忉利天. 육욕천의 둘째 하늘이다. 섬부주 위에 8만 유순(由旬) 되는 수미산 꼭대기에 있는 곳으로, 가운데에 제석천이 사는 선견성(善見城)이 있으며, 그 사방에 권속되는 하늘 사람들이 살고 있는 8개씩의 성이 있다.

11) 범천: 梵天. 십이천(十二天)의 하나이다. ※ '십이천(十二天)'은 인간 세상을 지키는 열두 하늘이나 그곳을 지킨다는 신(神)이다. 동방에 제석천(帝釋天), 남방에 염마천(閻魔天), 서방에 수천(水天), 북방에 비사문천(毘沙門天), 동남방에 화천(火天), 서남방에 나찰천(羅刹天), 서북방에 풍천(風天), 동북방에 대자재천(大自在天), 위에 범천(梵天), 아래에 지천(地天)과 일천(日天), 월천(月天)이 있다.

12) 보병: 寶甁. 꽃병이나 물병을 아름답게 이르는 말이다.

13) 마처: 魔妻. 귀신의 처(妻)이다.

14) 보루: 寶縷. 보배의 실(絲)이다.

15) 바라문: 婆羅門. 산스크리트어 brāhmaṇa의 음사이다. 고대 인도의 사성(四姓) 가운데 가장 높은 계급으로, 제사와 교육을 담당하는 바라문교의 사제(司祭) 그룹이다.

16) 대애도: 大愛道. 싯다르타 태자의 이모(姨母)이다. 어머니 마하마야(摩訶摩耶)가 죽은 뒤에 싯다르타 태자를 양육하였고, 뒤에 맨 처음으로 비구니(比丘尼)가 되었다.

17) 채녀: 婇女. 아름답게 잘 꾸민 여자이다.

18) 제천: 諸天. 모든 하늘의 천신(天神)들이다. 욕계의 육욕천, 색계의 십팔천, 무색계의 사천(四天) 따위의 신을 통틀어 이르는데, 마음을 수양하는 경계를 따라 나뉜다.

19) 상: 像. 눈에 보이거나 마음에 그려지는 사물의 형체로서, 조각이나 그림을 나타내는 말이다.

냐?" 왕(王)이 놀라시어 찬탄(讚嘆)하여 이르시되, "내 아들이 천신(天神) 중(中)에 가장 존(尊)하니 이름을 천중(天中) [4뒤 천(天)이라 하라."

◯ 왕(王)이 아사타(阿私陁) 선인(仙人)의 말을 들으시고 태자(太子)가 출가(出家)하실까 두려워하시어, "오백(五百) 청의(靑衣)[21]를 가려서, 젖어머니를 좇아다니며 종종(種種)으로 태자를 모시어 놀아라." 하시고, 또 삼시전(三時殿)[22]을 지어 칠보(七寶)[23]로 하여금 [5앞 장엄(莊嚴)[24]하고 풍류를 잘 하는 기녀(妓女) 오백(五百)을 가려서 서로 번갈아 모시게 하시니, 꽃이며 못(淵)이며 각색(各色) 새들이 이루 못 헤아리겠더라. 그때에 태자(太子)의 나이가 점점(漸漸) 자라시거늘, 왕(王)이 보관(寶冠)[25]을 만들어 [5뒤 바치시며 영락(瓔珞)[26]이며 노리개에 속한 것을 다 갖추어서 바치시니, 나라가 온전히 편안(便安)하고 즐거움이 못내 이르겠더라.

◯ 왕(王)이 태자(太子)를 세우려 하시어 신하(臣下)를 모아서 의논(議論)하시어 이월(二月)의 여드렛날에 사해(四海)[27] 바닷물을 길으려 하시거늘, 선인(仙人)들이 [6앞 머리로 이어다가 왕(王)께 바치니 왕(王)이 태자(太子)의 머리에 부으시고, 보배로 만든 인(印)을 바치시고 북을 쳐서 출령(出令)하시어 "실달(悉達)을 태자(太子)로 세워라." 하시니, 허공(虛空)에서 팔부(八部)[28]가 모두 "좋으십니다." 하더라. 그때에 칠보(七寶)가 허공(虛空)으로부터 다 오니 [6뒤 그 금륜보(金輪寶)[29]가 네 천하(天下)에 날아가니, 그 나라들이 다 항복(降服)하여 왔니라. 그때에 왕(王)이 숫

---

20) 天人: 천인. '하늘(天神)'과 '사람(人)'을 아울러서 이르는 말이다.

21) 청의: 靑衣. 천한 사람을 이르는 말이다. 예전에 천한 사람이 푸른 옷을 입었던 데서 유래한다.

22) 삼시전: 三時殿. 석가모니의 태자 시절에, 부왕이 석가모니를 위하여 철에 따라서 각각 적합하게 만들어 놓은 세 궁전이다. 인도에서는 일 년을 세 철로 나눈다.

23) 칠보: 七寶. 전륜성왕이 가지고 있는 일곱 가지 보배이다. '윤보(輪寶), 상보(象寶), 마보(馬寶), 여의주보(如意珠寶), 여보(女寶), 장보(將寶), 주장신보(主藏臣寶)'를 이른다.

24) 장엄: 莊嚴. 훌륭한 공덕을 쌓아 몸을 장식하고, 향이나 꽃 등을 부처에게 올려 장식하는 일이다.

25) 보관: 寶冠. 보석으로 꾸민 관이다.

26) 영락: 瓔珞. 구슬을 꿰어 만든 장신구로서 목이나 팔 따위에 두른다.

27) 사해: 四海. 사방에 있는 바다이다.

28) 팔부: 八部. 사천왕(四天王)에 딸린 여덟 귀신. 건달바(乾闥婆), 비사사(毘舍闍), 구반다(鳩槃茶), 아귀, 제용중, 부단나(富單那), 야차(夜叉), 나찰(羅刹)이다.

29) 금륜보: 金輪寶. 바퀴살이 1천 개에 이르는 바퀴 모양의 무기로서, 그것을 굴리는 방향에 따라서 모두가 굴복하게 되는 강력한 힘이 있다.

양을 모아 궁내(宮內)에 두시어 태자(太子)를 즐기시게 하시더니, 태자(太子)가 양(羊) 수레를 타시고 동산(東山)에도 가시며 아주버님께도 가시어 노니시더니, 왕(王)이 백관(百官)을 모으시고 [7앞 이르시되 "천하(天下)의 내(內)에 누구야말로 지혜(智慧)가 있으며 재주가 갖추어져 있어서, 태자(太子)의 스승이 되겠느냐?" 모두 이르되 "비사파밀다라(毗奢波蜜多羅)[30)]야말로 가장 어집니다." 왕(王)이 비사파밀다라(毗奢波蜜多羅)를 불러 이르시되, "존자(尊者)가 나를 위하여 태자(太子)의 [7뒤 스승이 되오." 밀다라(密多羅)가 사뢰되 "그리하겠습니다." 태자(太子)가 동남(童男) 동녀(童女)를 데리시고 오백(五百) 석동(釋童)[31)]이 앞뒤에 위요(圍遶)하여 학당(學堂)에 오르실 적에 밀다라(密多羅)가 [8앞 바라보고 가만히 못 앉아 (?ᄒᆞ가라) 없이 일어나 태자(太子)께 절하고, 두루 돌아보며 부끄러워하더라. 태자(太子)가 글을 배우기 시작하시어, 명주(明珠) 서안(書案)[32)]에 우두(牛頭)[33)] 모양의 전단향(栴檀香)[34)]으로 만든 칠보(七寶)[35)] 서판(書判)[36)]을 놓으시고 [8뒤 금(金)을 붙잡으시어 글을 쓰시며 물으시되 "무슨 글을 가르치려 하시는가?" 밀다라(蜜多羅)가 대답(對答)하되 "범서(凡書)[37)]와 구류서(佉留書)로 가르치겠습니다." 태자(太子)가 말하시되 "글이 예순네 가지이니 [9뒤 어찌 다만 두 가지냐?" 하시고 다 헤아려 이르시니, 밀다라(密多羅)가 항복(降服)하여 게(偈)[38)]를 지어 찬탄(讚嘆)하고 [10앞 왕(王)께 사뢰되 "태자(太子)는 하늘의 스승이시니 내가 어찌 가르치겠습니까?" 태자(太子)가 아이

---

30) 밀다라: 蜜多羅. 대바라문(大婆羅門)의 한 사람이다. 싯다르타(悉達) 태자가 출가(出家)하기 전에 태자에게 문무(文武)를 가르친 스승이다.

31) 석동: 釋童. 석씨(釋氏)의 성(姓)을 가진 아이이다.

32) 명주 서안: 明珠 書案. 명주(明珠)는 밝은 구슬이고 서안(書案)은 책상이다. 곧, 명주 서안은 밝은 구슬로 책상이다.

33) 우두: 牛頭. 소의 머리이다.

34) 전단향: 栴檀香. 인도에서 나는 향나무의 하나이다. 목재는 불상을 만드는 재료로 쓰고 뿌리는 가루로 만들어 단향(檀香)으로 쓴다.

35) 칠보: 七寶. 일곱 가지 주요 보배이다. 무량수경에서는 금·은·유리·파리·마노·거거·산호를 이르며, 법화경에서는 금·은·마노·유리·거거·진주·매괴를 이른다.

36) 서판: 書板. 글씨를 쓸 때에, 종이 밑에 받치는 널조각이다.

37) 범서: 梵書. 브라흐미 문자로 기록된 글이다. 브라흐미 문자는 고대 인도에서 쓴 문자의 하나로서, 현재 인도에서 사용하는 여러 자체(字體)의 시조이며 표음 문자로서 범어를 적는 데 썼다.

38) 게: 偈. 가타(伽陀). 부처의 공덕이나 가르침을 찬탄하는 노래 글귀이다.

들과 더불어 계시어 글월의 근원(根源)을 자세(子細)히 이르시고, 무상정진도리(無上正眞道理)[39]를 권(勸)하시더라. 그때에 책(冊)에 있는 두 자(字)가 해어져서 아무도 모르더니, 밀다라(蜜多羅)도 [10뒤 모르거늘 태자(太子)야말로 해어진 두 자(字)를 가르치시더라.

◯ 역사(力士)[40]들과 석종(釋種) 장자(長者)[41]들이 왕(王)께 사뢰되, 태자(太子)가 부처가 되시면 성왕(聖王)의 자손(子孫)이 끊어지시겠습니다. 왕(王)이 이르시되, "어떤 이의 딸이야말로 태자(太子)의 비자(妃子)[42]가 되겠느냐?" 태자(太子)가 금(金)으로 여자의 모습을 [11앞 만드시고 여자의 덕(德)을 쓰시어, "이와 같아야 비자(妃子)를 삼으리라." 하시니, 왕(王)이 좌우(左右)의 범지(梵志)[43]를 부리시어 "두루 가서 비자를 얻어라." 하시니, 좌우의 범지가 한 옥녀(玉女)[44] 같으신 이를 보고 와서 사뢰되, "집장석(執杖釋)[45]의 따님이 계시더이다." 왕(王)이 말하시되, "만일 자기(= 태자)의 뜻에 못 맞아도 저(= 집장석이 따님)를 택(擇)하게 하리라." [11뒤 하시고 나라의 고운 여자를 다 태자(太子)의 강당(講堂)[46]에 모으시니 그때에 그 딸 구이(瞿夷)[47]도 강당(講堂)에 오시어 태자(太子)를 바라보시거늘, 태자(太子)가 웃으시고 보배에 속하는 수정(水精)을 가져다 주시니, 구이(瞿夷)가 사뢰시되 "나는 보배를 아니 좋아하여 공덕(功德)[48]으로 장엄(莊嚴)합니다." [12앞 왕(王)이 범지(梵志)

---

39) 무상정진도리: 無上正眞道理. 더 이상 위가 없는 불타(佛陀) 정각(正覺)의 지혜(智慧)이다.

40) 역사: 力士. 뛰어나게 힘이 센 사람이다.

41) 석종 장자: 釋種 長者. 석가씨(釋迦氏)의 일문(一門)의 어른이다.

42) 비자: 妃子. '아내', '왕비', '태자의 아내' 등을 가리키는 말이다. 여기서는 '태자의 아내'를 가리킨다.

43) 범지: 梵志. 바라문 생활의 네 시기 가운데에 첫째이다. 스승에게 가서 수학(修學)하는 기간으로 보통 여덟 살부터 열여섯 살까지, 또는 열한 살부터 스물두 살까지이다.

44) 옥녀: 玉女. 선녀(仙女)이다.

45) 집장석: 執杖釋. 싯다르타 태자의 장인(丈人)이다.

46) 강당: 講堂. 경(經)과 논(論)을 연구하고 학습하는 곳이다. 재래식 불교 학교를 이른다.

47) 구이: 俱夷. 耶輸(산스크리트어인 yaśodharā의 음사)라고도 한다. 콜리야족 출신으로, 싯다르타 태자의 아내이자 나후라(羅睺羅)의 어머니이다. 정반왕(淨飯王)이 세상을 떠나자 시어머니인 대애도(마하파사파제, 摩訶波闍波提)와 함께 출가하여 비구니가 되었다.

48) 공덕: 功德. 좋은 일을 행한 덕으로 훌륭한 결과를 가져오게 하는 능력. 종교적으로 순수한 것을 진실공덕(眞實功德)이라 이르고, 세속적인 것을 부실공덕(不實功德)이라 한다.

를 이 여자의 집에 시키어 보내시니, 집장석(執杖釋)이 이르되 "우리 가문(家門)엔 재주를 가려야 사위를 맞이합니다." 왕(王)이 태자(太子)께 묻으시되 "재주를 능히 하겠는가?" 태자가 대답하시되, "능히 하겠습니다." 왕(王)이 북을 쳐서 재주를 겨룰 사람을 다 모이라고 하시고, 출령(出令)하시되, "재주를 이긴 사람이야말로 집장석(執杖釋)의 [12뒤 사위가 되리라." 조달(調達)[49]이 이르되, "태자(太子)가 총명(聰明)하여 글은 잘하지만 힘이야말로 어찌 우리를 이기랴?" 하고, 코끼리(象)가 문(門)에 서 있거늘 그 코끼리의 머리를 잡아 땅에 굴리고, 난타(難陀)는 코끼리를 길가에 치차거늘, 태자(太子)는 코끼리를 들어 성(城)을 넘어가게 치시고, 코끼리를 따라 날아가 받아서 아프지 않게 떨어지게 하셨니라. [13앞 조달(調達)이와 난타(難陀)[50]가 서로 씨름하니 둘의 힘이 같거늘 태자(太子)가 둘을 잡아 함께 굴리시며, 대신(大臣)인 염광(炎光)이라 하는 이가 팔만(八萬) 가지의 재주를 하되 태자(太子)께 이기지 못하였니라. 왕(王)이 석종(釋種)을 데리시고 또 활쏘기를 시험하시더니, 그 동산(東山)에 금(金)북, 은(銀)북, 돌북, 쇠북이 각각(各各) [13뒤 일곱씩 있거늘, 조달(曹達)이와 난타(難陀)가 먼저 쏘니 각각(各各) 셋씩 꿰어지거늘, 태자(太子)가 활을 당기시니 활이 꺾어지거늘 물으시되, "나에게 알맞은 활이 있느냐?" 왕(王)이 이르시되, "우리 조상(祖上)이 쏘시던 활이 갖추어 있되, 그 활을 감당하여 화살을 쏠 이가 없으니 가져오라." 하시거늘, [14앞 석종(釋種)들이 활을 이기어 시위를 당길 이가 없더니, 태자(太子)가 손으로 눌러 당기시어 활시위를 타실 소리가 성 안이 다 들리더라. 화살을 먹여 쏘시니, 그 화살이 스물여덟의 북을 다 꿰어 땅에 관통하여 가서 철위산(鐵圍山)[51]에 박히니, 삼천세계(三千世界)[52]가 진동하였니라. 천제석(天帝釋)[53]이 그 화살을 빼내어 도리천(忉利天)[54]에 가서

49) 조달: 調達. 석가모니의 사촌동생(?~?)이다. 출가하여 석가모니의 제자가 되었다가 뒤에 이반(離反)하여 불교 교단에 대항하였다고 한다.

50) 난타: 難陁. 석가모니의 배다른 동생이다. 출가하였으나 처가 그리워서 승복을 벗으려 하자, 부처의 방편(方便)으로 부처에 귀의하여 아라한과(阿羅漢果)의 자리를 얻었다. 처의 이름을 따서 손타라난타(孫陀羅難陀)라고도 부른다.

51) 철위산: 鐵圍山. 지변산을 둘러싸고 있는 아홉 산 가운데 가장 밖에 있는 산이다.

52) 삼천세계: 三千世界. 불교 사상에서 거대한 우주 공간을 나타내는 술어로 삼천대천(三千大千)이라고도 한다. 대천세계는 소천(小千)·중천(中千)·대천(大千)의 3종의 천(千)이 겹쳐진 것이기 때문에 삼천대천세계라고 한다. 이만큼의 공간이 한 부처의 교화 대상이 되는 범위이다.

53) 천제석: 天帝釋(= 제석천). 십이천의 하나이다. 수미산 꼭대기에 있는 도리천(忉利天)의 임금이다.

탑(塔)을 세워서 공양(供養)하더라. [14뒤 화살이 든 구멍에서 샘이 나서 우물이 되니, 그 우물을 마시면 술과 같더니 먹으면 병(病)이 다 좋아지더라. 그제야 집장석(執杖釋)의 딸이 태자(太子)의 비자(妃子)가 되셨니라. 태자(太子)가 비자(妃子)를 들이셔도 [15앞 친하게 아니 하시더니, 구이(俱夷)의 뜻에는 가까이 가고자 하시므로, 태자(太子)가 말하시되, "좋은 꽃을 우리 사이에 놓고 보면 좋지 않겠느냐?" 구이(俱夷)가 꽃을 가져다가 놓고 또 태자께 나아오려 하시거늘, 태자(太子)가 말하시되, "꽃에 있는 이슬이 침상과 자리에 젖으리라." 후(後)에 또 백첩(白氎)[55]을 사이에 놓아 두고 보시더니 [15뒤 구이(俱夷)가 또 가까이 오려 하시거늘, 태자(太子)가 하시되 "백첩(白氎)에 때가 묻으리라." 하시므로 가까이 못 오시더라.

○ 태자(太子)가 나아 노니시어, 염부수(閻浮樹)[56] 아래 가시어 밭을 가는 사람을 보시더니, 나뭇가지가 굽어 와서 햇빛을 가리더라. 정거천(淨居天)[57]인 조병(澡缾)[58]이 죽은 벌레가 되어 떨어져 있거늘 [16앞 까마귀가 와서 쪼아 먹더니, 태자(太子)가 보시고 자비심(慈悲心)을 내시거늘, 왕(王)이 뒤미처 좇아 가시어 달래어 모셔 오시어, 태자가 출가(出家)하실까 두려워하여 풍류하는 여자를 더하여 마음을 가라앉히시게 하시더라. 태자(太子)가 성문(城門)의 밖을 보고 싶다고 하시거늘, 왕(王)이 [16뒤 신하들에게 분부하시어 "마을의 형상이며 동산(東山)이며 좋게 꾸며 더러운 것을 보이지 말라." 하셨니라. 태자(太子)가 동문(東門) 밖에 나가시니, 정거천(淨居天)이 늙은 사람이 되어 막대기를 집고 가거늘, 태자(太子)가 보시고 물으시니, 태자를 모신 신하(臣下)가 대답(對答)하되, "늙은 사람입니다." 태자(太子)가 [17앞 물으시되, "어째서 늙었다고 하느냐?" 대답(對答)하시되, "옛날에 젊던 사람도 오래되면 늙나니, 인생(人生)에 늙는 것을 면(免)할 이가 없습니다." 태자(太子)가 이르시되, "사람의 목숨이 흐르는 물과 같아서 머물지 못하는구나." 하

---

54) 도리천: 忉利天. 육욕천의 둘째 하늘이다. 섬부주 위에 8만 유순(由旬) 되는 수미산 꼭대기에 있는 곳으로, 가운데에 제석천이 사는 선견성(善見城)이 있으며, 그 사방에 권속되는 하늘 사람들이 살고 있는 8개씩의 성이 있다.

55) 백첩: 白氎. 색깔이 흰 무명실로 짠 피륙(천)이다.

56) 염부수: 閻浮樹. 염부나무. 염부제의 북쪽에 있다고 하는 큰 나무이다.

57) 정거천: 淨居天. 색계(色界)의 제사 선천(禪天)이다. 여기에는 무번·무열·선현·선견·색구경의 다섯 하늘이 있으며, 불환과(不還果)를 얻은 성인이 난다고 한다.

58) 조병: 澡缾. 정거천(淨居天)의 딴 이름이다.

시고 돌아 성으로 드시어 세간(世間)[59]을 슬퍼하는 마음이 짙으시니라. [17뒤 사람이 되어 길가에 누어 있거늘, 태자(太子)가 물으시니 태자를 모신 신하(臣下)가 대답(對答)하시되 "이는 병(病)든 사람입니다. 입에 있는 번뇌(煩惱)를 못 참아서 먹고 마시는 것(食飮)을 너무 하면 병(病)이 나나니, 인생(人生)에 면(免)할 이가 없습니다." 태자(太子)가 이르시되 "몸이야말로 있으면 수고(受苦)로운 일이 있나니, 나도 저러하겠구나." 하시고 [18앞 돌아 드시어 시름하시더라. 왕(王)이 신하(臣下)들에게 물으시되 "길을 깨끗하게 하라 하였더니, 어찌 병(病)든 사람을 또 보게 하였는가?" 신하들이 대답(對答)하되, "살피는 것이야말로 철저하게 하였건마는, 아무데에서 온지 모르는 사람이 문득 앞에 내달으니, 이 일은 우리의 죄(罪)가 아닙니다." 王(왕)이 하늘의 일인 줄 아시고 신하들에게 죄(罪)를 아니 주셨니라. 한 바라문(婆羅門)의 [18뒤 아들인 우타이(優陁夷)[60]라고 하는 이가 총명(聰明)하며 말을 잘하더니, 왕(王)이 불러다가 태자(太子)의 벗을 삼으시어 시상(時常, 항상) 곁에 붙어 있어 시름을 풀게 하셨니라. 태자(太子)가 또 서문(西門) 밖에 나가시니, 정거천(淨居天)이 죽은 사람이 되어 네 사람이 메고 모두 울며 좇아가거늘, 태자(太子)가 물으시니 우타이(優陁夷)가 대답(對答)하되 [19앞 "죽은 사람이니 인생(人生)에 면(免)할 이가 없습니다." 태자(太子)가 이르시되 "죽은 사람을 보니 넋은 없지 아니하구나. 죽으락 살락하여 다섯 길에 다녀 수고(受苦)하나니, 나는 내 정신(精神)을 힘들이게 하지 아니 하게 하리라." 하시고 [19뒤 돌아 성 안에 드시어 더욱 시름하시더라. 또 북문(北門) 밖에 나가시어 말(馬)을 부려서 나무 밑에서 쉬시며, 모신 사람을 물리치시고 혼자 깊은 도리(道理)를 생각하시더니, 정거천(淨居天)이 사문(沙門)[61]이 되어 석장(錫杖)[62]을 잡고 바리를 받치고 앞으로 지나가거늘

---

59) 세간: 世間. 세상 일반이다.

60) 우타이: 優陁夷. 가비라성(迦毗羅城)의 국사(國師)의 아들로 애초부터 싯다르타(悉達) 태자(太子)의 출가(出家)를 반대한 사람이다. 뒤에 정반왕(淨飯王)의 명(命)으로 싯다르타 태자의 소식을 알려고 왔다가, 머리 깎고 출가하여 세존(世尊)의 제자(弟子)가 되었다. 우타야(優陁耶)라고도 한다.

61) 사문: 沙門. 부지런히 모든 좋은 일을 닦고 나쁜 일을 일으키지 않는다는 뜻으로, 불문에 들어가서 도를 닦는 사람(중, 僧)을 이르는 말이다.

62) 석장: 錫杖. 승려가 짚고 다니는 지팡이이다. 밑부분은 상아나 뿔로, 가운데 부분은 나무로 만들며, 윗부분은 주석으로 만든다. 탑 모양인 윗부분에는 큰 고리가 있고 그 고리에 작은 고리를 여러 개 달아 소리가 나게 되어 있다.

[20앞 태자(太子)가 물으시되 "네가 어떤 사람인가?" 정거천(淨居天)이 대답(對答)하되 "부처의 제자(弟子)인 사문(沙門)입니다." 태자(太子)가 물으시되 "어찌 사문(沙門)이라고 하느냐?" 대답(對答)하되 "세계(三界)[63]가 어지럽고 [20뒤 육취(六趣)[64]가 어찔하거늘 마음을 알아 근원(根源)을 꿰뚫어 보므로, 이름을 사문(沙門)이라고 합니다." 하고 허공(虛空)에 날아가거늘, 太子(태자)가 이르시되 "좋구나. 이야말로 마음에 훤히 즐겁구나." 하시고 돌아 드시어 [21앞 매우 기뻐하시더라.

○ 태자(太子)가 밤에 왕궁(王宮)에 드시니 광명(光明)이 두루 비치시더니, 왕(王)께 사뢰시되 "출가(出家)하고자 합니다." 왕(王)이 손목을 잡아 울며 이르시되 "이런 마음을 먹지 말라. 나라에 왕위를 이을 이가 없으니라." 태자(太子)가 이르시되 "네 가지의 원(願)을 이루고자 [21뒤 하나니, 늙는 것을 모르며 병(病) 없으며 죽는 것을 모르며 여의는 것을 모르고자 합니다." 왕(王)이 더욱 슬퍼하여 이르시되 "이 네 가지의 원(願)은 예로부터 이룬 이가 없으니라." 하시고 이튿날에 석종(釋種)의 중(中)에 용맹(勇猛)한 이 오백(五百)을 모아 "문(門)을 굳게 잡아라." 하셨니라.

○ 태자(太子)가 비자(妃子)의 [22앞 배를 가리키시며 이르시되 "이 후(後) 여섯 해에 아들을 나으리라." 구이(俱夷)가 여기시되 "태자(太子)가 나가실까 의심(疑心)하시어 장상(長常, 항상) 곁에 떨어지지 아니하시더라.

○ 태자(太子)가 문(門) 밖에 가 보신 후(後)로 세간(世間)이 싫은 마음이 나날이 더하시거늘, 왕(王)이 오히려 풍류하는 사람을 더하여 달래시더니, 장상(長常) 밤중이거든 [22뒤 정거천(淨居天)이 허공(虛空)에 와서 태자를 일찍 깨우고, 악기가 태자에게 다 "오욕(五慾)[65]이 즐겁지 아니하고 세간(世間)이 무상(無常)하니 어서 세간에서 나가소서." 하는 소리를 하게 하며, 풍류하는 여자들이 깊이 잠들어 의상을 풀어헤치게 하며, 침이며 더러운 것이 흐르게 하는데 [23앞 태자(太子)가 보시고 더욱 시틋이 여기시더라. 태자(太子)가 자주 왕(王)께 "출가(出家)하고 싶습니다."

63) 삼계: 三界. 중생이 생사 왕래하는 세 가지 세계, 곧, 욕계·색계·무색계이다.

64) 육취: 六趣. 삼악도(三惡道)와 삼선도(三善道)를 통틀어 이르는 말이다. 중생이 선악의 원인에 의하여 윤회하는 여섯 가지의 세계이다.

65) 오욕: 五欲. 불교에서 오관(五官)의 욕망 및 그 열락(悅樂)을 가리키는 다섯 가지의 욕망이다. 눈·귀·코·혀·몸의 다섯 가지 감각기관, 즉 오근(五根)이 각각 색(色)·성(聲)·향(香)·미(味)·촉(觸)의 다섯 가지 감각 대상, 즉 오경(五境)에 집착하여 야기되는 5종의 욕망이다. 일반적으로는 세속적인 인간의 욕망 전반을 뜻한다.

사뢰시거늘, 왕(王)이 이르시되 "네가 마땅히 전륜성왕(轉輪聖王)[66]이 되어 칠보(七寶)[67] 천자(千子)[68]를 가져 사천하(四天下)[69]를 다스리겠거늘, 어찌 머리를 깎는 것을 즐기는가?" 太子(태자)가 對答(대답)하시되 "정각(正覺)[70]을 이루어 [23뒤 대천세계(大千世界)[71]를 다 주관(主管)하여 사생(四生)[72]을 제도(濟渡)하여 긴 밤을 떨쳐서 나게 하려고 하니, 칠보(七寶)와 사천하(四天下)를 즐기지 아니합니다. 왕(王)이 풍류하는 사람을 더하여 밤낮 [24앞 달래시더니, 상사(相師)[73]가 왕(王)께 사뢰되 "이제 출가(出家)를 아니 하시어 이레가 지나면 전륜왕(轉輪王)의 위(位)가 자연(自然)히 오시겠습니다." 왕(王)이 기쁘시어 사병(四兵)[74]으로 성을 둘러서 안팎으로 잘라 막으시더라. "채녀(婇女)들이 태자(太子)께 들어서 온갖 정재(呈才)[75]하여 웃게 하며 갖갖 고운 양하여 보이거늘, 태자(太子)가 한낱 욕심(慾心)도 [24뒤 끄집어내지 아니하시더니 한 채녀(婇女)가 말리화만(末利花鬘)[76]을 가지고 들어서 태자(太子)의 목에 매거늘, 태자(太子)가 꼼짝도 아니하고 보시니 그 여자가 말리화만을 도로 끌러 밖에 내어 던졌니라. 이월(二月) 초(初)이렛날 밤에 태자(太子)가 출가(出家)하

66) 전륜성왕: 轉輪聖王. 고대 인도의 전기상의 이상적 제왕이다. 전륜왕 또는 윤왕이라고도 한다. 이 왕이 세상에 나타났을 때에는 하늘의 차륜이 출현하고, 왕은 이 차륜를 몰면서 무력을 이용하지 않고 전세계를 평정한다고 해서, 이 이름이 붙었다. 실제로 석가모니가 탄생할 때에 출가하면 부처가 되고, 속세에 있으면 전륜성왕이 된다는 예언을 받았다고 알려져 있다.

67) 칠보: 七寶. 전륜성왕이 갖고 있는 칠보는 통치를 하는 데에 필요한 것들이다. '윤보(輪寶)·상보(象寶)·마보(馬寶)·여의주보(如意珠寶)·여보(女寶)·장보(將寶)·주장신보(主藏臣寶)'를 이른다.

68) 칠보 천자: 七寶 千子. 칠보의 하나가 어질어서, 각각 '일천의 사람(千子)'을 감당한다는 뜻이다.

69) 사천하: 四天下. 수미산을 중심으로 한 사방의 세계이다. 남쪽의 섬부주(贍部洲), 동쪽의 승신주(勝神洲), 서쪽의 우화주(牛貨洲), 북쪽의 구로주(俱盧洲)이다.

70) 정각: 正覺. 일체의 참된 모습을 깨달은 더할 나위 없는 지혜이다.

71) 대천세계: 大千世界. 삼천세계(三千世界)의 셋째로, 십억(十億) 국토(國土)를 이른다. 곧 중천세계(中千世界)의 천 갑절이 되는 세계(世界)이다.

72) 사생: 四生. 생물이 태어나는 네 가지 형태로서, 태생(胎生), 난생(卵生), 습생(濕生), 번생(翻生) 등이 있다.

73) 상사: 相師. 관상쟁이, 곧 관상을 보는 사람이다.

74) 사병: 四兵. 전륜왕을 따라다니는 네 종류의 병정으로서, 상병(象兵), 마병(馬兵), 차병(車兵), 보병(步兵)이다.

75) 정재: 呈才. 대궐 안의 잔치 때에 벌이던 춤과 노래이다.

76) 말리화만: 末利花鬘. 누른 빛의 화만이다. ※ '말리(末利)'는 누른 빛이다. '화만(花鬘)'은 승방(僧坊)이나 불전(佛前)을 장식하는 장신구의 하나인데, 본디 인도의 풍속이다.

실 시절(時節)이 [25앞 다다르고 당신이 여기시되 "나라를 이을 아들을 이미 배게 하여 아버님의 원(願)을 이루었노라." 하시고, 사람이 못 보게 방광(放光)[77]하시어 사천왕(四天王)과 정거천(淨居天)에 이르도록 비추시니, 제천(諸天)이 내려와 태자께 예수(禮數)[78]하고 사뢰되 "태자께서 무량겁(無量劫)[79]으로부터 하신 수행(修行)이 이제 와 익었습니다." 태자(太子)가 이르시되 "너희의 말이야 말로 [25뒤 옳다고 하지만 성의 안팎에 잘라 막았으므로 성밖으로 못 가노라." 제천(諸天)의 힘으로 사람들이 다 졸게 하니, ?변조리던 각시들이 다리를 드러내고 손발을 펴서 벌리고 죽은 것같이 굴러 있어서, 콧구멍 ?데군케 뒤집고 밑구멍까지 못 감추고서 자며, 코와 침을 흘리고 오줌과 똥까지 싸며, 코를 골고 이를 갈고 빈 입을 씹고 방귀까지 하며, [26앞 악기를 붙들어 안고 까라졌거늘, 그때에 촛불이 쬐듯이 날이 밝아 있더니, 태자(太子)가 보시고 여기시되 "여자의 모습이 이러한 것이구나. 여자가 분(紛)과 연지(燕脂)[80]와 영락(瓔珞)[81]과 옷과 화만(花鬘)[82]과 꽃과 팔찌로 꾸며 있으면 사나운 사람이 몰라 속아서 탐(貪)한 마음을 내나니, 지혜(智慧)로운 사람이 정(正)히 살펴보면 여자의 몸이 꿈과 같으며 [26뒤 꼭두각시와 같구나. 그때에 정거천(淨居天)이 허공(虛空)에 와서 태자(太子)께 사뢰되 "가십시다. 출가할 때가 되었습니다. 오래 세간(世間)에 즐겨 계시는 것이 못 하겠으니, 오늘날 일체(一切)의 제천(諸天)이 원(願)하되, 태자께서 출가(出家)하시어 성인(聖人)의 도리(道理)를 배우시고자 합니다." 그때에 태자(太子)가 일어나실 때에 앉아 계시던 [27앞 보상(寶牀)[83]을 돌아보시고 이르시되 "이것은 내가 마지막으로 오욕(五欲)[84]을 타고 난

77) 방광: 放光. 부처가 빛(광명)을 내는 것이다.

78) 예수: 禮數. 명성이나 지위에 알맞은 예의를 차려서 인사하는 것이다.

79) 무량겁: 無量劫. 은 헤아릴 수 없는 긴 시간이나 끝이 없는 시간이다. '劫(겁)'은 어떤 시간의 단위로도 계산할 수 없는 무한히 긴 시간으로서, 하늘과 땅이 한 번 개벽한 때에서부터 다음 개벽할 때까지의 동안이라는 뜻이다.

80) 연지: 燕脂. 여자가 화장할 때에 입술이나 뺨에 찍는 붉은 빛깔의 염료이다.

81) 영락: 瓔珞. 구슬을 꿰어 만든 장신구로서, 목이나 팔 따위에 두른다.

82) 화만: 花鬘. 불교에서 불전공양에 사용되는 일종의 꽃다발로서 범어로는 'Kusumamāla'이다. 실로써 많은 꽃을 꿰거나 묶어 목이나 몸에 장식하기도 하였다. 꽃은 여러 종류가 다 적용되나 대체로 향기가 많은 것을 사용한다.

83) 보상: 寶牀. 보배로 꾸민 평상(平床)이다.

84) 오욕: 五欲. '색(色)·성(聲)·향(香)·미(味)·촉(觸)'에 집착하여 일으키는 '색욕(色欲)·성욕(聲欲)·

자리이다. 오늘날 후(後)로 다시 타고 나지 아니하리라." 하시고, 태자(太子)가 오른손으로 칠보장(七寶帳)[85]을 드시고 자늑자늑하게 걸어 나시어, 동(東)녘으로 돌아서시어 합장(合掌)하시어 일체(一切) 제불(諸佛)을 염(念)하시고 우러러 허공(虛空)과 별을 [27뒤 보시더니, 지국천왕(持國天王)[86]이 건달바(乾闥婆)[87] 등 일체(一切)의 권속(眷屬)을 데리고 풍류하여 동방(東方)으로부터서 와서 동(東)녘 곁에 합장(合掌)하여 서며, 증장천왕(增長天王)[88]이 구반다(鳩槃茶)[89] 등 일체(一切)의 권속(眷屬)을 데리고 보병(寶甁)[90]에 향탕(香湯)[91]을 담아 [28앞 잡고 남방(南方)으로부터서 와서 남(南)녘 곁에 합장(合掌)하여 서며, 광목천왕(廣目天王)[92]이 용왕(龍王) 등 일체(一切)의 권속(眷屬)을 데리고 종종(種種)[93]의 구슬을 가지고 서방(西方)으로부터서 와서 서(西)녘 곁에 합장(合掌)하여 서며, 다문천왕(多聞天王)[94]이 야차(夜叉)[95] 等(등) 일체(一切)의 권속(眷屬)을 데리고 [28뒤 화주(火珠)[96]와 등(燈)과 초를 잡고

향욕(香欲)·미욕(味欲)·촉욕(觸欲)이다. 또는 욕망의 대상인 색·성·향·미·촉을 이른다.

85) 칠보장: 七寶帳. 칠보로 꾸민 장막(帳幕)이다.

86) 지국천왕: 持國天王. 사천왕(四天王)의 하나이다. 지국천(持國天)을 다스리며, 동쪽 세계를 지킨다. 붉은 몸에 천의(天衣)로 장식하고, 왼손에는 칼을 들고 오른손에는 대체로 보주(寶珠)를 들고 있다. 절의 입구 사천왕문에 입상이 있다.

87) 건달바: 乾闥婆. 팔부중(八部衆)의 하나이다. 수미산 남쪽의 금강굴에 살며 제석천(帝釋天)의 아악(雅樂)을 맡아보는 신으로, 술과 고기를 먹지 않고 향(香)만 먹으며 공중으로 날아다닌다고 한다.

88) 증장천왕: 增長天王. 사천왕의 하나이다. 증장천을 다스리며, 자기와 남의 선근(善根)을 늘어나게 한다. 몸의 색깔은 붉고 왼손은 주먹을 쥐고 허리에 대고 있으며, 오른손으로는 칼 또는 미늘창을 잡고 있다. 절의 사천왕문에 입상(立像)이 있다.

89) 구반다: 鳩槃茶. 산스크리트어 'kumbhāṇḍa'의 음사이다. '옹형귀(甕形鬼), 염미귀(厭眉鬼), 동과귀(冬瓜鬼)'라고 번역한다. 수미산 중턱의 남쪽을 지키는 증장천왕(增長天王)의 권속으로, 사람의 정기를 먹는다는 귀신이다. 말의 머리에 사람의 몸을 가진 형상을 하고 있다.

90) 보병: 寶甁. 꽃병이나 물병을 아름답게 이르는 말이다.

91) 향탕: 香湯. 향을 넣어 달인 물이다.

92) 광목천왕: 廣目天王. 사천왕(四天王)의 하나이다. 광목천을 다스리며, 용신(龍神)·비사사신(毘舍闍神)을 거느리고 서쪽 세계를 지킨다. 입을 벌리고 눈을 부릅떠서 위엄으로써 나쁜 것들을 물리친다.

93) 종종: 種種. 모양이나 성질이 다른 여러 가지이다.

94) 다문천왕: 多聞天王. 다문천을 다스려 북쪽을 수호하며 야차와 나찰을 통솔한다. 분노의 상(相)으로 갑옷을 입고서 왼손에 보탑(寶塔)을 받쳐 들고 오른손에 몽둥이를 들고 있다.

95) 야차: 夜叉. 팔부중의 하나이다. 하늘을 날아다니며 사람을 잡아먹고 상해를 입힌다는 사나운 귀신의 하나로서, 모습이 추악하고 잔인한 귀신이다.

갑(甲)옷을 입고 북방(北方)으로부터서 와서 북(北)녘 곁에 합장(合掌)하여 서며, 석제환인(釋提桓因)[97]이 제천(諸天) 등 일체(一切)의 권속(眷屬)을 데리고 화만(花鬘)과 영락(瓔珞)과 당번(幢幡)[98]과 보개(寶蓋)[99]를 잡고 도리천(忉利天)으로부터서 [29뒤]와서 허공(虛空)에 합장(合掌)하여 섰니라. 그때에 불성(沸星)이 돋아 달과 어울리거늘, 제천(諸天)들이 매우 심하게 이르되 "불성(沸星)[100]이 이미 어울리니, 이제 때가 되었으니 빨리 출가하소서."라고 다시금 사뢰더라. 그때에 오소만(烏蘇慢)[1]이 와 있으므로 성(城) 안에 있는 사람이며 공작(孔雀)이며 새 등(等)에 이르도록 [29뒤] 아주 힘겨워하여 자더라. 태자(太子)가 차닉(車匿)이[2]를 부르시어 "건특(揵特)[3]이에게 길마를 얹어 오라." 하시니, 그때에 말도 울고 차닉(車匿)이도 울거늘 태자(太子)가 "둘 다 울지 마라." 하시고, 방광(放光)하시어 십방(十方)을 다 비추시고 사자(獅子)의 목소리로 이르시되 "예전의 부처가 출가(出家)하신 것도 이리 하셨니라." [30앞] 태자(太子)가 말을 타고 나가시니, 제천(諸天)이 말의 발을 받치고

---

96) 화주: 火珠. 불을 일으키는 구슬이다. 수정빛의 바둑알 모양인데, 햇빛에 갖다 대고 솜을 가까이에 놓으면 그 솜이 탄다고 한다.

97) 석제환인: 釋提桓因. 제석천이다. 십이천의 하나로서, 수미산 꼭대기에 있는 도리천의 임금이다. 사천왕과 삼십이천을 통솔하면서 불법과 불법에 귀의하는 사람을 보호하고 아수라의 군대를 정벌한다고 한다.

98) 당번: 幢幡. 당(幢)과 번(幡)이다. '幢(당)'은 불법회 따위의 의식이 있을 때에, 절의 문 앞에 세우는 기이다. 장대 끝에 용머리를 만들고, 깃발에 불화(佛畫)를 그려 불보살의 위엄을 나타내는 장식 도구이다. 그리고 '幡(번)'은 부처와 보살의 성덕(盛德)을 나타내는 깃발이다. 꼭대기에 종이나 비단 따위를 가늘게 오려서 단다.

99) 보개: 寶蓋. 불상이나 보살상의 머리 위를 가리는 덮개의 일종으로서, 불교의 장엄구(莊嚴具)로 쓰이며 장식적인 효과도 있다. 도솔천(兜率天)의 내원궁(內院宮)을 묘사하여 불상 상부를 장엄하는 데에 필수적으로 등장하였다. 본래는 천으로 만들었으나 후대에 내려오면서 금속이나 목재로 조각하여 만들기도 하였다.

100) 불성: 沸星. 상서(祥瑞)로운 별의 이름이다. 서천말로 불사(弗沙)·부사(富沙)·발사(勃沙)·설도(說度)라고 하는데, 이십팔 수(二十八宿) 가운데 귀수(鬼宿)이다. 여래(如來)가 성도(成道)와 출가(出家)를 모두 이월(二月) 팔일(八日) 귀수가 어울러질 때에 하였으므로, 복덕(福德)이 있는 상서로운 별이다.

1) 오소만: 烏蘇慢. 『석가보』 권 2에 '召烏蘇慢此名厭神適來宮國內人厭寐'의 구절이 나온다. 이를 참조하면 오소만은 '厭神(염신)'인데, '厭'은 '가위누르다'라고 하는 뜻이다. 여기서 '烏蘇慢(오소만)'은 '鳩槃茶(구반다)'를 이른다. '鳩槃茶(구반다)'는 사람의 정기를 빨아먹는다는 귀신으로, 사람의 몸에 머리는 말의 모양을 하고 있는 남방 증장천왕의 부하이다.

2) 차닉이: 車匿이. 싯다르타 태자(悉達 太子)가 출가할 때 탄 말(건특)을 부린 하인의 이름이다.

3) 건특: 揵陟. 싯다르타 태자(悉達太子)가 타던 말이다. 빛이 희고 갈기에 구슬이 달려 있다는 말이다.

차닉(車匿)이를 아울러 잡으며 개(蓋)[4]를 받치고, 범왕(梵王)[5]은 왼쪽 곁에 서고 제석(帝釋)은 오른쪽 곁에 서고, 사천왕(四天王)이 시위(侍衛)하여 허공(虛空)으로 성(城)을 넘어 나가셨니라. 태자(太子)가 이르시되 "보리(菩提)[6]를 못 이루면 아니 돌아오리라." 제천(諸天)이 이르되 [30뒤 좋으시구나!" 하더라. 태자(太子)가 아침 사이에 팔백(八百) 리(里)를 다니시어 설산(雪山)[7]의 고행림(苦行林)[8]에 가셨니라. 이튿날에 구이(瞿夷)[9]가 자다가 일어나시어 땅에 쓰러져서 우시며, 왕(王)과 대애도(大愛道)도 슬퍼하여 우시며, 나라의 사람이 다 슬퍼하여 두루 태자를 찾아다니더라. 태자(太子)가 보관(寶冠)과 영락(瓔珞)을 차닉(車匿)이에게 주시고 [31앞 이르시되 "네가 가서 왕(王)께 사뢰라. 정각(正覺)을 이루면 돌아가리라." 차닉(車匿)이도 울고 말도 꿇어 태자(太子)의 발을 핥으며 울더라. 태자(太子)가 왼손으로 머리를 잡으시고 발원(發願)하시되 "이제 머리를 깎아 중생(衆生)들과의 번뇌(煩惱)를 쓸어버리리라." 하시고, 손수 깎아 머리카락을 허공(虛空)에 던지시거늘 [31뒤 제석(帝釋)이 받아 도리천(忉利天)에 가서 탑(塔)을 세워 공양(供養)하더라. 태자(太子)가 당신의 옷을 보시니 출가(出家)한 옷이 아니거늘, 정거천(淨居天)이 사냥하는 사람이 되어 가니 가사(袈裟)[10]를 입고 있거늘, 태자(太子)가 [32앞 자신이 입고 있던 곤복(袞服)[11]을 정거천의 가사로 바꾸어 입으시고 이르시되 "이제야 내가 출가(出家)

---

4) 개: 蓋. 불좌 또는 높은 좌대를 덮는 장식품. 나무나 쇠붙이로 만들어 법회 때 법사의 위를 덮는다. 원래는 인도에서 햇볕이나 비를 가리기 위하여 쓰던 우산 같은 것이었다.

5) 범왕: 梵王. 색계(色界) 초선천(初禪天)의 우두머리이다. 제석천(帝釋天)과 함께 부처를 좌우에서 모시는 불법 수호의 신이다.

6) 보리: 菩提. 불교에서 수행 결과 얻어지는 깨달음의 지혜 또는 그 지혜를 얻기 위한 수도 과정을 이르는 말이다.

7) 설산: 雪山. 불교 관련 서적 따위에서, '히말라야 산맥'을 달리 이르는 말인데, 꼭대기가 항상 눈으로 덮여 있어 이렇게 이른다.

8) 고행림: 苦行林. 석가모니(釋迦牟尼)가 성도(成道)하기 전에 6년 동안 고행(苦行)하던 숲이다. 중인도(中印度) 설산(雪山)의 남쪽에 있다고 한다.

9) 구이: 俱夷. 耶輸(산스크리트어인 yaśodharā의 음사)라고도 한다. 콜리야족 출신으로, 싯다르타 태자의 아내이자 나후라(羅睺羅)의 어머니이다. 정반왕(淨飯王)이 세상을 떠나자 시어머니인 대애도(마하파사파제, 摩訶波闍波提)와 함께 출가하여 비구니가 되었다.

10) 가사: 袈裟. 승려가 장삼 위에, 왼쪽 어깨에서 오른쪽 겨드랑이 밑으로 걸쳐 입는 법의(法衣). 종파에 따라 빛깔과 형식을 엄격히 규정하고 있다.

11) 곤복: 袞服. 임금이 입던 정복으로서 곤룡포(袞龍袍)라고도 한다. 누런빛이나 붉은빛의 비단으로 지었으며, 가슴과 등과 어깨에 용의 무늬를 수놓았다. 문맥을 고려하면 "太子ㅣ 袞服ᄋᆞ로

한 사람이 되었구나." 태자(太子)가 돌아올 뜻이 없으시므로 차닉(車匿)이가 말과 함께 울고 돌아왔니라. 태자(太子)가 발가선림(跋伽仙林)[12]에 가시니, 저 수풀에 있는 기러기, 오리와 앵무(鸚鵡)와 공작(孔雀)과 [32뒤 鸜鵒(구욕)[13]과 원앙(鴛鴦)[14]과 가릉빈가(迦陵頻伽)[15]와 명명(命命)[16]과 구시라(拘翅羅)[17] 등(等) 여러 새들이 태자(太子)를 보고 각각(各各) 고운 [33앞 울음을 울며 저 수풀에 있는 벌레와 짐승들도 다 기뻐하여 태자(太子)께 오며, 그때에 그 수풀에 바라문(婆羅門)들이 제(祭)하기 위하여 쇠젖을 짜더니, 그 젖이 짜도 한결같이 나므로 선인(仙人)들이 "태자가 하늘의 신령(神靈)이시구나." 여겨서, 자기의 무리를 데리고 태자(太子)를 청(請)하여다가 앉히니, 선인(仙人)들이 다 나무의 껍질과 잎으로 [33뒤 옷을 하여 입고 꽃과 과실(果實)과 풀과 나무를 먹는 이도 있으며, 물과 불과 해달을 섬기는 이도 있으며, 물과 불과 재와 가시나무에 눕는 이도 있더니, 태자(太子)가 그 뜻을 물으시니 그들이 대답(對答)하되 "하늘에 나고자 합니다." 태자(太子)가 이르시되 "네가 구(求)하는 일이 끝내 수고(受苦)를 못 떨쳐 버리겠으니, 하늘이 [34앞 아무리 즐거워도 복(福)이 다하면 돌아 내려서 끝에는 수고(受苦)로운 길로 가나니, 어찌 수고(受苦)로운 인연(因緣)을 닦아 수고(受苦)로운 과보(果報)[18]를 구(求)하는가?" 하시어, 날이 저물도록 힐난(詰難)[19]하시고 이튿날에 "태자가 나는 간다." 하시니, 선인(仙人)이 사뢰되 "닦는 도리(道理)가 서로 다르니 '여기에 계시소서.'라고 못 합니다."

밧고아 니브시고"의 구절은 '태자가 자신이 입고 있던 곤복을 정거천의 가사로 바꾸어 입으시고'의 뜻으로 쓰였다.

12) 발가선림: 跋伽仙林. 발가선인(跋伽仙人)이 도를 닦고 있던 숲이다.

13) 구욕: 鸜鵒. 구관조(九官鳥)이다.

14) 원앙: 鴛鴦.

15) 가릉빈가: 迦陵頻伽. 불경(佛經)에 나오는 상상(想像)의 새이다. 히말라야 산에 사는데 소리가 곱기로 유명(有名)하다. 또 극락정토(極樂淨土)에 깃들이며, 사람의 머리에 새의 몸 모양을 하고 있다고 한다. 옛날에 동양(東洋)에서 이 새를 천사가 날아가는 것과 같은 모양으로 그런 것은 그 소리가 고운 것을 이상화(理想化)하여 모양의 아름다움으로 형태화(形態化)한 것이다.

16) 명명: 命命. 한 몸에 두 머리를 가진 전설상의 새(鳥)로서, 설산(雪山)에 산다고 한다.

17) 구시라: 拘翅羅. 산스크리트어 kokila의 음사이다. 인도에 사는 검은색의 두견새로, 모습은 흉하나 소리가 아름답다.

18) 과보: 果報. 전생에 지은 선악에 따라 현재의 행과 불행이 있고, 현세에서의 선악의 결과에 따라 내세에서 행과 불행이 있는 일이다. 인과응보(因果應報).

19) 힐난: 詰難. 트집을 잡아 거북할 만큼 따지고 드는 것이다.

하더라. [34뒤] 차닉(車匿)이가 보관(寶冠)을 가져서 돌아오거늘, 왕(王)이 보시고 땅에 엎드려져서 우시며 구이(瞿夷)는 말의 고개를 안고 우시더라. 왕(王)이 차닉(車匿)이를 보시곤 태자(太子)가 가신 데에 가려 하시더니, 신하(臣下)들이 사뢰되 "가지 마소서. 우리가 가서 추심(推尋)[20]하겠습니다." 하고 모두 추심(推尋)하여 [35앞] 가니, 태자가 한 나무 밑에 계시거늘 신하들이 바라보고 사뢰니, 태자(太子)가 이르시되 "내가 은혜(恩惠)야말로 모르겠느냐마는 네 가지의 수고(受苦)를 위하여 한다." 하시고 일어나 선인(仙人)이 있는 데로 가시거늘, 그 신하(臣下)들이 교진여(憍陳如)[21] 등 다섯 사람을 두어 "태자께서 가시는 데를 보라." [35뒤] 하고 돌아왔니라. 태자(太子)가 산이며 물이며 가리지 아니하여 다니시므로 다섯 사람이 태자를 못 믿어서 거기서 살더라.

○ 태자(太子)가 미루산(彌樓山)[22]의 아람(阿藍)과 가란(迦蘭)[23]이라 하는 선인(仙人)이 있는 데에 가시어, 불용처정(不用處定)[24]을 삼년(三年) 익히시고 [36앞] 또 울두람불(鬱頭藍弗)[25]이라 하는 선인(仙人)이 있는 데에 가시어 비비상처정(非非想處定)[26]을 삼년(三年) 익히고 여기시되, "선인(仙人)의 일이 굵은 결(結)[27]이야 없지만 죽살

---

20) 추심: 推尋. 찾아내어 가지거나 받아 내는 것이다. 여기서는 태자를 찾아서 데려오는 것이다.

21) 교진여: 憍陳如. 석가모니(釋迦牟尼)가 출가(出家)한 뒤 정반왕(淨飯王)이 그 소식을 알기 위하여 밀파(密派)한 사람이다. 석가모니가 성도(成道)한 후 먼저 불제자(佛弟子)가 되어 다섯 비구(比丘)의 우두머리가 되었다. 아약교진여(阿若憍陳如)라고도 한다.

22) 미루산: 彌樓山. 수미산(須彌山)을 가리키다. 혹은 수미산의 주위에 있는 칠금산(七金山)이라고도 하고, 칠금산 중에 있다는 니민달라산(尼民達羅山)이라고도 한다.

23) 아람 가람: 阿藍 迦蘭. '아람(阿藍)'과 '가란(迦蘭)'을 말한다. 수론파(數論派)의 학자로서, 시다르타 태자가 출가하여 처음으로 세상을 초월하여 해탈(解脫)하는 법(法)을 배운 선인(仙人)이다.

24) 불용처정: 不用處定. 십이문선(十二門禪) 중 사선(四禪)으로 무색 사처(無色四處)의 제삼처(第三處)인 '무소유처(無所有處)'에 나기 위한 선정(禪定)을 말한다. 흔히 무소유처정(無所有處定)이라 한다. 여기서 '무소유처(無所有處)'는 무색계 사천(無色界四天), 또는 사공처(四空處)의 하나이며, 무색계의 셋째 하늘에 해당한다. 무소유(無所有)는 있는 것 없음이니, 이 하늘은 색(色: 형체, 물질)과 공(空)과 식심(識心)이 다 없고 식성(識性)이 있다.

25) 울두람불: 鬱頭藍弗. 싯타르타(悉達) 태자(太子)의 스승이던 선인(仙人)이다. 태자는 아람(阿藍)과 가란(迦蘭)에게서 떠나 인도 왕사성(王舍城) 곁에서 비상비비상처(非想非非想處)의 선정(禪定)을 울두람불에게서 배웠다. 울두람자(鬱頭藍子), 또는 우타라라마자(優陀羅羅摩子)라고 한다.

26) 비비상처정: 非非想處定. '비상비비상처(非想非非常處)'의 선정(禪定)이다. 무색계(無色界)의 제4천(第四天)이다. 번뇌가 거의 다 스러져서 번뇌가 있는 것도 같고 없는 것도 같아서, 번뇌가 있는 것을 지각(知覺)하지 못할 정도로 청청한 경계이며, 삼계의 최고 단계이다.

27) 결: 結. 몸과 마음을 결박하여 자유를 얻지 못하게 하는 번뇌이다.

이(生死)를 면(免)할 도리(道理)가 아니구나." 하시어, 선인을 버리고 가셨니라.

[36뒤 ○ 태자(太子)가 출가(出家)하신 여섯 해에 야수타라(耶輸陀羅)[28]가 아들을 낳으시거늘 석종(釋種)들이 노(怒)하여 나후라(羅睺羅)[29]를 죽이려 하더니, 야수(耶輸)가 불을 피운 구덩이에 이르러 있어서 맹서(盟誓)하시되 "나야말로 그르면 [37앞 아기와 내가 함께 죽고, 옳으면 하늘이 증명을 하시리라." 하시고 아기를 안고 뛰어 구덩이에 드시니, 그 구덩이가 연못이 되어 연꽃이 몸을 받치거늘 왕(王)이시며 나랏 사람이 그제야 의심(疑心)을 아니 하였니라. 나운(羅云)이 전생(前生)에 한 나라의 왕(王)이 되어 있더니, 한 도사(道士)가 조그만 죄(罪)를 짓거늘 그 왕(王)이 그 도사를 동산(東山)에 [37뒤 들이어 잠깐 가두라." 하고 잊고서 엿새를 두고 있더니, 그 인연(因緣)으로 나후라가 여섯 해를 야수의 뱃속에서 못 나왔니라. 야수(耶輸)는 전생(前生)에 어머님과 함께 가시다가 길이 멀어 힘드시므로, 용변보기를 핑계하여 자기의 짐을 어머님께 맡기시고 일부러 뒤떨어져서 여섯 리(里)를 가시니, 그 인연(因緣)으로 나후라를 여섯 해를 배어 못 낳고 있으시더니라.

○ 태자(太子)가 [38앞 가사산(伽闍山)[30]의 고행림(苦行林)에 교진여(憍陳如) 등 다섯 사람이 있는 이련하(尼連河)[31]의 가에 오시어 풀을 깔고 결가부좌(結跏趺坐)[32]하시어 맹서(盟誓)하시되 "내가 부처가 못 되면 안 일어나리라." 천신(天神)이 밥을 바치거늘 [38뒤 안 자시므로 자연(自然)히 곁에 삼(麻)과 쌀이 나게 하였니라. 태자(太子)가 삼을 하루에 한 낱씩, 쌀을 이레에 한 낱씩 자시고 여섯 해를 몸을 기울이지도 아니하시어, 큰비도 오며 우레도 치며 여름이며 겨울이며 한 말(言)도 아

28) 야수타라: 耶輸陁羅. 산스크리트어인 yaśodharā의 음사이다. 콜리야족 출신으로, 싯다르타 태자의 아내이며, 나후라(羅睺羅)의 어머니이다. 구이(瞿夷)라고도 한다.

29) 나후라: 羅睺羅. 석가여래(釋迦如來)의 아들이다. 어머니는 구이(俱夷)이다. 석가(釋迦)가 성도(成道)한 뒤에 출가(出家)하여 제자가 되었다. '라호(羅怙)'나 '나운(羅云)'이라고도 한다.

30) 가사산: 伽闍山. 중인도 마갈타국 가야시의 서남 쪽에 있는 '브라하묘니'이라고 하는 산이다.

31) 이련하: 尼連河. 나이란자나를 음역하여 '이련하'라 한다. 중인도 마가다국의 가야성의 동쪽에서 북쪽으로 흐르는 강으로서 항하강의 한 지류이다. 싯다르타 태자가 출가한 후 6년 동안 고행한 뒤, 그 강물에서 목욕을 하고 강가의 보리수 아래 앉아서 정각을 얻은 것으로 유명하다. 현재 파트나(Patna) 지역의 팔구(Phalgu) 강을 말한다.

32) 결가부좌: 結加趺坐. 부처의 좌법(坐法)으로 좌선할 때 앉는 방법의 하나이다. 왼쪽 발을 오른쪽 넓적다리 위에 놓고 오른쪽 발을 왼쪽 넓적다리 위에 놓고 앉는 것을 길상좌라고 하고, 그 반대를 항마좌라고 한다. 손은 왼 손바닥을 오른 손바닥 위에 겹쳐 배꼽 밑에 편안히 놓는다.

니 하고 앉아 있으시면 머리에 까치가 새끼를 치더니, 사람이 보고 황당(荒唐)히 여겨서 풀이며 나무를 코와 귓구멍에 던져도 없애지 [39앞 아니 하시더니 교진여(憍陳如) 등 다섯 사람도 좇아서 고행(苦行)하더라. 다섯 사람이 왕(王)께 사람을 시키어 고행(苦行)하시는 사연(辭緣)을 사뢰거늘, 왕(王)이 매우 슬퍼하여 재물을 실은 수레 오백(五百)을 꾸미시며, 대애도(大愛道)와 야수(耶輸)도 각각 재물을 실은 수레 오백(五百)을 꾸며 차닉(車匿)이를 [39뒤 영(領)[33]하여 보내시니, 태자(太子)가 차닉이를 아니 받아 도로 보내셨니라. 태자(太子)가 고행(苦行)을 오래 사시어 살이 여위실 뿐이지 금색광(金色光)[34]은 더욱 빛나시더라. 태자(太子)가 여기시되 "여윈 몸으로 보리수(菩提樹)에 가면 후(後)의 사람이 기롱(譏弄)하되 "굶주림으로써 부처가 되었다." [40앞 하리니, 보드라운 음식을 먹어 몸이 예전과 같아야만 성불(成佛)하리라." 하시니, 그때에 한 장자(長者)의 딸이 쇠젖으로 죽(粥)을 쑤어 수신(樹神)을 대접하려 하니 그 죽(粥)이 가마에서 열 자(十尺)씩 솟아올라 아니 담기거늘, 허공(虛空)에서 이르되 "큰 보살(菩薩)이 저기에 계시니, 너의 전생(前生)에 있을 때의 발원(發願)[35]이 [40뒤 있으니 먼저 보살(菩薩)께 바치라. 그 딸이 그 말을 듣고야 금(金) 바리[36]에 담아 이련수(尼連水)[37]의 가에 갔니라. 태자(太子)가 물에 들어 목욕(沐浴)을 감으시거늘 제천(諸天)이 종종(種種)의 화향(花香)[38]을 물에 흩뿌리더니, 수신(樹神)이 가지를 굽히니 태자(太子)가 가지를 당기어 물에서 나가시거늘 도솔천자(兜率天子)[39]가 하늘의 가사(袈裟)를 입히셨니라. [41앞 그제야 그 딸이 죽(粥)을 가지고 들어서 머리를 조아리거늘, 태자가 받아 자시고 그 바리를 물에 던지시니, 제석(帝釋)이 가지고 도리천(忉利天)에 가서 탑(塔)을 세워 공양(供養)하더라. 태자(太子)가 죽(粥)을 자신 후(後)에 모습이 옛날과 같으시거늘, 교진

---

33) 영: 領. 원래는 '거느리다'의 뜻을 나타내나, 여기서는 문맥상 '딸려서'의 뜻으로 옮긴다.

34) 보리수: 菩提樹. 석가모니가 그 아래에서 변함없이 진리를 깨달아 불도(佛道)를 이루었다고 하는 나무이다.

35) 발원: 發願. 신이나 부처에게 소원을 비는 것이나, 또는 그 소원이다.

36) 바리: 바리때. 절에서 쓰는 승려의 공양 그릇로서, 나무나 놋쇠 따위로 대접처럼 만들어 안팎에 칠을 한다.

37) 이련수: 尼連水. 이련수(尼連水)이다.

38) 화향: 花香. 불전에 올리는 꽃과 향을 이른다.

39) 도솔천자: 兜率天子. 도솔천(兜率天)을 다스리는 신(神)이다.

여(憍陳如) 등 다섯 사람이 보고 [41뒤 수행(修行)이 해이해졌구나." 여겨서, 다 자기가 있던 데에 돌아가거늘, 보살(菩薩)이 혼자 필발라수(畢鉢羅樹)[40]로 가시더니 덕중(德重)[41]하시므로 지동(地動)하며, 오백(五百) [42앞 파랑새가 태자를 위요(圍繞)[42]하여 날며 서운(瑞雲)[43]과 향풍(香風)[44]이 섞여 엉기어 있더니, 눈먼 용(龍)도 눈이 떠져서 상서(祥瑞)를 보고 찬탄(讚嘆)하며, 한 '가다(迦茶)'라고 하는 용(龍)이 장수(長壽)하여 예전의 세 부처[45]의 성도(成道)를 보고 있더니, [42뒤 권속(眷屬)을 데리고 향화(香花)[46]이며 풍류며 번(幡)이며 개(蓋)를 가져 나가서 태자를 공양(供養)하거늘, 제천(諸天)이 먼저 하늘의 번(幡)과 개(蓋)를 가져다가 나무 위에 달아 표시를 두었니라. 서천(西天)[47]의 법(法)에 모름지기 풀을 깔고 앉더니, 천제석(天帝釋)이 사람이 되어 공작(孔雀)의 목 빛과 같은 풀을 베어 가거늘, 보살(菩薩)이 (그 풀의) 이름을 [43앞 물으시니 대답(對答)하되 "길상(吉祥)[48]입니다." 하고 그 풀을 바치거늘, 보살이 받아다가 까시니 땅이 매우 진동(振動)하더라. 그때에 제천(諸天)이 팔만(八萬) 보리수(菩提樹)에 사자좌(獅子座)[49]를 만드니, 그 (보리수) 나무의 높이가 (혹은) 팔천리(八千里)가 [43뒤 있으며 (혹은) 사천리(四千里)가 있더라. 제천(諸天)들이 저마다 여기되 "(보살이) 나의 좌(坐)에야 앉아 계시다." 하거든, 모자라고 박복(薄福)[50]한 사람은 보살(菩薩)을 보되 "풀 위에 앉아 계시다." 하더라.

釋譜詳節(석보상절) 第三(제삼)

---

40) 필발라수: 畢鉢羅樹. 보리수(菩提樹)의 다른 이름이다.
41) 덕중: 德重. 덕(德)이 많은 것이다.
42) 위요: 圍繞. 부처의 둘레를 돌아다니는 것이다.
43) 서운: 瑞雲. 상서로운 구름이다.
44) 향풍: 香風. 향기로운 바람이다.
45) 세 부처: 이때의 세 부처는 拘樓孫佛(구루손불)과 拘那含牟尼佛(구나함모니불)과 迦葉佛(가섭불)이다.
46) 향화: 香花. 향과 꽃. 혹은 향기로운 꽃이다.
47) 서천: 西天. 예전에 중국에 지금의 인도(印度)를 이르는 말이다.
48) 길상: 吉祥. 운수가 좋을 조짐이다.
49) 사자좌: 獅子座. 부처가 앉는 자리이다. 부처는 인간 세계에서 존귀한 자리에 있으므로 모든 짐승의 왕인 사자에 비유하였다.
50) 박복: 薄福. 복이 없거나 팔자가 사나운 것이다.

부록 2. 문법 용어의 풀이*

1. 품사

품사는 한 언어에 속하는 수많은 단어를 문법적인 특징에 따라서 갈래지어서 그 범주를 정한 것이다.

가. 체언

'체언(體言, 임자씨)'은 어떠한 대상의 이름이나 수량(순서)을 나타내거나 명사를 대신하는 단어들의 부류들이다. 이러한 체언에는 '명사', '대명사', '수사'가 있다.

① 명사(명사): 어떠한 '대상, 일, 상황' 등의 이름을 나타내는 단어이다.

- 자립 명사: 문장 내에서 관형어의 도움 없이 홀로 쓰일 수 있는 명사이다.

(1) ㄱ. 國ᄋᆞᆫ 나라히라 (나랗 + -이- + -다) [훈언 2]
　　ㄴ. 國(국)은 나라이다.

- 의존 명사(의명): 홀로 쓰일 수 없어서 반드시 관형어와 함께 쓰이는 명사이다.

(2) ㄱ. 어린 百姓이 니르고져 홇 배 이셔도 (바 + -이) [훈언 2]
　　ㄴ. 어리석은 百姓(백성)이 이르고자 할 바가 있어도…

② 인칭 대명사(인대): 사람을 직시하거나 대용하는 대명사이다.

(3) ㄱ. 내 太子ᄅᆞᆯ 셤기ᅀᆞᄫᅩᄃᆡ (나 + -이) [석상 6:4]
　　ㄴ. 내가 太子(태자)를 섬기되…

③ 지시 대명사(지대): 명사를 직접 가리키거나 대용하는 말이다.

---

* 이 책에서 사용된 문법 용어와 약어에 대하여는 '도서출판 경진'에서 간행한 『학교 문법의 이해 2(2015)』와 '교학연구사'에서 간행한 『중세 국어 문법의 이해: 이론편, 주해편, 강독편(2015)』의 내용을 참조하기 바란다.

(4) ㄱ. 내 <u>이</u>ᄅᆞᆯ 爲ᄒᆞ야 어엿비 너겨 (<u>이</u> + -ᄅᆞᆯ) [훈언 2]

ㄴ. 내가 이를 위하여 불쌍히 여겨…

④ 수사(수사): 사람이나 사물의 수량이나 차례를 나타내는 체언이다.

(5) ㄱ. 點이 <u>둘히</u>면 上聲이오 (<u>둘ㅎ</u> + -이- + -면) [훈언 14]

ㄴ. 點(점)이 둘이면 上聲(상성)이고…

나. 용언

'용언(用言, 풀이씨)'은 문장 속에서 서술어로 쓰여서 주어로 표현되는 대상(주체)의 움직임이나 상태, 혹은 존재의 유무(有無)를 풀이한다. 이러한 용언에는 문법적 특징에 따라서 '동사'와 '형용사', '보조 용언' 등으로 분류한다.

① 동사(동사): 주어로 쓰인 대상의 움직임을 표현하는 용언이다. 동사에는 목적어를 취하는 타동사(= 타동)와 목적어를 취하지 않는 자동사(= 자동)가 있다.

(6) ㄱ. 衆生이 福이 <u>다ᄋᆞ거다</u> (<u>다ᄋᆞ</u>- + -거- + -다) [석상 23:28]

ㄴ. 衆生(중생)이 福(복)이 다했다.

(7) ㄱ. 어마님이 毘藍園을 <u>보라</u> 가시니 (<u>보</u>- + -라) [월천 기17]

ㄴ. 어머님이 毘藍園(비람원)을 보러 가셨으니.

② 형용사(형사): 주어로 표현되는 대상의 성질이나 상태를 풀이하는 용언이다.

(8) ㄱ. 이 東山ᄋᆞᆫ 남기 <u>됴ᄒᆞᆯᄊᆡ</u> (<u>둏</u>- + -ᄋᆞᆯᄊᆡ) [석상 6:24]

ㄴ. 이 東山(동산)은 나무가 좋으므로…

③ 보조 용언(보용): 문장 안에서 홀로 설 수 없어서 반드시 그 앞의 다른 용언에 붙어서 문법적인 뜻을 더해 주는 기능을 하는 용언이다.

(9) ㄱ. 勞度差ㅣ ᄯᅩ ᄒᆞᆫ 쇼ᄅᆞᆯ 지ᅀᅥ <u>내니</u> (<u>내</u>- + -니) [석상 6:32]

ㄴ. 勞度差(노도차)가 또 한 소(牛)를 지어 내니…

다. 수식언

'수식언(修飾言, 꾸밈씨)'은 체언이나 용언 등을 수식(修飾)하면서 그 의미를 한정(限定)한다. 이러한 수식언으로는 '관형사'와 '부사'가 있다.

① 관형사(관사): 체언을 수식하면서 체언의 의미를 제한(한정)하는 단어이다.

(10) ㄱ. 녯 대예 새 竹筍이 나며 [금삼 3:23]
ㄴ. 옛날의 대(竹)에 새 竹筍(죽순)이 나며…

② 부사(부사): 특정한 용언이나 부사, 관형사, 체언, 절, 문장 등 여러 가지 문법적인 단위를 수식하여, 그들 문법적 단위의 의미를 한정하거나 특정한 말을 다른 말에 이어 준다.

(11) ㄱ. 이거시 더듸 ᄠᅥ러딜ᄉᆡ [두언 18:10]
ㄴ. 이것이 더디게 떨어지므로

(12) ㄱ. 반ᄃᆞ기 甘雨ㅣ ᄂᆞ리리라 [월석 10:122]
ㄴ. 반드시 甘雨(감우)가 내리리라.

(13) ㄱ. ᄒᆞ다가 술옷 몯 먹거든 너덧 번에 ᄂᆞᆫ화 머기라 [구언 1:4]
ㄴ. 만일 술을 못 먹거든 너덧 번에 나누어 먹이라.

(14) ㄱ. 道國王과 밋 舒國王은 實로 親ᄒᆞᆫ 兄弟니라 [두언 8:5]
ㄴ. 道國王(도국왕) 및 舒國王(서국왕)은 實(실로)로 親(친)한 兄弟(형제)이니라.

라. 독립언

감탄사(감탄사): 문장 속의 다른 말과 문법적인 관계를 맺지 않고 독립적으로 쓰인다.

(15) ㄱ. ᄋᆡ 丈夫ㅣ여 엇뎨 衣食 爲ᄒᆞ야 이 ᄀᆞᆮ호매 니르뇨 [법언 4:39]
ㄴ. 아아, 丈夫여, 어찌 衣食(의식)을 爲(위)하여 이와 같음에 이르렀느냐?

(16) ㄱ. 舍利佛이 ᄉᆞᆯᄫᆞᄃᆡ 엥 올ᄒᆞ시이다 [석상 13:47]
ㄴ. 舍利佛(사리불)이 사뢰되, "예, 옳으십니다."

2. 불규칙 용언

용언의 활용에는 어간이나 어미가 불규칙적으로 바뀌어서(개별적으로 교체되어) 일반적인 변동 규칙으로는 설명할 수 없는 것이 있다. 이처럼 불규칙하게 활용하는 용언을 '불규칙 용언'이라고 한다. 여기서는 'ㄷ 불규칙 용언, ㅂ 불규칙 용언, ㅅ 불규칙 용언'만 별도로 밝힌다.

① 'ㄷ' 불규칙 용언(ㄷ불): 어간이 /ㄷ/으로 끝나는 용언 중에는, 어간에 모음으로 시작하는 어미가 붙어서 활용할 때에, 어간의 끝 소리 /ㄷ/이 /ㄹ/로 바뀌는 용언이다.

(1) ㄱ. 瓶의 므를 기러 두고ᅀᅡ 가리라 (긷-+-어) [월석 7:9]
ㄴ. 瓶(병)에 물을 길어 두고야 가겠다.

② 'ㅂ' 불규칙 용언(ㅂ불): 어간이 /ㅂ/으로 끝나는 용언 중에는, 어간에 모음으로 시작하는 어미가 붙어서 활용할 때에, 어간의 끝 소리 /ㅂ/이 /ㅸ/으로 바뀌는 용언이다.

(2) ㄱ. 太子ㅣ 性 고ᄫᆞ샤 (곱-+-ᄋᆞ시-+-아) [월석 21:211]
ㄴ. 太子(태자)가 性(성)이 고우시어…

(3) ㄱ. 벼개 노피 벼여 누우니 (눕-+-으니) [두언 15:11]
ㄴ. 베개를 높이 베어 누우니…

③ 'ㅅ' 불규칙 용언(ㅅ불): 어간이 /ㅅ/으로 끝나는 용언 중에는, 어간에 모음으로 시작하는 어미가 붙어서 활용할 때에, 어간의 끝 소리인 /ㅅ/이 /ㅿ/으로 바뀌는 용언이다.

(4) ㄱ. (道士ᄃᆞᆯ히)…表 지ᅀᅥ 엳ᄌᆞᄫᆞ니 (짓-+-어) [월석 2:69]
ㄴ. 道士(도사)들이…表(표)를 지어 여쭈니…

3. 어근

어근은 단어 속에서 중심적이면서 실질적인 의미를 나타내는 실질 형태소이다.

(1) ㄱ. ᄀᆞᆯ가마괴 (ᄀᆞᆯ- + ᄀᆞ마괴), ᄉᆡ어미 (ᄉᆡ- + 어미)

ㄴ. 무덤 (묻- + -엄), ᄂᆞᆯ개 (ᄂᆞᆯ- + -개)

(2) ㄱ. 밤낮 (밤 + 낮), ᄡᆞᆯ밥 (ᄡᆞᆯ + 밥), 불뭇골 (불무 + -ㅅ + 골)

ㄴ. 검븕다 (검- + 븕-), 오ᄅᆞᄂᆞ리다 (오ᄂᆞ- + ᄂᆞ리-), 도라오다 (돌- + -아 + 오-)

- 불완전 어근(불어): 품사가 불분명하며 단독으로 쓰이는 일이 없고, 다른 말과의 통합에 제약이 많은 특수한 어근이다(= 특수 어근, 불규칙 어근).

(3) ㄱ. 功德이 이러 당다이 부톄 ᄃᆞ외리러라 (당당 + -이) [석상 19:34]
ㄴ. 功德(공덕)이 이루어져 마땅히 부처가 되겠더라.

(4) ㄱ. 그 부텨 住ᄒᆞ신 ᄯᅡ히 … 常寂光이라 (住 + -ᄒᆞ- + -시- + -ㄴ) [월석 서:5]

ㄴ. 그 부처가 住(주)하신 땅이 이름이 常寂光(상적광)이다.

4. 파생 접사

접사 중에서 어근에 새로운 의미를 더하거나 단어의 품사를 바꿈으로써, 새로운 단어를 만들어 주는 것을 '파생 접사'라고 한다.

가. 접두사(접두)

접두사는 어근의 앞에 붙어서 새로운 단어를 형성하는 파생 접사이다.

(1) ㄱ. 아ᅀᆞ와 아ᄎᆞᆫ아ᄃᆞᆯ왜 비록 이시나 (아ᄎᆞᆫ- + 아ᄃᆞᆯ) [두언 11:13]
ㄴ. 아우와 조카가 비록 있으나 …

나. 접미사(접미)

접미사는 어근의 뒤에 붙어서 새로운 단어를 형성하는 파생 접사이다.

① 명사 파생 접미사(명접): 어근에 뒤에 붙어서 명사를 파생하는 접미사이다.

(2) ㄱ. ᄇᆞᄅᆞᆷ가비(ᄇᆞᄅᆞᆷ + -가비), 무덤(묻- + -음), 노ᄑᆡ(높- + -ᄋᆡ)

ㄴ. 바람개비, 무덤, 높이

② 동사 파생 접미사(동접): 어근의 뒤에 붙어서 동사를 파생하는 접미사이다.

(3) ㄱ. 풍류ᄒᆞ다(풍류 + -ᄒᆞ- + -다), 그르ᄒᆞ다(그르 + -ᄒᆞ- + -다), ᄀᆞ믈다(ᄀᆞ믈 + -∅- + -다)

ㄴ. 열치다, 벗기다, 넓히다, 풍류하다, 잘못하다, 가물다

③ 형용사 파생 접미사(형접): 어근의 뒤에 붙어서 형용사를 파생하는 접미사이다.

(4) ㄱ. 녇갑다(녙- + -갑- + -다), 골ᄑᆞ다(곯- + -ᄇᆞ- + -다), 受苦ᄅᆞᆸ다(受苦 + -ᄅᆞᆸ- + -다), 외ᄅᆞᆸ다(외 + -ᄅᆞᆸ- + -다), 이러ᄒᆞ다(이러 + -ᄒᆞ- + -다)

ㄴ. 얕다, 고프다, 수고롭다, 외롭다

④ 사동사 파생 접미사(사접): 어근의 뒤에 붙어서 사동사를 파생하는 접미사이다.

(5) ㄱ. 밧기다(밧- + -기- + -다), 너피다(넙- + -히- + -다)

ㄴ. 벗기다, 넓히다

⑤ 피동사 파생 접미사(피접): 어근의 뒤에 붙어서 피동사를 파생하는 접미사이다.

(6) ㄱ. 두피다(둪- + -이- + -다), 다티다(닫- + -히- + -다), 담기다(담- + -기- + -다), ᄌᆞᆷ기다(ᄌᆞᆷ- + -기- + -다)

ㄴ. 덮이다, 닫히다, 담기다, 잠기다

⑥ 관형사 파생 접미사(관접): 어근의 뒤에 붙어서 부사를 파생하는 접미사이다.

(7) ㄱ. 모ᄃᆞᆫ(몯- + -ᄋᆞᆫ), 오ᄋᆞᆫ(오ᄋᆞᆯ- + -ㄴ), 이런(이러- + -ㄴ)

ㄴ. 모든, 온, 이런

⑦ 부사 파생 접미사(부접): 어근의 뒤에 붙어서 부사를 파생하는 접미사이다.

(8) ㄱ. 몯내(몯 + -내), 비르서(비릇- + -어), 기리(길- + -이), 그르(그르- + -Ø)
ㄴ. 못내, 비로소, 길이, 그릇

⑧ 조사 파생 접미사(조접): 어근의 뒤에 붙어서 조사를 파생하는 접미사이다.

(9) ㄱ. 阿鼻地獄브터 有頂天에 니르시니 (븥- + -어) [석상 13:16]
ㄴ. 阿鼻地獄(아비지옥)부터 有頂天(유정천)에 이르시니…

⑨ 강조 접미사(강접): 어근의 뒤에 붙어서 강조의 뜻을 더하면서 새로운 단어를 파생하는 접미사이다.

(10) ㄱ. 니르왇다(니르- + -왇- + -다), 열티다(열- + -티- + -다), 니ᄅᆞ혀다(니ᄅᆞ- + -혀- + -다)
ㄴ. 받아일으키다, 열치다, 일으키다

⑩ 높임 접미사(높접): 어근의 뒤에 붙어서 높임의 뜻을 더하면서 새로운 단어를 파생하는 접미사이다.

(11) ㄱ. 아바님(아비 + -님), 어마님(어미 + -님), 그듸(그+ -듸), 어마님내(어미 + -님 + -내), 아기씨(아기 + -씨)
ㄴ. 아버님, 어머님, 그대, 어머님들, 아기씨

5. 조사

'조사(助詞, 관계언)'는 주로 체언에 결합하여, 그 체언이 문장 속의 다른 단어와 맺는 관계를 나타내거나 특별한 뜻을 더해 주는 단어이다.

가. 격조사

그 앞에 오는 말이 문장 안에서 일정한 문장 성분으로서의 기능함을 나타내는 조사이다.

① 주격 조사(주조): 주어로서 기능하는 것을 나타내는 격조사이다.

(1) ㄱ. 부텻 모미 여러 가짓 相이 ᄀᆞᄌᆞ샤 (몸 + -이)　　[석상 6:41]

ㄴ. 부처의 몸이 여러 가지의 相(상)이 갖추어져 있으시어…

② 서술격 조사(서조): 서술어로서 기능하는 것을 나타내는 격조사이다.

(2) ㄱ. 國ᄋᆞᆫ 나라히라 (나라ㅎ + -이- + -다)　　[훈언 1]

ㄴ. 國(국)은 나라이다.

③ 목적격 조사(목조): 목적어로서 기능하는 것을 나타내는 격조사이다.

(3) ㄱ. 太子ᄅᆞᆯ 하ᄂᆞᆯ히 ᄀᆞᆯᄒᆡ샤 (太子 + -ᄅᆞᆯ)　　[용가 8장]

ㄴ. 太子(태자)를 하늘이 가리시어…

④ 보격 조사(보조): 보어로서 기능하는 것을 나타내는 격조사이다.

(4) ㄱ. 色界 諸天도 ᄂᆞ려 仙人이 ᄃᆞ외더라 (仙人 + -이)　　[월석 2:24]

ㄴ. 色界(색계) 諸天(제천)도 내려 仙人(선인)이 되더라.

⑤ 관형격 조사(관조): 관형어로서 기능하는 것을 나타내는 격조사이다.

(5) ㄱ. 네 性이 … 죵ᄋᆡ 서리예 淸淨ᄒᆞ도다 (죵 + -ᄋᆡ)　　[두언 25:7]

ㄴ. 네 性(성: 성품)이 … 종(從僕) 중에서 淸淨(청정)하구나.

(6) ㄱ. 나랏 말ᄊᆞ미 中國에 달아 (나라 + -ㅅ)　　[훈언 1]

ㄴ. 나라의 말이 中國과 달라…

⑥ 부사격 조사(부조): 부사어로서 기능하는 것을 나타내는 격조사이다.

(7) ㄱ. 世尊이 象頭山애 가샤 (象頭山 + -애)　　[석상 6:1]

ㄴ. 世尊(세존)이 象頭山(상두산)에 가시어…

⑦ 호격 조사(호조): 독립어로서 기능하는 것을 나타내는 격조사이다.

(8) ㄱ. 彌勒아 아라라 (彌勒 + -아)　　[석상 13:26]

ㄴ. 彌勒(미륵)아 알아라.

나. 접속 조사(접조)

체언과 체언을 이어서 명사구를 형성하는 조사이다.

(9) ㄱ. 입시울와 혀와 엄과 니왜 다 됴ᄒᆞ며 (혀 + -와) [석상 19:7]
　　ㄴ. 입술과 혀와 어금니와 이가 다 좋으며…

다. 보조사(보조사)

체언에 화용론적인 특별한 뜻을 덧보태는 조사이다.

(10) ㄱ. 나ᄂᆞᆫ 어버ᅀᅵ 여희오 (나 + -ᄂᆞᆫ) [석상 6:5]
　　ㄴ. 나는 어버이를 여의고…

(11) ㄱ. 어미도 아ᄃᆞᄅᆞᆯ 모ᄅᆞ며 (어미 + -도) [석상 6:3]
　　ㄴ. 어머니도 아들을 모르며…

6. 어말 어미

'어말 어미(語末語尾, 맺음씨끝)'는 용언의 끝자리에 실현되는 어미인데, 그 기능에 따라서 '종결 어미, 연결 어미, 전성 어미'로 나누어진다.

가. 종결 어미

① 평서형 종결 어미(평종): 말하는 이가 자신의 생각을 듣는 이에게 단순하게 진술하는 평서문에 실현된다.

(1) ㄱ. 네 아비 ᄒᆞ마 주그니라 (죽- + -Ø(과시)- + -으니- + -다) [월석 17:21]
　　ㄴ. 너의 아버지가 이미 죽었느니라.

② 의문형 종결 어미(의종): 말하는 이가 듣는 이에게 대답을 요구하는 의문문에 실현된다.

(2) ㄱ. 엇뎨 겨르리 업스리오 (없- + -으리- + -고) [월석 서:17]
　　ㄴ. 어찌 겨를이 없겠느냐?

③ 명령형 종결 어미(명종): 말하는 이가 듣는 이에게 어떠한 행동을 하도록 요구하는 명령문에 실현된다.

(3) ㄱ. 너희ᄃᆞᆯ히 … 부텻 마ᄅᆞᆯ 바다 디니라 (디니- + -라) [석상 13:62]

ㄴ. 너희들이 … 부처의 말을 받아 지녀라.

④ 청유형 종결 어미(청종): 말하는 이가 듣는 이에게 어떠한 행동을 함께 하도록 요구하는 청유문에 실현된다.

(4) ㄱ. 世世예 妻眷이 ᄃᆞ외져 (ᄃᆞ외- + -져) [석상 6:8]

ㄴ. 世世(세세)에 妻眷(처권)이 되자.

⑤ 감탄형 종결 어미(감종): 말하는 이가 듣는 이를 의식하지 않고 자신의 감정을 표출하는 감탄문에 실현된다.

(5) ㄱ. 義ᄂᆞᆫ 그 큰뎌 (크- + -Ø(현시)- + -ㄴ뎌) [내훈 3:54]

ㄴ. 義(의)는 그것이 크구나.

나. 전성 어미

용언이 본래의 서술 기능을 유지하면서도 다른 품사처럼 쓰이도록 문법적인 기능을 바꾸는 어미이다.

① 명사형 전성 어미(명전): 특정한 절 속의 서술어에 실현되어서, 그 절을 명사처럼 쓰이게 하는 어미이다.

(6) ㄱ. 됴ᄒᆞᆫ 法 닷고ᄆᆞᆯ 몯ᄒᆞ야 (닭- + -옴 + -ᄋᆞᆯ) [석상 9:14]

ㄴ. 좋은 法(법)을 닦는 것을 못하여…

② 관형사형 전성 어미(관전): 특정한 절 속의 용언에 실현되어서, 그 절을 관형사처럼 쓰이게 하는 어미이다.

(7) ㄱ. 어미 주근 後에 부텨ᄭᅴ 와 묻ᄌᆞᄫᆞ면(죽- + -Ø- + -ㄴ) [월석 21:21]

ㄴ. 어미 죽은 後(후)에 부처께 와 물으면…

다. 연결 어미(연어)

이어진 문장의 앞절과 뒷절을 잇거나, 본용언과 보조 용언을 잇는 어미이다. 연결 어미에는 '대등적 연결 어미, 종속적 연결 어미, 보조적 연결 어미'가 있다.

① 대등적 연결 어미: 앞절과 뒷절을 대등한 관계로 잇는 연결 어미이다.

(8) ㄱ. 子ᄂᆞᆫ 아ᄃᆞ리오 孫ᄋᆞᆫ 孫子ㅣ니 (아ᄃᆞᆯ + -이- + -고) [월석 1:7]
ㄴ. 子(자)는 아들이고 孫(손)은 孫子(손자)이니…

② 종속적 연결 어미: 앞절을 뒷절에 이끌리는 관계로 잇는 연결 어미이다.

(9) ㄱ. 모딘 길헤 ᄠᅥ러디면 恩愛ᄅᆞᆯ 머리 여희여 (ᄠᅥ러디- + -면) [석상 6:3]
ㄴ. 모진 길에 떨어지면 恩愛(은애)를 멀리 떠나…

③ 보조적 연결 어미: 본용언과 보조 용언을 잇는 연결 어미이다.

(10) ㄱ. 赤眞珠ㅣ ᄃᆞ외야 잇ᄂᆞ니라 (ᄃᆞ외야: ᄃᆞ외- + -아) [월석 1:23]
ㄴ. 赤眞珠(적진주)가 되어 있느니라.

7. 선어말 어미

'선어말 어미(先語末語尾, 안맺음 씨끝)'는 용언의 끝에 실현되지 못하고, 어간과 어말 어미 사이에 실현되어서 문법적인 기능을 나타내는 어미이다.

① 상대 높임의 선어말 어미(상높): 말을 듣는 '상대(相對)'를 높여서 표현하는 선어말 어미이다.

(1) ㄱ. 이런 고디 업스이다 (없- + -Ø(현시)- + -으이- + -다) [능언 1:50]
ㄴ. 이런 곳이 없습니다.

② 주체 높임의 선어말 어미(주높): 문장에서 주어로 실현되는 대상인 '주체(主體)'를 높여서 표현하는 선어말 어미이다.

(2) ㄱ. 王이 그 蓮花ᄅᆞᆯ ᄇᆞ리라 ᄒᆞ시다 [석상 11:31]
(ᄒᆞ- + -시- + -Ø(과시)- + -다)

ㄴ. 王(왕)이 "그 蓮花(연화)를 버리라." 하셨다.

③ 객체 높임의 선어말 어미(객높): 문장에서 목적어나 부사어로 표현되는 대상인 '객체(客體)'를 높여서 표현하는 선어말 어미이다.

(3) ㄱ. 벼슬 노ᄑᆞᆫ 臣下ㅣ 님그믈 돕ᄉᆞᄫᅡ (돕- + -ᅀᆞᆸ- + -아) [석상 9:34]
ㄴ. 벼슬 높은 臣下(신하)가 임금을 도와…

④ 과거 시제의 선어말 어미(과시): 동사에 실현되어서 발화시 이전에 어떠한 일이 일어났음을 무형의 선어말 어미인 '-Ø-'이다.

(4) ㄱ. 이 ᄢᅴ 아ᄃᆞᆯᄃᆞᆯ히 아비 죽다 듣고(죽- + -Ø(과시)- + -다) [월석 17:21]
ㄴ. 이때에 아들들이 "아버지가 죽었다." 듣고…

⑤ 현재 시제의 선어말 어미(현시): 발화시에 어떠한 일이 일어나고 있음을 나타내는 선어말 어미이다. 동사에는 선어말 어미인 '-ᄂᆞ-'가 실현되어서, 형용사에는 무형의 선어말 어미인 '-Ø-'가 현재 시제를 나타낸다.

(5) ㄱ. 네 이제 ᄯᅩ 묻ᄂᆞ다 (묻- + -ᄂᆞ- + -다) [월석 23:97]
ㄴ. 네 이제 또 묻는다.

(6) ㄱ. 이런 고디 업스이다 (없- + -Ø(현시)- + -으이- + -다) [능언 1:50]
ㄴ. 이런 곳이 없습니다.

⑥ 미래 시제의 선어말 어미(미시): 발화시 이후에 어떠한 일이 일어날 것임을 나타내는 선어말 어미이다.

(7) ㄱ. 아ᄃᆞᆯᄯᆞᄅᆞᆯ 求ᄒᆞ면 아ᄃᆞᆯᄯᆞᄅᆞᆯ 得ᄒᆞ리라 (得ᄒᆞ- + -리- + -다) [석상 9:23]
ㄴ. 아들딸을 求(구)하면 아들딸을 得(득)하리라.

⑦ 회상 표현의 선어말 어미(회상): 말하는 이가 발화시 이전에 직접 경험한 어떤 때(경험시)로 자신의 생각을 돌이켜서, 그때를 기준으로 해서 일이 일어난 시간을 나타내는 선어말 어미이다.

(8) ㄱ. ᄠᅳ데 몯 마ᄌᆞᆫ 이리 다 願 ᄀᆞ티 ᄃᆞ외더라 [월석 10:30]
(ᄃᆞ외- + -더- + -다)

ㄴ. 뜻에 못 맞은 일이 다 願(원)같이 되더라.

⑧ 확인 표현의 선어말 어미(확인): 심증(心證)과 같은 말하는 이의 주관적인 믿음에 근거하여, 어떤 일을 확정된 것으로 표현하는 선어말 어미이다.

(9) ㄱ. 安樂國이ᄂᆞᆫ 시르미 더욱 깁거다 [월석 8:101]
(깊- + -Ø(현시)- + -거- + -다)

ㄴ. 安樂國(안락국)이는… 시름이 더욱 깊다.

⑨ 원칙 표현의 선어말 어미(원칙): 말하는 이가 객관적인 믿음에 근거하여, 어떤 일을 확정된 것으로 표현하는 선어말 어미이다.

(10) ㄱ. 사ᄅᆞ미 살면… 모로매 늙ᄂᆞ니라 [석상 11:36]
(늙- + -ᄂᆞ- + -니- + -다)

ㄴ. 사람이 살면… 반드시 늙느니라.

⑩ 감동 표현의 선어말 어미(감동): 말하는 이의 '느낌(감동, 영탄)'의 뜻을 나타내는 태도 표현의 선어말 어미이다.

(11) ㄱ. 그듸내 貪心이 하도다 [석상 23:46]
(하- + -Ø(현시)- + -도- + -다)

ㄴ. 그대들이 貪心(탐심)이 크구나.

⑪ 화자 표현의 선어말 어미(화자): 주로 종결형이나 연결형에서 실현되어서, 문장의 주어가 말하는 사람(화자, 話者)임을 나타내는 선어말 어미이다.

(12) ㄱ. ᄒᆞ오ᅀᅡ 내 尊호라 (尊ᄒᆞ- + -Ø(현시)- + -오- + -다) [월석 2:34]

ㄴ. 오직(혼자) 내가 존귀하다.

⑫ 대상 표현의 선어말 어미(대상): 관형절이 수식하는 체언(피한정 체언)이, 관형절에서 서술어로 표현되는 용언에 대하여 의미상으로 객체(목적어나 부사어로 쓰인

대상)일 때에 실현되는 선어말 어미이다.

(13) ㄱ. 須達ᄋᆡ 지ᅀᅮᆫ 精舍마다 드르시며 [석상 6:38]

(짓- + -Ø(과시)- + -우- + -ㄴ)

ㄴ. 須達(수달)이 지은 精舍(정사)마다 드시며…

(14) ㄱ. 王이 … 누ᄫᅮᆫ 자리예 겨샤 (눕- + -Ø(과시)- + -우- + -은) [월석 10:9]

ㄴ. 王(왕)이 … 누운 자리에 계시어…

〈 인용된 '약어'의 문헌 정보 〉

약어	문헌 이름		발간 연대	
	한자 이름	한글 이름		
용가	龍飛御天歌	용비어천가	1445년	세종
석상	釋譜詳節	석보상절	1447년	세종
월천	月印千江之曲	월인천강지곡	1448년	세종
훈언	訓民正音諺解(世宗御製訓民正音)	훈민정음 언해본(세종 어제 훈민정음)	1450년경	세종
월석	月印釋譜	월인석보	1459년	세조
능언	愣嚴經諺解	능엄경 언해	1462년	세조
법언	妙法蓮華經諺解(法華經諺解)	묘법연화경 언해(법화경 언해)	1463년	세조
구언	救急方諺解	구급방 언해	1466년	세조
내훈	內訓(일본 蓬左文庫 판)	내훈(일본 봉좌문고 판)	1475년	성종
두언	分類杜工部詩諺解 初刊本	분류두공부시 언해 초간본	1481년	성종
금삼	金剛經三家解	금강경 삼가해	1482년	성종

▍참고 문헌

〈중세 국어의 참고 문헌〉

강성일(1972), 「중세국어 조어론 연구」, 『동아논총』 9, 동아대학교.

강신항(1990), 『훈민정음연구』(증보판), 성균관대학교 출판부.

강인선(1977), 「15세기 국어의 인용구조 연구」, 석사학위 논문, 서울대학교.

고성환(1993), 「중세국어 의문사의 의미와 용법」, 『국어학논집』 1, 태학사.

고영근(1981), 『중세국어의 시상과 서법』, 탑출판사.

고영근(1995), 「중세어의 동사형태부에 나타나는 모음동화」, 『국어사와 차자표기－소곡 남풍현 선생 화갑 기념 논총』, 태학사.

고영근(2010), 『제3판 표준 중세국어 문법론』, 집문당.

곽용주(1986), 「동사 어간－다' 부정법의 역사적 고찰」, 『국어연구』 138, 국어연구회.

교육인적자원부(2010), 『고등학교 교사용 지도서 문법』, (주)두산동아.

교육인적자원부(2010), 『고등학교 문법』, (주)두산동아.

구본관(1996), 「15세기 국어 파생법에 대한 연구」, 박사학위 논문, 서울대학교.

국립국어원, 『표준 국어 대사전』, 인터넷판.

권용경(1990), 「15세기 국어 서법의 선어말어미에 대한 연구」, 『국어연구』 101, 국어연구회.

김문기(1999), 「중세국어 매인풀이씨 연구」, 석사학위 논문, 부산대학교.

김소희(1996), 「16세기 국어의 '거/어'의 교체에 대한 연구」, 『국어연구』 142, 국어연구회.

김송원(1988), 「15세기 중기 국어의 접속월 연구」, 박사학위 논문, 건국대학교.

김영욱(1990), 「중세국어 관형격조사 'ᄋᆡ/의, ㅅ'의 기술과 관련된 문제 해결을 위하여」, 『주시경학보』 8, 탑출판사.

김영욱(1995), 『문법형태의 역사적 연구』, 박이정.

김정아(1985), 「15세기 국어의 '-ㄴ가' 의문문에 대하여」, 『국어국문학』 94.

김정아(1993), 「15세기 국어의 비교구문 연구」, 박사학위 논문, 서울대학교.

김진형(1995), 「중세국어 보조사에 대한 연구」, 『국어연구』 136, 국어연구회.

김차균(1986), 「월인천강지곡에 나타나는 표기체계와 음운」, 『한글』 182, 한글학회.

김충회(1972), 「15세기 국어의 서법체계 시론」, 『국어학논총』 5, 6, 단국대학교.
나진석(1971), 『우리말 때매김 연구』, 과학사.
나찬연(2011), 『수정판 옛글 읽기』, 도서출판 월인.
나찬연(2013ㄴ), 제2판 『언어·국어·문화』, 도서출판 월인.
나찬연(2013ㄷ), 제2판 『훈민정음의 이해』, 도서출판 월인.
나찬연(2013ㄹ), 『국어 어문 규범의 이해』, 도서출판 월인.
나찬연(2014ㄱ), 제5판 『중세 국어 문법의 이해－주해편』, 교학연구사.
나찬연(2014ㄴ), 제5판 『중세 국어 문법의 이해－강독편』, 교학연구사.
나찬연(2014ㄷ), 제5판 『중세 국어 문법의 이해－서답형 문제편』, 교학연구사.
나찬연(2015ㄱ), 제4판 『현대 국어 문법의 이해』, 도서출판 월인.
나찬연(2015ㄴ), 『학교 문법의 이해』 1, 도서출판 경진.
나찬연(2015ㄷ), 『학교 문법의 이해』 2, 도서출판 경진.
남광우(2009), 『교학 고어사전』, (주)교학사.
남윤진(1989), 「15세기 국어의 접속어미에 대한 연구」, 『국어연구』 93. 국어연구회.
노동헌(1993), 「선어말어미 '-오-'의 분포와 기능 연구」, 『국어연구』 114, 국어연구회.
류광식(1990), 「15세기 국어 부정법의 연구」, 박사학위 논문, 건국대학교.
리의도(1989), 「15세기 우리말의 이음씨끝」, 『한글』 206, 한글학회
민현식(1988), 「중세국어 어간형 부사에 대하여」, 『선청어문』 16, 17집, 서울대학교 국어교육과.
박태영(1993), 「15세기 국어의 사동법 연구」, 석사학위 논문, 단국대학교.
박희식(1984), 「중세국어의 부사에 대한 연구」, 『국어연구』 63, 국어연구회
배석범(1994), 「용비어천가의 문제에 대한 일고찰」, 『국어학』 24, 국어학회.
성기철(1979), 「15세기 국어의 화계 문제」, 『논문집』 13, 서울산업대학교.
손세모돌(1992), 「중세국어의 'ᄇᆞ리다'와 '디다'에 대한 연구」, 『주시경학보』 9, 탑출판사.
안병희·이광호(1993), 『중세국어문법론』, 학연사.
양정호(1991), 「중세국어의 파생접미사 연구」, 『국어연구』 105, 국어연구회.
유동석(1987), 「15세기 국어 계사의 형태 교체에 대하여」, 『우해 이병선 박사 회갑 기념 논총』.
이광정(1983), 「15세기 국어의 부사형어미」, 『국어교육』 44, 45.
이광호(1972), 「중세국어 '사이시옷' 문제와 그 해석 방안」, 『국어사 연구와 국어학 연구－안
　　병희 선생 회갑 기념 논총』, 문학과 지성사.
이광호(1972), 「중세국어의 대격 연구」, 『국어연구』 29. 국어연구회.
이광호(1995), 「후음 'ㅇ'과 중세국어 분철표기의 신해석」, 『국어사와 차자표기－남풍현 선
　　생 회갑기념』, 태학사.

이기문(1963), 『국어표기법의 역사적 연구-신정판』, 한국연구원.
이기문(1998), 『국어사개설 - 신정판』, 태학사.
이숭녕(1981), 『중세국어문법 - 개정 증보판』, 을유문화사.
이승희(1996), 「중세국어 감동법 연구」, 『국어연구』 139, 국어연구회.
이정택(1994), 「15세기 국어의 입음법과 하임법」, 『한글』 223, 한글학회.
이주행(1993), 「후기 중세국어의 사동법」, 『국어학』 23, 국어학회.
이태욱(1995), 「중세국어의 부정법 연구」, 박사학위 논문, 성균관대학교.
이현규(1984), 「명사형어미 '-기'의 변화」, 『목천 유창돈 박사 회갑 기념 논문집』, 계명대학교 출판부.
이홍식(1993), 「'-오-'의 기능 구명을 위한 서설」, 『국어학논집』 1. 태학사.
임동훈(1996), 「어미 '시'의 문법」, 박사학위 논문, 서울대학교.
전정례(995), 「새로운 '-오-' 연구」, 한국문화사.
정 철(1954), 「원본 훈민정음의 보존 경위에 대하여」, 『국어국문학』 제9호, 국어국문학회.
정재영(1996), 「중세국어 의존명사 'ᄃᆞ'에 대한 연구」, 『국어학총서』 23, 태학사.
최동주(1995), 「국어 시상체계의 통시적 변화에 관한 연구」, 박사학위 논문, 서울대학교.
최현배(1961), 『고친 한글갈』, 정음사.
최현배(1980=1937), 『우리말본』, 정음사.
한글학회(1985), 『訓民正音』, 영인본.
한재영(1984), 「중세국어 피동구문의 특성에 대한 연구」, 『국어연구』 61, 국어연구회.
한재영(1986), 「중세국어 시제체계에 관한 관견」, 『언어』 11-2, 한국언어학회.
한재영(1990), 「선어말어미 '-오/우-'」, 『국어 연구 어디까지 왔나』, 동아출판사.
한재영(1992), 「중세국어의 대우체계 연구」, 『울산어문논집』 8, 울산대학교 국어국문학과.
허웅(1975=1981), 『우리 옛말본』, 샘문화사.
허웅(1981), 『언어학』, 샘문화사.
허웅(1986), 『국어 음운학』, 샘문화사.
허웅(1989), 『16세기 우리 옛말본』, 샘문화사.
허웅(1992), 『15·16세기 우리 옛말본의 역사』, 탑출판사.
허웅(1999), 『20세기 우리말의 통어론』, 샘문화사.
허웅(2000), 『20세기 우리말의 형태론(고침판)』, 샘문화사.
허웅·이강로(1999), 『주해 월인천강지곡』, 신구문화사.
홍윤표(1969), 「15세기 국어의 격연구」, 『국어연구』 21, 국어연구회.
홍윤표(1994), 「중세국어의 수사에 대하여」, 『국문학논집』, 단국대학교 국어국문학과.

홍종선(1983), 「명사화어미의 변천」, 『국어국문학』 89, 국어국문학회.
황선엽(1995), 「15세기 국어의 '-(으)니'의 용법과 기원」, 『국어연구』 135, 국어연구회.

〈 불교 용어의 참고문헌 〉

곽철환(2003), 『시공불교사전』, 시공사.
국립국어원(2016), 인터넷판 『표준국어대사전』, (http://stdweb2.korean.go.kr/main.jsp)
두산동아(2016), 인터넷판 『두산백과사전』, (http://www.doopedia.co.kr/)
송성수(1999), 『석가보 외(釋迦譜 外)』, 동국대학교 부설 동국역경원.
운허·용하(2008), 『불교사전』, 불천.
원광대학교 종교문제연구소((1974), 인터넷판 『원불교사전』, 원광대학교 출판부.
한국불교대사전 편찬위원회(1982), 『한국불교대사전』, 보련각.
한국학중앙연구원(2016), 인터넷판 『한국민족문화대백과』, (http://encykorea.aks.ac.kr/)
홍사성(1993), 『불교상식백과』, 불교시대사.